Melocotón loco

Bestseller Internacional

Megan Maxwell

Melocotón loco

Esencia/Planeta

El papel utilizado para la impresión de este libro es cien por cien libre de cloro y está calificado como **papel ecológico**.

Los personajes, eventos y sucesos presentados en esta obra son ficticios. Cualquier semejanza con personas vivas o desaparecidas es pura coincidencia.

Avinguda Diagonal, 662, 6.ª planta. 08034 Barcelona (España)
www.esenciaeditorial.com
www.planetadelibros.com

Diseño de la cubierta: Booket / Área Editorial Grupo Planeta
Imagen de la cubierta: Shutterstock
Primera edición en Colección Booket: septiembre de 2015
Segunda impresión: octubre de 2015
Tercera impresión: diciembre de 2015
Cuarta impresión: febrero de 2016
Quinta impresión: abril de 2016

Depósito legal: B. 15.661-2015
ISBN: 978-84-08-14059-7
Impresión y encuadernación: Liberdúplex, S. L.
Printed in Spain - Impreso en España

Biografía

Megan Maxwell es una reconocida y prolífica escritora del género romántico. De madre española y padre americano, ha publicado novelas como *Te lo dije* (2009), *Deseo concedido* (2010), *Fue un beso tonto* (2010), *Te esperaré toda mi vida* (2011), *Niyomismalosé* (2011), *Las ranas también se enamoran* (2011), *¿Y a ti qué te importa?* (2012), *Olvidé olvidarte* (2012), *Las guerreras Maxwell. Desde donde se domine la llanura* (2012), *Los príncipes azules también destiñen* (2012), *Pídeme lo que quieras* (2012), *Casi una novela* (2013), *Llámame bombón* (2013), *Pídeme lo que quieras, ahora y siempre* (2013), *Pídeme lo que quieras o déjame* (2013), *¡Ni lo sueñes!* (2013), *Sorpréndeme* (2013), *Melocotón loco* (2014), *Adivina quién* soy (2014), *Un sueño real* (2014), *Adivina quién soy esta noche* (2014), *Las guerreras Maxwell. Siempre te encontraré* (2014), *Ella es tu destino* (2015), *Sígueme la corriente* (2015), *Hola, ¿te acuerdas de mí?* (2015), *Un café con sal* (2015), *Pídeme lo que quieras y yo te lo daré* (2015), *Cuéntame esta noche. Relatos seleccionados* (2016) y *Oye, morena, ¿tú qué miras?* (2016), además de cuentos y relatos en antologías colectivas. En 2010 fue ganadora del Premio Internacional Seseña de Novela Romántica, en 2010, 2011, 2012 y 2013 recibió el Premio Dama de Clubromantica.com, y en 2013 recibió también el AURA, galardón que otorga el Encuentro Yo Leo RA (Romántica Adulta). *Pídeme lo que quieras*, su debut en el género erótico, fue premiada con las Tres plumas a la mejor novela erótica que otorga el Premio Pasión por la novela romántica. Megan Maxwell vive en un precioso pueblecito de Madrid, en compañía de su marido, sus hijos, sus perros *Drako* y *Plufy* y sus gatas *Julieta* y *Peggy Su*.

Encontrarás más información sobre la autora y sobre su obra en: www.megan-maxwell.com

Esta novela está dedicada a todas las personas que creen en el flechazo.
No hay nada más bonito que ese mágico momento.
¡Va por vosotras! Besotes

Megan

1

Londres, 22 de junio de 2005

—*Pato*... ¡Ven! ¡Te quiero enseñar algo! —gritó Lucy, abriendo la puerta de la habitación de su hermana.

—¡Jolín, Nana!, ¿por qué entras sin llamar? —protestó con gesto de sopor la otra mientras dejaba el espejo que tenía en las manos.

Lucy, al ver lo que su hermana estaba haciendo, se acercó y le dijo con cariño:

—No te preocupes. Mañana estarás ¡súper! Seguro que el doctor Jacobs hizo un buen trabajo y no se te notará la cicatriz.

Pato, cuyo nombre era Ana Elizabeth, sonrió. Lo que menos le preocupaba era llevar un apósito en la frente el día de la boda de Lucy; ni siquiera si la cicatriz se notaría con el paso del tiempo. Le preocupaba cómo se había herido. Algo que no había contado.

—Ven, ven, ven... Me acaban de traer el vestido de novia y quiero que lo veamos juntas.

—¿Ahora?

—Sí, ahora —le exigió Lucy—. Mamá y Elsa lo han subido a mi habitación y..., y... ¡Venga, vamos!

Dejándose llevar por la euforia de su hermana, Ana sonrió y corrió hasta la habitación de Lucy. Una vez que llegaron ante la puerta, esta última se paró y, tapándose los ojos, dijo en tono implorante:

—Abre tú, y antes de que yo pueda verlo, dime si es tan bonito como lo era la última vez que me lo probé en París.

—Pero Nana... —protestó Ana.

—Hazlo, hazlo, hazlo... Pato, por favorrrrrrrrrrr.

Ana, tras suspirar con resignación por el empeño fraterno, abrió la puerta. Frente a ella, colgado por una percha de la cortina, estaba el objeto de adoración de su hermana. Su vestido de novia. Durante unos segundos lo observó, y aunque a ella no le gustaban mucho aquellos trajes tan pomposos, sonrió. Lucy estaría preciosa con aquel vestido de corte imperio en color blanco roto.

—Es precioso. Vas a estar muy guapa.

Entonces, la futura novia se quitó la mano de los ojos, entró en la habitación y, después de dar unos pequeños saltitos, muy típicos de ella, comenzó a chillar.

—¡Me encanta, me encanta! ¡Oh Diosssssssss, voy a estar guapísima!

—Sin duda —sonrió Ana, a quien si algo la diferenciaba de su hermana era el egocentrismo.

Incapaz de contener la alegría, la joven siguió saltando, hasta que volvió a decir:

—¿Te he dicho ya que me encanta, me enloquece y que adoro mi vestido de Balenciaga?

—Sí.

—Stephanie y Myrian se van a morir de celos cuando lo vean.

Ana asintió. Esas chicas eran las mejores amigas de su hermana, unas muchachas tan pijas y superficiales como ella, a las que sólo les interesaba estar guapas, la moda y los hombres. Por ese orden.

—Ven..., tócalo. ¿A que tiene un tacto increíble?

—Sí, increíble.

—Y mira el velo. ¡Ohhh, voy a estar espectacular con el velo!

Durante más de veinte minutos, Lucy gritó y saltó ante su vestido de novia mientras Ana, sentada en la cama, escuchaba y disfrutaba de aquella locura. Lucy era escandalosa y, en ocasiones, estresante, pero sabía que cuando se separaran incondicionalmente la echaría de menos. Cuando por fin la futura señora Edwards se tranquilizó, se sentó junto a su hermana y preguntó:

—Pato, ¿vas a arreglar las cosas con Warren?

—No.

—¡Caray!, debes hacerlo.

—No —respondió Ana con rotundidad—. Y no vendrá a la boda. Se lo he prohibido.

Con los ojos como platos, Lucy exclamó:

—¡Mamá se pondrá furiosa cuando lo sepa! Adora a Warren y...

—Mira, Nana, lo nuestro se acabó. Y por mucho que mamá adore a Warren, no es ella quien lo tiene que soportar. —Y mintiendo, se rascó la oreja mientras decía—: Ambos estamos de acuerdo en romper nuestra relación, y no quiero verlo.

—Vamos a ver..., piensa —insistió Lucy—. Warren es guapo y tiene una posición de escándalo, y...

—Warren no es lo que yo quiero en mi vida, Nana —suspiró su hermana, molesta.

—Pero él y sus padres son amigos de toda la vida y...

—Espero que lo sigan siendo, aunque yo no quiera volver a verlo —aclaró—. Y por favor..., ayúdame a que los papis lo entiendan, aunque, bueno, ya cuento con el histerismo de mamá.

—Pero ¿qué ha pasado? ¿Qué ha ocurrido para que rompas con el guapísimo Warren?

—Nana —dijo Ana, clavando los ojos en ella—, no quiero hablar de eso.

Lucy abrazó a su hermana. Era la mejor, a pesar de que muchas de sus amigas la considerasen un bicho raro porque no le gustara el rosa ni ir a la peluquería todos los días.

—Vale, soy una pesada. —Ana, por fin, esbozó una sonrisa, y entonces Lucy le preguntó—: ¿Cuándo piensas contarles a papá y mamá tus planes?

—No lo sé.

—¡Jopelines, Patoooooooooooo!

—Es que no encuentro el momento y no quiero jorobarte la boda.

—Tienes que decírselo ya. Mañana me caso, me iré de viaje de novios y no estaré aquí para apoyarte.

—Lo sé.

Ana sonrió de nuevo. Adoraba a su hermana aunque no tuviera nada que ver con ella y su manera de ver la vida. Pensó en decirle la verdad sobre Warren, pero al final decidió ahorrarle el sufrimiento.

—Debes decírselo hoy.

—Vale, vale...

Lucy la miró y asintió.

—No te preocupes, Pato; lo entenderán, seguro. Mamá nos deleitará con uno de sus numeritos histéricos llenos de hipos y expresiones como «qué dirán», pero papá te comprenderá y la calmará. Ya lo verás.

—Eso espero. —Y tras mirar de nuevo el vestido de novia, preguntó—: ¿Estás segura de que Christopher es el chico de tu vida?

—Sí, segurísima.

Christopher Edwards, su futuro cuñado, no era objeto de devoción de Ana. Era demasiado simple y dócil para Lucy. En los dos años de relación que llevaban, había intentado hablarlo con ella, pero estaba embelesada por aquel guapo joven que trabajaba con su padre. No había nada que hacer.

—Sólo tienes veintiún años, Nana. ¿Por qué tanta prisa por casarte?

—Porque quiero ser una novia joven, guapa y divina.

A Ana no le sorprendió esa contestación, así que, tras poner los ojos en blanco, prosiguió:

—Todavía estás estudiando. No has viajado, no has vivido. ¿Por qué casarte tan pronto?

—Pero ¿tú has visto ese vestido de Balenciaga? ¿Te parece poco cortarte las alas por un vestido así?

—¡Oh, Dios, Nana..., no tienes remedio!

—Venga, va..., lo quiero, quiero mi grandiosa fiesta, el viaje de novios, el vestido espectacular, mi independencia de los papis, ¿te parece poco?

—¿Y él te quiere a ti?

Sin tener intención de ofenderse, la futura novia se levantó de la cama y, señalándose a sí misma, siseó:

—¿Cómo no me va a querer? ¿Tú me has visto? ¿Has visto cómo me quedan estos vaqueros de Versace con los zapatos Jimmy Choo?

—Sí, hija, sí. Yo te he visto, pero ¿quieres hacer el favor de contestar a lo que te estoy preguntando?

Retirándose su sedosa melena, tan diferente del pelo corto de su hermana, la orgullosa y futura señora Edwards respondió:

—Te voy a contestar como yo lo veo. Soy la hija del director general de la BBC, Frank Barners. Mis medidas son perfectas. Soy guapa, joven y estilosa. Mi cutis es terso y sin un solo poro abierto. Mi pelo, sedoso y cuidado. No tengo piel de naranja, ni estrías, ni nada que desentone con mi estilizado y cuidado cuerpo. Utilizo la 34 de los mejores modistos, y soy divertida y locuaz. ¿Qué más puede pedir?

Sin sorprenderse por la perorata, Ana pensó eso de «Modesto baja... que Nana sube», pero, tocándose el apósito de su frente, sonrió. Iba a contestar cuando la puerta se abrió y aparecieron sus padres, Frank y Teresa. Lucy, olvidando la conversación que mantenía con su hermana, corrió hacia su progenitor y gritó:

—¡Papá, mañana voy a estar despampanante. El vestido de Balenciaga es el traje de novia más bonito que he visto en mi vida!

Frank Barners, un elegante y caballeroso hombre de negocios, intercambió una mirada con su hija Ana, que le sonrió.

—Creo que tú superas en belleza al vestido, preciosa Lucy —comentó.

—¡Gracias, papiiiiiiiiiii! —exclamó la aludida.

—Nana..., no es por nada, pero mira que te gusta que te regalen los oídos —se mofó Ana ante la lisonja de su padre.

—Pato, ¿celosa? —preguntó Lucy.

Entonces intervino Teresa Domínguez, que mirando a su hija mayor, soltó:

—A ver cuándo dejáis de llamaros por esos horribles apelativos. ¡*Pato* y *Nana*! Cuántas veces os he dicho que os llaméis por vuestros nombres, Ana Elizabeth y Lucy Marie. —Y sin esperar a que respondieran, prosiguió—: Por cierto, Ana Elizabeth, ¿te encuentras bien, cariño?

—Sí, mamá. No te preocupes.

—¡Qué fatalidad! Mira que caerte días antes de la boda —se lamentó la mujer.

Preocupado, Frank se acercó a su hija, y tocándole la cabeza mientras observaba el apósito que llevaba en la frente y la pequeña hinchazón en el pómulo, le preguntó:

—No te mareas, ¿verdad?

—No, papá, en serio. Y tú, mamá, tranquila. He hablado con Karen, la maquilladora, y me ha dicho que lo del pómulo mañana ella me lo disimula.

—Hija..., lo que nos preocupa es que estés bien —aclaró su padre.

—Lo estoy —respondió sonriendo—. Y mañana para la boda estaré mejor.

—Por cierto, Ana Elizabeth —dijo su madre, cambiando el tono—, acabo de hablar con Warren Follen y me ha dicho que no va a venir a la boda. ¿Tienes tú algo que ver en esto?

La interpelada, retirándose el flequillo hacia un lado, miró a su madre.

—Por supuesto que tengo que ver, mamá. Hemos roto y le he dicho que no quiero que venga a la boda. ¿Algún problema?

—Alguno no. ¡Muchos!

—Querida... —advirtió Frank a su mujer.

Pero Teresa omitió aquella llamada de atención y gritó, encarándose a su hija:

—¡No sé qué tienes en la cabeza además de pajaritos! Warren y sus padres son gente influyente aquí en Londres y amigos de toda la vida y..., y no me parece bien que él no venga. Además, piensa: ¡tu hermana pequeña se va a casar antes que tú!

Aquel comentario consiguió que Ana soltara una carcajada y, sin importarle el gesto de su madre, replicó:

—Mamá, que sólo tengo dos años más que Nana. ¡Veintitrés! Cualquiera que te oiga va a pensar que...

—Exacto. Pensarán que eres una joven amargada y una futura solterona. Y asúmelo, tú nunca has tenido la facilidad de Lucy Marie para comunicarte con los demás, y...

—Sí, mamá, lo sé. Ella es la hija guapa y yo la fea. Lo sé..., lo sé...

—Tú no eres fea —protestó Lucy, intercediendo por su hermana.

—Pero ¡qué tonterías estás diciendo, mujer! —gritó Frank al escuchar a su esposa—. ¿Quién ha osado decir que mi Ana es fea? Simplemente, son dos jovencitas diferentes. Nada más.

—Papá, no te preocupes —dijo Ana riendo, pero su madre no se dio por vencida.

—Yo no he dicho ni diré nunca que Ana Elizabeth sea fea. No lo es. Pero mírala. ¿Crees que alguien se fijaría en ella?

Frank desvió la mirada hacia sus hijas y sonrió. Lucy era todo color, feminidad, sedosos rizos claros, glamour y pestañeos, y Anna era vaqueros, pelo corto y oscuro, y gafas retro. Dos estilos muy diferentes de mujer.

Ana, divertida con los gestos de sus padres, fue a decir algo, pero su madre se le adelantó:

—¿Cómo se te ocurre romper con Warren justo ahora? Es un excelente partido. Su padre es un miembro activo de la Cámara de los Lores y...

—Mamá, que eso a mí ni me va ni me viene. ¿Cuándo te vas a dar cuenta de que yo no doy la prioridad que tú das a ciertas cosas? —se quejó.

—Warren es rico —continuó su madre, sin embargo—, de una buena familia, apuesto, te quiere tal y como eres, y tiene sus propias empresas. ¿Qué más puedes pedir?

—Otras cosas, mamá. Otras cosas —murmuró, desencantada.

Su padre la miró con mimo. Percibir tristeza en los ojos de su hija lo estaba matando. ¿Qué le ocurría?

—No sé por qué has roto con él. Repito que Warren es un excelente partido; además, lo conocemos de toda la vida y sabemos que te cuidará como a una reina.

Tomando una bocanada de aire, Ana resopló. El maravilloso Warren sólo tenía de maravilloso el nombre.

—Mira, mamá, ese maravilloso Warren al que adoras —siseó con rabia— ¡no! entra en mis planes. Por lo tanto, tema zanjado, y no insistas porque no hay marcha atrás.

Entonces, Teresa se sentó dramáticamente en la silla que había al lado del vestido de Balenciaga y gimió. Warren era un magnífico candidato para su hija y no pensaba dejarlo escapar.

Ana, conmocionada todavía por lo ocurrido pero convencida de que aquél era el mejor momento para dar la noticia que tenía que dar, miró a su hermana, y ésta asintió. Se puso a su lado y le dio la mano. Aquel gesto a Frank no le pasó desapercibido.

—Ahora que estamos aquí los cuatro, quiero deciros una cosa importante.

—¡¿No estarás embarazada?! —la interrumpió su madre.

—¡Mamá, por favorrrrrrrrr! —exclamó. Y mirándola, le preguntó a modo de reto—: Y si lo estuviera, ¿qué? ¿Sería un pecado?

—¡Sería vergonzoso! —gritó la mujer, histérica.

—Venga ya, mamá, por favor.

—Dime al menos que es de Warren —rogó, esperanzada.

—No, mamá.

Teatralizando como en las mejores tragedias de Shakespeare, Teresa chilló:

—¡Por el amor de Dios, Frank! ¡No es de Warren! La niña, embarazada y soltera. Esto es un desastre. Seremos la comidilla de todo Londres.

Ana sonrió. Su madre y sus histerismos... Pero al ver el gesto de su padre negó con la cabeza, y éste, aliviado, asintió. Lucy resopló. Su madre era una histérica, pero su hermana era una puñetera. Incapaz de quedarse sin hacer o decir nada, la miró y siseó:

—Haz el favor de no meter más cizaña, monina. Dile a mamá que eso no es verdad, o le dará un patatús, y en vez de estar mañana en una boda estaremos en un funeral.

—Escúchame, mamá —aclaró Ana—: no estoy embarazada.

Sólo quería comentaros a ti y a papá que necesito hacer un cambio en mi vida. Y por ello, el mes que viene me traslado a vivir a España.

—¡¿Que te vas a España?! —chilló, histérica, Teresa.

Frank asintió con la cabeza y cogió a su mujer de la mano mientras su hija proseguía:

—He encontrado allí un puesto como fotógrafa en una revista de moda y...

—¡No puede ser! —gimió de nuevo Teresa—. Tú tienes que casarte, tener hijos y...

—¡Basta ya, mamá! —gritó Ana, cada vez más enfadada—. ¿Pretendes llorar y montar un numerito por todo lo que diga?

—¡Ay, Ana Elizabeth, con esa manera de ser tuya, estás tirando por tierra todos los planes que tenía para ti! Pensaba que te casarías con Warren, tendrías niños preciosos, tomaríamos el té juntas y vivirías en Kensington, en un hogar bonito y luminoso.

—Pues lo siento. Tengo mis propios planes para mi vida —afirmó la joven.

Frank fue a hablar, pero su mujer se le adelantó a gritos:

—¡Tú no necesitas trabajar en una revista! Tu padre y yo te hemos dado los mejores estudios! ¡Eres abogada! Hablas tres idiomas. ¿Por qué vas a trabajar como fotógrafa?

—Porque es lo que me gusta, mamá. Y si terminé la carrera fue porque tú querías, no porque yo lo quisiera.

—Pero..., pero me dijiste que te gustaba —insistió la mujer.

—Y me gusta, mamá. Pero lo que realmente me apasiona es la fotografía. Quiero ser fotógrafa.

—¡Ah, no! ¡Ni hablar! Primero dejas a tu novio, ¿y ahora te vas a España? ¡Ni hablar!

—Lo haré, mamá. Quieras o no, me iré a vivir a Madrid.

—¡Ni lo pienses! —se opuso Teresa, gesticulando.

—Me da igual lo que digas, mamá. Tengo veintitrés años, soy mayor de edad y creo que ya es hora de que comience a tomar mis propias decisiones.

—Disgustos. Sólo me das disgustos. ¿Por qué no puedes ser una buena hija como lo es Lucy? —Ana fue a responder, pero su madre prosiguió—: Y por si fuera poco quieres irte a vivir a Madrid, a una ciudad que sabes que no me trae gratos recuerdos, y..., y...

Ana suspiró. Su madre era española, concretamente de Madrid. Pero tras conocer a su padre y casarse con él se había marchado a Londres para vivir en su acomodada casa de Saint James's, olvidándose de que en su juventud, después de salir del orfanato, había vivido en un pisito de setenta metros en Villaverde.

—Mamá, basta ya. Por favor, ¿quieres escuchar lo que Pato tiene que decirte?

—Sabéis que siempre me ha gustado la fotografía y que he hecho varios cursos que me interesaban además de mis estudios de derecho. He intentado ser una buena hija, aunque mamá piense lo contrario, y simplemente necesito cambiar mi vida —dijo gimiendo—. Quiero comenzar de nuevo en otro lugar, y por eso he aceptado ese trabajo en Madrid, porque mi intención es coger experiencia e intentar abrir mi propio estudio de fotografía.

—Eso te lo puedo proporcionar yo, cielo —respondió su padre, emocionado—. Si tú quieres, yo puedo procurarte tu estudio de fotografía sin necesidad de que trabajes para otros y...

—Papá —lo cortó—, siempre me has hablado de lo importante que es luchar por lo que uno quiere. Tú siempre me has dicho que una de las cosas de las que estás más orgulloso a nivel personal es de haber logrado ser quien eres por tu trabajo. Y eso quiero hacer yo. Quiero conseguir las cosas por mí misma y no por ser la hija de... Por favor, entiéndeme, necesito hacerlo y..., y... alejarme de Londres.

Sabedor de que a su hija le pasaba algo, se apartó con ella unos metros y le preguntó:

—Cariño, ¿qué te ha ocurrido para que quieras marcharte?

—Nada, papá —mintió—. No me ha pasado nada. Pero quiero comenzar de nuevo en un sitio en el que yo pueda ser yo.

«Alejarme de Londres.» Aquella frase a Frank le había tocado el corazón. Su hija no lo estaba pasando bien y estaba convencido de que no todo se debía a la separación de Warren. ¿Qué ocurría? Aunque el no saber lo inquietaba, tampoco quería ser indiscreto y preguntar. Si Ana tenía algo que contar, ella misma lo haría. Pero no quería ver sufrir a su pequeña, y en los últimos meses, especialmente en los últimos días, la muchacha no estaba bien y lo veía en su triste mirada. Aquello le atenazaba el corazón. Ana era una luchadora, no una persona materialista como Lucy. Siempre había intentado conseguir las cosas por sus propios medios, y eso a Frank lo enorgullecía. Después de mirar a su histérica mujer, clavó la vista en su hija y, convencido de que era lo mejor, dijo:

—De acuerdo, Ana. Te apoyaré en tu decisión, pero prométeme una cosa.

—¿Qué, papá?

—Que siempre que necesites ayuda, sea para lo que sea, acudirás a mí, ¿de acuerdo?

—Por supuesto, papá. Te lo prometo.

Dicho esto se fundieron en un candoroso abrazo mientras Teresa, como era de esperar, se desmayaba ante la inminente marcha de su hija.

2

Madrid, siete años después

El atronador sonido de las sirenas hizo que muchos de los vecinos de la plaza de Santa Ana se asomaran a sus puertas para ver lo que pasaba. Horrorizados, vieron el humo salir de uno de los pisos y cómo los bomberos tomaban la plaza. Instantes después, la policía comenzó a entrar en los portales colindantes al incendio para evacuar a los inquilinos.

En uno de aquellos edificios estaba Ana trabajando en el estudio de fotografía. Ajena a todo lo que ocurría, disfrutaba con la sesión de fotos que estaba realizando para una firma de lencería italiana. Las modelos eran amigas, los maquilladores un cielo, y por una vez, todo el mundo parecía relajado y contento. Con música de Prince para animar la sesión, Ana se dirigió a las modelos con la réflex en la mano:

—Chicas, moveos al son de la música y subid los brazos por encima de la cabeza mientras me miráis. —Las modelos obedecieron rápidamente, y mientras apretaba el disparador de la cámara, susurró—: Muy bien..., muy bien... Estáis guapísimas.

—¿Salgo bien? ¿Se me ve bien? —preguntó una de las modelos.

—Sí, Iris —asintió Ana—. Sales guapísima.

Nekane, la ayudante de Ana, puso los ojos en blanco. Iris era el súmmum del egocentrismo. La conocía desde sus comienzos y tras haber entrado en la mejor agencia de modelos de España se creía la próxima Naomi Campbell.

Después de varias fotografías, Ana se volvió hacia su ayudante.

—Neka, prepárame el ob...

No pudo terminar la frase. Alguien aporreaba el timbre, y Nekane fue a abrir. Dos segundos más tarde, con cara de susto, entró junto a un policía.

—Tenemos que salir rápidamente. Hay fuego en el piso y...

Fue oír la palabra «fuego» y las modelos y los dos maquilladores salieron pitando; eso sí, Iris la primera y empujando a todo el mundo. El policía, aún sorprendido por cómo habían salido los otros, miró a las dos muchachas que permanecían ante él.

—Señoritas —dijo—, deben abandonar el piso ¡ya!

Sin tiempo que perder, Ana cogió varios abrigos y, con la cámara aún en la mano, acució a su amiga.

—¡Vamos, Neka! Debemos salir.

De inmediato, abandonaron el piso acompañadas por el policía y comprobaron que la escalera estaba llena de humo. ¡Eso las asustó! Aquello parecía más grave de lo que habían pensado. Una vez que salieron del portal, guiadas aún por el poli, se quedaron en un lateral de la plaza. Segundos después, al ver cómo los policías y los bomberos miraban hacia donde estaban ellas y las modelos, Ana les entregó los abrigos a las chicas a toda velocidad. Con las prisas se habían marchado en tanga y sujetador.

—El humo sale de la casa de Encarna —murmuró Neka, angustiada.

—Espero que esté bien —susurró, aterrorizada, Ana. Si algo en el mundo le daba pavor era el fuego. Y verlo tan cerca y tan devastador la tenía atenazada.

Mientras los bomberos trabajaban, Ana, cámara en mano, comenzó a fotografiar lo que veía. Imágenes de gente asustada, fotos de los bomberos en acción, hasta que de pronto su objetivo se paró en un bombero que, subido a una escalera móvil, se acercaba a un balcón.

—Neka..., Encarna está allí —anunció, horrorizada.

La amiga le quitó la réflex, observó la situación a través del objetivo y luego se la devolvió con manos temblorosas.

—No hay que preocuparse por nada —le aseguró—. Ese bombero la va a ayudar. ¡Ya lo verás!

Con los pelos de punta y el corazón latiéndole a mil, Ana vio cómo el bombero hablaba con Encarna; por sus gestos, le debía de pedir calma. La mujer, al final, le hizo caso, y un par de minutos después, el hombre llegó hasta ella, la aupó y la metió en el cajón móvil de la escalera. Todos los que habían observado la acción boquiabiertos prorrumpieron en aplausos, emocionados.

—¿Lo ves? —se congratuló Nekane—. Ya te he dicho que ese hombretón la salvaría.

Durante más de una hora los bomberos trabajaron sin descanso, hasta que el pequeño fuego que había ocasionado un gran humo fue extinguido. Cuando los del Samur dejaron que Ana y Nekane se acercasen a su vecina, ésta gimió al verlas.

—¡Bendito sea Dios, criaturiñas! ¡Qué susto! ¡Qué susto!

—¿Estás bien, Encarna? —preguntó Ana, abrazándola.

—Sí, bonita. Pero casi no lo cuento. ¡Aiss, qué angustia! —exclamó entre sollozos y secándose los ojos con un pañuelo.

—No pienses eso, Encarna. No te ha pasado nada y estás bien —afirmó sonriendo Nekane.

—Pero ¿qué ha pasado? ¿Dónde se ha producido el fuego? —preguntó Ana, abrazando aún a la mujer.

—En la cocina. Estaba haciendo las rosquillas que os prometí —explicó, y las chicas sonrieron—, y como empezaba la novela, he corrido al comedor para no perderme ni un segundito. Creía que había apagado el fuego, pero no lo había hecho. Cuando me he dado cuenta, la cocina entera ardía y...

—Desde luego, Encarna, los numeritos que organizas para que un bombero te coja en brazos... —se mofó Nekane para hacerla sonreír.

Ese comentario, en efecto, logró arrancarle una sonrisa a la mujer, que se acercó todavía más a ellas y murmuró:

—¿Habéis visto qué buenos mozos han venido?

—Ya te digo —sonrió Nekane al ver a varios de los bomberos ligoteando con las modelos—. Estoy viendo a unos pedazos de tordos que me tienen extasiada.

Ana rió e hizo algunas fotos a los hombres. Nekane era ocurrente. Pero Encarna no había entendido lo que la joven había querido decir.

—¿Tordo? ¿Qué es un tordo? —preguntó.

Nekane, divertida, repasó de arriba abajo a uno de los bomberos que trabajaban ante ellas.

—Es una expresión de mi preciosa tierra —le aclaró—. Cuando una navarra como yo ve a un chico guapo suele decir «¡Qué pedazo de tordo he visto!».

—Manda truco, lo que hay que oír —dijo riendo Encarna, y señalando a varios bomberos, añadió—: Mira cómo ligan con esas muchachas. Son vuestras modelos, ¿verdad? —Ambas asintieron, y la mujer susurró—: ¡Hermosa juventud!

Ana sonrió. Llevaba rato observando cómo varios bomberos y los polis más jóvenes se acercaban hasta las modelos.

—Mira Iris qué contenta está —indicó, mirando a Nekane.

—¡Ahí va la leche! —soltó entre risas Nekane—. Mírala qué entregada está a la causa.

—¿Puedo decir algo? —preguntó Encarna.

—¡Claro! —respondieron las dos.

—Es sobre tu amiga, Nekane.

—¡Bah!, dejémoslo en que es una conocida. Y si me vas a decir que es una cebollina, ¡ya lo sé!

Encarna, sabedora de lo que pensaba Nekane, asintió, y tocándose la barbilla, añadió sin pelos en la lengua:

—Esa amiga tuya para mi gusto es una lagarta.

—Ya te digo. Para que luego digan que las peores somos las que llevamos tatuajes y *piercings* —se mofó Nekane, haciendo reír a su amiga.

—Pero bueno —intervino Encarna de nuevo—, ¿habéis visto cómo se abre el abrigo para enseñarles el muslamen?

—Y lo que no es el muslamen. Menuda perraca —suspiró Nekane.

—¡Neka! —protestó Ana.

—Ni Neka ni leches en vinagre —cortó Encarna—. Qué narices hace enseñando el potorro a esos hombres. ¡Qué sinvergüenza!

—¡Encarna! —exclamó Ana riendo.

—Es una pájara de mucho cuidado —se sinceró Nekane—. Pero cuando me pidió con esos ojitos que la acogiera en casa durante unos meses, no pude decir que no, aunque llevo tiempo arrepintiéndome.

Durante un rato, las tres observaron cómo aquélla desplegaba todo su amplio abanico de pestañeos, morritos y posturitas sexuales ante todo bombero o policía macizo que se le acercara. Iris parecía estar pasándolo muy bien rodeada de esos hombres que babeaban por ella. Estaban entretenidas contemplando el espectáculo cuando uno de los bomberos se aproximó a ellas. Era el que había auxiliado a Encarna. Ésta, al reconocerlo, se levantó y directamente lo abrazó.

—Gracias, riquiño, por sacarme de ese infierno vivita y coleando.

Ana, al tener a aquel bombero a escasos dos palmos de ella, sintió un extraño escalofrío seguido de un retortijón en el estómago al verle sonreír y presenciar cómo unos sensuales hoyuelos se le marcaban en los pómulos. Era enorme y viril. Y cuando se quitó el casco que llevaba comprobó que tenía el pelo oscuro, poseía unos impresionantes ojos azules, una nariz perfecta y unos labios gruesos y tentadores. «¡Qué monada!», pensó. Tenía ante ella al más morboso sueño para con seguridad conseguir cientos de mujeres. Un bombero sexy y vigoroso que quitaba el aliento. Pero manteniendo el tipo, ni se movió mientras él sin mirarla contestaba a Encarna.

—De nada, señora. Es mi trabajo y lo hago encantado. Pero debe prometerme que tendrá más cuidado a partir de ahora cuando cocine y, sobre todo, que se acordará de retirar la sartén del fuego, ¿de acuerdo?

La gallega asintió y, agarrándolo del brazo, le preguntó:

—¿Te gustan las rosquillas?

La expresión del bombero se tornó risueña.

—Pues sí. Me gustan much...

Sin dejarle terminar la frase, la mujer añadió:

—En cuanto tenga la cocina en condiciones, te haré un barreño para ti y tus compañeros, y os las llevaré al parque de bomberos. —Y mirando a las jóvenes que estaban a su lado calladas, apuntó—: Y les diré a estas dos preciosidades, por cierto solteras y sin novio, pero con negocio propio, que me acompañen.

Se quedaron atónitas por lo que Encarna acababa de decir, mientras Ana sentía cómo un calor inesperado le recorría el estómago. Antes de que pudieran protestar, el impresionante tiarrón de casi dos metros las miró y respondió con una sonrisa socarrona:

—Estaremos encantados de recibirlas en el parque de bomberos.

—¡Cabo! —gritó uno de aquellos hombres—, cuando quiera nos podemos ir.

Mientras el bombero asentía, se le acercó otro compañero.

—¡Rodrigo! Debemos atender un nuevo aviso —le indicó.

Al oír su nombre, el joven bombero se dio la vuelta y, tras guiñarle el ojo con complicidad a Encarna, dijo al tiempo que se alejaba:

—Le tomo la palabra. ¡Espero esas rosquillas!

Una vez que se apartó lo suficiente, las muchachas miraron a la mujer.

—La madre que te trajo, Encarna —siseó Nekane—. Pero ¿cómo se te ocurre decir eso?

—Niñas, ¿habéis visto qué guapiño es el cabo ese?

—Desde luego... —protestó Ana mientras seguía los movimientos del bombero—. ¿Por qué dices eso? Ahora nos recordará como las solteras y sin novio.

La mujer, con una picarona sonrisa, las miró y, dejándolas boquiabiertas, murmuró:

—No me seáis antiguas, muchachas. Tordos como ése no se ven todos los días.

Aquella noche y las siguientes Encarna se quedó a dormir en el piso-estudio de Ana y Nekane. Su casa, en especial la cocina, no estaba en condiciones de ser habitada, y aunque realmente no había pasado nada, el olor a humo hacía imposible dormir allí.

Mientras cenaban en la mesita baja del comedor, Encarna, con sutileza, observó a Iris en tanto ésta hablaba por el móvil. Ciertamente, la chica era monísima. Alta, pelazo rubio de anuncio, ojos rasgados y verdes, pechazo terso y cuerpazo, pero aparte de eso ¡era insustancial! Sin embargo, se guardó de decir nada que pudiera resultar ofensivo.

Emocionada, Iris hablaba y hablaba con una amiga. Le contaba que el sábado había quedado con un grupo de bomberos madrileños para cenar e ir de fiesta a Garamond, y animaba a la otra a asistir. Sin importarle que la estuvieran escuchando, le explicó que los bomberos babeaban mirándole el canalillo y las piernas, y que incluso la habían piropeado. Tampoco omitió que varios de ellos eran escandalosamente guapos. Tras relatarle a su amiga el maravilloso vestido que se iba a poner para impresionarlos y los zapatos de taconazo de diez centímetros que se iba a calzar, cerró el móvil.

—¿Qué pasa? —preguntó, colocándose con el meñique el pelo detrás de la oreja, al ver que las demás la observaban.

Ana y Encarna no contestaron, pero Nekane no pudo reprimirse.

—Desde luego, tienes menos cerebro que un mosquito. Tú, ¿a qué has venido a Madrid, a trabajar o a ligar con cualquier hombre que te mire y te diga que eres divina de la muerte?

—A ambas cosas. Y perdona, bonita, pero tengo suficiente cerebro como para compaginar las dos cosas.

—¿Estás segura?

Masticando un trozo de pavo, Iris la miró.

—Por supuesto que sí —respondió—. De todas formas...

—Calla, calla, calla...

—Sólo te iba a decir que vosotras también podríais venir el sábado —añadió la modelo con gesto serio.

—¿Yo también? —preguntó Encarna alegremente. Pero al ver la cara de Iris, dirigió los ojos a las dos muchachas a las que tanto apreciaba y dijo con guasa—: Yo no iré, pero vosotras dos sí. Merecéis salir con esos hombretones y pasarlo bien.

Nekane y Ana intercambiaron una mirada y con una sonrisa de complicidad asintieron. ¿Por qué no?

El sábado por la noche un grupo de siete chicas llegó al restaurante donde habían quedado con algunos de los bomberos. Allí los hombres las recibieron encantados, y tras besos y presentaciones, unas más efusivas que otras, el nutrido grupo se sentó alrededor de una enorme mesa y comenzó a cenar.

Como ya esperaban Nekane y Ana, los bomberos se centraron en las cinco guapas modelos. No era que ellas fueran feas, sino que las otras eran precisamente ¡modelos! Y con su estampa, sus miradas y sus insinuaciones era difícil competir.

—¿Qué te parece si cuando lleguemos a Garamond nos desmarcamos del grupo? —preguntó Nekane.

—¡Perfecto! —asintió Ana, encantada.

—Es que como continúe mucho rato con las repipis estas te juro que al final salgo en las noticias. Pero ¿tú has visto las tonterías que hacen?

Ana sonrió. En cierto modo, el egocentrismo y la forma de ser de las chicas le recordaban a su hermana, y eso la divertía, pero decidió cambiar de tema.

—¿Sigue trabajando Andrés en Garamond?

—Sí.

—Genial. ¡Copas gratis! —aplaudió Ana.

Una vez que acabaron los postres, todos se trasladaron en distintos coches al local de copas. Allí, los bomberos se encontraron con otros amigos, y el grupo se agrandó. Ana y Nekane se miraron. Era el momento de huir y buscar a su amigo.

Andrés se mostró encantado de verlas y rápidamente las invitó a un par de copas. Bebía los vientos por Nekane, aunque ésta no quería nada con él. Un rato después, las muchachas comenzaron a hablar con un grupo. Ana se fijó en un joven, un suizo de pelo claro, ojos azules y sonrisa cautivadora. Se llamaba Orson. Estaba en España por viaje de placer y aquélla era su última noche en el país. Estuvo conversando animosamente con él hasta que Nekane le dio un codazo para atraer su atención.

—¡Dios míooooooooooooooo! ¿Ese con el que habla la tonta de Iris será de verdad o de atrezo?

Dándose la vuelta, Ana se fijó en unos tipos enormes que hablaban al otro lado de la sala con Iris.

—¿Cuál de los armarios empotrados?

—El tordo moreno de pantalón negro, polo claro y culo respingón.

Ana lo observó.

—Oye..., qué culito más mono tiene —susurró. Pero al ver a su acompañante, añadió—: El tío que está al lado del que dices con el vaquero oscuro y el jersey caqui de ochos, ¿de qué me suena?

Durante unos instantes, ambas lo miraron, hasta que recordaron quién era.

—¡Rodrigo! El bombero.

—Sí..., es él. ¡Madre mía, lo bueno que está! —exclamó Ana, que al verlo de nuevo sintió que el estómago se le contraía.

—Pedazo de tordo —silbó Nekane—. Eso sí..., a mí me gusta más el otro. ¡Es tan sexy! Oye..., ¿y si vamos a cortarle el rollo a la diva y hacemos que nos los presente?

Animada por el momento y por la presencia de aquel hombre que la atraía, Ana le dijo a Orson que en seguida regresaría. El suizo asintió y continuó hablando con el resto del grupo mientras las dos muchachas se acercaban a donde estaban los otros.

—Iris —dijo Nekane con gesto divertido—, ¿nos presentas?

Al oír su nombre, la joven se volvió, las miró y, con una falsa sonrisa, accedió:

—Éstas son Nekane y Ana. Éstos son Calvin y Rodrigo.

Sin demora, las jóvenes se pusieron de puntillas, decididas a besarlos en la mejilla. Ellos intercambiaron una mirada, divertidos. Una vez que se saludaron, Ana se apoyó en el brazo de Rodrigo para no caerse y comentó con fingido desparpajo:

—A ti ya te conocemos.

El hombre clavó sus espectaculares ojos azules en ella al mismo tiempo que dos maravillosos hoyuelos se le marcaban en las mejillas.

—¿Sí? ¿De qué?

Ana tragó saliva mientras aquel impresionante tiarrón la miraba e instintivamente se humedeció los labios. Rodrigo era un hombre sexy, y eso le gustaba y mucho. Pero por alguna razón inexplicable la presencia de aquel hombre demoledor hacía que se sintiera torpe y excesivamente nerviosa. ¿Qué le ocurría? Finalmente, como pudo, se retiró con comicidad el flequillo oscuro de la cara y respondió:

—El otro día estuvimos contigo cuando salvaste a nuestra vecina, a la que se le había incendiado la cocina.

—¡Oh, sí! Encarna te estará eternamente agradecida —apostilló Nekane.

—¿La gallega de las rosquillas? —preguntó Rodrigo con tono burlón.

—Sí —asintieron al unísono.

—Entonces, vosotras tenéis que ser... las dos solteras y sin novio pero con negocio propio, ¿recuerdo bien?

Ante aquel comentario y viendo guasa en la mirada de Rodrigo, Ana dio un respingo hacia atrás y pensó: «Sexy pero imbécil».

—Tenemos un estudio de fotografía —aclaró Nekane al ver el gesto de su amiga.

El joven moreno de culo respingón que acompañaba a Rodrigo se quedó por un momento contemplando a la muchacha de gran moño sesentero en la cabeza, mono rosa y amplio cinturón.

—¿Te puedo preguntar de qué vas disfrazada? —le dijo.

Nekane clavó sus ojazos oscuros en él y siseó:

—¿Te puedo preguntar en qué mundo vives, paleto?

Boquiabierto, Calvin replicó:

—Oye, disculpa. No quería ofenderte, pero es que aquí pocas chicas van vestidas como tú y...

—Mira, guapo, punto uno, no voy disfrazada; punto dos, lo que ves es mi manera de vestir, y punto tres, no tienes ni puñetera idea de moda o sabrías que mi estilo retro e irreverente se debe al movimiento de los cincuenta y sesenta.

—Ahora lo pillo —contestó él con una espectacular sonrisa—. Vistes como esa cantante británica que murió. Sí, hombre, esa que...

—Amy Winehouse —siseó Nekane.

—¡Exacto! —exclamó riendo. Y acercándose a ella, le dijo—: Venga, hagamos las paces. Asumo que soy un paleto y me dejas invitarte a tomar algo.

La navarra sonrió y se encogió de hombros.

—Vale..., pero que conste que no discuto contigo porque tengo sed.

Rodrigo, al ver que aquellos dos se alejaban, miró a la joven morena que permanecía a su lado callada y le preguntó aproximándose más a ella:

—Ana, ¿eres fotógrafa?

—Sí.

Centrándose en aquella morenita de pelo liso, apoyó un hombro en la pared y volvió a preguntar con voz melosa:

—¿Y qué tipo de trabajos realizas?

—De todo un poco. —Y al comprobar que él la miraba directamente a los ojos esperando algo más, continuó sin atragantarse—: Con esta crisis no se puede ser muy selectivo, pero no nos quejamos. Tenemos buenas firmas en nuestra agenda y la mayoría de los trabajos que realizamos son para revistas de moda o catálogos.

—¡Qué interesante! —asintió Rodrigo, y Ana sonrió—. ¿Cómo se llama tu estudio?

—Objetivo 2.

Durante un buen rato los dos hablaron de fotografía. A Rodrigo le atraía ese campo, y Ana le explicó varias técnicas para poder sacar buenas fotos, a pesar de que los nervios le retorcían el estómago. Media hora después, cuando Iris fue consciente de que esos dos aún seguían hablando y de que su objetivo cada vez se acercaba más a Ana, decidió acabar con aquello, y aproximándose con paso seguro se puso entre ellos y, con una voz cautivadora, se dirigió al bombero:

—¿Te he dicho que soy modelo?

«Lo que eres es una perraca», pensó Ana, molesta cuando vio que Rodrigo dejaba de mirarla y respondía con tono insinuante:

—Sí, preciosa, lo sé.

—Trabajo para la agencia Woman Perfect, y justo el otro día estábamos en una sesión fotográfica de lencería femenina cuando ocurrió ese horrible incendio. —Puso morritos—. Por eso iba vestida sólo con aquel abrigo..., sin nada debajo.

Rodrigo sonrió como un lobo hambriento. Cinco minutos después, Ana se sintió fuera de lugar. ¡Hombres! Rodrigo ya no la volvió a mirar ni una sola vez. Se había vuelto invisible para él. Únicamente tenía ojos y palabras para la modelo, y decidió regresar junto al suizo, que sonrió encantado al verla de nuevo.

Una hora más tarde, mientras tomaba una copa, observó con disimulo a Nekane, que hablaba con el joven bombero de culo respingón, y sonrió. Su amiga había ligado con un buen tordo. Después, miró con desdén hacia la idiota de Iris. ¡Lagarta! Con sus posturitas y sus insinuaciones había atrapado absolutamente toda la atención del único hombre que a ella le había atraído en la sala. Pero como era una mujer práctica, decidió dar carpetazo a aquello y centrarse en el suizo. Era muy agradable y simpático.

Sobre las cinco de la mañana, los grupos se comenzaron a dispersar, y cuando Nekane le hizo una seña de que se marchaba con el bombero, Ana asintió. Ambas eran mujeres liberales y decidían cuándo y con quién querían estar. Tras ellos vio marcharse a Iris y a Rodrigo, y veinte minutos después, el suizo de preciosos ojos azules le sugirió que fueran a su hotel. Ana aceptó. Se presentaba una excitante noche por delante. Y así fue. Orson resultó ser un magnífico amante, y ambos lo pasaron maravillosamente bien.

A las nueve de la mañana, Ana llegó a su casa. Estaba cansada y feliz. Tras dejar el bolso sobre el sofá, se quitó los tacones y los tiró en el salón. Descalza, se dirigió a la cocina, separada del salón por una encimera, y se preparó un café con leche. Una vez que lo hubo calentado en el microondas, lo sacó y se sentó en el respaldo del cómodo sofá, dispuesta a tomarse el café con una magdalena e irse a la cama después. Estaba agotada. Pero de pronto la puerta del baño se abrió y la magdalena se le escurrió de los dedos al ver salir de allí a Rodrigo, el bombero, ¡desnudo!

—Pero ¡¿tú qué haces aquí?! —gritó, descompuesta.

El impresionante tiarrón la miró sorprendido, y a Ana se le secó la boca. Aquel hombre rezumaba poder, sensualidad y deseo por todos los poros de su piel, y seguía sin ocultar ni un centímetro de su cuerpo.

—Eso mismo te iba a preguntar yo —respondió él, frunciendo el ceño.

Ana, con las piernas como chicle, se bajó del respaldo del sofá y dejó la taza en la mesita antes de que se le resbalara de las manos. ¿Qué hacía aquel pedazo de tío desnudo en su salón? Como pudo, agarró un cojín del sofá y, tirándoselo de malos modos para que se tapara sus intimidades, chilló con cara de pocos amigos:

—Ésta es mi casa, ése es mi baño y lo que te tapa tu *aparatito* ¡es mi cojín!

—Toma. Yo no te lo he pedido —dijo él, entregándole el almohadón.

Boquiabierta por el descaro de Rodrigo, la joven cerró los ojos con comicidad.

—¡Por Diosssss, quieres taparte! —insistió.

Aunque la situación le resultaba divertida, le hizo caso y, suspirando, le indicó:

—Ya me he tapado. Puedes mirar.

Ana abrió primero un ojo y luego el otro. Se había tapado. Y tras repasar de nuevo aquella imponente figura, le preguntó:

—Te ha traído Iris, ¿verdad? —Él asintió, y ella gritó—: ¡Iris! Sal ahora mismo de la habitación, o como te saque yo, te juro que lo vas a lamentar.

Dos segundos después, la modelo apareció con cara de alucine y sólo vestida con una camisa abierta.

—¡¿Cómo se te ocurre traer a un tío a casa?! —vociferó Ana fuera de sí—. Pero ¿tú eres tonta o qué? ¿De qué lo conoces para meterlo en mi casa?

Rodrigo quiso decirle que él no era cualquiera, pero no pudo; primero, porque Ana estaba hecha una furia, y segundo, porque en cierto modo tenía razón. No lo conocían de nada.

—¿Quieres dejar de chillar para que te lo pueda explicar? —respondió Iris sin cambiar su gesto de asombro.

—¿Qué me tienes que explicar? ¿Que te has acostado con él en mi casa? Mira, guapa, hasta ahí llego.

Rodrigo, antes de que una u otra volviera a gritar, dijo mirando a Iris:

—Ella tiene razón. Si me hubieras dicho que ésta no era tu casa, no habría venido.

—Tú cállate y tápate —le increpó Ana—. Que nadie te ha dado vela en este entierro.

—Pero yo... creí que... —insistió la modelo.

—¡Tú por creer lo crees todo...! —gritó Ana sin que pudiera evitar fijarse en el tatuaje que el bombero tenía en el brazo y que le subía hacia el cuello. «¡Sexy!», pensó. Pero cerró los ojos y continuó—: Escúchame. Aquí no entra un tío más, ¿vale? Porque si yo no traigo a mi casa a los hombres con los que me acuesto una noche, ¿por qué los vas a traer tú?

—Ella vuelve a tener razón —asintió Rodrigo, sorprendido por la sinceridad de aquella pequeña y enfadada morena.

—¡Jolín, lo siento! —soltó Iris, indignada, y desapareció en la habitación dejándolos a los dos solos en el salón.

Malhumorada, Ana se volvió hacia él y lo miró con desdén.

—¡¿Ella?! ¿Esa *ella* soy yo? —preguntó.

—Sí.

—¿Y se puede saber por qué no me llamas por mi nombre?

—Porque no recuerdo cómo te llamas. ¿Te parece buena respuesta? —respondió él, levantando la voz.

Aquello a Ana le dolió. Horas antes habían hablado un buen

rato sobre fotografía. Incluso le había parecido que le tiraba los tejos cuando le había tocado el pelo y se lo había revuelto. ¿Y no recordaba su nombre? Ofuscada con lo ocurrido se dio la vuelta dispuesta a dirigirse hacia su habitación, pero antes de dejar el salón se volvió y, señalándolo con el dedo, le dijo:

—Te... fuera... quiero... Digo, te quiero fuera de mi casa en cinco minutos. Si salgo de mi habitación y sigues aquí plantado, me da igual que estés desnudo o vestido, ¡te echaré de aquí! ¡Ah!, y el cojín déjalo en el baño para lavar, ¿entendido?

Tras decir eso desapareció por el pasillo, y lo siguiente que el bombero oyó fue un increíble portazo. Rodrigo, aún anonadado, sonrió. A sus treinta y cuatro años era la primera vez que le ocurría algo parecido. Pero como no estaba dispuesto a que aquella fiera lo echara de la casa desnudo, entró en la habitación de Iris y, tras resistirse a los pucheros y a las insinuaciones absurdas de la modelo, se vistió y se marchó.

La situación en casa de Ana se relajó pasados un par de días. Nekane le aclaró a Iris que allí no se podía llevar a ningún desconocido a dormir. Una cosa era que la pasaran a recoger o a tomar un café, y otra muy diferente que un individuo que no conocían de nada campara por la casa con total libertad.

Fue transcurriendo el tiempo, y Nekane, animada por su amiga Ana, comenzó a quedar con Calvin, el bombero de culo respingón. Juntos lo pasaban en grande y, a pesar de que sus vidas nada tenían que ver, se atraían como dos imanes.

Un día, una gran nevada sorprendió a la ciudad de Madrid, que lógicamente se colapsó. Por la tarde, habiendo ya anochecido, mientras Ana y Nekane veían la televisión bajo sus mantitas sonó el portero automático de la casa. Ana se levantó para responder.

—¿Quién es?

—Soy Rodrigo. ¿Baja Iris?

Al oír aquella voz Ana no pudo remediar que le acudiera a la mente el momento en que lo había visto desnudo, y apoyándose en la pared, acalorada, contestó:

—Un momento.

Cuando colgó el telefonillo, se encaminó hacia el baño y llamó a la puerta.

—Está abajo, esperándote, el bombero. Date prisa

—¿El cabo?

—Y yo qué sé... —protestó Ana, no dispuesta a seguirle el juego.

Iris abrió la puerta, aún sin arreglar y con el pelo mojado.

—No me he pintado todavía. Dile que me espere —soltó, y cerró la puerta.

Ana, mientras caminaba de nuevo hacia la puerta para dar el mensaje, miró por la ventana y sintió frío al ver cómo nevaba. ¿Cómo iba a dejarlo en la calle mientras la otra acababa?

—Rodrigo, ¿estás ahí? —dijo una vez que llegó al telefonillo y lo descolgó.

—Sí.

—Deberás esperar un rato. Ella no está preparada.

Lo oyó blasfemar, y eso la hizo sonreír, pero se quedó de piedra cuando él le preguntó:

—¿Podría subir y esperar arriba?

—No.

—Hace un frío horrible y está nevando.

—Peor para ti —respondió Ana, levantando el mentón.

Boquiabierto, Rodrigo asintió.

—Gracias, simpática.

Cuando colgó el telefonillo, regresó al salón.

—¿Quién era? —inquirió Nekane.

—Rodrigo —siseó Ana, sentándose ante el televisor—. Viene a buscar a Iris, y como aún no está preparada, le he dicho que espere abajo.

Nekane miró hacia la ventana e intuyó el frío que debía de hacer bajo la nieve.

—Pobrecillo. Va a coger un trancazo del quince.

—Ése no es mi problema. Que se abrigue.

Pero veinte minutos después la conciencia de Ana hizo que se levantara y cogiese de nuevo el telefonillo del portero automático.

—Rodrigo, ¿sigues ahí?

Nadie contestó. Volvió a preguntar, pero tampoco hubo respuesta. Se sentía fatal, así que cuando colgó, sin pensarlo, se puso unas botas de agua y un abrigo largo.

—Pero ¿adónde vas con lo que está cayendo? —le preguntó Nekane.

—A buscarlo. No soporto pensar que está cogiendo frío por mi culpa mientras la mema de Iris sigue arreglándose sin ninguna prisa.

Una vez que el ascensor llegó a la planta baja, Ana notó el frío glacial que hacía y, abriendo la puerta del portal, comprobó que Rodrigo no estaba allí. ¿Dónde se había metido? Miró hacia la derecha y no vio a nadie. Después miró a la izquierda y un movimiento en el interior de un coche llamó su atención; tras quitarse los copos de la cara constató que se trataba de él. Con paso rápido fue hasta el vehículo y llamó a la ventanilla. Él, al verla allí parada, bajó el cristal.

—¿Tienes ganas de coger una pulmonía? —dijo el hombre.

—Vamos, sube —le respondió con gesto serio.

Inmediatamente, Ana se dio la vuelta y comenzó a correr por la acera. Rodrigo, atónito en un primer momento, salió del coche y oprimió el cierre automático para bloquear las puertas. Entonces, oyó un golpe. Al volverse se encontró a la joven espatarrada en el suelo. Rápidamente llegó hasta ella.

—¿Te has hecho daño?

—¡Aisss, Dios...!, mi culo —se quejó.

—Menudo golpe que te has dado. ¿Tú no sabes que cuando el suelo esta helado no se puede correr?

Fue a contestar, pero un pinchazo en su santo trasero la hizo callar. Dolorida, no sólo por la caída, quiso ponerse de pie cuando sintió que él la levantaba del suelo entre sus brazos.

—¿Qué estás haciendo? ¡Suéltame!

Rodrigo no le hizo caso. Como si fuera una pluma la llevó en volandas hasta el portal, y cuando llegó, la miró y con gesto inflexible le dijo:

—Abre la puerta y te dejaré en el suelo.

Estar tan cerca de él, percibir su aroma, sentir su fuerza y sus poderosas manos agarrándola le perturbaron todos los sentidos. Pero volviendo en sí sacó las llaves del bolsillo y con torpeza abrió la cerradura. Una vez dentro, Rodrigo la soltó. Sin mirarlo, se dirigió al ascensor, y al cerrarse las puertas, se sintió pequeñita junto a él. Cuando el ascensor comenzó a moverse, el hombre fue a decir algo, pero Ana lo señaló con el dedo y, levantando la cabeza, fijó sus ojos en él y siseó:

—No se te ocurra dirigirme la palabra, ¿entendido?

—Pero bueno, ¿qué te pasa? —Él cada vez estaba más sorprendido por cómo le hablaba.

Como no quería seguir contemplando aquellos ojazos y en especial los sexis hoyuelos que la llevaban por la calle de la amargura, Ana bajó la vista al suelo.

—¿Tú estás sordo, o qué?

Rodrigo frunció el ceño y decidió no abrir la boca. Pero ¿qué le pasaba a la señorita malaleche? Cuando entraron en la casa el calorcito del hogar hizo que ambos suspirasen gustosos. Nekane lo saludó y dos minutos después los tres estaban sentados en el salón viendo una película. De pronto, sonó el trino de un pájaro, y Rodrigo observó que había una bonita jaula redonda de color blanco sobre la encimera.

—¡Vaya!, no sabía que tuvierais un pájaro.

—Pues ya lo sabes —respondió Ana sin mirarlo.

¡Qué borde era la morenita! Pero no estaba dispuesto a callar, así que sonriendo preguntó:

—¿Cómo se llama?

Nekane fue a contestar, pero Ana la sujetó del brazo, y esa vez, mirándolo, contestó:

—*Pío.*

—*¡¿Pío?!*

—Sí.

El nombre le pareció gracioso, y aún más la cara de la joven.

—¿Tu pájaro se llama *Pío*?

—Exacto —replicó Ana—. ¿Algo que objetar?

Rodrigo levantó las manos y negó con la cabeza. ¿Qué le pasaba a aquella chica con él? Diez minutos después, sintiéndose incapaz de continuar callado, afirmó:

—Qué buena es esta película de *Resident Evil*.

Ambas asintieron con un gesto, pero sin añadir nada más.

—La banda sonora es acojonante, ¿verdad? —insistió.

—Flipante —convino Nekane.

—¿Os gusta Metallica?

Las dos volvieron a asentir.

—Me alegra saber que os gusta la buena música —continuó, cada vez más sorprendido—. No como a la mayoría de las mujeres, a las que les gustan los cantantes guaperas y blanditos que están de moda y que hacen gorgoritos entonando ridículas canciones de amor.

Nekane fue entonces a decir algo, pero Ana se le adelantó.

—Cuando te refieres a guaperas y blanditos, ¿de quién hablas?

Rodrigo sonrió y se pasó la mano por su cortísimo pelo oscuro.

—Pues a cualquiera de esos que cantan baladitas romanticonas.

—¿Por ejemplo? —preguntó Nekane, riendo.

Al ver cómo lo miraban, especialmente Ana, intuyó que había metido la pata y prefirió callarse. Pero ésta contraatacó con el ceño fruncido.

—Aunque te parezca mentira nuestro cerebro es capaz de procesar que nos guste la música de Marilyn Manson, Method Man o Depeche Mode, y también las baladitas romanticonas que, por ejemplo, cantan Alejandro Sanz y Luis Fonsi, o los boleros de Luis Miguel. ¿Algún problema?

—¿Te gusta Luis Miguel? —se mofó el bombero. Ana resopló pero no contestó, y Rodrigo, cansado de lidiar con ella, añadió—: No sé por qué te pones así. Pero mejor dejémoslo.

—Sí, cállate —siseó Ana, metiéndose un puñado de palomitas en la boca.

Nekane miró a su amiga. ¿Qué le ocurría? De pronto, sonó el teléfono, y Ana alargó la mano para cogerlo.

—¿Sí?

—¡Hola, Pato! ¿Cómo está mi hermana preferida?

Al oír la voz de su hermana, Ana cambió su gesto y sonrió, y olvidándose de todo, se levantó y se marchó a su habitación a hablar. Rodrigo la siguió con la mirada hasta que desapareció por el pasillo y, volviéndose hacia Nekane, susurró:

—Nunca imaginé que en un cuerpo tan pequeño entrara tanta mala leche.

La navarra sonrió, pero como no quería polemizar siguió viendo la película.

—¿Por qué le caigo mal? —preguntó entonces el hombre.

Nekane se metió un puñado de palomitas en la boca y lo miró.

—Si no te gusta Luis Miguel, tú no le gustas a ella —aseguró descolocándolo.

Ya en el interior de la habitación, Ana se tocó el trasero por el golpazo que se había dado y se sentó con cuidado sobre la cama.

—¿Cómo estás? —preguntó a su hermana con una sonrisa.

—Bien..., estupenda. Y tú, ¿qué? ¿Vas a venir para Navidad?

—Que sí, petarda —contestó Ana, cerrando los ojos—, que ya le dije el otro día a papá que tengo el billete comprado para llegar allí el día 24 y que me quedaré hasta el 2.

—Tú, ¿todo bien? ¿Algo importante que contar?

—No.

—¿Seguro, Pato?

Sorprendida por aquella pregunta, respondió:

—Vale, ya te he pillado. Tú sí que tienes algo que contarme, ¿verdad?

—¡Sí! —gritó al otro lado del teléfono—. Tengo muchas ganas de verte para explicarte millones y trillones de cosas. Por cierto, que sepas que me he cortado el pelo como Scarlett Johansson en el anuncio de The One de Dolce & Gabbana, y estoy divina. ¡Ah!, y otra cosa, cuando vengas te llevaré a un nuevo spa que ha abierto una amiga mía. Es una cucada.

—¿Todo bien por allí? Mamá y papá, ¿bien?

—Sí, todo lo bien que pueden estar —respondió Nana—. Mamá, tormentosa como siempre, pero por lo demás todo bien.

—Venga, suéltalo. ¿Qué ocurre?

—¿Estás preparada?

—¡Ay, madre!, no lo sé —se mofó Ana—. Anda, dime eso que estás deseando contarme.

—¡Me caso!

—¿Que te casas?

—Sí.

—¿Otra vez?

—Sí —volvió a asentir, emocionada, su hermana.

—Pero ¿con quién? —preguntó, asombrada.

—Con un hombre.

—¡*Joer*, Nana...!, eso imagino. No te vas a casar con una almeja —se burló.

—Se llama Tom Billman. Es un jugador de polo que conocí y, ¡oh Diosss!, ¡estoy loca por él!

Ana suspiró. En los siete años que habían pasado su hermana se había separado de Christopher, había tenido un romance escandaloso con un jugador de fútbol y varios novios de diferente índole. Todo aquello a su madre la tenía en un sinvivir.

—Vamos a ver, Nana, ¿por qué te vas a casar otra vez?

—Porque me gusta mucho Tom y porque he visto un precioso vestido de Rosa Clará con el que voy a estar monísima. —Y sin darle tiempo a decir nada, soltó con un gemido—: Pero temo decírselo a mamá. Seguro que monta alguna de las suyas.

—Nana..., escúchame. Lo primero de todo no llores...

—No lo puedo remediar, Pato —dijo sollozando—. Necesito que vengas en Navidad para contárselo a los papis. Si tú estás a mi lado, sé que podré hacerlo y...

—Tranquila, cariño. Allí estaré para apoyarte. Pero creo que deberías pensarlo.

—Está más que pensado. Me quiero casar con él y punto.

Ana suspiró. Su hermana y sus caprichos nunca cambiarían.

—Vale, vale...

Durante más de una hora estuvieron hablando de aquella nueva locura, hasta que por fin Ana colgó y regresó al salón. Al abrir la puerta allí sólo estaba Nekane ante el televisor. ¿Dónde estaba Rodrigo? Cuando se sentó junto a su amiga, metió la mano en el puñado de palomitas, y la otra, sin que ella preguntara, le dijo:

—Tranquila..., ya se han ido.

Ana asintió y se metió un nuevo puñado de palomitas en la boca, pero un extraño amargor le encogió las tripas al pensar que Rodrigo se había marchado. ¿Qué le ocurría?

Y todo fue de mal en peor. A partir de ese día cada vez que Rodrigo aparecía por casa para buscar a Iris algo le sucedía. Su presencia le imponía tanto que se ponía nerviosa como una colegiala, se daba golpes contra las cosas y tenía las piernas llenas de cardenales. Con disimulo, lo observaba. Aquel bombero que apenas la miraba conseguía que las tripas se le encogieran y el corazón le palpitara descontroladamente. ¿Por qué tenía que ser tan sexy? Hasta que un día, tras casi llevarse un dedo al oír su voz mientras cortaba jamón, fue al baño, se miró en el espejo y susurró, convencida:

—Vale. Me rindo. Me gusta Rodrigo.

Algunos días después, Ana y Nekane estaban inmersas en una sesión de fotos junto a un creativo al que llamaban Popov; reían mientras trabajaban. La empresa de helados Caracola les había encargado unas fotografías para su nuevo catálogo. Helados de vainilla, pistacho, turrón, fresa o chocolate debían traspasar en esencia la imagen y tentar al comprador.

Con cuidado, las jóvenes preparaban puré de patata, al que luego echaban distintos colores hasta conseguir una textura similar a la del helado. Después, elaboraban generosas bolas y con mimo las colocaban sobre bonitas copas de cristal adornadas con flores frescas.

—Me encanta esta canción de Amy —dijo Nekane, poniéndose a bailar al ritmo de *Rehab*.*

—Es muy buena —asintió Popov—. A mi chica, Esmeralda, le encanta.

—Mi preferida de Amy es *Me and Mr. Jones*** —intervino Ana—. Esa chulería que tenía al cantarla me gustaba mucho. En especial, ese trozo que dice: «Eres un mierda». ¡Es buenísima!

—¡Vaya, Plum Cake! —se mofó Popov—. ¡Qué romántica!

Todos rieron.

—Es una canción de despecho total —apuntó Nekane—. Cantarle esa canción a un tío es cantarle las cuarenta y ponerlo a caer de un guindo. Aunque es una excelente canción.

Durante un buen rato estuvieron escuchando el CD de Amy Winehouse, hasta que acabó y Popov rápidamente lo cambió. Ahora le tocaba disfrutar a él.

—¡Uff!, tengo una hambre atroz —se quejó Ana mientras pasaba el dedo por el cazo para comer el sobrante del puré.

—Últimamente, eres como una piraña —dijo Nekane, sonriendo—. Todo te lo comes.

A Ana el comentario le pareció divertido, pero se distrajo al ver lo que hacía su amigo.

—Popov, no eches tanto verde, que más que pistacho va a parecer un helado de musgo.

El joven se carcajeó y respondió:

—Calla, Plum Cake, que este verde da una tonalidad muy baja y hay que echarle lo justo para conseguir el color deseado. Ya verás

* *Rehab*, Emi Music Publishing Ltd., escrita e interpretada por Amy Winehouse. *(N. de la e.)*

** *Me and Mr. Jones*, Emi Music Publishing Ltd., escrita e interpretada por Amy Winehouse. *(N. de la e.)*

como sale bien. —Pero al sonar una nueva canción dejó de hacer lo que estaba haciendo y preguntó, mirando a Ana—: ¿Bailas, Plum Cake?

La joven asintió.

—Buenooooooo, ya empezamos con las horteradas —se quejó alegremente Nekane mientras miraba el techo.

Instantes después, comenzaron a cantar mientras bailaban.

—¡Anda la leche! Acabo de ver que tenemos que preparar pistacho con trocitos de chocolate —dijo Nekane, parando la música—. Voy sacando las virutas de chocolate y en cuanto me pases el puré verde lo remuevo con el chocolate, ¿te parece?

—Desde luego, *jodía* navarra, qué cortarrollos eres. ¿No ves que estábamos disfrutando con el Luismi? —se quejó Popov, sonriendo.

—Que no..., que no tengo yo el cuerpo hoy para romanticismos.

—Eso te pasa porque no te has enamorado o nunca has dado con un tío romántico —indicó Popov—. Si esa patata frita que tienes por corazón alguna vez hubiera sentido algo, te aseguro que cuando escucharas una canción de Luis Miguel te pondrías tontita.

—¡Anda ya! —exclamó Nekane entre risas. Pero acercándose a Popov, añadió—: Confieso que alguna canción de él me gusta. Pero eso nunca lo admitiré fuera de estas paredes, o mis amigos me tacharán de friki.

Ana se rió con ganas.

—¿Qué os parece si continuamos con esto y luego seguís con el guateque pastelero? —prosiguió Nekane—. Tengo una cita y he de ducharme y ponerme guapa, y esa restauración lleva su tiempo.

—Con lo guapa que eres al natural... —bromeó Popov.

—Mejoro con chapa y pintura —se mofó Nekane.

—¿Y se puede saber con quién tienes esa supercita? —preguntó Popov, echando polvitos amarillentos al puré.

—Con un bombero —contestó riendo Ana.

—¡Chivata!

—Pero ¿qué me dices?

—Lo que oyes, guapo. A ver si te crees que el único que liga con pibones aquí eres tú. Que tu Esmeralda es muy mona, tan morenita, pero mi Calvin... es cosa divina.

—¡Anda la navarra..., pues no es chula ni *na*! —exclamó Popov con una sonrisa—. Vamos, pon música romanticona que, si no, me bloqueo y no puedo trabajar.

—Pero no os pongáis a bailar —le advirtió Nekane—, ¿entendido?

—Vale. Te lo prometo —dijo carcajeándose Popov.

Nekane le dio al *play*, y la canción de Luis Miguel continuó.

—Venga, venga, sigamos con los helados que cuanto antes terminemos antes se marcha ésta a arreglarse y nosotros podremos bailar eso que tanto nos gusta y que dice «si no existierasssssss yo te inventaríaaaaaaa» —animó Ana.

Entre risas continuaron las mezclas hasta conseguir lo que buscaban. Una vez que lo lograron, tras decorar las copas, las llevaron a la zona del estudio, donde Ana encendió las luces y comenzó a realizar su trabajo. Hizo cientos de fotografías que luego veían en el ordenador para comprobar los resultados. Cada uno opinaba según lo que observaba y las fotos se volvían a hacer desde diferentes ángulos. Un par de horas después, se oyó por los altavoces una canción y los tres, olvidándose de todo, se pusieron a cantar en el estudio, bajo las luces, a pleno pulmón.

Tan abstraídos estaban cantando que no se dieron cuenta de que en el estudio entraban tres personas. Iris, algo avergonzada, contempló el espectáculo mientras Calvin y Rodrigo ni pestañeaban, asombrados. No se movieron. Se quedaron donde estaban hasta que terminó la canción y aplaudieron.

Al oír los aplausos, los tres cantarines se volvieron y se quedaron de pasta de boniato. Ana, roja como un tomate, vio que Rodrigo la miraba y sonreía. «¡Maldito!» Y Nekane, que no sabía dónde meterse por aquella pillada, se quedó a cuadros cuando Calvin se acercó a ella y, dándole un beso en los labios, le preguntó:

—¿Sabías que me encanta Luis Miguel?

—No —respondió la navarra, acalorada.

—Es amigo mío —afirmó él.

—¡Qué ilusión! —soltó, horrorizada.

—A mi chica también le encanta —terció el creativo. Y extendiendo la mano, se presentó—: Soy Popov. ¿Y tú?

—Calvin Rivero, y antes de que me preguntes, sí, nací en España. Mi padre es mexicano y mi madre, española.

—Encantado, Calvin —dijo el joven sonriendo—. Y ya que nos sinceramos, mi nombre completo es Pepe Gómez Popov. Mi madre es rusa y mi padre, español.

—¿Y te llamas Pepe?

—Sí, mi padre ganó la apuesta. Si era niño, elegía él y si era niña, elegía ella. Pero todo el mundo en mi trabajo me llama Popov. Es más comercial e identificativo.

Todos rieron.

—Por cierto, y visto que eres de los míos —añadió Popov—, el once de mayo del año que viene el Luismi va a cantar en Madrid. Mi chica, Ana y yo vamos a ir, ¿os apuntáis?

—¡Qué frikis sois! —se mofó Iris, ganándose una mirada glacial de Ana.

—¡Habló el Oráculo de la sabiduría musical! —respondió Nekane.

La modelo fue a contestar, pero Calvin, adelantándose, miró a su chica e hizo saber:

—¡Me apunto! Y por supuesto mi princesa también.

Nekane quiso morirse. ¿Qué hacía ella en un concierto del Luismi? De pronto, todas las miradas se centraron en Rodrigo, que los observaba callado.

—Conmigo no contéis —aclaró, levantando la mano—. Soy de otro rollo de música. —Y clavando la mirada en Ana, aseveró—: Luis Miguel, pese a quien le pese, no es lo mío.

Ana se dio un golpe en la rodilla con una mesita mientras se mordía la lengua para no insultarle. En ese momento, sonó el teléfono de Popov, pero antes de atenderlo le tendió la mano a Rodrigo.

—Soy Popov, y aunque no lo creas, no te imaginas lo que te pierdes por no escuchar ese tipo de música. A las churris las vuelve locas.

—Soy Rodrigo —respondió el otro riendo y estrechándole la mano.

Después, el creativo salió de la habitación para hablar por teléfono. Ana, que aún se sentía avergonzada porque los hubiesen sorprendido, fue a decir algo cuando Iris se le adelantó:

—Voy a cambiarme. Rodrigo, ¿vienes?

Ana los miró.

—Yo mejor espero aquí —dijo él.

Iris cruzó una mirada asesina con Ana y desapareció de la estancia. Nekane, encantada, le estaba enseñando el estudio a Calvin cuando comenzó a sonar por los altavoces la ranchera *La Bikina*,* interpretada por Luis Miguel, y el chico empezó a cantarla. Nekane lo miró con los ojos como platos y al final sonrió. Rodrigo, a su vez, puso los ojos en blanco. Calvin y sus cancioncitas... Pero al volver la mirada hacia Ana, vio que la joven se daba la vuelta y no decía nada, así que se acercó a ella y, agachándose, la saludó al oído:

—Hola, Ana.

Esa vez no tenía escape. Cuando oyó que mencionaba su nombre, quiso mandarlo a paseo, pero conteniendo sus impulsos curvó los labios y respondió:

—Hola, Rodrigo.

Durante unos segundos, ninguno de los dos dijo nada ni se movió, hasta que él rompió el silencio.

—Tienes un bonito estudio.

—Gracias —contestó secamente, intentando concentrarse en las fotografías que veía en el ordenador mientras escuchaba cantar a Calvin.

Con curiosidad, Rodrigo se acercó hasta la mesa donde estaban las copas.

* *La Bikina*, OBO APRA/AMCOS, de autor desconocido e interpretada por Luis Miguel. *(N. de la e.)*

—¿Helado? —preguntó.

—Sí.

Al ver que ella continuaba mirando el ordenador, insistió:

—¿Y con la luz de los focos no se deshace?

—Es puré de patata —confesó Ana.

Atónito, Rodrigo lo examinó de cerca y con una encantadora sonrisa dudó:

—¿En serio?

—Sí. Cuando hacemos reportajes de helados utilizamos puré de patata y lo coloreamos con polvos hasta conseguir el tono del sabor. Con los focos es imposible utilizar helado de verdad.

—¡Vaya!, qué curioso. Nunca lo habría imaginado.

—De eso se trata, de que tu ojo no se dé cuenta y quieras comerte ese helado, aunque esté hecho de puré y colorante.

Al ver que por fin Ana sonreía, Rodrigo se aproximó a ella y, agachándose de nuevo para estar más cerca, le dijo al oído:

—Siento lo que ocurrió aquel día. Lo he querido hablar contigo mil veces, aunque nunca he encontrado el momento. Si hubiera sabido que no era el piso de Iris nunca habría ido. De verdad, te pido mil disculpas.

Finalmente, Ana claudicó. ¿Por qué seguir enfadada? Levantó la mirada. Ante ella tenía al hombre más sexy que había visto en su vida vestido con unos vaqueros y una chaqueta militar que se le ajustaba a sus anchos hombros. Tragó con dificultad y, moviéndose con cuidado para no tirar nada, se quitó las gafas, las dejó junto al ordenador y se levantó del taburete. Mientras observaba cómo el tatuaje que ella recordaba sobresalía por el cuello de la chaqueta caqui, murmuró:

—Vale, vale..., yo también te pido disculpas.

—¿Lavaste el cojín? —preguntó con sorna.

—Por supuesto. —Y sintiéndose como una tonta quinceañera, añadió—: Me comporté como una troglodita. Estaba cansada y no esperaba ver salir a un hombre desnudo de mi baño. ¡Entiéndeme!

—Te entiendo..., te entiendo. —Arqueando las cejas, le tendió una mano y preguntó—: ¿Amigos?

—Amigos —asintió ella sin poder quitar la vista de aquellos hoyuelos.

—¿Aunque no me guste el que canta?

Ana rió al escuchar a Luis Miguel y con una encantadora sonrisa repuso, dándose un rodillazo contra la mesa:

—De acuerdo, aunque tengo que puntualizar que eso te hace perder mucho.

Rodrigo sonrió y ella al sentir su enorme mano notó que se le doblaban las piernas mientras él decía con voz melosa y cautivadora:

—¿Me prometes que a partir de ahora me hablarás con normalidad y no huirás cada vez que me veas?

—Te lo prometo.

Sonrió agarrada con la mano libre a la silla. Si se soltaba seguro que se caía. El corazón le latía a mil por hora. Aquel hombre la ponía cardíaca y, como siempre, un calor súbito la invadió. Su cuerpo reaccionaba ante él de una manera extraña y no era capaz de controlarlo. Era verlo y, si no se sujetaba, era capaz de desplomarse. Durante unos segundos, ambos, aún cogidos de la mano, se miraron, hasta que entró Popov, que al ver a Calvin cantando *La Bikina** se unió a él.

—¿Siempre trabajáis así?

Ana le soltó la mano e, intentando hilvanar una frase entera, respondió:

—Depende. Popov es un creativo muy divertido. Y si encima suena el Luismi ¡ni te cuento!

Ambos sonrieron, y Ana se sentó en el taburete. De nuevo aquel fuerte y corpulento hombre le prestaba toda su atención, y eso le revolvió el estómago. Tenerle tan cerca y oler su perfume la estaba volviendo loca. Pero loca de deseo. Durante un rato ella le enseñó en el ordenador las fotografías que habían hecho durante aquella sesión, y él se quedó boquiabierto al verlas. Realmente parecían helados recién salidos del congelador.

* *Ibíd.*

Cuando la canción acabó, Calvin, Nekane y Popov se acercaron hasta ellos.

—Plum Cake, me voy. Esmeralda está malucha y quiero llegar pronto a casa.

Ana se levantó y le dio un beso a su amigo.

—Vale..., muy bonito, y ahora me quedo yo aquí sola para recogerlo todo, ¿verdad? —Al ver el gesto de Popov, Ana añadió, risueña—: Anda, venga..., vete y dale mil besos a Esmeralda de mi parte.

—El lunes a las nueve revisamos las fotos, que las tenemos que entregar el martes, ¿te parece?

Cuando Popov desapareció, Rodrigo miró a Ana y le preguntó:

—¿Te ha llamado Plum Cake?

—Sí —respondió Nekane por su amiga.

—¿Por qué?

Nekane fue a contestar, pero Ana la cortó.

—Porque un día me di un atracón de *plum cake* de chocolate.

En ese momento, apareció Iris. Como siempre, estaba impecable. Espectacular. Guapísima con aquel vestido de lentejuelas plateadas y los taconazos de infarto. Acercándose con sensualidad hasta ellos, agarró de manera posesiva a Rodrigo del brazo y le hizo una cucada con los morritos.

—Ya estoy lista. ¿Nos vamos?

—Claro, preciosa —convino él con admiración.

Ana quiso borrar aquellas absurdas sonrisas de sus bocas.

—¿Voy guapa, cabo? —preguntó entonces Iris.

Rodrigo, sin mirar a nadie más, hizo que diera una vuelta sobre sí misma y una vez que la completó le dio un rápido beso en los labios.

—Despampanante —sentenció.

—Lo sé —aplaudió Iris, dejándolas sin palabras.

Ana y Nekane se miraron, y la navarra se metió los dedos en la boca. Eso las hizo sonreír. Pero dos minutos después el semblante de Ana cambió cuando Rodrigo la miró y, con un gesto cautivador, le guiñó el ojo. Como era de esperar las piernas se le trabaron y gracias a los rápidos reflejos de él, que la sujetó, no se estampó en el suelo. Acalorada, miró al hombre que la sujetaba por la cintura y tras balbucear un «gracias» se apoyó en la silla y le dedicó una sonrisa. Nekane, que la conocía, al ver aquel ademán resopló. ¿Qué le tenía que contar su amiga? E iba hablar cuando Rodrigo dijo:

—Calvin, he quedado con Fran, que ha venido de Murcia. ¿Os venís?

—¿No me digas? —soltó Calvin, riendo—. Eso no me lo pierdo yo por nada.

—Yo no voy —respondió rápidamente Nekane; ni loca saldría con Iris. Y al ver que Ana la miraba, sin prestarle atención, añadió—: Calvin, de verdad, perdóname, pero tengo un dolor de cabeza horroroso. Iba a llamarte para decirte que no podía quedar contigo, pero has aparecido aquí y...

—Pues no lo parecía hace un rato cuando chillabas como una loca —hizo constar Iris.

Nekane prefirió no contestar y solamente pestañeó.

—¿Te encuentras mal, princesa? —preguntó Calvin, preocupado.

La joven morena puso ojos de perro pachón y asintió. Ana se tapó la boca con la mano para no reír.

—Escucha, Calvin. Punto uno. Te he dicho mil veces que no me llames *princesa.*

—Lo sé, princesa —admitió él.

Nekane suspiró y prosiguió:

—Punto dos. Sal con tus amigos. Mañana hablamos, y si estoy mejor, quedamos, ¿te parece?

—¿Estás segura?

—Sí, muy segura. Además, quiero ayudar a Ana a recoger todo esto.

Diez minutos después, aquellos tres habían desaparecido, y mientras recogían el estudio, Ana, todavía asombrada, le preguntó a Nekane:

—Pero ¿tú no tenías esta noche una cita con Calvin?

—Sí, pero como he visto que me iba a tener que comer con patatas a la idiota de Iris, ¡paso! Prefiero quedarme aquí contigo y ver una peli.

—¡Qué planazo!

—Además, tenemos que dorotear seriamente.

—¿Tenemos que hablar? —preguntó Ana—. ¿Qué ocurre?

—He visto algo que no me has contado.

—¿El qué?

—¿No tienes nada que dorotearme?

—No, *princesa*.

—No me toques las epiteliales..., no me toques las epiteliales —se mofó Nekane. Y al ver a su amiga reír, insistió—: Vamos a ver, ¿por qué has dicho esa tontería de que Popov te llama Plum Cake porque te diste un atracón?

—Porque es lo primero que se me ha ocurrido.

—No quieres que te relacionen con tu padre, ¿verdad?

Tras resoplar, Ana la miró y dijo:

—Si ya lo sabes, ¿por qué lo preguntas?

—Porque soy así de repelente —ironizó.

—Sabes que quiero ser simplemente Ana —añadió ésta, sonriendo— . No quiero que sepan quién es mi padre o comenzarán a tratarme de otra manera. Y no. Necesito que la gente sea normal conmigo. Por lo tanto, sigue con la boquita cerrada, ¿vale?

—Valeeeeeeeeeee. Punto uno solucionado. Ahora vayamos con el dos.

—¡¿Dos?!

—Repito: ¿algo que dorotear?

—No.

—Vale, pues entonces entraré directamente a matar. Llevo días comprobando cómo te comportas cada vez que aparece ese cabo llamado Rodrigo por casa y no lo entendía. Pero hoy tu cara y tu ya descontrolada torpeza han hablado por sí solas. A ti te pone Rodrigo.

Al escuchar aquello a Ana se le cayó una de las copas de puré al suelo. ¿Tanto se le notaba?

—Pero ¿qué tontería dices?

Nekane se acercó a su amiga y le puso una mano en el hombro.

—Mira..., te conozco, como diría mi madre, ¡como si te hubiera parido! Llevo días observando cómo reaccionas cada vez que ese pedazo de tordo aparece en casa. Cuando no sales pitando o te estampas contra algún mueble, se te cae lo que llevas en las manos, y para muestra un botón. —Señaló la copa en el suelo—. O, si no, te pasa como el otro día que casi te llevas un dedo cortando el jamón al oír su voz. ¿Qué narices te ocurre?

Desmoralizada, Ana se sentó en el suelo, y Nekane la siguió. ¿Para qué seguir mintiendo? Y finalmente, con sinceridad, le confesó:

—Te juro que lo veo y me vuelvo torpe e idiota. Pero ¿qué narices me pasa con él? Si hasta se me revuelve el estómago.

—Lo sabía. A mí no me puedes engañar.

—Me sudan las manos. Me tiembla la voz. Me palpita el corazón —prosiguió Ana—. Con decirte que ya he soñado más de una noche que me estaba dando un revolcón con él. —Nekane se carcajeó—. Y no lo entiendo, de verdad. Estoy acostumbrada a trabajar con modelos guapos, con cuerpos perfectos, tíos que pararían el tráfico, pero..., pero Rodrigo, con esos hoyuelos en la cara y esos ojazos azules que me vuelven loca, y su fuerza tan varonil, es..., es diferente..., y... yo..., yo...

—Reconoce que ese tipo de machote algo brutote te pone y mucho. No te gustan los guaperas de foto, y ambas lo sabemos.

—Lo reconozco... Me pone.

—Por cierto, el cabo, ¿tendrá algún tatuaje?

—Sí..., uno muy sexy —asintió al recordar lo que había visto—. Y si Iris no se hubiera entrometido la noche que lo encontramos en Garamond, seguro que ya se lo habría tocado y lamido.

—Eso es fácil. ¡Levántaselo!

—Sí, claro..., como que es tan fácil. Si algo me resulta evidente es que contra esas piernas kilométricas y ese cuerpo que se gasta ella no tengo nada que hacer.

—Si no lo intentas, ¡nunca lo sabrás!

Ana dejó escapar un suspiro.

—La verdad es que pensar en él me pone a cien. Me encantaría tirarlo en mi cama, morderle esos labios, desnudarlo y...

—¡Guauuuuuu, estás desatada, muchachaaaaaaaaa!

—Sí. Por primera vez en muchos años, me siento como un tío. —Ambas rieron—. Lo deseo, y estoy ansiosa por tenerlo en mi cama.

—Pues lánzate porque, para la caprichosa de Iris, Rodrigo es uno más. Anda que se fijó en cualquier bombero. No, no; ella se fijó en el cabo de dotación. Anda que no es clasista la *jodía*. Pero también te digo una cosa: en cuanto encuentre otro que le diga más veces lo preciosa y guapa que es, pasará de él. Ya la conoces.

Ana asintió. Nekane tenía razón. En el tiempo que Iris llevaba en Madrid ya había tenido varios ligues y ninguno había sido un encantador frutero.

—Vamos, arriésgate. ¿O piensas quedarte con las ganas de saber lo que es tener un tórrido encuentro sexual con ese tordo? Piensa en esos musculazos apretando tu cuerpo serrano mientras te mira a los ojos y te lleva directita a la camita. Venga, no lo niegues, eso te pone a cien.

Tras soltar una carcajada, Ana asintió y, mirando a su amiga, dijo:

—No lo niego. Pero sí negaré que hemos mantenido esta conversación ante cualquiera que no seas tú. Con esto te digo que...

—Con esto me dices que es un secreto —cortó Nekane, y levantándose del suelo, le tendió la mano a su amiga—. Tranquila. Las confidencias nuestras mueren nuestras. Pero ¡lánzate antes de que seas una abuela!

Dicho eso, ambas continuaron recogiendo el estudio entre bromas.

3

El 1 de diciembre, Ana y Nekane estaban en El Escorial haciendo un reportaje fotográfico con varias modelos para la firma Guess. En un principio lo que parecía que iba a ser algo fácil de hacer, instante a instante se estaba convirtiendo en algo tortuoso y difícil de llevar. Aquella mañana, Ana no se encontraba muy bien y parecía que las modelos no querían cooperar.

—Por favor, Emma, cambia el gesto, mujer, y dame una sonrisa aniñada —la animó Ana cámara en mano.

La modelo soltó un bufido y gritó:

—¡Tengo frío!

—Anda, ¡y yo! —saltó Nekane—. A ver si te crees que mi madre me parió en un iglú. Por lo tanto, sonríe, mira a la cámara y deja de quejarte de una santa vez.

Ana sonrió y, acercándose a ella, le susurró:

—¿Que tu madre te parió en un iglú?

Ambas rieron.

—Yo qué sé, chica... Era por decir algo —soltó Nekane con ánimo alegre—. Anda..., dales un descanso y vayamos a tomarnos un café. Quizá se espabilen un poco.

—¡Buena idea! —asintió Ana, y mirando a las modelos, dijo—: Cinco minutos para un café y entrar en calor, y luego continuaremos.

Mientras las seis modelos corrían hasta los coches como podían subidas en unos taconazos imposibles para resguardarse del frío, Ana y Nekane se acercaron hasta una pérgola; allí se sentaron y, de un termo, se sirvieron café.

—¿Has visto el nuevo número de la revista de Raúl?

—Sí —asintió Ana, cogiéndola—. Las fotos que ha publicado de espectros es que te ponen los pelos de punta.

Nekane se aproximó a su amiga para hojear la revista.

—No sé yo si podría trabajar en una revista así —comentó—. Con lo cagona que soy, estaría todo el día acojonada pensando que un fantasma de mi pasado se me presentaría en mitad de la noche para degollarme.

Ana esbozó una sonrisa y dejó la revista sobre la mesita.

—¡Anda ya!, mira que eres tonta. Por cierto, Raúl está organizando una exposición por el sexto aniversario de la revista Me dijo que la haría el año que viene, y ya sabes, no le podemos fallar.

—Vale, vale, no le fallaremos. Pero esos amigos tan frikis y siniestros que tiene me ponen algo nerviosa. —Y cambiando de tema, dijo—: ¿Me acompañas mañana a la tienda de Félix? Quiero completar el tatuaje.

—Claro —asintió Ana—. Es más, estoy pensando en tatuarme un anillo en el dedo. Me gusta cómo quedan.

—Tu madre te matará —se mofó Nekane, y ambas rieron.

Dos minutos después, con las manos y el cuerpo más calientes, Nekane miró a su amiga y, al verle el ceño fruncido, le preguntó:

—¿Qué te pasa?

Ana se tocó la cabeza.

—Creo que me estoy cogiendo un gripazo tremendo.

—Buenooooooooo..., ¿a que has pillado la misma gripe que Esmeralda? —Ana gimió—. La pobre Esmeralda ha estado malísima, con vómitos y todo.

—¡Aisss!, no me digas eso.

—Sí, cariño, te lo tengo que decir. La gripe de este año viene fuerte y puñetera.

Convencida de que ella no quería pillar esa gripe, miró a su amiga y apuntó:

—Lo peor de todo no es tenerla; es llevármela a Londres. Si aparezco pachucha en mi casa, a mi madre ya le daré temita de conversación para todos los días que esté allí. Aguántala.

Nekane sonrió.

—Para temita el de tu hermana. Lo que daría yo por ver la cara de tu madre cuando le cuente que se va a casar otra vez.

—¡Uf!, calla, calla —se quejó Ana, que cogió su bolso para tomarse un ibuprofeno—. Yo pagaría por no oír sus aullidos agónicos. Porque te digo una cosa: esa noticia a mi madre la va a matar.

—Es que tu hermana tiene tela. ¡Casarse de nuevo!

—Ya te digo... Parece que le gusta vivir siempre en el centro de la polémica —asintió Ana, metiéndose la pastilla en la boca.

—¿Y tu padre? ¿Qué dice él?

Ana, carialegre, pensó que si había alguien paciente en el mundo, ése era su padre.

—Protestará, pero en cuanto Nana le haga dos pestañeos y le diga «Papi eres el mejor», ya se lo habrá ganado y la apoyará. ¡Es un cielo!

—¡Bendito Frank! —se mofó Nekane.

De pronto, Ana cogió del brazo a su amiga y, echándose hacia adelante, vomitó. Nekane, asustada, se levantó y rápidamente la cogió por la frente, como hacía su madre cuando era pequeña para sujetarla. Cuando Ana pareció acabar y se echó hacia atrás estaba pálida.

—Ana..., Ana..., creo que te has pillado la gripe de Esmeralda.

—Agua. Dame agua.

Sin tiempo que perder, Nekane cogió una botella, llenó un vasito y se lo tendió.

—Bebe despacito, no te vaya a caer mal.

Siguiendo las instrucciones de su amiga, bebió a sorbitos y después dejó el vaso sobre la mesa.

—¿Estás bien?

—Pues no, pero he de estarlo en este momento. Creo que la gripe y este frío no son buenos aliados. —Y levantándose, añadió—: Vamos, acabemos la sesión antes de que me ponga peor y no pueda ni apretar el disparador de la cámara.

De inmediato, Nekane volvió a agrupar a las modelos, le dio al *play* para que sonara la música de Coldplay, y la sesión se reanudó.

A partir de ese momento, todo comenzó a mejorar. Las modelos, al ver el estado en que se encontraba Ana, de pronto cooperaron, y lo que no habían conseguido en cuatro horas, lo lograron en dos.

Aquella noche, cuando llegaron a casa, estaban congeladas. Ana se tomó otro ibuprofeno y comenzó a sentirse mejor. Tras ducharse, cuando ya estaban en pijama tiradas sobre el sofá, sonó el teléfono y Ana lo cogió.

—¡Hola, *amiga* Ana!, ¿está Iris?

Estirándose en el asiento al oír aquella voz varonil, la joven sonrió.

—¡Hola, *amigo* Rodrigo! Pues no, y no sé dónde está. ¿La has llamado al móvil?

Nekane se alborozó y comenzó a hacerle gestos de que atacara, mientras Ana negaba con la cabeza.

—La he llamado, pero no lo coge.

—Pues, chico, lo siento. Pero si te apetece hablar aquí me tienes. ¡Soy toda tuya!

Nekane subió el pulgar. ¡Buena insinuación!

—Ten cuidado con lo que dices, preciosa —se mofó él con voz profunda—, porque eso de «toda tuya» lo puedo tomar al pie de la letra y luego no podrás echarte para atrás.

Al oír aquello, el teléfono se le cayó de las manos, aunque rápidamente lo cogió. ¿Cómo podía ser tan torpe? De pronto, toda la seguridad que había tenido segundos antes desapareció.

—¿Sigues ahí? —preguntó Rodrigo.

—Sí..., sí..., aquí estoy.

Rodrigo, que había notado el cambio en la voz de Ana, sonrió.

—Oye, preciosa, no te asustes. Lo que acabo de decir es una broma. Vamos, una fanfarronada de tíos.

—Lo sé..., lo sé... —murmuró, acalorada.

En ese momento se oyó la puerta de la calle y un segundo después apareció Iris ante ellas.

—Rodrigo, Iris acaba de llegar; te paso con ella.

La modelo se mostró alegre al oír aquel nombre y le arrebató el teléfono a Ana.

—¡Hola, cabo! Justamente estaba pensando en ti.

Y ya no pudieron escuchar más, pues se metió en su habitación y cerró la puerta.

—Desde luego, lo tuyo no es ligar con un dinosaurio como Rodrigo —dijo Nekane, mirando a su amiga—. ¡Se te come! En cuanto te hace la más mínima insinuación, ¡te cagas viva! Pero vamos a ver, ¿tú crees que así podrás darte un revolcón con él?

Ana soltó una carcajada y se levantó.

—Antes de que comiences con tus perversiones más horrendas, me voy a la cama. La cabeza me va a explotar. Buenas noches, Nekaaaaaaaaaa.

—Huye, huye..., que cuando no quieres hablar de algo eso lo haces muy bien.

Una vez que Ana cerró la puerta de su habitación, se miró en el espejo y cerró los ojos, horrorizada.

—¡Qué desastre!

Se metió en la cama y apagó la luz. Necesitaba descansar, o la cabeza le explotaría.

De madrugada se despertó sobresaltada. Estaba sudando y se encontraba fatal. Tras buscar a oscuras las zapatillas, adormilada, se puso la bata y salió al salón. Todo estaba en silencio. Todos dormían. Con los ojos casi pegados, abrió la nevera y sacó un *tetrabrik* de leche. Luego, cogió un vaso, lo llenó y lo metió un minuto en el microondas. Una vez que se lo tomó, lo puso en el lavavajillas y regresó a su habitación. Pero antes de llegar se desvió y fue al baño. Se sentó en la taza del váter e instantes después comprobó que se había acabado el papel higiénico. Como una autómata se levantó de la taza, abrió el armarito y cogió un nuevo rollo, pero al cerrar las puertas sus ojos casi pegados vieron algo y se quedó paralizada. De nuevo abrió la puertecita del armarito y pestañeó durante dos segundos.

—¡Ay, Dios! ¡Ay, Diossssssssssssss!

Tirando el rollo fue a abrir la puerta del baño para salir, pero los pantalones del pijama a medio bajar hicieron que volviera a caer de culo contra la taza del váter, con la mala suerte de que en su caída tumbó el recipiente donde estaban colocados los distintos cepillos de dientes y dos botes de colonia. El estruendo del cristal contra el suelo fue apocalíptico, y antes de que se pudiera levantar, Nekane, con los pelos cada uno hacia un lado, entró, asustada.

—¿Qué pasa?

Pero Ana, desencajada, no contestó, y subiéndose las bragas y después los pantalones del pijama corrió hacia su habitación. Nekane fue tras ella. ¿Qué le pasaba? Una vez que Ana entró en la habitación, se acercó al calendario de Gerard Butler que tenía colgado en la pared y, tras posar su dedo sobre una fecha y mirar otra, gritó:

—¡Joderrrrrrrrrr!

Nekane, atónita, al ver que Ana se tocaba la cabeza y comenzaba a lanzar una horrible retahíla de insultos en inglés y en español, a cuál peor, la cogió del brazo y la sentó en la cama.

—Vale..., ¡se acabó! ¿Qué narices pasa?

Pálida como la cera y respirando con dificultad, Ana la miró.

—No lo sé, pero vístete que nos vamos a buscar una farmacia de guardia.

A las cuatro y media de la mañana, las dos amigas, después de haber salido en busca y captura de una farmacia de guardia, estaban sentadas en el baño con gesto indescriptible.

—Ya ha pasado el tiempo que pone —dijo Nekane—. Mira el resultado.

—No..., no puedo.

—¿Quieres que lo mire yo?

—¡No!

Nekane asintió, y pasado otro par de minutos, insistió:

—Ana, si estás embarazada, lo vas a estar ahora, dentro de cinco minutos y dentro de seis horas. O lo miras tú, o lo miro yo.

Con palpitaciones, la joven alargó la mano y cogió el Predictor, y antes de mirarlo, susurró, acordándose de su madre:

—Creo que me va a dar un infarto.

—El infarto me va a dar a mí como sigas diciendo tonterías. Mira el puñetero Predictor de una santa vez.

Ana le dio la vuelta al aparatito alargado que tenía entre sus manos. Al ver las dos rayitas, asustada, y aun habiendo leído el papelito veinte veces, preguntó:

—¿Esto qué significa?

Nekane, al ver lo que Ana le enseñaba, se mordió el labio.

—Que estás embarazada, cariño.

Tirándolo como si le quemara en las manos, Ana exclamó:

—¡No puede ser! ¡Imposible! Debe de estar mal. Dame otro.

Al tercer Predictor positivo, Ana rompió a llorar, y su amiga la abrazó. Estuvieron un buen rato sentadas en el frío suelo del baño, hasta que Nekane dijo:

—Vamos a ver, cieliño, como diría nuestra Encarna, siempre hemos solucionado todos los problemas que se nos han puesto en el medio, y éste también lo vamos a solucionar. —Ana, desencajada, asintió—. Lo primero de todo es tranquilizarte y respirar para no ponerte azul, ¿vale?

—Vale.

Una vez que le limpió con una toalla mojada los regueros de lágrimas que le manchaban la cara, Nekane le dio un dulce beso en la mejilla y prosiguió:

—Lo segundo, vamos a levantarnos del suelo, que está congelado, ¿te parece?

Ambas se levantaron.

—Y lo tercero, vamos al salón. Haré una tilitas que creo que nos vendrán de lujo porque las necesitamos.

Diez minutos después, en el silencio del salón, Ana estaba sentada inmersa en sus pensamientos cuando su amiga le dio una taza.

—Bébetela; te sentará bien.

La joven le hizo caso. Cuando dejó la taza sobre la mesa, tenía los ojos hinchados de llorar.

—¿Qué voy a hacer?

—No lo sé, cariño. Creo que es la primera vez en la que sólo tú has de decidir qué hacer. —Y con tacto, le preguntó—: ¿Sabes quién es el padre?

Ana asintió. Únicamente había un candidato.

—Sólo puede ser el suizo que conocimos la noche en que fuimos a Garamond. Llevaba sin acostarme con un tío tres meses, y para una noche que me libero, ¡zas! Embarazada. Pero..., pero no lo entiendo. Utilizamos preservativo.

—A veces ocurren estas cosas. El método falla... ¿Tienes manera de localizar al suizo?

—Neka..., sólo sé que se llama Orson. Le conocí esa noche y no sé nada más de él. —Y llevándose las manos a la cabeza, murmuró—. ¡Dios mío, estoy embarazada de un tío que no sé quién es! ¿Qué puedo decir? ¿Cómo les voy a explicar esto a mis padres?

—Eh..., relájate que te veo venir —le dijo Nekane al ver su gesto descompuesto.

—Pero Neka, ¿qué le voy a decir a ese niño el día en que me pregunte por su padre? ¿Cómo le voy a explicar que fue un calentón de una noche y nada más? ¡Ay, Dios!, ahora todos pensarán que soy una fresca, una ligera de cascos, ¡una pilingui! Una...

—¡Echa el freno, Magdalena, que te estás embalando! —cortó su amiga—. Punto uno, estas cosas pasan y el mundo está lleno de maravillosas personas procedentes de un calentón de una noche. Mi sobrino Carlos es uno de ellos y es el chaval más majo, estudioso y responsable que tiene mi hermana María. —Ana sonrió, y Nekane prosiguió—: Punto dos, tienes treinta años, y tus padres creo que han de respetarte hagas lo que hagas. Y punto tres y muy importante: ¿piensas tener al niño?

—No lo sé. Tú ya sabes que yo..., yo... estoy a favor de que la gente haga lo que quiera con su cuerpo, pero ahora que sé que dentro de mí hay un bebé...

—Una ameba... Eso aún no llega ni a feto.

—Es una vida, Neka. Dentro de mí late una vida, y yo..., yo no sé si voy a ser capaz de..., de..., de...

—¿De qué?

—De eso...

—Di la palabra.

Durante unos segundos, Ana dudó, pero al ver los ojos vidriosos de su amiga, murmuró:

—No sé si voy a ser capaz de abortar.

Nekane asintió y se limpió una lágrima que había asomado a sus ojos.

—Ana, en su momento, cuando yo lo necesité, tú me apoyaste, y aquí me tienes ahora para estar contigo al ciento por ciento hagas lo que hagas y decidas lo que decidas.

Entonces, Nekane se rompió y comenzó a llorar. Años atrás ella había pasado por lo mismo y al final había tomado una drástica decisión. En aquel momento no podía tener un bebé, y aunque le había dolido en el alma, había abortado. Aquél era un tema que apenas tocaban. Lo evitaban. Pero aquella noche inevitablemente salió a la luz.

—Toma, bebe esto —dijo Ana, dándole la tila a su amiga—. Te vendrá bien.

Con una sonrisa triste, Nekane cogió la taza y, tras dar un trago, se sonó la nariz.

—¡Vaya dos patas para un banco que estamos hechas tú y yo! —comentó Nekane, y la otra sonrió—. Decidas lo que decidas, estoy contigo. Es más, si al final decides tenerlo, cuenta conmigo desde ese instante para todo. Absolutamente para todo. Eso sí, de ésta, siento decirte, que te cargas a tu madre.

Ana cerró los ojos ante esa última afirmación, pero al oír que su amiga reía, fue incapaz de no hacer lo mismo y se unió a ella.

—Ni te cuento lo que puede decir mi madre si decido tenerlo —comentó Ana cuando ambas se tranquilizaron—. ¡Qué deshonra! Su hija embarazada siendo soltera y la criatura sin padre. Esto la lleva directamente a la tumba. Y mi padre, no sé, no sé cómo va a reaccionar ante una noticia así.

—Tienes tiempo para pensarlo —afirmó Nekane sonriendo con aflicción.

—Lo sé..., y eso voy a hacer.

Tras un silencio en el que ambas se sumergieron en sus penas particulares, Ana miró a su amiga y, al ver la tristeza en su mirada, le propuso:

—¿Qué te parece, *princesa*, si te vienes a mi cama y duermes conmigo?

—¿Prometes no meterme mano? —se mofó la otra.

—Lo intentaré —dijo riendo Ana.

Nekane se puso de pie y la ayudó a levantarse, y mientras caminaban hacia la habitación, cuchicheó:

—Entonces, me parece una idea excepcional. Ya sabes que a mí me van los tíos.

4

Las Navidades llegaron, y Ana se marchó a Londres. Nekane, con penita en el corazón, pues le gustaba muchísimo aquel gracioso hombre, había dejado a Calvin en Madrid y se había ido a Navarra. Al principio, había pensado en quedarse con él, ya que éste tenía la familia en México y pasaría las fiestas solo o con amigos; pero finalmente habían podido más los reproches de su madre, a quien le resultaba inadmisible que no estuviera con los suyos en Navidad.

Cuando Ana llegó al aeropuerto londinense, un hombre uniformado la saludó y la llevó hasta un lujoso coche, donde metió su maleta. Después, condujo hasta la casa paterna.

Una vez besuqueó a sus padres, Ana subió a su habitación. Estaba exactamente igual que cuando ella se había marchado. Le encantaba regresar y encontrarla siempre idéntica. Tras ducharse, se puso un vestido para la cena y, al bajar, se encontró con su hermana, que se tiró como una loca a sus brazos.

—¡Pato, pero qué guapa estás!

—Gracias, Nana..., tú también estás muy guapa. ¡Me encanta tu pelo! —Y al reconocer el vestido que llevaba, cuchicheó—: Y ese vestido de la nueva colección de Armani te sienta de maravilla.

Lucy sonrió y se tocó alegremente su pelo corto.

—Antes de que regreses a España vendrás conmigo a la peluquería de mi amiga Rachel, y ella te dejará un cabello precioso, y en cuanto al vestido —bajó la voz—, me lo ha regalado Tom. ¡Es más monooooooooooooooooo!

Ana asintió, y su hermana, llevándola hacia un lateral del enorme y carísimo salón, musitó:

—¡Ay, Pato!, estoy preocupada. Mamá lleva un par de días superrara. Según papi, es porque las Navidades cada año la ponen más triste, y yo se las voy a terminar de amargar cuando le cuente lo de mi boda.

«¡Madre mía!, menos mal que de lo mío no se van a enterar», pensó Ana.

Durante aquellos días había pensado qué hacer. Y al final había llegado a la conclusión de que en su vida no había cabida para un hijo. Ella era una profesional independiente que viajaba mucho, y un bebé sólo la entorpecería. Por ello y con todo el dolor del mundo, había concertado para el 22 de enero, en Madrid, una cita en una clínica de interrupción del embarazo. Lo tenía claro. Era lo mejor.

Los días que pasó en Londres con su familia los disfrutó a tope. Salir con su hermana y sus amigos por las noches era agotador, pero le gustaba. Una de aquellas noches coincidió en el mismo local con Warren Follen, su ex. Por suerte, no la vio, y Ana respiró aliviada cuando comprobó que él se marchaba con una jovencita, muy acaramelado. Con sus padres gozó de tardes ante la chimenea jugando al Monopoly, un ritual que desde niña los había unido, y por supuesto, ahora no les iba a fallar.

La noche de Fin de Año, mientras cenaban en el bonito salón inglés las dos hermanas con sus padres, Frank Barners disfrutaba del momento. Tener a sus dos preciosas hijas sentadas a su mesa era algo que lo regocijaba y que en contadas ocasiones podía hacer. Que su hija Ana estuviera tan lejos de él era una espina que llevaba clavada en el corazón. Encantado, saboreaba la cena mientras veía a las tres mujeres de su vida reír y charlar.

Tras celebrar la entrada del nuevo año, los cuatro, emocionados, se abrazaron. Entonces, Teresa sugirió pasar al salón de la tele para beber algo fresco, antes de que las chicas se marcharan de fiesta con sus amigos. Ellas aceptaron encantadas.

—Estás muy delgada, Ana Elizabeth. ¿Comes bien en España?

—Sí, mamá. Como de todo, pero ya sabes: ¡hay que mantener la línea!

En ese momento, un anuncio en la televisión atrajo la atención de todos, y Teresa, sacándose un pañuelo del puño, gimoteó.

—Cuando vosotras erais pequeñas había un anuncio igualito. Recuerdo lo contenta que se puso Ana Elizabeth el año que Papá Noel le trajo la Nancy enfermera y la cocinita con chorrito de agua. ¿Lo recuerdas, Frank?

—Sí, querida. ¡Cómo olvidarlo! —asintió, orgulloso.

—¡Ay, qué recuerdos! Y mira qué tierno anuncio —gimió Teresa, emocionada.

—Bueno, mamá, ¿vas a llorar por un anuncio? —preguntó Ana, conteniendo lo que aquella tonta publicidad llena de niños sonrientes provocaba en ella.

—No, no lloro por eso. Lloro porque tengo dos hijas, sanas y bonitas, y ninguna de ellas me ha dado nietecitos a los que mimar y poder comprar juguetes en Navidad. Todas mis amigas tienen nietecitos, y yo..., yo ¡estoy sola! y sin esperanzas de tener un bebé en mis manos nunca.

«Tierra, trágame», pensó Anna.

—¡Mamá! —exclamó Lucy, mirándola.

—Teresa, querida —dijo Frank, tomándole la mano a su mujer—. Los hijos son una bendición de Dios, y llegarán si tienen que llegar.

—Pero yo quiero tener nietos —insistió la mujer.

—Y los tendrás, mamá —asintió Ana con el corazón en un puño.

—¿Cuándo? —insistió la mujer.

—Algún día, mamá..., algún día —susurró Ana.

—Pues como no sea del Espíritu Santo —bromeó Lucy. Pero al ver cómo su hermana la miraba, aclaró—: Lo digo porque yo no pienso dejar que un bebé arruine la figura que llevo trabajándome en el gimnasio años. Y tú no creo que estés por la labor. Vamos, que no te veo yo a ti muy madre.

—¡Sólo me dais disgustos! —gritó Teresa, desconsolada—. La una es Lady Escándalo, y la otra, Lady Tatuajes.

—Al fin y al cabo, *ladies* —ironizó de nuevo Lucy, ganándose una mirada de su padre.

—Mamá, no exageres —protestó Ana. Sólo tenía dos tatuajes y su madre únicamente conocía la existencia de uno.

—¿Para qué tuve hijas? Para que me tengan abandonada.

—¡Mamáaaaaaaaaaa!

—Nunca me dais una alegría.

—Vale... Se masca la tragedia —se mofó, nerviosa, Ana, mirando a su padre.

—¡Sólo disgustos! Os encanta verme mal y deprimida, y...

—Mamá..., mamá, que te vas a poner mala —susurró Lucy, pero la otra continuó.

—Me arrepiento de no haber tenido un hijo varón. Seguro que él nos habría dado más alegrías que vosotras y probablemente ya tendríamos a algún nietecillo correteando por este salón.

—Teresa —la regañó su marido—, no digas tonterías. Las niñas son...

—Las niñas, ¿qué niñas? Lady Escándalo y Lady Tatuajes ya son dos mujeres que podrían entender que me hago vieja y que sólo quiero lo mismo que todas las mujeres de mi edad: ¡nietos!

—¡Mamáaaaaaaaaaa!

—Quiero tener una vejez tranquila y nietecitos a los que besuquear antes de morirme. Niños pequeñitos a los que enseñar la canción de los «cinco lobitos tuvo la loba», y a quienes fotografiar el último día de colegio con orgullo. Pero no, son dos egoístas que sólo piensan en ellas y que nunca...

—¡Estoy embarazada! —gritó Ana.

«¡Ay Dios!, qué he dichoooooooo», pensó nada más soltar aquello por su boca.

Todos la miraron y un silencio sepulcral tomó el salón hasta que se oyó un golpe.

—¡Por el amor de Dios, Teresa! —gruñó Frank, corriendo hacia ella.

—¡Mamá! —gritaron las jóvenes al ver a su madre caída en la alfombra.

—Trae las sales del segundo cajón —señaló Frank a su hija mayor.

Rápidamente, Ana abrió el cajón que su padre le indicó y le pasó un botecito. Él lo destapó y, poniéndoselo bajo la nariz a su esposa, consiguió que ésta respondiera.

—¡Ay, Frank!, creo que estoy soñando y he oído decir a Ana Elizabeth que estaba embarazada —articuló la mujer.

—No, Teresa, no sueñas —contestó su marido.

Con cuidado la sentaron en un sillón, y mientras el hombre se preocupaba por el estado de su mujer, Lucy miró a su hermana y gritó:

—¡Muy bonito, Pato! ¡Menudo notición! Dijiste que tú no tenías nada importante que contar.

—Es que no lo iba a decir —balbuceó.

—¡Perfecto! Y ahora cómo les digo yo que me voy a casar con Tom Billman en mayo.

Teresa, horrorizada, se levantó como un misil y gritó mientras Frank se tocaba la cabeza:

—¡Dios santo! ¿Pretendes casarte con el jugador de polo?

—Sí, mamá. Ése es Tom.

—Pero ¿estás loca, hija mía?

—No, mamá.

—Pero..., pero si ese hombre es un promiscuo que...

—Mamá..., estoy locamente enamorada de Tom. Soy adulta y me voy a casar con él. Fin del asunto.

Histérica, la mujer dramatizó mientras su marido suspiraba. Las tres juntas eran una bomba continua de relojería, y lo llevaba sufriendo toda su vida.

—¿Estáis dispuestas a matarme a disgustos?

—No, mamá —respondió Lucy mientras Ana continuaba en estado de choque por lo que había revelado.

—Teresa, siéntate antes de que te vuelvas a caer redonda —advirtió Frank.

—Pero Frank, ¿has oído lo que han dicho estas dos inconscientes?

—Sí, Teresa, lo he oído.

Pero la mujer, no contenta, se revolvió y gritó como una posesa:

—La una embarazada de a saber Dios quién y la otra que se quiere casar con Tom Billman. ¡Qué escándalo! ¡Qué vergüenza! Seremos la comidilla de todo Londres.

Frank, apesadumbrado, miró a sus dos hijas, y dándose la vuelta fue directo hacia el armarito de la bebida. Tras servirse un whisky cargadito, se lo bebió de un trago y se sentó.

—Chicas, sentaos. Tenemos que hablar muy seriamente —les ordenó.

Ana, aún sorprendida por la bomba informativa que había soltado, se sentó junto a su padre mientras su hermana y su madre continuaban discutiendo. ¿Por qué había dicho lo del bebé? ¿Se había vuelto loca? Pero al mirar hacia la tele y ver los anuncios de Navidad, con niños, juguetes y regalos, lo supo. No quería abortar.

—Cariño —dijo de pronto su padre, sacándola de sus pensamientos—, ¿estás bien?

—Sí, papá —afirmó sin mucha convicción, mientras lo agarraba de la mano y éste sonreía.

—¡Frank...! —gritó Teresa—. Llama al doctor Witman. Creo que me va a dar un infarto de un momento a otro.

El hombre, tras poner los ojos en blanco, se levantó, sentó a su mujer en un sillón y, acercándole su copa, dijo sin hacerle mucho caso:

—Teresa, bebe whisky y olvídate del doctor. Tenemos una reunión familiar. Y tú, Lucy, siéntate.

—Yo... Nosotras hemos quedado con Tom y...

—Llámale y dile que hoy tenéis que estar con la familia.

—Pero, papi...

El hombre clavó como pocas veces la mirada en su hija y, manteniendo su decisión, repitió:

—Siéntate, y no me hagas enfadar.

Por primera vez en muchos años, Lucy se sentó sin protestar mientras Ana, sorprendida por aquel tono de su padre y el mutismo de su madre, los observaba. Tras unos segundos en silencio, Frank miró a las tres mujeres de su vida y advirtió:

—Vamos a hablar los cuatro como personas civilizadas, por lo tanto, Teresa, te prohíbo hipos, numeritos desgarrados y todas esas cosas que tú ya sabes, o márchate del salón antes de que comience a hablar con mis hijas, ¿me has entendido?

—Sí, Frank —asintió la mujer, asombrada.

Luego, miró a sus hijas, y dirigiéndose a una descolocada y pálida Ana, le preguntó:

—¿De cuánto tiempo estás?

—Poquito, papá.

Frank asintió y volvió a preguntar:

—¿Y el padre qué dice?

Por un instante, quiso contarles la verdad. El padre era un suizo del que no sabía nada. Pero comunicarles que aquello era el resultado de lo que vulgarmente se llama un pin-pan o noche loca, le pareció muy fuerte. Por ello, con una candorosa sonrisa, se retiró el flequillo de la cara y aseguró:

—Está..., está tan feliz como yo.

—¡Por el amor de Dios, Pato!, ¿voy a ser tía?

—Sí, Nana. Eso parece —contestó sonriendo con timidez.

—¿Y quién es el padre de mi futuro nieto? —quiso saber Teresa.

Ana la miró y vio cómo la mano que sujetaba el pañuelo subía peligrosamente hacia su boca. Iba a llorar de un momento a otro si no le decía que el padre de su futuro nieto era el conde de Salvatierra o el príncipe de Zamunda, pero ya no había vuelta atrás. Con rapidez decidió inventar una bonita historia de amor que luego con el tiempo ella se encargaría de que se desvaneciera.

—Es..., es un hombre encantador. —Y tocándose la oreja, dijo—: Se..., se llama Rodrigo y trabaja como bombero para la Comunidad de Madrid.

—¡Vaya!, mi hermanita es lista. ¡Un bombero! —cuchicheó Lucy, guiñándole un ojo.

—¡¿Un bombero?! —gritó Teresa con desgarro.

—¡Teresa! —la regañó Frank.

—Pero, Frank, ella se merece algo mejor. Es una chica de bien. Tiene estudios y es...

Sin dejar que terminara, Ana miró a su madre y aseveró:

—Mamá, Rodrigo es una persona excepcional, que me quiere por cómo soy, no por quién soy. Me cuida, me mima, está pendiente de mí en todo momento, y eso me hace feliz. ¿Acaso no quieres que yo sea feliz? ¿Acaso prefieres un hombre que ni me mire, pero que esté casado conmigo por ser la hija de Frank Barners? Porque yo no quiero eso.

—Pero, hija, escucha...

—No, mamá. Yo quiero alguien que por las mañanas me bese cuando me despierto de mal humor, alguien que me haga sonreír y, sobre todo, alguien que cuando pasen los años —dijo mirando a su padre— me siga queriendo aunque me vuelva una mujer intransigente. Yo busco eso en un hombre, y Rodrigo me lo da —mintió—. Él está tan emocionado por lo del bebé como yo. No ha sido un bebé buscado, pero ha llegado en un momento de nuestras vidas en que no podemos obviarlo y deshacernos de él. ¿No querías nietecitos? Pues aquí vienen —afirmó tocándose su liso estómago—. O acaso porque son hijos de un simple bombero serán menos bonitos y los querrás menos.

—No, cariño..., eso no —murmuró la mujer—. Mis nietos serán mis nietos sean de quien sean, y los querré con locura.

Emocionado por aquellas palabras, Frank le tomó la mano y se la apretó.

—Estaré encantado de conocer al hombre que tan feliz hace a mi hija. Y te aseguro que seré el orgulloso abuelo del pequeñín que viene en camino.

—Gracias, papá.

Tras fundirse en un abrazo con su padre, Ana oyó toser a su madre y se volvió para mirarla.

—Cariño, lo siento... Pues claro que quiero verte feliz. ¡Voy a ser abuela!

—Eso parece, mamá —sonrió.

Teresa soltó el pañuelo, abrazó a su hija y se la comió a besos, haciendo reír a su marido.

—Mañana mismo iremos a la tienda de bebés de mi amiga Caroline y...

—No, mamá —rechazó con decisión—. No iremos a ningún sitio porque no quiero que nadie sepa lo de mi embarazo todavía. Si la prensa se entera no me dejarán vivir, y mi vida en España es tranquila y sosegada. Demos tiempo al tiempo y después ya se sabrá.

Frank agarró a su mujer de la mano y ésta asintió mientras Lucy, frente a los tres, sollozaba a moco tendido como una tonta.

—¿Y a ti qué te pasa? —preguntó Ana.

Su hermana, con los ojos hinchados como huevos y sonándose con el pañuelo que su madre le había pasado, la miró.

—¡Ay, Pato! Llevaba tiempo sin vivir un momento tan bonito con vosotros y..., y..., y eso me hace llorar. ¡Voy a ser tía de un precioso bebé! Os quiero, lo voy a querer a él y eso me hace muy feliz, porque tengo una familia maravillosa.

Frank sonrió. Levantándose, hizo que Lucy se levantara a su vez, y antes de abrazarla con amor, afirmó para horror de su mujer:

—Ve buscando el vestido de novia más bonito, porque en mayo celebraremos tu boda con ese tal Tom y conoceremos al padre de tu sobrino y mi nieto.

Al oír aquello a Ana se le encogió hasta la tirilla del tanga. ¿Qué había hecho? ¿Por qué había dicho todas aquellas mentiras? Se había metido en un buen lío.

5

El 2 de enero Ana llegó al aeropuerto de Madrid y se alegró muchísimo cuando vio a Nekane esperándola. Tras abrazarse subieron al coche y se encaminaron hacia su casa. Apenas habían llegado cuando sonó la puerta, y al abrir, Encarna gritó, abrazando a Ana:

—¡Feliz año, Anitiña!

—¡Feliz año, Encarna! —respondió, encantada.

—¿Cómo ha ido el viaje?

—Bien..., muy bien. Mi madre te manda recuerdos.

—¡Aisss!, qué maja que es Teresa. —De pronto la vecina oyó el sonido del teléfono de su casa y, guiñándoles el ojo, dijo antes de desaparecer—: Hice filloas. Luego os paso unas poquiñas.

Horas después llegó Calvin, que al verla también le deseó un feliz año. Aquella noche los tres jóvenes cenaron mientras comentaban las curiosidades de la Navidad, aunque Ana mintió, pues no le contó a Calvin que había estado en Londres. Además, algo llamó su atención: la proximidad entre el joven y su amiga era mayor de lo que en un principio había imaginado. No paraban de darse besitos y prodigarse arrumacos, y eso le gustó. Se alegró por ellos, pero sintió un extraño escozor de celos cuando se vio sola y embarazada.

Durante la cena no se mencionó lo del embarazo. Cuando Calvin se marchó, Ana le preguntó a Nekane:

—¿Lo que he visto es almendramiento mutuo?

La otra sonrió.

—Bueno..., definámoslo como que nos gustamos. —Al ver la cara de su amiga, prosiguió—: Somos como el Bello y la Bestia; él tan guapo con su polo de Ralph Lauren y su Audi plateado, y yo tan retro. Pero chica, dicen que los extremos se atraen, y aquí estamos. Disfrutando del momento.

—Pues yo creo que sí pegáis. Hacéis una bonita pareja.

—Más que bonita yo diría ¡curiosa! —Ambas rieron, y Nekane indicó—: Por cierto, hoy me ha preguntado si me voy a poner algún *piercing* más. He estado por mentirle y decirle que sí, que en la punta de la nariz. Pero al final, he mirado su carita de niño bueno y no he podido darle ese disgusto.

—Pero ¿te vas a hacer algún *piercing* más?

—Por ahora, no. Con el de la ceja, la nariz y el ombligo, de momento soy feliz. Pero bueno..., ¡nunca se sabe!

Se levantaron de la mesa alborozadas. Cuando entraban en la cocina, Ana preguntó:

—¿No le habrás doroteado nada de mi embarazo?

—No, cariño; no soy tan bocazas.

Mientras Nekane metía los platos en el lavavajillas, Ana estaba intranquila. Quería preguntar por Rodrigo; deseaba saber sobre él, pero no se atrevía a indagar. Sin embargo, cuando acabaron y se sentaron en el sofá, Nekane la sacó de dudas.

—Iris y Rodrigo aparecerán en cualquier momento. Iban al cine y, por la hora que es, ya estarán al caer.

—Vale..., no hay problema. Cuando vengan me escondo en mi habitación y solucionado.

—¿Y por qué te vas a esconder? —Y al ver la cara de circunstancias de Ana, Nekane saltó—: ¡Ay, madre!, ¿qué has hecho?

—Algo horrible...

—¿Qué?

—Es tan terrible que me da hasta vergüenza decirlo.

La navarra clavó su mirada en ella.

—Terrible..., horrible o lo que sea, me lo vas a dorotear ahora mismo. ¡Desembucha! —le exigió.

Avergonzada por lo que iba a decir, cogió un cojín entre sus manos y comenzó a darle vueltas.

—Pues verás, todo iba genial en Londres. Mi madre tranquila, mi padre de maravilla, mi hermana y sus locuras, hasta que de pronto todo estalló y en plena crisis familiar me entró un *noséqué* por el cuerpo al ver unos anuncios de niños, muñecos y ositos rosa y esponjosos que me hizo perder la razón y solté que estaba embarazada.

—¡¿Cómo?!

—Y no contenta con la bomba que había soltado —prosiguió—, añadí que el padre de mi bebé era... un bombero llamado Rodrigo.

Se tapó la cara con el cojín mientras a Nekane se le descolgaba la mandíbula ¿Qué estaba diciendo aquella loca? Pero antes de que pudiera comentar algo, Ana le aclaró tras el cojín:

—Fue una locura momentánea. Una enajenación mental. ¡Me dio un pumba!

—¡Y tanto...!

—Mi madre lloraba, mi padre estaba enfadado, mi hermana gritaba, y yo..., yo, de pronto, solté ese tsunami. No sé qué me pasó.

—Definitivamente, te dio un pumba.

—Sí..., y de los gordos.

Tras dos segundos de desconcierto, la navarra le quitó el cojín y le preguntó:

—Así pues, ¿vas a tener el bebé?

—Sí —dijo con seguridad.

—*Lamadrequeteparió*. ¡Cuánto me alegro! —Aplaudió emocionada, aunque instantes después, arrugando la frente, añadió—: Pero vamos a ver, ¿cómo has podido meter a Rodrigo en esto?

—No lo sé... Debí de volverme loca o las hormonas me traicionaron. Pero, tranquila, él no tiene por qué enterarse. Para mayo, que tengo el bodorrio de mi hermana, habré acabado con él, y mis padres me mimarán porque yo estaré destrozada por nuestra ruptura, y punto pelota.

—¿Habrás acabado con él?

—Sí.

—¿Ruptura?

—Sí.

—Pero ¿cuándo has empezado con él?

Al ver que su amiga la miraba descolocada, preguntó:

—Crees que me he metido en un buen lío, ¿verdad?

—¡Oh, sí!, lo creo y lo veo. ¡Oh, sí!

—Pero Neka, Rodrigo no tiene por qué enterarse.

—La ley de Murphy, cielo... Ya sabes que esa ley es una cabrona. Basta con que no quieras que ocurra algo ¡para que ocurra! Y lo que creías que alguien nunca sabría, lo acaba sabiendo, y al final se lía parda.

—Pero tú no vas a decir nada, ¿verdad?

—Pues claro que no, pero...

En ese momento, se abrió la puerta y, dos segundos después, ante ellos apareció una sonriente parejita. Ana, al ver al hombre que la tenía atontadita, fue a levantarse, pero Nekane la sujetó de la camiseta y cayó de culo en el sofá.

Iris, al toparse con Ana, puso cara de asco. Cada vez le caía peor; así que tras dar un beso en los labios a su acompañante, se despidió de él y se fue a su habitación. Rodrigo, encantado de saludarlas, se acercó a ellas y las besó. Al ver que lo miraban fijamente, preguntó:

—¿Ocurre algo?

Ambas negaron rápidamente con la cabeza, y al final, Nekane musitó:

—No... ¿Por qué va a ocurrir algo?

Extrañado por cómo lo observaban, fijó la mirada en la de la morenita, Ana, y le dijo:

—¿Qué tal las Navidades?

—Bien... Diferentes.

—¿Dónde has estado?

—En casa de mis padres.

Con una arrolladora sonrisa que hizo que a Ana le entraran los calores del siglo, puntualizó:

—Eso ya lo sé. Te preguntaba que dónde está la casa de tus padres.

Después de pensarlo unos instantes, se tocó la oreja y soltó:

—En Francia. Marsella.

—¿Eres francesa?

Nekane la miró boquiabierta.

—*Oui* —respondió Ana con un cómico gesto—. Medio francesa. Mi madre es española.

Rodrigo asintió, aunque de algún modo fue consciente de que aquellas dos tramaban algo. Se dio la vuelta y, antes de salir por la puerta, dijo:

—Chicas, echad la llave. Buenas noches.

Una vez que se hubo marchado, Nekane miró a una descolocada Ana y murmuró:

—¿Franchute? *¿Oui?* ¿Te estás dando cuenta de la cantidad de mentiras que estás soltando por esa boquita? —Y al ver dónde tenía la mano, protestó—: Deja ya de tocarte la oreja, que cada vez que te la tocas ¡es para echarse a temblar!

—¡Dios mío!, ¿qué estoy haciendo?

—El canelo —respondió la navarra.

—Pero ¿qué me pasa? ¿No salgo de una y ya me meto en otra?

—Mira, guapa, la mentira tiene unas patitas muy cortas, o como diría mi abuela, antes se pilla a un mentiroso que a un cojo, y al final a ti te van a pillar por todos los lados. ¿Francesa? *Lamadrequeteparió.*

—Lo primero que me ha salido...

—Tu almendramiento por ese tordo es descarado. Pero ¿te has visto?

Ana asintió.

—Tengo que sacármelo de la cabeza —declaró antes de que su amiga dijera algo más—. Embarazada, no tengo ninguna posibilidad con él. En el momento en que empiece a ponerme gorda como un tonel, no creo que ni me mire. Pero ¡me gusta tanto...!

—Pues no es por desanimarte, pero, reina, date prisita para conseguir el antojo.

—¿Qué antojo?

—El del bombero. —Y al ver el gesto de su amiga, añadió—:

Como dice el anuncio: «¡Te mereces un YOGURAZO!». Y si el cuerpo te lo pide, ¿por qué no?

—¡¿Cómo dices?!

Nekane la miró, convencida, y sosteniendo una sonrisa guasona en sus labios, dijo:

—Seamos realistas, Ana. Tus posibilidades de ligarte a ese pedazo de cabo de dotación en el momento en que tu embarazo se note son nulas. Por lo tanto, ¡a por él!

—¿Te has vuelto loca?

—Quizá —respondió alegremente—. Pero mira, él es un tío y ya sabemos en lo que suelen pensar los tíos cuando una mujer se les pone a huevo, ¿verdad? Así que, repito, a por él. ¡No te dirá que no!

—Pero, Neka, no puedo. Él está con...

—Hace unos días, Calvin y yo pillamos a Iris en un bar muy acaramelada con otro; por cierto, muy guapo. Ésa de tonta tiene lo que yo de monja.

—¿No me digas?

—Lo que te digo. —Y bajando la voz, cuchicheó—: Calvin me dijo que se lo contó a Rodrigo en cuanto lo vio.

—¿En serio? ¿Y qué dijo él?

—Sus palabras textuales fueron: «Ella puede salir con quien quiera y yo también porque no tenemos ninguna relación formal».

—¡Qué fuerte!

—Por lo tanto, reina mía, tienes un mes o dos para camelarte al hombre de tus sueños y vivir con él algunas tórridas noches de pasión, antes de que tu barriga comience a despuntar y empieces a andar *espatarrá.*

Ana sonrió. Aquello era una locura, pero quizá no fuese tan mala idea.

La noche de Reyes, Ana y Nekane salieron a tomar algo al bareto de una amiga que las había invitado. Calvin había quedado con unos conocidos y se fue por otro lado, y Nekane estaba dispuesta a pasarlo bien con Ana. Ésta, como normalmente hacía, se había puesto un pantalón negro y una camisa, pero cuando la otra la vio hizo que se cambiara de ropa. Tenía que estar guapa y sexy, y la obligó a ponerse una faldita corta, unos buenos taconazos y una camisa de lo más sugerente. Cuando las chicas llegaron al Virgin, se encontraron con algunos amigos y la fiesta fue mayor de lo esperado. Durante la noche hubo varios sorteos, y Ana saltó encantada cuando le tocó un fin de semana gratis en un precioso spa de Toledo.

—¡Qué suerte! —exclamó aplaudiendo—. ¡Nos vamos de spa!

Nekane la miró.

—Vamos a ver, yo me voy contigo al fin del mundo, pero ¿no prefieres aprovechar ese fin de semana con alguien especial?

—¡Tú eres especial!

—Vale..., ya sé que soy irresistible —dijo riendo Nekane—, pero me refería a que estuvieras allí con alguien que te dé ciertos cariñitos y momentos calentitos que yo no te voy a dar. Pero ¿tú has visto qué ganado hay hoy por aquí?

Ambas miraron a su alrededor. El local estaba lleno de hombres interesantes, y más de uno ya les había entrado.

—Mira ese guaperas. ¿Qué te parece?

Ana lo observó.

—Es mono...

—¿Sólo mono?

—¡Ay, Neka...!, yo qué sé. Me parece un tío normal y corriente. Se le ve cachitas y potentón, pero... —Y arrugando el entrecejo, exclamó—: ¡Joder..., la puñetera faja me está matando!

—¿Te has puesto faja? —le preguntó Nekane, incrédula.

—Sí.

—¿No será la que tiene vaquitas rosa? —Al ver el gesto de su amiga, la navarra siseó—: *Lamadrequeteparió*. Pero ¿cómo se te ocurre ponerte esa faja en una noche así?

Ana quiso decirle que no pensaba enseñar la faja y lo que no era la faja a nadie, pero contestó:

—La falda apenas me abrochaba y tuve que enfajarme para entrar. Creo que el embarazo comienza a hacer estragos en mi cuerpo.

Nekane soltó una carcajada, y Ana, molesta, le dio un pescozón.

—¿Qué querías que hiciera? Te empeñaste en que me pusiera faldita, y ésta es la única que me entraba y...

En ese momento, Nekane le hizo una seña con la mano. Se sacó del bolsillo de su minivestido el móvil y, al leer el mensaje, aplaudió. Era Calvin que le preguntaba dónde estaba. Sin dudarlo, le dio la dirección del lugar, y veinte minutos después, entraban en el local Calvin, Rodrigo y un par de chicos más.

Ana, que estaba desatada bailando con uno de sus amigos, se quedó parada en medio de la pista al ver aparecer a Rodrigo. Vestía un pantalón vaquero que le quedaba de vicio, una camisa blanca y una chaqueta negra abierta que le hacía fuerte y viril. ¿Cómo podía estar cada vez más bueno? Él, al verla, le guiñó el ojo, pero se dio la vuelta y fue hasta la barra con los otros. Tenía sed.

Nekane, al ver el gesto de su amiga, se acercó hasta ella, y mientras se contoneaba al son de la música de Pitbull, cuchicheó:

—Hoy puede ser tu gran díaaaaaaaaaaa.

—No..., no digas tonterías.

—Pero ¿tú has visto cómo está hoy el cabo?

«¡Oh, sí!, claro que lo he visto», pensó, pero respondió:

—Que no..., Neka. Que no.

—Piénsalo, bobita. Tienes la casa todita para ti —insistió mientras ambas dejaban de bailar—. Iris está de viaje, y yo pienso ir a dormir con Calvin a su casa porque tengo ganitas de pasarlo bien con su dulce morbito mexicano. ¿Qué te lo impide?

—Los nerviossss y que no llevo mi mejor lencería sexy. —Gimió al sentir que el estómago se le contraía.

—¡Joder con la faja! —protestó Nekane—. Ya puedes ir entrando en el baño para quitarte ese símbolo de represión y antisexualidad, y encima con vacas.

—Pero...

—No hay peros que valgan —cortó la otra—. Quítate la faja, déjate de nervios y aprovecha el momento. Por cierto, ¿te he dicho ya que esa camisa te hace unas tetazas impresionantes?

—Otro estrago del embarazo —afirmó Ana riendo y mirándoselas encantada.

Entonces, Calvin se acercó a ellas y cogiendo a Nekane por la cintura se la llevó de nuevo a bailar. Durante unos instantes, Ana se quedó en estado de choque. ¿Debía aprovechar su momento? Incapaz de pensar con claridad se encaminó al baño, donde tras hacer malabarismos en el pequeño espacio se quitó la faja con dibujos de vaquitas y la guardó en el bolso. Una vez que salió acalorada del servicio, se miró en el espejo y se echó agua en la nuca.

—¿Qué estoy haciendo? —se preguntó.

Pero sin responderse, se colocó su largo flequillo tras la oreja y salió del baño. Con disimulo miró hacia la barra donde el objeto de su atracción hablaba con sus amigos, y el estómago se le volvió a contraer. Rodrigo era un tío imponente y con aquella camisa que se le ajustaba al cuerpo estaba de infarto.

«Soy una mujer liberal, quiero hacerlo y puedo... Yo puedo», pensó, agitada.

Dos segundos después, y siendo consciente de lo que realmente quería hacer, se encaminó con paso firme hacia él. Al verla llegar, Rodrigo la miró y le hizo un hueco a su lado en la barra.

—¿Qué quieres beber? —le preguntó.

«Un whiskazo triple», dijo para sus adentros; pero de repente se acordó del embarazo.

—Una Coca-Cola con hielo —respondió.

—¡Guauuuuu! Mujer de gustos caros y exóticos —ironizó él con una sonrisa en el rostro.

—No lo sabes tú bien.

Rodrigo pidió y pagó la Coca-Cola, y cuando ella fue a dar el primer sorbo, él le paró la mano y, chocando su copa con la de ella, murmuró mientras recorría su escote con una caliente mirada:

—Por que los Reyes Magos esta noche nos sorprendan.

Ana suspiró. Nunca le había gustado sentirse el objeto sexual de nadie, pero tratándose de él le gustó, la excitó. Y con una sonrisa que no dejaba entrever lo que pensaba, asintió.

—Seguro que sí.

Durante un buen rato, aquel grupo de amigos habló de fútbol, algo que a Ana le traía sin cuidado, pero con tal de meter cizaña a los hombres les llevó la contraria en todo. Rodrigo la observaba, divertido; parecía disfrutar con aquella situación. Cuando sus dos amigos se rindieron y se marcharon a ligar con unas jóvenes, le preguntó directamente:

—¿Sales con alguien?

Aquella pregunta la pilló tan de sorpresa que se quedó como una boba mirándolo con la boca abierta. Cuando consiguió reaccionar bebió un trago de Coca-Cola y respondió:

—Con varios y con ninguno en particular.

—Chica lista... —comentó Rodrigo, después de dejar escapar una risotada y levantar su copa.

—A ver si te crees que los tíos sois los únicos que lo pasáis bien —soltó Ana, cambiando el peso de pie—. Donde esté la libertad para estar con quien una quiera, que se quite la monotonía de una relación formal. Además, lo creas o no, con este cuerpo menudo lo que me propongo... lo consigo.

Rodrigo, sorprendido, la observó con detenimiento y volvió a clavar su azulada mirada en aquellos pechos tentadores. Y dispuesto a probar lo que ella parecía ofrecer, dio un paso hacia Ana para estrechar distancias.

—¿Hablas en serio?

—Por supuesto —murmuró al tenerlo tan cerca.

—No pensaba que fueras una mujer tan liberal —dijo él, retirándole lentamente con su mano el largo flequillo de la cara.

—Pues sí... —Y para echar más leña al fuego, ella se aproximó más y le preguntó—: ¿Tú sales con alguien además de con Iris?

Rodrigo lo tuvo claro. Lo estaban tentando, y él no desaprovechaba ninguna oportunidad. Y posando su enorme mano en la espalda de Ana, respondió mientras la acariciaba haciéndole circulitos en la espalda:

—No, y tampoco salgo con Iris. Sólo somos amigos.

—¿De cama?

Apoyándose en la barra, el bombero se inclinó hacia ella hasta rozar con los labios su oído y dijo en un tono suave e incitante que a Ana la enloqueció:

—Se puede decir que sí. Pero igual que la tengo a ella... puedo tener a otras.

—¿Eso es una proposición indecente? —preguntó tras casi ahogarse con la Coca-Cola.

—Por supuesto. En toda regla —asintió él con rotundidad.

En ese instante, no hizo falta decir nada más. Ambos lo tuvieron claro.

—¿En tu casa o en la mía? —quiso saber Rodrigo.

Con las pupilas dilatadas y las manos sudorosas por lo que él le proponía, a Ana estaba a punto de salírsele el corazón de la boca. Sin que pudiera evitarlo, dio las gracias al cielo por haberse quitado la faja y respondió con decisión:

—En la mía. Creo que nos pilla más cerca.

Ana dejó, entonces, el vaso de Coca-Cola sobre la barra y, tras buscar a su amiga Nekane, le hizo una seña con la mano. Ésta, viendo que se marchaba con Rodrigo, se quedó sin palabras, pero levantó el pulgar a modo de ¡buena suerte! Una vez en la puerta del local, el viento era frío y llovía a mares.

—¿Has traído tu coche?

—Sí —dijo Rodrigo, asiéndola con seguridad de la mano— Vamos, lo tengo allí.

Divertidos, corrieron bajo la lluvia hasta llegar a un callejón y allí se montaron en el vehículo. Ya en el interior, Rodrigo le dio al botón de la calefacción.

—¡Uisss, Dios!, ¡estoy congelada!

—Sí, hace un frío de mil demonios. —Rodrigo sonrió y puso

música—. Pero ya verás como en dos segundos entras en calor. Quítate el abrigo y dámelo. Está empapado —le pidió él.

Sin dudarlo, se lo quitó y se lo dio, pero cuando él se volvió para dejarlo en el asiento de atrás y se encontró con la cara empapada de Ana, sin que pudiera remediarlo, le agarró con las manos las mejillas y, acercando su boca a la de ella, la besó. Aquella muchachita con el pelo empapado y pegado a la cara era tentadora y, para qué negarlo, aquella noche era su mejor opción.

Al principio el beso fue tierno, dulce, pero, según pasaban los segundos, se intensificó por la pasión de ella, hasta convertirse en un auténtico torbellino emocional.

«¡Dios míooooooooooooo...! ¡Cómo besaaaaaaaaaaaaa!», pensó, gustosa, soltando el bolso.

Sin importarle el lugar donde estaban, Ana fue subiendo el tono de su excitación, y diez minutos después, enardecida como pocas veces en su vida, se arremangó la falda hasta las caderas y, descolocándolo, se sentó a horcajadas sobre él.

—Espera...

—No —negó, besándolo.

—Ana, ¡para! —Al oír el tono de su voz lo miró, y él le aclaró con el ceño fruncido—: No pienso hacerlo en el coche, ¿te queda claro?

—¡Uissss, qué antiguo eressssssssss! —se mofó, deseosa de continuar.

Ana, como un volcán en erupción, movió sus caderas con lentitud sobre la gran erección de él, que inconscientemente se tensó, y susurró, mimosa y dispuesta a conseguir su propósito:

—¿De verdad me vas a hacer parar?

Rodrigo apretó los dientes. Con los años había aprendido que una cama y la intimidad de una habitación eran el mejor sitio para desatar su pasión; en especial, porque un hombre como él, de metro noventa, apenas se podía mover en el coche. Pero aquella pequeña morena con cara de pilluela y un maravilloso olor a melocotón lo estaba calentando en exceso, y si continuaba así, ella ganaría.

—Escúchame —insistió él con menos convicción—, ambos tenemos casas con estupendas camas y habitaciones como para tener que hacer aquí en el coche lo que estamos pensando.

—Repito: ¡antiguo! —cuchicheó, como retándolo, cerca de su oído.

Excitado por lo que ella le proponía hacer, finalmente sonrió, y cuando Ana le volvió a llamar «antiguo», echó su asiento para atrás y, dispuesto a aceptar el reto, dijo:

—Tú ganas.

Una vez que consiguió obtener el espacio que se proponía, él sonrió, y Ana, deseosa de cumplir su fantasía, le desabrochó la camisa blanca botón a botón, y cuando tuvo para ella sola aquel torso duro y firme lo besó. Con deleite, tocó los marcados abdominales y recorrió lentamente su cuerpo mientras él le deslizaba la mano por el cuello, después los hombros y finalmente la espalda hasta llegar a sus caderas.

Le quitó la camisa, extasiada. Rodrigo era grande, musculoso y terriblemente apetecible, y cuando por fin tuvo ante ella el tatuaje con el que tantas veces había soñado, sonrió. Hipnotizada por aquel diseño tribal que comenzaba en el brazo, subía hasta el hombro y terminaba al principio del cuello, suspiró. Y sin perder un segundo, posó sus dedos en él y lo tocó.

—Me encanta.

Rodrigo se incorporó en el asiento, acercó la nariz al cuello de ella y la besó.

—¿Te gusta?

Con la carne de gallina por lo que él le estaba haciendo sentir con sólo tocarle la espalda y besarla en el cuello, asintió cerrando los ojos.

—Sí. Yo también tengo un par de tatuajes.

Incapaz de parar ya aquel ataque, Rodrigo, con delicadeza, le puso las manos en las mejillas y volvió a besarla. Atrapó aquellos tentadores labios y los succionó mientras levantaba las caderas y apretaba su enorme erección contra la entrepierna de ella. Después, le inclinó la cabeza hacia atrás y atacó su cuello, aquel cuello dulce y de piel suave al que mimó con centenares de minúsculos besos cargados de erotismo mientras le preguntaba con voz sinuosa:

—¿Dónde tienes los tatuajes?

Tras soltar un gemido de satisfacción por las atenciones que él le prodigaba, Ana apoyó sus manos en el duro pecho de él y —tenía que separarse de él o explotaría— susurró mientras la lluvia en el exterior caía con fuerza:

—Tengo uno en el tobillo y otro en el hombro izquierdo. Te lo enseñaré.

Rodrigo abrió mucho los ojos y con la boca seca vio que ella se desabrochaba la camisa y dejaba al descubierto unos tentadores pechos reprimidos por un sujetador oscuro.

—¿Te gusta mi tatuaje? —inquirió ella, moviendo el hombro izquierdo.

Sin importarle ya dónde estaban, él clavó su inquietante mirada azul en el hombro que Ana le ofrecía, y tras contemplar un bonito tatuaje de una hada de grandes alas, le mordisqueó el hombro y susurró:

—Es tan bonito como tú.

Atontada por las cosas que Rodrigo le decía, ella sonrió y sin pudor dijo mientras rozaba con la yema de sus dedos el tatuaje de él en la zona del cuello:

—Un bonito tatuaje en un cuerpo hermoso... Es sexy y morboso. —Y sin que pudiera evitarlo, rió y añadió—: Mi madre todavía no me ha perdonado que me lo hiciera.

—A mi madre la aterró —musitó él mientras pasaba la lengua lentamente por el canalillo de los pechos que frente a él se erguían majestuosos.

—¡Uf...!, seguro que a la mía más —suspiró, dejándose hacer.

—No lo creo.

Encantado por aquella entrega, posó sus manos sobre las piernas de ella y se sorprendió al comprobar que llevaba medias hasta el muslo. ¡Sexy!

Caliente, receptiva y deseosa al notar las manos de él por el interior de sus muslos suspiró mientras la lluvia repiqueteaba con fuerza en el techo del coche. Ese momento era el más morboso que había tenido en su vida y estaba dispuesta a disfrutarlo. Sintiéndose atrevida, ella misma se quitó la camisa y se desabrochó el sujetador. Sus pechos quedaron sueltos a la altura de la cara de él, y entonces lo empujó. Rodrigo cayó sobre el asiento del coche, y ella, poderosa, acercó uno de sus pechos a la boca de él, quien, entendiendo lo que deseaba, le succionó el pezón. Durante un rato ella llevó la iniciativa de aquel ardiente juego. Primero fue un pecho, luego fue otro, y cuando el hombre estaba duro y receptivo, puso su boca sobre la de él y se la devoró.

Así estuvieron un buen rato, hasta que, a punto de explotar por verse tan mermado en sus movimientos, Rodrigo cogió su cartera y sacó un preservativo. Ya no podía aguantar más. Si continuaba con aquel juego se correría en los pantalones y lo que quería era hacerlo dentro de ella. Lo necesitaba. Ana, al ver aquel gesto, sintió la tentación de contarle su secreto. ¿Estaría haciendo bien ocultándolo? Pero al final decidió que ese secreto sólo era suyo, y en aquel momento quería únicamente una cosa: sentir la virilidad de Rodrigo en su interior.

—Me encanta tu olor a melocotón —murmuró él mientras se colocaba el preservativo.

—¿A melocotón?

—Sí..., a melocotón fresco, dulce, tentador y loco.

—Será el preservativo. ¿Es de sabores? —balbuceó, ansiosa.

—No... Eres tú —insistió, haciendo que sonriera.

—Tú también hueles muy bien. ¿Qué colonia usas?

—Adivínalo.

Mimosa, acercó la nariz a su cuello y al ver que él había acabado lo que estaba haciendo, se levantó un poco, puso aquella enorme erección en la entrada de su sexo y, mientras se dejaba escurrir sobre ella lentamente, susurró:

—Hugo Boss. Aún recuerdo su olor de cuando hice la sesión de fotos con varios modelos.

—Acertaste —dijo él casi gimiendo al notar cómo ella se encajaba.

Una vez que introdujo totalmente el pene en ella, Ana tomó aire y mirándolo a los ojos farfulló mientras se movía hacia adelante y hacia atrás con parsimonia:

—¡Dios...!, ni te imaginas cómo me pone hacer lo que estoy haciendo.

Tumbado en el asiento de su coche, deslizó las manos por las costillas de ella, hasta que, agarrándola por la cintura, murmuró en tanto la apretaba con fuerza contra él:

—Ni te imaginas tú lo que me pones a mí.

Incapaz de aguantar un segundo más aquella dulce tortura, Rodrigo tomó las riendas y, moviéndola sobre él a su antojo, hizo que chillara de placer. Ana se estremeció. Las penetraciones de ese hombre la enloquecían y, al verle los labios entreabiertos, se inclinó sobre él y lo besó. Él clavó los dedos en su cintura mientras se adentraba una y otra vez en ella. Agotado el beso y con necesidad de coger aire, Ana se incorporó mientras él continuaba con su ritmo implacable, hasta que un gemido la tensó y una ola de éxtasis hizo que estallara para derrumbarse sobre él. Una vez que fue consciente de que ella había llegado al clímax, tras cuatro soberbias embestidas con un gutural y bronco gesto, Rodrigo se dejó llevar por la pasión del momento.

Mientras yacían uno sobre el otro en el incómodo asiento delantero del coche e intentaban recuperar el control de sus respiraciones, ninguno de ellos habló. Se limitaron a escuchar el sonido de la lluvia, hasta que comenzó a sonar una canción en la radio que rápidamente Ana, que continuaba aún con los ojos cerrados, comenzó a tararear la canción *Solamente tú.**

Durante un corto espacio de tiempo se limitó a escucharla mientras ella tarareaba apoyada en su pecho, hasta que, al tocarla en el

* *Solamente tú*, BMG M And M Spain, escrita e interpretada por Pablo Moreno de Alborán. *(N. de la e.)*

brazo, la notó fría. Rápidamente, cogió su camisa, se la echó por encima y susurró:

—Tienes una voz muy bonita y, por lo que veo, esta canción te gusta.

—Me encanta esa canción de Pablo Alborán —dijo levantando la cara del pecho de él. Y mirándolo, añadió—: ¿La conoces?

Él sonrió, y tras darle un dulce beso en la palma de la mano, negó con la cabeza.

—No es mi estilo. Ya te dije que los blanditos que cantan baladitas de amor no son lo mío.

Lo observó con gesto divertido. ¿Dónde tenía aquel pedazo de hombre su vena romántica? Pero decidida a no romper aquel bonito momento, sonrió. Cuando acabó la canción, cogió su bolso del asiento del copiloto, lo abrió e intentó sacar unos kleenex; pero de pronto algo voló y cayó entre los dos. Rodrigo fue más rápido que ella y al coger el objeto la miró con una expresión guasona.

—Pero ¿qué es esto?

Roja como un tomate, se lo fue a quitar, pero él no la dejó, y al ver de lo que se trataba, volvió a preguntarle con tono burlón:

—¿Llevas una faja en el bolso? —Ella no contestó, y él añadió—: ¡Guauuu!, una faja de... ¿vaquitas?

Horrorizada y muerta de vergüenza, se sentó con rapidez en el asiento del copiloto, cogió su camisa y comenzó a vestirse tras guardarse el sujetador en el bolso. No pensaba contestar a lo que le preguntaba y menos después de ver su cara de guasa. Aquello era humillante. Pero al ver que él no le quitaba ojo, aclaró:

—Vale, lo confieso: son vaquitas. Llevaba la puñetera faja puesta porque cuando me pongo esta falda la necesito para disimular un pelín la barriga. Pero estaba incómoda con ella y decidí quitármela. Fin del asunto. —Y de un manotazo se la arrebató.

Rodrigo decidió callar. Aquello era lo más divertido que le había pasado nunca con alguno de sus ligues. Le habría gustado seguir bromeando al respecto, pero al ver el entrecejo fruncido de ella optó por darle un respiro. Cinco minutos después, ya vestidos, el joven la volvió a mirar y preguntó:

—¿Sigue en pie lo de ir a tu casa?

—Sí, por supuesto. —Y clavando sus verdes ojos en él, murmuró—: A no ser que al ver la puñetera faja tu deseo se haya esfumado.

Entonces, él ya no pudo más y soltó una carcajada que finalmente hizo reír a Ana. Tras un buen rato en el que los dos, entre risas, volvieron a recordar ¡el momento faja voladora!, Rodrigo arrancó el coche.

—Que sepas que el momento faja de vaquitas... me tiene loco —dijo él, y a ella le puso la carne de gallina.

Así, entre más risas, condujo hasta la casa de Ana, donde aquella noche hicieron repetidamente el amor, en el sofá, sobre la encimera y, al final, antes de quedarse dormidos, en la cama.

A la mañana siguiente, después de una perfecta noche de sexo, tras desayunar juntos un café con leche y unas tostadas, Rodrigo se dispuso a marcharse. Mientras se ponía el abrigo, se fijó en un gato color canela y blanco que dormitaba sobre el sofá.

—No sabía que tuvieras gato.

Con una cariñosa sonrisa, Ana mordisqueó una galleta.

—*Miau* suele esconderse cuando viene gente. ¡Es muy tímido! Pero debe de estar tan cansado por la noche que le hemos dado que ha decidido no moverse.

—*¡¿Miau?!*

—Sí.

Rodrigo soltó una carcajada, señalando la jaula del canario.

—No sé por qué me sorprendo si ése se llama *Pío*.

Ambos sonrieron, y él se acercó a ella y la agarró por la cintura.

—Ha sido un placer pasar la noche contigo.

—Lo mismo digo.

Durante unos minutos se miraron a los ojos, y entonces Ana, para romper aquel momento, le aconsejó:

—Abrígate que hace mucho frío.

Rodrigo la soltó, y dándole un rápido beso en los labios, se subió el cuello de la chaqueta negra, abrió la puerta y se marchó.

Cuando Ana se quedó sola en la entrada en bragas y camiseta levantó los brazos en señal de victoria y saltó como una loca. La noche con él había sido la mejor noche de sexo y lujuria que había vivido en su vida. Rodrigo era atento y cariñoso tanto en la cama como fuera de ella, y eso le había encantado.

—¡Bien, bien, bien! ¡Un olé por ti..., Anita! —gritó, alborozada.

Feliz por lo ocurrido, dio al *play* de su equipo de música y a toda pastilla sonó la canción de Don Omar *Danza Kuduro*.* Emocionada, comenzó a mover las caderas y las manos al ritmo de tan pegadiza melodía. Tan metida estaba en su baile que no oyó que la puerta se abría, hasta que en una de sus vueltas vio que tras ella estaban Nekane y Rodrigo. Rápidamente dejó de bailar y quitó la música.

El bombero, al ver su gesto y la rojez de su cara, sonrió. Aquella morenita era graciosísima, y cogiendo de la mesita las llaves de su coche, dijo:

—Se me habían olvidado.

Ana asintió, y éste sin decir nada más, le guiñó un ojo, se dio la vuelta y se marchó.

Una vez que se quedaron las dos solas en el salón, Nekane miró a su amiga y le preguntó sonriendo:

—¿Noche de escándalo?

—De escándalo no..., lo siguiente.

Nekane, encantada de ver a su amiga tan feliz, se acercó hasta el equipo de música, le dio al *play*, y las dos comenzaron a bailar como locas. Se lo merecían.

Aquel día por la tarde, tras comer juntas, charlaron sobre lo bien que se lo habían pasado.

* *Danza Kuduro*, Sony/ATV Music Publishing LLC, escrita por William Omar Landron Rivera, Philippe De Oliveira, Faouze Barkati, Fabrice Toigo y Ali Fitzgerald (Big Ali), e interpretada por Don Omar feat. Lucenzo El Orfanato. *(N. de la e.)*

—Oye... —dijo Nekane, mirando a su amiga—, se me está ocurriendo una cosa.

—¡Aisss, madre...! Cuando a ti se te ocurren cosas, hay que echarse a temblar —se mofó Ana.

—Que no, tonta. Escucha.

—Escucho...

—Anoche te tocó un fin de semana en un spa, ¿verdad?

—Sí.

—¿Qué tal si invitas a Rodrigo? Si una noche ha sido tan maravillosa, ¿qué no podéis hacer en un fin de semana?

Ana la miró. ¿Se había vuelto loca su amiga? Pero antes de que pudiera decir nada, Nekane añadió:

—Vale, vale, entiendo que me mires con cara de grillo lastimero, pero ¿por qué no?

—Pues porque no creo que proceda. Porque no sé qué voy a hacer un fin de semana entero con él y...

—¡Anda la leche! ¿Cómo que no vas a saber qué hacer con él? —dijo riendo la navarra—. Si quieres te digo lo que puedes hacer en un spa con una cama grande, masajes y...

—Que no. Que no es buena idea.

Sin darle tiempo a pensar, Nekane le tendió el número de móvil de Rodrigo.

—Llámalo y díselo.

—Ni loca.

—No me seas recatada. A ti te ha gustado la noche que has pasado con él y...

—Pues claro que me ha gustado la noche que he pasado con él. ¡Ha sido alucinante! Pero tengo que ser consciente de mi situación. Yo no estoy en un momento para..., para...

—Llámalo.

—Que no, y este tema se acabó. —Y levantándose, anunció—: Voy al baño.

Nekane la siguió con los ojos hasta que desapareció de su vista, y en cuanto se quedó sola en el comedor, cogió el móvil de su amiga, tecleó rápidamente un mensaje y lo envió. Tres minutos después, regresó Ana.

—Desde luego, hija, se te ocurren cosas de bombero —comentó, mirando a su amiga.

—Y nunca mejor dicho.

Ambas rieron por la ocurrencia y, acto seguido, el móvil de Ana pitó. Había recibido un mensaje. Tras cogerlo, su gesto cambió al leer en voz alta:

—Acepto ese fin de semana contigo. Sólo falta que me digas cuándo.

Nekane se puso a aplaudir.

—¡Bien! Sabía que ese tordo no se iba a negar.

—Pero ¡¿qué has hecho?! —gritó Ana, soltando el teléfono como si le quemara.

—Lo que tú no has hecho.

Incapaz de creer lo que Nekane había organizado, protestó:

—¡Joder, Neka!, que estoy embarazada.

—¿Y qué? Tu barriga aún no se nota y debes aprovechar el tiempo.

—Pero..., pero es una locura.

—La locura sería no hacerlo. Recuerda que dentro de nada tu vida sexual será cero. *Kaput!* Pero ¿dónde ves el mal?, ¿en quedarte embarazada?

Ana estaba boquiabierta por lo que su amiga decía.

—Sólo intento que las cosas no se líen.

—¿Y por qué se van a liar si ambos sois adultos y sabéis lo que hay? Venga, Ana..., no me seas estrecha, que tú nunca lo has sido y te has dado tus homenajes sexuales cuando te ha salido del gorro. Rodrigo, ese con el que has pasado una fantástica noche de sexo y lujuria, te gusta, y, por ello, has de aprovechar el tiempo que te queda.

Aún asombrada por lo que Nekane le había propuesto y más porque él hubiera aceptado, cogió el móvil y tecleó: «¿Libras el próximo fin de semana?». Cinco minutos después, éste volvió a pitar y ambas gritaron al leer: «Solucionado. ¡Nos vamos al spa!».

Llegó el fin de semana y tras hacer y deshacer su pequeño *trolley* un billón de veces y meter toda la lencería sexy que tenía, Ana, histérica perdida, bajó junto a su amiga al portal. Rodrigo estaría al llegar.

—Sé buena y pásalo de lujo —le aconsejó Nekane riendo al ver el ceño fruncido de Ana—. Y recuerda lo que dice el anuncio: «Te mereces un yogurazo».

—¡Hola, bonitiñas mías! —las saludó Encarna. Y al ver el *trolley* de Ana, preguntó—: ¿Te vas de viaje?

—Se va de fin de semana con un tordo impresionante —respondió Nekane.

La vecina se metió el monedero bajo el brazo y sonrió.

—Pero ¿qué me dices, criatura? ¿Con quién te vas?

Ana miró a su amiga con ganas de matarla, y ésta, sin decir que se iba con el bombero que había sacado a Encarna por la ventana, contestó:

—Se va con un tordo de escándalo. ¡Te lo aseguro!

Encarna, encantada por lo que escuchaba, sonrió y dijo:

—Me alegro, cielote. Pásatelo bien y disfrútalo a tope. —Y acercándose, preguntó—: ¿Es bien parecido el mozo?

Ana finalmente sonrió y cuchicheó:

—Guapo no, Encarna, lo siguiente.

—¡Aisss, Anitiña!, pues disfrútalo doblemente.

Tras soltar las tres una carcajada, Ana las besó. En ese momento, apareció el coche de Rodrigo y, dispuesta a pasarlo bien, se encaminó hacia él. Cuando el coche se detuvo y él bajó, no le dio un beso en los labios, y eso le decepcionó. Rodrigo simplemente abrió el maletero y metió el *trolley*.

—¿Preparada para un relajante fin de semana en el spa?

—Preparadísima —asintió ella, y tras recibir un afectuoso apretón en el hombro, abrió la portezuela del coche y se metió.

Desde el portal, Encarna y Nekane los observaban.

—Pero ¿ése no es el bombero que...? —empezó a preguntar la vecina.

—Exacto. Encarna.

—Qué buen ojo tiene la *jodía* —asintió la mujer.

En el camino hasta Toledo, Ana comenzó a sentirse revuelta. ¿Qué le ocurría? Disimuló todo lo que pudo. No era momento de encontrarse mal. Allí estaba ella, con un pedazo de tío increíble, vestida con una bonita lencería en rojo pasión, y nada lo iba a estropear. Pero cuando ya no pudo más, lo miró y gritó:

—¡Para el coche!

—¿Qué ocurre? —preguntó él, sorprendido.

—Quiero vomitar.

Como pudo, Rodrigo se paró a la derecha y, segundos después, todo el glamour que ella manifestaba se marchitó. Su rostro se volvió ceniciento y su cuerpo se contrajo. Sin dudarlo, él sacó unos kleenex de una caja que llevaba en la guantera. Salió del coche y, tras rodearlo, se acercó a ella, que ocultaba su rostro, agachada en el suelo.

—¿Estás mejor? —preguntó, preocupado, mientras le tendía los pañuelos de papel.

Sin mirarlo, asintió, y mientras asía lo que él le entregaba, pensó: «Tierra trágameeeeeeeeeeeeeeeee. Pero ¿cómo me puede pasar esto a mí?».

Durante unos minutos ambos estuvieron en silencio, hasta que él volvió a interesarse:

—Ana, ¿te encuentras bien?

Después de coger aire, se levantó y murmuró con una bonita sonrisa:

—Sí... No sé qué me ha pasado. Me habrá caído mal la comida.

—¿Continuamos, o prefieres regresar?

Aunque por un instante tuvo dudas, finalmente, con la mejor de sus sonrisas, respondió:

—Sigamos... Creo que un buen masaje en el balneario me vendrá de lujo.

Cinco minutos más tarde, todo parecía normal. Ana volvía a tener color en el rostro y de nuevo sonreía. Pero Rodrigo sabía que no se encontraba bien. Sólo había que observar lo callada que estaba para intuir que algo pasaba. Cuando llegaron a Almonacid se desviaron y pocos kilómetros después encontraron el precioso hotel Spa Villa Nazules. Una vez que dejaron el coche, cogieron el equipaje y se encaminaron hacia el interior del establecimiento.

Al entrar en la moderna recepción de piedra amarillenta, Ana sonrió. Aquel fin de semana tenía que ser memorable, pero al sentir una nueva arcada quiso morirse aunque disimuló. Dos segundos después, un amable recepcionista les atendió y tras hacer el *check-in* les indicó cómo llegar a su habitación.

Bromeando, caminaron por el hotel hasta la habitación 125. Una vez que Rodrigo abrió la puerta, los dos soltaron un silbido de satisfacción. La estancia era espaciosa y la conjugación de los estilos antiguo y moderno le daba al lugar un toque muy chic.

—Para ser un regalo, ¡es mejor de lo que esperaba! —susurró Ana, encantada.

—Sí..., está muy bien —añadió Rodrigo, que miraba la enorme cama con colcha roja como si lo estuviera invitando.

Durante un par de segundos, él estuvo dudando. No sabía si debía tirarla sobre la cama para empezar a disfrutar de lo que habían ido a hacer allí, o si debía respetar que ella no se encontraba bien. Finalmente, ganó la segunda opción, y tras ver que Ana entraba en el baño y cerraba la puerta, se sentó a esperar sobre aquella enorme cama de colcha roja.

Diez minutos después, la puerta del baño se abrió y la joven apareció con el pelo algo mojado.

—¿Has vomitado de nuevo?

Ana decidió no mentir. Se encontraba fatal y asintió.

Sin perder un segundo, Rodrigo descolgó el teléfono y pidió una manzanilla a recepción.

—Túmbate —dijo, quitando la colcha de la cama—. He pedido una manzanilla. Eso, como dice mi padre, o te calma o te calma.

Tras soltar un gruñido de frustración, Ana lo miró y susurró:

—Lo siento...

—No pasa nada, preciosa —respondió él cariñosamente, besándola en la cabeza—. Todos en algún momento nos hemos sentido mal y...

—Sí, pero no en un fin de semana que se suponía una escapada sexual. ¡Qué vergüenza!

—No te preocupes —la reconfortó con una sonrisa—. Seguro que mañana te encontrarás mejor.

Pero no fue así. A la mañana siguiente cuando Ana se despertó y olió el opíparo desayuno que Rodrigo había encargado, se sintió morir. Sin que pudiera evitarlo corrió hacia el baño, de donde no salió hasta un buen rato después. Aconsejada por él, se volvió a tumbar en la cama, y a pesar de que sólo quería dormir cinco minutos, el resultado fue que durmió tres horas. Cuando despertó eran las dos de la tarde.

Horrorizada, se fue a levantar cuando las náuseas la obligaron a correr de nuevo hacia el baño. Algo en la comida que él tomaba la descomponía. No pudiendo permanecer un segundo más impasible, Rodrigo dejó de comer y quiso entrar en el baño para, al menos, apoyarla moralmente, pero ella no se lo permitió.

—Abre, no seas cabezona.

En el interior del baño y sentada en el suelo ante la taza del váter, ella gritó:

—¡Que no! No quiero que me veas así.

Apoyado en la puerta, Rodrigo suspiró.

—Ana, ¡joder!, somos amigos y...

—Por eso —cortó ella—. Como somos amigos quiero que vayas a disfrutar del circuito que habíamos previsto en el spa. Teníamos la tarde llena de actividades y quiero que las hagas.

—Pero, Ana...

—Rodrigo, por favor..., vete.

Incapaz de entender lo raras que eran a veces las mujeres, se dio por vencido y se puso el albornoz que el hotel les había dejado sobre uno de los sillones.

—Ana..., me voy —dijo antes de salir.

Cuando ella oyó que la puerta se cerraba, respiró aliviada. ¡Por fin, sola! Y levantándose del suelo se miró en el espejo. Su aspecto era horroroso.

—Pero ¿por qué me tiene que pasar justamente este fin de semana?

Tras mucho lamentarse, al final se dio una ducha, pero al salir otra vez a la habitación y oler la comida el revoltijo de tripa regresó. Tapándose la nariz, llegó hasta el carrito donde estaban todos aquellos manjares, y tras coger la fruta, sacó el carrito al pasillo, abrió las ventanas y el olor se esfumó.

Sobre las siete y media de la tarde, apareció Rodrigo. Ana se encontraba mucho mejor y lo recibió con la más formidable de sus sonrisas.

—Cuéntame. ¿Qué tal el circuito?

—Bien. ¿Y tú cómo estás? —se preocupó, acercándose a ella.

—Mejorcilla, aunque no te voy a mentir, ¡he tenido momentos más brillantes! Venga, cuéntame cómo te ha ido.

Disfrutando de la forma en que lo miraba y, en especial, de verla mejor, se sentó junto a ella en la cama.

—Hemos comenzado con la piscina termal, des...

—¿Hemos?

—Sí..., me he unido a un grupo muy divertido. Por cierto, hemos quedado para cenar juntos. Espero que no te importe.

«¡Me importa!», quiso gritar, pero no lo hizo.

—Pues claro que no me importa. Pero venga..., sigue. Cuéntame qué me he perdido.

—Que recuerde sauna, baño turco, ducha de esencias, ducha escocesa, camas calefactadas, una pasada por cierto, y ducha Vichy. Después, algunos hemos entrado en la sala de relajación, donde nos han dado un zumo, y ha sido un rato muy..., muy agradable.

Apenas se conocían, pero aquel tonito y, sobre todo, su sonrisita al decir «ha sido un rato muy..., muy agradable» la alertaron. ¿Qué había ocurrido? Pero justo cuando iba a preguntárselo, sonó el teléfono de la habitación y lo oyó hablar y reír con alguien. Cuando colgó se dirigió a ella después de mirar el reloj.

—Era Eva.

—¡¿Eva?!

—Sí, una de las chicas que he conocido antes. Ha llamado para decirme que a las nueve nos esperan en recepción.

Al escuchar el nombre de aquella mujer supo que ésta había sido la causante del «rato muy..., muy agradable» en la sala de relajación. Pero decidida a no comportarse como Glenn Close en *Atracción fatal*, simplemente sonrió. Durante un buen lapso de tiempo continuaron hablando sentados sobre la enorme cama, pero él ni se le acercó. Ana intentó ser sexy. Enseñaba hombro, se tocaba el pelo con sensualidad... pero nada, él no reaccionaba.

Por su parte, Rodrigo la observaba. La chica no tenía buena cara y lo que menos quería era presionarla para tener sexo. Por ello, decidió comportarse como un buen amigo y nada más. Al fin y al cabo, eran amigos, ¿no?

Pasaban veinte minutos de las ocho cuando Rodrigo salió de la ducha. Ella continuaba tirada sobre la cama con el mando de la televisión en la mano. Sin mirarla se dirigió al armario donde el día anterior habían guardado sus ropas y, tras coger un vaquero y una camisa roja, dejó caer el albornoz blanco del hotel y comenzó a vestirse.

«¡Madre mía..., madre mía! ¡Estás buenísimo!», pensó escaneando con la mirada.

Bloqueada por la imagen de aquel adonis desnudo ante ella, se le resecó hasta el lagrimal. Aquel hombre era increíble. No..., impresionante. Su piel morena, sus espaldas anchas, sus fuertes brazos. Todo en él era sexo puro y dinamita.

—Vamos, vístete —apremió, mirándola—. Son las nueve menos veinte. ¿A qué esperas?

Sin protestar se levantó de la cama y tras elegir una falda color caqui hasta los pies y una camiseta a juego con un chaleco superpuesto, lo miró y con la mejor de sus sonrisas dijo:

—Venga, guaperas, vamos a divertirnos.

Pero la inseguridad que le provocó a Ana encontrarse con aquel grupo en recepción le encogió hasta el corazón.

Efectivamente era un grupo, pero sólo había dos chicos para cinco chicas, todas ellas a cuál más alta y más guapa. Tras las presentaciones, Ana pudo comprobar que la tal Eva, una chica rubia, la observaba con fingido disimulo. Pero ella era la acompañante de Rodrigo y contra eso aquella rubia de bote no tenía nada que hacer.

Una vez que entraron en el restaurante del hotel, Ana fue objeto de empujones y carreritas. Todas se querían sentar junto a Rodrigo, pero él no lo permitió. Asió a Ana del brazo e hizo que se sentara junto a él. Ese gesto le provocó una sonrisa y dirigió la vista a la tal Eva, que se sentó al otro lado, con cara de mofeta. Ambas se entendieron con la mirada. Pero lo que comenzó como un triunfo para Ana se fue nublando hasta convertirse en una agonía. Al llevar el camarero el primer plato y oler el revuelto de espárragos trigueros con huevo, el maleducado estómago de Ana se rebeló. Y sin que pudiera evitarlo tuvo que levantarse y salir pitando del lugar.

Una vez fuera, el aire llenó sus pulmones y respiró con tranquilidad.

—Creo que deberíamos llamar a un médico —dijo Rodrigo a su lado.

—No.

—Seguro que estás incubando algo —insistió.

—Sí, un huevo —se mofó al pensar en el bebé que crecía en su interior.

Pese a no entender el doble sentido del comentario, a Rodrigo le pareció divertido, y sonrió.

—Debes de tener algún virus.

«Sí..., un virus llamado "bebé"», pensó al escuchar la voz de Rodrigo. Pero se volvió para mirarlo y respondió con rapidez:

—No te preocupes, de verdad. Mañana, cuando regresemos, si sigo igual, pediré cita con mi doctora.

Pasándole con cariño la mano por la mejilla, él le preguntó:

—¿Quieres regresar a la habitación, o prefieres volver al restaurante?

«Ha dicho "quieres" en singular», se dijo a sí misma, y entendiendo que aquella noche tampoco sería lo que ella esperaba se dio por vencida y, encogiéndose de hombros, murmuró:

—Sí, si no te importa, creo que me voy a la habitación.

Sorprendida, vio cómo él la agarraba de la mano y comenzaba a andar. Soltándose, lo miró y preguntó:

—¿Qué haces?

—Pues regresar contigo. ¿Qué voy a hacer?

Esa respuesta era la que ella quería escuchar, pero en su interior sabía que a él no le apetecía nada. Por ello, se sentó en un sillón de recepción y lo obligó a sentarse a él también.

—Vamos a ver, Rodrigo, seamos sinceros. Sé que éste no es el fin de semana que ni tú ni yo esperábamos, ¿verdad? —Él negó con la cabeza—. Agradezco mucho que te preocupes por mí y quieras encerrarte a dormir como un oso cavernario en la habitación de este maravilloso hotel, o en su defecto a ver la televisión, pero eso no sería justo, y yo quiero ser justa contigo, ¿de acuerdo?

—De acuerdo.

—Tú y yo apenas nos conocemos, y ni siquiera nos podemos denominar «amigos».

—Para mí eres una amiga —aclaró él.

—Vale, pues como amiga tuya quiero que lo pases bien y te lleves un buen recuerdo de este fin de semana, a pesar de los pesares. —Él sonrió—. No soy ciega y he visto cómo Eva te mira y tú la miras a ella. Y mira, chico, ¡ni soy celosa ni tu novia! Por lo tanto, pásatelo bien. Disfruta de lo que tengas que disfrutar y mañana regresaremos a nuestras casas con el mismo buen rollo con el que llegamos.

—¿Me estás diciendo que haga lo que creo que estás diciendo? —preguntó Rodrigo, sorprendido por aquella sinceridad.

—Sí.

—¿En serio?

Como una buena actriz, Ana lo miró y asintió.

—Que sí, guaperas. Directamente te estoy diciendo: pásalo bien con Eva que a mí no me vas a romper el corazón porque te acuestes con ella. Nuestro fin de semana de sexo se ha ido al garete y quiero que te lo pases bien. Además, en estos momentos lo que más me apetece es meterme en la cama sola y...

—¿Tan malo soy en la cama? —se mofó él.

—¡Nooooooooooooo!, no digas tonterías. —Ambos rieron—. La noche que estuvimos juntos fue estupenda y me habría encantado volver a repetirla este fin de semana, pero...

—Me estás dejando impresionado.

—De eso se trata, ¡de impresionarte! —ironizó ella.

—¿Sabes?, nunca he tenido una buena amiga. Desde bien jovencito las mujeres para mí han cumplido siempre la misma función.

—Menudo picaflor estás tú hecho. —Suspiró, divertida, y añadió—: Pues mira, ¡ya tienes una amiga de verdad! Y para que quede claro lo que seremos tú y yo a partir de ahora, para ti desde hoy soy como los ángeles, ¡sin sexo! —Rodrigo rió a mandíbula batiente, y ella prosiguió rascándose la oreja—: Si quieres podemos ser buenos amigos. Podremos hablar contándonos confidencias, ir al cine... Vamos, cualquier cosa que hagan los amigos sin derecho a roce. ¿Qué te parece?

Boquiabierto por la sinceridad de Ana, la observó. Nunca una mujer que hubiera estado con él le había sugerido nada así. Al revés, siempre le pedían más. Pero allí estaba aquella joven morenita pidiéndole sólo amistad. Conmovido, le revolvió el pelo y, tras darle un cariñoso beso en la mejilla, dijo levantándose:

—De acuerdo, amiga del alma. Estaré encantado de poder hacer todas esas cosas contigo. Pero antes de seguir tu consejo sobre lo que he de hacer esta noche, te acompañaré hasta la habitación.

Con una sonrisa, ambos se levantaron y caminaron por el pasillo cogidos de la mano. Una vez que llegaron a la habitación, Ana abrió la puerta y le entregó la llave a él.

—Anda, ve y pásatelo bien. Yo de aquí no me moveré.

Él sonrió y, después de darle un beso en la mejilla, se guardó la llave en el bolsillo de los vaqueros y se marchó. Cuando Ana cerró la puerta, se apoyó en ella y, escurriéndose hasta caer en el suelo, murmuró mirándose la tripa:

—Eres un cortarrollos, gusarapo. Aún no has nacido y ya comienzas a dirigir mi vida. Que sepas que me acabas de jorobar mi última gran noche de pasión.

6

Pasado un mes, en febrero, la vida volvió a la normalidad. Aquel fatídico fin de semana se olvidó y sólo cambió una cosa entre ellos: ahora eran amigos sin derecho a roce.

Rodrigo nunca había tenido una amiga tan especial y disfrutaba de su compañía. Siempre que podía la llamaba para ir al cine o a cenar, y jamás se percató de que ella lo miraba de una manera especial. Ana ocultaba lo que sentía por él tan bien que hasta a ella misma la sorprendía. ¡Era una excelente actriz!

Un domingo por la mañana, Calvin se presentó en su casa en compañía de Rodrigo. Ana se alegró. Poder estar con él el tiempo que fuera la llenaba de luz y color. Los cuatro decidieron ir a dar una vuelta por El Rastro. El mercado estaba siempre tan petado de gente que intentar no rozar su cuerpo con el de Rodrigo era misión imposible, y eso le agradaba.

Deambulando, se toparon con un puesto de imanes, y Rodrigo compró uno para la nevera en forma de melocotón y se lo regaló.

—¿Y esto? —preguntó Ana animadamente.

—A esto hueles tú. A melocotón.

Satisfecha, cogió el objeto y le dio a él un beso en la mejilla para agradecérselo. Rodrigo, alegre, acercó la boca al oído de ella y susurró:

—Eres mi melocotón loco; suave por fuera y loco e imprevisible por dentro.

Ana le dedicó una sonrisa y suspiró. Todavía recordaba aquella noche de pasión que había pasado con él, y aunque sabía que ese recuerdo no le hacía bien, se negaba a olvidarlo.

Su excursión continuó por El Rastro, hasta que de pronto Rodrigo la cogió por la cintura y, atrayéndola hacia él, dijo:

—Ana, ¡bésame!

Asombrada, ella clavó su mirada en la de él y le preguntó:

—¿Cómo dices?

—Acabo de ver a una pesada con la que estuve hace un par de semanas y a la que no quiero volver a ver, y viene hacia nosotros —contestó rápidamente Rodrigo—. ¡Bésame!

Dicho y hecho. Ana lo besó. Le pasó las manos por la nuca y, poniéndose de puntillas, hizo lo que él quería, y a su vez ella disfrutó. Nekane y Calvin los contemplaron un tanto sorprendidos. ¿Qué estaban haciendo? Pero en seguida entendieron la situación.

—¡Rodrigo!

Él, al oír su nombre, apartó los labios de la mujer que lo estaba besando y con una espectacular sonrisa y sin soltar la mano de Ana, dijo:

—Hombre, Silvia, ¿qué tal?

La mujer lo miró de arriba abajo y respondió:

—Por lo que veo, no tan bien como tú.

Ana, todavía en estado catatónico por aquel devastador beso, miró a la guapa mujer que tenían ante ellos, que parecía molesta. Intentó zafarse de la mano de Rodrigo, pero éste no se lo permitió. Al contrario, la sujetó fuertemente mientras preguntaba:

—¿Cómo tú en Madrid?

—He venido de fin de semana con unas amigas. ¿No te lo dijeron Raúl y Jesús?

Rodrigo asintió. En efecto, sus compañeros lo habían avisado.

—Sí, me lo dijeron, pero ya tenía planes —contestó con rotundidad.

Aquella respuesta fue todo lo que necesitó la mujer para entender la situación, así que asintiendo con dignidad, se dio la vuelta diciendo:

—Adiós. Me alegro de volver a verte.

Cuando aquélla se alejó, Rodrigo miró a Ana y le dio un beso en la sien.

—Gracias.

Ana intercambió una mirada con Nekane y sonrió ampliamente. Estaba tan feliz por haber besado a Rodrigo que desconcertó a su amiga guiñándole el ojo y añadió:

—Tranquilo, para eso estamos las amigas.

Sobre las dos de la tarde decidieron parar en una pizzería cercana a la casa de las chicas. Allí compraron algo de comida para llevar. Ya en casa, mientras las chicas sacaban del armarito unos vasos, se oyó el sonido de un teléfono. Era el de Rodrigo, quien rápidamente lo cogió. Durante unos minutos, Ana escuchó cómo él reía como un tonto mientras hablaba con una tal Susana. Con fingido disimulo, se enteró de que quedaba con ella a las nueve en el metro de Rubén Darío. Se sintió molesta, pero no dijo nada, hasta que Nekane cuchicheó:

—Asúmelo. Este tío no es para ti.

—Lo sé. Déjame en paz.

—Pues cambia la expresión si no quieres que ellos te pregunten qué narices te pasa. —Al ver cómo la miraba su amiga, cambió de conversación y le preguntó—: ¿Dónde está el Evacuol? Estoy estreñidísima, y como no vaya al baño hoy, reviento.

—¡Aquí! —dijo Ana, dándole el botecito de laxante.

—¿Cuántas gotitas eran?

—Si mal no recuerdo, siete u ocho —respondió la otra antes de salir de la cocina.

Nekane llenó un vaso de agua y echó unas gotitas, pero cuando se lo iba a tomar Calvin la llamó. Dejó el vaso sobre la encimera y fue a ver lo que él quería. Segundos después, Ana entró en la cocina y, al ver el laxante junto al vaso, supuso que su amiga aún no había echado la dosis y, sin preguntar, lo hizo ella.

—Neka —dijo mientras llenaba varios vasitos de agua fresca y los dejaba junto a una jarra sobre la encimera—, tienes tu vaso de agua junto al microondas. No lo olvides.

Su amiga asintió y, dejando a Calvin, regresó a la cocina. De pronto, miró el vaso y no pudo recordar si había echado el medicamento o no, así que volvió a repetir la dosis.

—¿A *Miau* le gusta la pizza? —oyó que decía Calvin.

—¡Ni se te ocurra! —gritó Nekane.

Y al ver que el hombre le daba pizza al gato, dejó el vaso de agua junto al resto sobre la encimera y se fue directa a quitarle el trozo.

—*Miau* no puede tomar pizza. Le sienta fatal.

—Bueno, mujer —dijo sonriendo Calvin—, no hace falta que te pongas así.

Entretanto, Rodrigo había colgado el teléfono y mirando hacia Ana, que estaba al lado de la encimera, le preguntó:

—¿Es agua fresca eso?

—Sí —respondió ella, y le pasó un vaso—. Toma.

Rodrigo cogió el vaso, se lo bebió de un tirón y lo dejó sobre la encimera.

—No hay nada mejor que un vasito de agua para refrescar la garganta.

En ese momento, Nekane lo miró y, al darse cuenta de que se había bebido su vaso de agua, abrió mucho los ojos y se olvidó de *Miau* y Calvin. Caminó hacia su amiga y, llevándosela a un lado, murmuró:

—Creo que le acabas de dar mi vaso con el Evacuol a Rodrigo.

—Pero si el tuyo estaba al lado del micr... —Y al mirar y ver que no se encontraba allí, soltó—: ¡No me jorobes!

Nekane asintió e intentó tranquilizarla.

—¡Bah!, no te preocupes. No creo que se muera. He echado sólo una dosis.

—¿Que la has echado? ¡Aisss, Neka!, que yo también lo he hecho.

—¡Ostras! —exclamó sin poder contener la risa—. Desde luego, Anita, lo que eres capaz de hacer para que este tío no se vaya con otra

—¿Cómo puedes pensar que lo he hecho aposta? Yo no sabía que era tu vaso de agua. Él me ha pedido agua fresca y yo se la he dado —gruñó, molesta.

Ambas se miraron y, aunque no querían reírse, se les escapó una maliciosa risita. Segundos después, la navarra murmuró:

—Tranquila, no te pongas nerviosa. Ya verás como no pasa nada. Como mucho le dará un ligero apretón, y ya está.

—Pero si lleva ración doble de Evacuol. ¡Pobrecillo!

—O triple. He echado unas gotitas más porque no recordaba si lo había hecho antes o no.

—¡Ay, Diosssssssssssss! —gimió Ana, horrorizada.

—Eso digo yo: ¡ay, Dios! —asintió Nekane, divertida.

Pero lo que ellas creyeron que sería un ligero apretón no lo fue. Una hora después de comer, las tripas de Rodrigo comenzaron a rugir como un león y tuvo que salir disparado hacia el baño. Las jóvenes, al ver la reacción que aquel laxante había provocado en él, se miraron inquietas. Dos horas más tarde, el enorme bombero estaba pálido, sentado en el sofá, y cuando salió de nuevo corriendo en dirección al baño, Ana se quiso morir. Regresó sudoroso y con la cara descompuesta, y ella se sentó a su lado.

—Rodrigo. Yo..., yo tengo que decirte algo.

—Ana..., si no te importa, déjalo para luego, que ahora estoy fatal.

—Creo... que lo que te pasa es culpa mía.

A pesar de lo mal que se encontraba, de los retortijones de tripas y de los sudores fríos que sentía, se la quedó mirando.

—No te preocupes, mujer. Seguro que ha sido algo que he comido y que me ha sentado mal.

—Que no..., que no..., que he sido yo —insistió—. Te he dado sin querer el vaso de agua que se tenía que tomar Nekane con laxante y...

—¡¿Cómo?!

—Sin querer me he equivocado de vaso y...

Pero Rodrigo no pudo contestar. Le dio un nuevo apretón y tuvo que ausentarse otra vez. Nekane, con la mano en la boca, intentó disimular la risa, mientras Calvin susurraba:

—Desde luego, princesa, lo vuestro no tiene nombre.

Diez minutos después, Rodrigo regresó del baño y, mirando con cara de enfado a Ana, que lo observaba asustada, preguntó:

—¿Dónde está mi móvil?

Una vez que la joven se lo dio, le dijo:

—Busca el nombre de Susana. Llámala; dile que eres mi hermana y que me resulta imposible asistir a la cita por un problema familiar.

—¡¿Yo?!

—Sí, tú —siseó, molesto—. Por tu culpa mi cita se tiene que anular.

Sin querer discutir con él, hizo lo que le pedía ante la atenta mirada de todos. Una vez que colgó, murmuró:

—Listo. Susana ha dicho que espera que no sea nada grave y que la llames en cuanto puedas.

Entonces, Rodrigo le quitó el móvil de las manos y miró a su amigo.

—Calvin, necesito que me lleves a mi casa. No tengo fuerzas ni para conducir.

—Sí, colega. Ahora mismo —asintió el otro, levantándose.

—Puedes quedarte aquí en la habitación de invitados —le ofreció Ana—. Lo digo por si en el cam...

Él no la dejó terminar y la miró con el gesto descompuesto.

—Prefiero irme a mi casa antes de que me vuelvas a envenenar. Ya es bastante humillante lo que me está pasando, ¿no crees?

—Yo no he querido envenenarte. ¡Por Dios, Rodrigo!, no pienses eso —se defendió—. Nunca te haría daño, ¡te lo juro! Ha sido un error...

El joven, como pudo, sonrió mientras se ponía la cazadora. Sabía que Ana no lo había hecho adrede.

—Lo sé, melocotón loco..., lo sé. Venga, no te preocupes. Gracias a ti estoy vaciando todo mi intestino, pero prefiero irme a mi casa. Lo necesito.

Cuando los hombres se marcharon, horrorizada por lo ocurrido, se llevó las manos a la cara. ¿Cómo podía haber ocurrido aquello? Nekane, al ver su gesto, decidió hacer una terapia de azúcar, dispuesta a cantarle las cuarenta.

—¿De verdad crees que él piensa que he intentado envenenarlo?

—No, mujer, él no piensa eso. Ya conoces su sentido del humor.

—¡Ay, pobrecillo...! La que he liado sin proponérmelo y qué mal lo he pasado yo al tener que llamar a esa tal Susana. Por cierto, me ha parecido una chica muy maja.

—Pero, vamos a ver, ¿tú estás enferma?

—No —dijo mientras alargaba la mano para coger el helado que su amiga tenía entre las manos.

—Pero ¿cómo has podido hacer lo que has hecho hoy en El Rastro?

—¿El qué?

—¡Joder, Ana! Cuando lo has besado para quitarle de encima a la tía esa. Te juro que no sé cómo puedes ser tan buena.

Sin que le importara la sinceridad de la otra, respondió:

—Es que me gusta, Neka, y aprovecho todos los momentos que puedo. ¡Uf!, qué besazo nos hemos dado, ¡de antología!

—Vale..., eso lo entiendo, pero, ¡joder!, el colmo es que las llames por teléfono y encima te caigan bien.

—Lo sé... No tengo remedio. Quizá sean las hormonas que me tienen atocinada —respondió mientras se metía una cucharada de helado.

—Ana, ¿que ese tío te gusta y tú..., tú de colegueo con sus ligues? ¿Estás tonta?

—Sí..., lo asumo. —Y levantándose, cogió los pepinillos y preguntó—: ¿Estarán buenos con helado?

Nekane, sin hacerle caso, prosiguió:

—Pero ¿no ves que eso es contraproducente para tu salud?

—No, eso no lo veo. —Y tras mojar un pepinillo en el helado de vainilla y masticarlo, soltó—: Definitivamente me gustan más con Nocilla.

—¡Por Dios!, deja de comer guarradas —la reprendió la navarra, quitándole los pepinillos de la mano— y contesta a lo que te digo antes de que coja el bote de Evacuol y yo sí que quiera envenenarte. ¿No ves que esta relación no es sana para ti?

—Vale, vale... Reconozco que estoy almendrada por él. Pero ¿cómo no estarlo? Es tan caballeroso, tan sexy, tan atento que... no puedo evitarlo. ¡Ay, Dios mío, pobrecillo!, cada vez que recuerdo su gesto descompuesto me dan ganas de... ¡Ah, por cierto!, le he pedido que nos acompañe a la exposición de Raúl dentro de dos días. ¿Crees que me habrá perdonado y vendrá?

—Y yo qué sé —respondió Nekane.

—Mañana lo llamaré para ver cómo está.

Tras unos minutos de silencio por parte de ambas, Nekane miró a su amiga y murmuró:

—Sigo sin entender por qué quedas con él.

—Porque me gusta, Neka..., ya lo sabes.

—Pero...

—¡Se acabó! —dijo, cerrando la tarrina de helado—. Deja que me dé cabezazos yo sola y así luego tú podrás regañarme y llamarme de todo menos bonita.

—Pues muy bien. Ve derechita al desastre porque ahí es adonde vas: ¡a estamparte bien estampada! —gruñó la navarra, convencida de que su amiga iba a sufrir.

Dos días después, Rodrigo volvió a ser el que era. Y cuando por la tarde los jóvenes pasaron por la casa de las chicas a recogerlas para ir a la sala Mostreus de Madrid, Ana fue de nuevo feliz. Nada más llegar, Rodrigo y Calvin se sorprendieron al reparar en el personal que por allí pululaba.

—Pero ¿de qué van disfrazados ésos? —preguntó Calvin.

—Desde luego, chico, que manía tienes con los disfraces —se mofó Nekane al recordar lo que le había dicho a ella el día en que se conocieron. Y señalando a un grupo de jóvenes que observaban unas fotos, dijo—: Esas personas no van disfrazadas. Simplemente, pertenecen a la tribu urbana de los góticos, y otros son siniestros.

—¡Joder!, dan hasta miedo —musitó Calvin al ver las pintas que llevaban.

—Pues te lo dará a ti, a mí no —respondió la navarra.

—La apariencia básica de gótico es la tez pálida y la ropa negra.

Eso triunfa entre ellos —aclaró Ana—, aunque luego hay otros que visten con un toque *punk*, ya sabéis, camisetas rotas, medias de red y botas militares, y otros se mueren por llevar ropas medievales. Depende de con qué grupo te juntes así vistes. Pero, tranquilo, suelen ser pacíficos y van a su rollo.

—Os veo puestecistas en esto —se mofó Rodrigo.

—Nuestro trabajo nos hace aprender más cosas de las que te podrías imaginar —contestó riendo Ana.

Calvin se divirtió observando a un grupo de músicos. Ver a aquellos chicos pálidos y vestidos de negro le hizo sonreír.

—¿Qué clase de música tocan?

—*Death rock* —respondió Nekane—. Y si escuchas la letra verás que hablan de fantasmas, brujas y todo lo que trate temas místicos.

Sorprendidos, los bomberos se miraron. En la vida habían estado en un lugar así y menos con aquella gente tan rara para ellos.

—Pero, vamos a ver, ¿qué pintan ellos cantando en esta exposición?

—Raúl habrá querido ambientar la exposición con sus canciones —contestó Ana a la pregunta de Rodrigo—. Aquí todo es siniestro, como ellos, y si a alguien le llama la atención los cementerios y...

—¡Uf!, lagarto, lagarto. ¡Qué mal rollito! —susurró Rodrigo—. Anda, envenenadora, sigamos andando.

Ana sonrió, y Rodrigo, asiéndola de la cintura, continuó su camino. Con curiosidad, observaron las fotos que allí había, hasta que alguien dijo:

—Chicas, ¡qué alegrón veros aquí!

Ana saludó con afecto a la persona que las había invitado a la exposición.

—Raúl, ellos son Rodrigo y Calvin. Chicos, él es Raúl, un excelente amigo, artífice de esta exposición y director de la revista *Demonios Encarcelados*.

—*¿Demonios Encarcelados?* —repitió Calvin, asombrado por el nombre de la publicación.

—¡Ajá, amigo! —asintió Raúl. Y mirándolo, comentó—: Impactante nombre, ¿verdad?

Calvin miró a su amigo, y éste, conteniendo la risa, dijo:

—¿Qué temática de revista puede llevar ese nombre?

Raúl, acostumbrado a aquella reacción entre quienes no creían en lo mismo que él, aclaró:

—Mi revista habla sobre el mundo oculto y sus poderes. Como veréis, en las fotos que aquí exponemos, ha quedado reflejado parte de nuestro trabajo. En ellas podéis contemplar cientos de espectros hablándole a la cámara, ansiosos por contar su historia

Los hombres, atónitos, se miraron de nuevo, y Rodrigo, señalando una foto, preguntó:

—¿Ese borrón blanco que se ve ahí es un espectro?

Los cinco se aproximaron a una fotografía donde se veía a una niña con su padre; junto a la pequeña, había una especie de figura blanquecina de una mujer.

—Esta foto precisamente es una de nuestras joyas. Data del siglo XIX y en ella se ve cómo la madre muerta de la pequeña Juliana la observa mientras ella juega. Aunque lo más curioso de la foto es examinar con detenimiento la mirada de la madre, ¿os habéis fijado?

Calvin y Rodrigo se acercaron más a la foto, pero no vieron nada que no hubiesen visto instantes antes.

—Su mirada refleja rabia y dolor mientras observa al padre de Juliana —añadió Raúl—. Esa mujer, Analía Rupérez, murió envenenada cuando la pequeña tenía tres años. La historia cuenta que fue el padre quien la mató para poder casarse con Ruperta Angúlez.

Nekane y Ana se miraron e intentaron no sonreír mientras Calvin y Rodrigo, asombrados por lo que Raúl decía, miraban la fotografía.

—Nuestra revista recibe cientos de imágenes en busca de una explicación. Contamos con un excelente equipo de médiums y parapsicólogos que hablan con las personas que nos escriben, asustadas, al encontrarse con un espectro en sus casas y en sus vidas. No es fácil creer en lo oculto, pero una vez te pasa algo así es necesario saber.

—Lo siento —dijo Rodrigo—, pero soy bastante escéptico para estas cosas. Nunca he creído en fantasmas ni en espectros, aunque...

—Lo entiendo —cortó Raúl—. Yo nunca pensé que creería en estas cosas hasta que me ocurrió personalmente a mí. Mirad, venid.

Caminando junto a él se acercaron a otra fotografía donde se veía a un animado grupo posando y, a su lado, una imagen blanquecina.

—Esta foto fue tomada el día de mi decimosexto cumpleaños. En ella estamos mi padre, mis dos hermanos y yo en la fiesta que me organizaron. El espectro que se ve a mi lado es mi madre. Ella y yo tuvimos un accidente de tráfico un año antes de la fotografía y, para mi desgracia, murió. Cuando mi padre reveló las fotografías de mi cumpleaños todos pensaron que había entrado luz en la cámara, pero yo supe que no cuando la reconocí. Nadie me creyó, pero me convencí de que debía buscar respuestas. Investigué y fue cuando me sumergí en el mundo paranormal y entendí muchas cosas. Todos los fantasmas o espectros, o como los queráis llamar, que aparecen en las fotografías, están ahí por algo. Ellos nos conectan con lo oculto, con el más allá, y con su presencia nos quieren decir alguna cosa. En el caso de mi madre, con su presencia me hizo saber lo feliz que se sentía al verme cumplir años. —Al oír que otra persona lo llamaba, se excusó—: Chicos, luego os veo. Tomad una copita y pasadlo bien.

—¡Qué historia más bonita, triste y emotiva! —lamentó Ana cuando Raúl se alejó del grupo.

—¿Estás llorando? —le preguntó Rodrigo al constatar que tenía los ojos llenos de lágrimas.

—Estoy emocionada. ¿A ti no te ha emocionado lo que Raúl nos ha contado?

—No.

—¡Qué insensible! —se quejó, secándose las lágrimas.

—No es cuestión de sensibilidad. Es cuestión de creerlo o no. Y déjame decirte que yo en esa foto veo una especie de borrón blanco. Nada más.

En ese momento, pasó un camarero, y Calvin cogió copas de champán y las repartió entre los cuatro.

—Ana..., el champán no te gusta. ¡Recuérdalo! —advirtió Nekane, mirando a su amiga.

Al entender el mensaje que le acababa de lanzar Nekane, soltó la copa de champán y cogió una naranja. Debía tener cuidado con aquellas cosas, o perjudicaría al bebé.

Mientras caminaban por la exposición se acercaron hasta una mesita donde había una mujer de pelo oscuro.

—Aura roja —dijo la mujer al ver a Ana—. El símbolo de la vida. Eres una superviviente que lucha por lo que quiere. Apasionada, impulsiva, activa y aventurera, y por el rosa que percibo a tu alrededor, hay una energía amorosa activa.

—¿Puede ver mi aura? —preguntó Nekane, divertida al observar la cara de Ana.

La mujer, tras clavar la mirada en ella durante unos segundos, finalmente dijo:

—Tu aura es amarilla. Significa la luz que representa el sol. Eres una persona atenta, alegre y optimista, aunque en ocasiones te asustas y no te gusta estar sola, ¿me equivoco?

Nekane negó con la cabeza, y la mujer, mirando a Calvin, murmuró mientras andaba alrededor de él:

—Azul. El matiz propio del cielo. Su brillantez y su tono me indica que estás en un buen momento emocional. Denotas seguridad y confianza en ti mismo y me hace ver que eres un fiel amigo y de carácter sincero.

—Sí, señora..., es un buen amigo —comentó sonriendo Rodrigo.

Y entonces, la mujer lo miró a él.

—Aura dorada. Es la fortaleza, perseverancia, paciencia y protección. Esta aura te guía para conseguir todo lo que te propongas y...

Se oyó un bullicio general y todos miraron hacia la derecha. Una muchacha vestida de negro y con pelos descontrolados lloraba a lágrima viva ante una de aquellas fotos mientras gritaba: «¡Soy yo en otra vida! ¡Soy yo en otra vida!». El caos que se formó a su alrededor fue bestial. La gente gritaba y opinaba, la chica berreaba, y Raúl, el artífice de aquella exposición, intentaba calmar a la muchacha. A Calvin le sonó el móvil y, tras contestar, fue hasta donde sus amigos observaban el numerito que la muchacha había organizado y dijo:

—Oye, me ha llamado mi primo Tomás. Es el cumpleaños de su hija Danielita y le he dicho que pasaríamos a tomar algo.

—¡Vaya planazo! —se mofó Rodrigo—. Primero, una exposición de fantasmas y, como colofón del día, vamos al cumpleaños de Danielita. ¿Hay alguna forma peor de acabar la noche?

Cuando llegaron a la casa del primo de Calvin, los recibieron con afecto. Tomás y Azucena resultaron ser unas personas muy agradables, y media hora después, los hombres jugaban como tontos con los niños en el patio.

—Míralos, tan grandes y tan niños a la vez —se burló Nekane.

Ana observaba cómo Rodrigo jugaba con los pequeños mientras las madres de éstos no le quitaban ojo. Eso le hizo gracia, pero en cierto modo también la molestó. Fueran a donde fueran, Rodrigo, aunque no se lo propusiera, conseguía ser el centro de atención de las féminas.

Cuando Azucena trajo la tarta de su hija, todos comenzaron a aplaudir, y la pequeña, encantada, sopló las cinco velitas mientras le cantaban el *Cumpleaños feliz*. Tras la tarta, Calvin ayudó a su primo a colgar la piñata en el centro del patio y, tapándole los ojos a Danielita, le dieron el palo de una escoba para que lograra alcanzarla. Durante varios minutos, la niña lo intentó pero no acertaba. Ana, desesperada por ver el esfuerzo de la cría, se acercó a ella y le dijo:

—Cielo, cuando yo te grite ¡ya!, dale fuerte.

La niña le hizo caso, pero nada, la piñata volvió a escaparse. Por ello, Ana, agachándose junto a ella para ponerse a su altura, le agarró las manos, proyectó el palo hacia la piñata y justo dio con todas sus fuerzas en el momento en que Rodrigo salía de la cocina con varios vasos de bebida en la mano. El palo de la escoba cayó con fuerza sobre su cabeza y el ruido al golpearlo fue atroz. Los vasos se le cayeron de las manos y la gente gritó mientras Ana se quedaba patitiesa observándolo. El primero en reaccionar fue Calvin, que sujetando a su amigo para que no cayera, murmuró:

—¡Joder, macho, qué leñazo te has llevado!

Aturdido por el golpe, Rodrigo se tocó la cabeza y blasfemó al ver la sangre en su mano. Ana y Nekane se miraron, y sin saber por qué, les dio por reír. Como pudieron se contuvieron, y Ana se acercó a Rodrigo.

—¡Aissss, Dios!, he sido yo.

—¿No me digas? ¿Por qué será que no me extraña? —siseó.

—Yo..., yo...

—¿No tuviste bastante con envenenarme que ahora, como no lo conseguiste, me intentas matar?

—Pero ¿qué estás diciendo? —Y al verlo sonreír a pesar del dolor, añadió—: Estaba ayudando a la niña para que le diera a la jodida piñata y...

—Y me has dado a mí —concluyó dolorido.

Veinte minutos después, Nekane, Ana y Calvin estaban en la sala de urgencias del hospital mientras esperaban a que saliera Rodrigo. Cada vez que recordaban el momento piñata, los tres se desternillaban de la risa, pero cuando vieron salir a Rodrigo con un gran apósito en la cabeza y cara de dolor se callaron. Y más cuando éste, que había estado oyéndolos reír, soltó:

—El primero que se ría se las verá conmigo.

Los tres se aguantaron la risa, pero Ana, antes de meterse en el coche, no pudo reprimirse y dejó escapar lo que pensaba:

—Para que veas que sí había una forma peor de acabar la noche.

7

Ana, acompañada por su incondicional amiga, esperaba su turno en la salita de la ginecóloga. Por fin, el día había llegado. Al entrar se habían sentado en una de las sillas blancas y habían observado con asombro el mogollón de mujeres embarazadas que tenían a su alrededor.

—¿Has visto qué bombo tiene la que está a tu lado? —cuchicheó Neka.

Las dos amigas volvieron la cabeza a la derecha y clavaron la mirada en una muchacha morena con una enorme barriga. La pobre, al ver que esas dos la miraban, comentó:

—¡Mellizos! —Y sin que las otras pestañearan, prosiguió—: Espero que me digan que hoy me quedo ingresada, u os juro que a mí me da algo. ¡No puedo más!

Ana, boquiabierta, asustada y aterrorizada, no pudo ni hablar, pero Nekane, impresionada también por aquella enorme tripa, exclamó:

—¡Madre mía, no sé ni cómo te puedes mover!

—¡Es que no puedo! —protestó la muchacha.

Justo cuando Ana iba a apoyarla moralmente, la puerta de la consulta se abrió y una enfermera con cara de aburrimiento dijo:

—Que pase Ana Carolina Vergas.

—¡Vargas! —rectificó la muchacha. Y volviéndose hacia ellas, añadió—: Por favor, mi marido se llama Aaron Díaz y ha ido a por una botellita de agua. Es un hombre rubio, alto y para mí muy guapo. —Todas sonrieron—. Cuando venga, ¿le podéis decir que estoy dentro y que pase?

—Por supuesto; no te preocupes —la tranquilizó Ana.

Un minuto después, un hombre extremadamente guapo llegó a la consulta y, tras reconocerlo como el marido de la muchacha, le indicaron que ella estaba dentro. El hombre se lo agradeció con una espectacular sonrisa.

—Vayaaaaaaaaaaa, menudo macizón es el Aaron Díaz —ironizó Nekane.

—Ya te digo —asintió Ana.

Cinco minutos después, retorciéndose las manos, Ana miró a su amiga y, con gesto de preocupación, exclamó:

—¡Ay, madre!

—¿Qué pasa?

—¿Y si en la familia del suizo también abundan los mellizos?

—Pues nada..., tendrás dos al precio de uno. —Pero al ver el gesto de horror de Ana, añadió para hacerla sonreír—: Tú no te preocupes; si es una camada de dos, yo me quedo con uno.

La otra sonrió, pero un extraño amargor se apoderó de toda ella. ¿Realmente estaba preparada para algo así? Nerviosa, abrió su bolso, sacó una botellita de agua y bebió. Justo cuando cerraba la botella con el tapón, la puerta se abrió y Ana Carolina Vargas, la muchacha del enorme tripón y del marido macizón, salió y mirándolas gritó:

—¡Me quedo ingresada! Hoy nacerán mis niños.

—Pues nada, reina, como dice mi madre, ¡que sea una horita corta! —la animó Nekane.

La joven, emocionada, se les tiró a los brazos, y tras plantarles un par de besos a cada una, como si se conocieran de toda la vida, se marchó del brazo de su marido. Cuando todavía estaban boquiabiertas por la alegría de aquella muchacha, la enfermera dijo:

—Ana Elizabeth Barners.

Como si le hubieran metido un petardo en el culo, así reaccionó Ana, y agarró a Nekane de la mano.

—Vamos... Ven conmigo.

Una vez que las dos entraron en la consulta, las recibió la doctora Sánchez, la ginecóloga de Ana desde hacía años. Durante un buen rato, la doctora le estuvo haciendo preguntas, y ella las fue contestando.

—¿Alguna enfermedad importante del padre?

La ginecóloga, al ver que Ana se quedaba callada, la miró e insistió:

—¿Alguna enfermedad importante del padre? ¿Algo que tener en cuenta?

—No..., no..., no lo sé. —Y suspirando, añadió—: Mire, doctora, me sabe fatal contarle mi vida y milagros, pero no puedo responderle nada en referencia al padre porque no sé nada de él. Yo no sé si es una locura tener este bebé, pero el caso es que a pesar de todos los pesares no sé por qué lo quiero tener. Será que me pilla entrando en la treintena, será que soy una boba que cree que será una buena madre..., pero el caso es que...

—Ana —cortó la doctora—, relájate. Responde a lo que puedas y, como tú dices, a excepción de que me quieras contar tu vida y milagros, no tienes por qué hacerlo, y mucho menos disculparte ni sentirte culpable por nada. Si has decidido tener este bebé tú sola, ¡adelante! Disfruta de tu embarazo.

—¿Realmente lo podré disfrutar?

—Pues claro que sí. Si has decidido tener a tu bebé debes disfrutarlo para que él se sienta feliz y tenga un desarrollo correcto. Piensa que él nota tu estado de ánimo y todo le influirá.

—¿Me escucha también?

—Por supuesto —asintió la mujer.

Ana, tocándose su aún pequeña barriga, sorprendió a las otras murmurando:

—Si me escuchas, retiro eso de que eres un cortarrollos y todas las cosas que te he dicho últimamente, ¿vale?

La doctora y su ayudante esbozaron una sonrisa, pero Nekane, al ver a su amiga con los ojos llenos de lágrimas, le preguntó:

—Pero ¿qué te pasa?

—No te preocupes —la tranquilizó la doctora, que le entregó un kleenex a la futura mamá—. Son las hormonas. Ahora tendrá una época muy sensible.

—Sí..., excesivamente sensible. Por cierto, ¿es normal que duerma como un oso? —preguntó Ana, repuesta—. Es que me duermo hasta de pie.

—Sí, también es normal. —Y levantándose, le dijo—: Ven, vamos a hacerte una ecografía.

—Eso no dolerá, ¿verdad? Porque yo soy muy quejica y...

—No, Ana —negó la doctora riendo. Entonces, señaló una camilla que había junto a un monitor—. Túmbate, bájate el pantalón un poco y súbete la camisa.

Después de hacer lo que la ginecóloga le pedía, le echó un líquido transparente y pegajoso por la tripa y, tras poner una especie de bolígrafo de punta gorda sobre ella, comenzó a moverlo.

—Mira, Ana, eso que palpita es el corazón de tu bebé.

Conmovida, miró la pantalla mientras agarraba con fuerza la mano de su amiga. Aquel pequeño puntito era su bebé, y eso hizo que volviera a llorar. Nekane, tragándose la emoción, miró a la doctora y preguntó:

—Sólo hay uno, ¿verdad?

—Que se vea, sí. Sólo uno.

—*Mecachisenlamar*, no me vas a poder regalar uno a mí —soltó Nekane al ver a su amiga tan enternecida, lo que hizo sonreír a la otra.

Aquella mañana, Ana salió del hospital con la primera fotografía de su bebé y con una tonta sonrisa que no se le borraba de la cara al saber que estaba de casi dieciséis semanas y que daría a luz alrededor del 10 de julio.

8

La relación pública de cama entre Iris y Rodrigo se enfrió y, como era de esperar, terminó. La joven modelo en uno de sus viajes conoció a Filipo Stareguetti, un presentador de la televisión italiana, y de pronto, decidió estar locamente enamorada de él y anunciarlo ante cualquier micrófono.

Iris perseguía la fama, y Filipo resultaba un buen agarre. Pero lo que nadie sabía, a excepción de Ana, era que la joven seguía queriendo ver en privado a Rodrigo y que éste se negaba. No quería líos con nadie.

Una tarde, Ana y Nekane estaban en el estudio mirando unas fotos cuando sonó el teléfono. Era Calvin. Después de cinco minutos de estar hablando con él, Nekane colgó.

—*Princesita*, lo tuyo va viento en popa —sonrió Ana, pasándole unas fotos.

—Sí... Calvin es un tío estupendo. Quiere que nos vayamos un fin de semana a La Rioja, pero no sé qué hacer.

Ana la miró con cara de pocos amigos.

—¿Cómo que no sabes qué hacer?

—Es que un fin de semana con todas sus horas es mucho tiempo. Demasiado. Además, soy de las que piensan que ver a tu pareja nada más levantarte con los pelos descolocados y sin arreglar mata la pasión.

—Pero ¿qué tontería estás diciendo?

Desesperada, Nekane se tapó la cara.

—Lo séeeeeeeeeee..., no digo más que tonterías, pero Calvin me comienza a asustar. Me incluye en todos sus planes, y a mí eso... me agobia.

—Díselo.

—No..., no puedo.

—¿Por qué?

—Pues porque aunque me agobie, también reconozco que me gusta que me incluya. Y si no me incluye me enfado.

—La madre que te parió, Neka. ¡A ti no hay quien te entienda! —exclamó Ana, y al ver la sonrisa de su amiga, le puso las manos en los hombros—. Vive la vida, que son dos días. Y si realmente Calvin pierde su glamour al levantarse, tranquila, tras una buena puesta a punto, lo recuperará.

Ambas rieron, y Nekane fue a contestar cuando recibió un mail en su ordenador. Al verlo soltó una carcajada.

—Flipa con lo que me manda mi amiga Pili de Europa Press.

Con curiosidad, Ana miró la pantalla del portátil y soltó una risotada al ver a Iris besándose con el tal Filipo en un bar.

—Por lo visto, van a publicar esta foto esta semana en una revista. Y con seguridad, la imbécil de Iris está feliz y contenta por salir. Pero ¿esta chica se ha vuelto loca?

—Loca no..., lo siguiente —afirmó Ana, no muy sorprendida por la foto.

Durante unos segundos estuvieron comentando la fotografía.

—Estoy por reenviársela a Rodrigo —dijo Ana—. Esto reforzará sus ganas por no volver a verla. ¿Te puedes creer que casi todas las noches le manda un mensajito? Está de ella hasta el gorro.

—Me lo creo.

Retirándose el pelo de la cara, Ana la miró.

—Según Rodrigo, ni le contesta, pero ella insiste e insiste. Y mira..., ya sé que yo no voy a tener nada con él, porque sexualmente para él no existo, pero no sabes lo feliz que me hace que ya no esté con ella. Rodrigo es, además de un picaflor, un excelente tipo.

—Y tanto... Por cierto, ¿sigue con la del balneario?

—¿Con Eva?

—Sí.

Con una enorme sonrisa, negó con la cabeza.

—No. Por lo visto la tiparraca estaba casada y tenía dos hijos. Vamos..., otra perraca como Iris.

Nekane sonrió. Todavía le costaba entender la relación entre su amiga y Rodrigo.

—¿Cuándo se lo vas a decir?

—¿El qué?

—Que los melones son verdes, ¡no te jode! —soltó la navarra, haciéndola reír—. Pues qué va a ser. Lo del bebé, y ya de paso esa otra parte de que estás loca por él.

—Lo primero no lo podré negar. ¡Será evidente! —advirtió Ana—. Pero lo segundo lo negaré hasta la saciedad. Por lo tanto, no lo vuelvas a mencionar o...

—Pero si es que se te iluminan los ojillos cuando lo ves.

—Será la luz.

—¡Y una chorra la luz!

—Neka, ya hemos hablado de eso.

—Vale. Te salvas porque la mayoría de los tíos son cegatos y no se percatan de nada, y me da a mí que ese tordo es cegato y de los gordos.

—¡Nekaaaaaaaaaaaa! Vale ya. Para, o terminaremos discutiendo.

—A mí no me amenaces, bonita —le recriminó—. Además, se supone que ahora sois muyyyyyyyy amigos y os lo contáis todo. ¿No crees que se molestará cuando un día se percate de tu enorme barriga? ¿Acaso no lo has pensado? O quizá debo entender que te vas a pasar el resto de tu embarazo, cada vez que quedes con él, abducida en la jodida faja de vaquitas. Y eso ya sin hablar de lo que creen tus padres.

Ana gimió, horrorizada.

—¡Dios!, no menciones la faja o me revuelvo. ¡La odio! No me la voy a volver a poner, y antes de que sigas con el rollo del día, déjame decirte que ahora no es el momento de contárselo. En cuanto a lo que creen mis padres no se va a enterar. Lo del gusarapo se lo diré la semana que viene cuando lo vea. Pero esta semana no. Tengo mucho trabajo.

—Pero ¡tu tripa despunta! Y no hay que ser muy listo como para percatarse de que esa barriga no es por haberse comido una docena de donuts. Si él no es tonto, y me consta que no lo es, se dará cuenta. Por ello te digo que debes contárselo antes de que otra persona lo advierta y se lo cuente. Hazme caso, o al final esa bonita, dulce y platónica amistad se va a ir al garete.

Fue escuchar aquello y Ana soltó las fotografías de golpe. Con gesto ofuscado, gritó:

—¡Vamos a ver, listilla..., ya sé que mi embarazo se comienza a notar! ¡Estoy de cuatro meses! Pero dame tiempo... Sólo te pido tiempo.

—Es que no lo tienes, Ana..., ¿no te das cuenta?

Iris, que salía de la ducha, al oír gritos en el estudio, se encaminó hacia allí. ¿Qué ocurría?

—Mira, Neka, Rodrigo sabrá que estoy embarazada la semana que viene, pero esta semana no. ¡No me apetece!

—Repito: se va a enfadar.

—¡Basta, pesada! Bastante tengo ya la cabeza liada con el embarazo y Rodrigo como para que vengas a volverme más loca. Por lo tanto, haz el favor de cerrar el pico porque cuanta menos gente sepa lo de mi embarazo, mejor.

Atónita, Iris pestañeó. Pero ¿qué acababa de escuchar? ¿Embarazo? ¿Rodrigo? ¿Cuándo habían estado liados Ana y Rodrigo? Dos minutos después, cuando vio que las otras volvían al trabajo y dejaban de gritar, la joven modelo regresó a su habitación mientras sacaba sus propias conclusiones. ¿Ana embarazada de Rodrigo? Eso la hizo enfadar.

Después de un agotador día de trabajo porque el fuerte viento que soplaba en Madrid había obligado a los bomberos a salir del parque más veces de las que habrían querido, Rodrigo había acabado su turno y se estaba duchando.

—Cabo... —oyó que le decía un compañero—, un pedazo de

bombón rubio llamado Iris, con unas piernas de infarto, te espera en la sala con los muchachos.

Sorprendido, miró a Calvin, que también se duchaba, y éste, encogiéndose de hombros, murmuró:

—Palabrita de que no tenía ni idea de que iba a venir, colega.

Molesto por aquella intromisión en su trabajo, continuó con la ducha. Pero saber que aquélla estaba esperándolo lo agobió. ¿Qué hacía allí? Quince minutos después, entró en la sala donde sus compañeros babeaban ante una impresionante Iris. Ésta, al verlo, sonrió y, levantándose, fue hasta él.

—¿Qué tal tu día?

—A tope. —Y llevándosela a un lado, le preguntó, molesto—: ¿Qué haces aquí?

—Iba hacia el aeropuerto. Me voy a Grecia para una sesión de fotos y no quería marcharme sin despedirme de ti.

—Podrías haber llamado.

Entraron en un pequeño despacho y Rodrigo cerró la puerta. Entonces, ella se abalanzó sobre él.

—No me lo habrías cogido.

Él no contestó.

—¿Por qué, amor? —preguntó Iris—. Tú y yo lo pasamos muy bien en la cama, y...

—¡Basta! —exclamó él, y clavó sus azulados ojos en ella—. Ya te he explicado mis dos reglas mil veces, pero como veo que eres incapaz de retenerlas te las volveré a repetir. La primera: no quedo con ninguna mujer que tenga pareja. Y la segunda: no salgo con mujeres con hijos. Por lo tanto, como tú incumples mi primera regla, olvídate de mí, porque si algo tengo claro es que yo no hago lo que no me gustaría que me hicieran a mí.

—Pero si nadie nos descubrirá... Mira, escucha, yo...

Ofuscado por lo pesada que se estaba poniendo, se la quitó de encima.

—Vamos a ver, Iris, ¿qué haces aquí? ¿Qué quieres?

Ella, dispuesta a soltar todo lo que tenía en la cabeza, le preguntó:

—¿Tienes algo que contarme?

—No —contestó él sin entender a qué se refería.

Indignada, la joven modelo siseó en un tono que no le gustó nada al bombero:

—Muy bien, pues entonces preguntaré yo: ¿cuándo te liaste con Ana?

La miró boquiabierto. ¿Cómo se había enterado? Y, sobre todo, ¿qué hacía preguntándole a él por su vida íntima? Frunció el ceño y cruzó los brazos sobre el pecho.

—No voy a responder a esa indiscreción. No es de tu incumbencia.

—¡¿Me has estado engañando con la imbécil esa y te quedas tan pancho?! —gritó, molesta por la contestación que había recibido.

—Vamos a ver, Iris, yo no te he engañado.

—Sí. Nunca me has contado que has tenido un lío con Ana.

Deseoso de perderla de vista, la miró y espetó:

—¿A qué viene ahora eso? ¿Cuál es el problema?

—Entonces ¿es cierto? ¡Estuviste con ella! —chilló la modelo—. ¡Oh, Dios!, ¿cómo pudiste hacerlo? ¿Cómo pudiste estar con..., con... esa sosa?

—¿Cómo tienes la poca vergüenza de preguntarme eso? —masculló él, incapaz de escucharla un segundo más—. ¿Desde cuándo entre tú y yo ha habido algo serio? Mira, guapa, tú eres dueña de tu vida y yo de la mía, y ambos somos mayorcitos para saber lo que hacemos y no tener que dar respuestas absurdas a quien no las merece. Y ahora..., si no te importa, he acabado mi turno y quisiera marcharme a mi casa para descansar.

—Eres un cerdo... y un insensible.

—Mejor... no diré lo que yo pienso de ti —añadió, cogiéndola del brazo para salir del despacho.

—¿Cómo pudiste fijarte en una mujer como ella después de haber estado conmigo?

—¿Como ella?

—Sí —reiteró, ofendida—. Yo soy una modelo, y ella es..., es... ¡No tiene gracia!

Aquel comentario a él le molestó especialmente.

—He estado con mujeres más bonitas, bellas y encantadoras que tú. ¿A qué viene esa pregunta? Y, sobre todo, ¿a qué viene ahora hablar de Ana así?

—¿Sabes que has dejado a Ana embarazada? —preguntó Iris, clavándole su mirada más perversa.

—¿Qué has dicho? —soltó Rodrigo con el ceño fruncido.

—Lo que has oído.

Se había quedado tan asombrado que antes de que pudiera decir algo Iris se le adelantó como una loca:

—Me alegra saber que esto os amargará la vida. ¡Os lo merecéis! Ahora, ¿qué? ¿Saldrás con ella? Te recuerdo que incumple tu regla número dos, aunque, claro, tratándose de tu hijo quizá...

—Tu maldad es tremenda —cortó él, y abrió la puerta—. Fuera de aquí. Vete a Grecia, haz tu sesión y deja de dar problemas, o te juro que...

Sin dejarle terminar la frase, la joven se dio la vuelta y se marchó bamboleando las caderas y atrayendo la mirada de todos los bomberos. Confuso todavía por la noticia que Iris le había dado, buscó a Calvin y, cuando lo localizó, le preguntó directamente:

—¿Está Ana embarazada?

Calvin lo miró. Aquella mirada hizo saber a Rodrigo la verdad. Si alguien no sabía mentir, ése era Calvin.

Continuaban con sus quehaceres en el estudio cuando sonó el timbre de la puerta. Nekane se levantó del suelo donde tenían repartidas varias fotografías y fue a abrir. Ana observaba las imágenes. Eran de una sesión de dos días para la firma de zapatos y botas Marypaz. Estaba abstraída bebiendo un zumo y observando las fotos cuando oyó:

—¿Estás embarazada?

La dureza del tono y la misma pregunta hicieron que Ana se asustara y se tirara el líquido por encima. Al levantar la vista del suelo, se encontró con la inquisidora mirada de Rodrigo, que, vestido con aquel pantalón de camuflaje y el jersey verde, estaba imponente. Después, miró a Calvin, que se encontraba detrás y finalmente a una pálida Nekane. Fue a responder cuando Rodrigo, mirándole el vientre y después el rostro, volvió a preguntar con severidad:

—Ana, ¿estás embarazada?

Incapaz de disimular su tripa sin faja, se levantó del suelo.

—¿Y tú cómo lo sabes?

Para Rodrigo escuchar aquella respuesta fue una afirmación. Y llevándose las manos a la cabeza, soltó un bufido de consternación. ¿Qué había hecho?

—¡Calvin, yo te mato! —gritó Nekane.

—¡Ah, no! Yo no he sido —se defendió el hombre—. ¿Por quién me has tomado? ¿Por un chismoso?

Deseando estrangularla, Ana miró a su amiga.

—¿Por qué se lo has dicho? Te dije que esto era entre tú y yo.

—Lo sé, Ana..., pero se me escapó un día. —La otra blasfemó, y la amiga continuó apesadumbrada—: Pero yo no le dije que Rodrigo fuera el padre. Te lo juro.

—Él no ha sido. Ha sido Iris —aclaró Rodrigo, malhumorado, mirando a su amigo.

Helada por saber que su secreto cada vez era menos secreto, Ana siseó:

—*Lamadrequelaparió*. Pero ¿cómo se ha enterado ella?

—Por mí desde luego no... —aclaró su amiga.

Ana levantó el dedo y espetó, enfadada:

—Cuando regrese de su viaje quiero que se busque otro lugar para vivir. No la quiero en mi casa, ¿entendido, Neka?

—¡Oh, sí!, por supuesto. De eso me encargo yo —asintió la joven, convencida.

Turbado y frío por lo que había descubierto, Rodrigo se tocó el cuello, incómodo, y atrajo la atención de Ana.

—¿Cuándo me lo ibas a decir?

—Escúchame, Rodrigo, te lo iba a decir la semana que viene y...

—¿La semana que viene? —la cortó, confundido—. ¿Por qué la semana que viene?

—Porque esta semana tengo mucho trabajo y no pensaba verte.

—¡¿Te estás quedando conmigo?! —gritó.

—No.

Tocándose el pelo, clavó sus ojazos azules en ella.

—Sinceramente, creo que tengo derecho a saber que voy a ser padre lo más pronto posible. Pero ¿tú ves normal que me digas que me lo ibas a comunicar la semana que viene?

—¡Un momento! —exclamó Ana, levantando un dedo, y mirando a su amiga y a Calvin, pidió—: ¿Nos podéis dejar a solas?

—¿Estás segura? —preguntó Nekane al comprender el lío que Rodrigo había dado por hecho.

—Segurísima.

—Tranquila. No la voy a matar —protestó Rodrigo, enfadado.

—Ni yo a él —sonrió Ana, sacándolo más de sus casillas. Pero ¿dónde le veía ella la gracia?

Finalmente, Nekane se volvió hacia Calvin.

—¿Me invitas a cenar y después a un frapuchino?

—Por supuesto, preciosa.

Una vez que se quedaron solos en el estudio, le preguntó, furioso:

—¿Cómo has podido ocultarme algo así?

—Si me das un segundo, te lo explico.

Pero Rodrigo estaba enojado y, levantando un dedo, chilló:

—¡He confiado en ti! Me dijiste que serías mi amiga del alma, y tú me ocultas algo tan fuerte. ¡Joder! Primero me envenenas, luego me abres la cabeza y ahora me entero de que ¡voy a ser padre!

Ana sonrió.

—Sabes que esos hechos lamentables fueron sin querer y, si te tranquilizas, te explicaré lo del embarazo.

—No puedo tranquilizarme. ¡No lo entiendes!

Durante unos instantes, se produjo un tenso silencio.

—Ven..., te invito a un café —dijo Ana finalmente.

—Prefiero una copa, pero cuidadito con lo que le echas —siseó Rodrigo.

Sin mediar palabra, los dos se dirigieron hacia la cocina. La cabeza de Rodrigo no paraba ni un segundo. Deseaba preguntarle tantas cosas que no sabía ni por dónde comenzar. La observó atentamente y maldijo al darse cuenta de aquella redondita pero pequeña curvatura que se le notaba en el vientre. Pero ¿cómo no lo había advertido? Ana, mientras preparaba un café para ella y un whisky para él, lo miró de reojo y quiso reír. Se lo veía tan preocupado. Pero se contuvo. No era momento. Cuando lo tuvo todo preparado, le dio el vaso de whisky y lo invitó a seguirla al salón, donde se sentaron en el sofá. Deseoso de escucharla, la contempló mientras ella se echaba dos cucharadas de azúcar en el café con leche y daba un pequeño sorbo. Finalmente, y cuando ya no pudo más, ella confesó:

—Puedes respirar tranquilo. El bebé no es tuyo.

—¿¡Cómo?!

—Lo que oyes. Tú no eres el padre.

—¿Estás segura?

—Segurísima. Por lo tanto, relájate que no te voy a pedir ninguna pensión, ni que te cases conmigo, ni que lo lleves al zoológico los domingos.

Atónito por aquella franqueza, fue a hablar cuando ella, poniéndole un dedo en los labios, aclaró:

—Y antes de que me lo preguntes, sí..., ya sabía que estaba embarazada el día en que me acosté contigo, y por supuesto el horroroso fin de semana de vomitonas que pasamos en el hotel de Toledo. ¿Recuerdas que me dijiste que quizá estaba incubando algo? Pues sí..., incubaba mi huevo. —Él no habló. No podía—. Pero quiero que sepas de primera mano que si me acosté contigo aquel día fue porque me apetecía horrores hacerlo y tener una despedida colosal con un bombero sexy y ardiente. Porque, seamos sinceros, ¿quién va a querer acostarse conmigo ahora? Porque, además de la abstinencia total que voy a tener gracias a mi barriga, auguro que me voy a poner como un tonel. —La miró boquiabierto, y ella continuó—: ¿Y por qué lo auguro? Pues porque tengo hambre, ¡mucha hambre! Devoro la comida y no puedo parar de pensar en ella, y si ahora que estoy de cuatro meses ya he engordado tres kilos..., no quiero ni pensar cómo voy a estar cuando esté de seis o nueve meses. Vamos..., yo creo que para esa época no andaré, ¡rodaré! Y si hablamos del sueño, ¡madre mía, lo que duermo! Soy como el *Oso Yogui* en invierno. ¿Conoces a *Yogui*? —Atónito, asintió—. Entre comer, dormir y potar se me va el día, y llevo un retraso de trabajo terrible y no sé qué voy a hacer para intentar mantener el control de mi vida. Y en lo referente a...

Incapaz de continuar callado un segundo más, se acercó a ella y le tapó la boca con la mano.

—¿Qué tal si paras de hablar un segundo?

Encogiéndose de hombros, asintió, y él le quitó la mano de la boca.

—¿Estás segura de que no es mío?

—Sí, Rodrigo. Créeme.

Respiró aliviado. Segundos después, Ana se levantó, abrió el congelador y cogió una tarrina de helado Häagen-Dazs de chocolate belga. Se hizo con dos cucharitas, pero él negó con la cabeza, así que soltó una y comenzó a comer.

—¿Estás más tranquilo ya?

—Sí.

—Me alegra saberlo. Menudo susto te has debido de dar.

—¡Ni te lo imaginas!

Ella sonrió y, al recordar la noche en que se había enterado, murmuró tras chupar la cucharilla del helado:

—Creo que sí... me lo puedo imaginar.

—¿Se lo has dicho al padre? —se interesó él.

—No.

—¿Por qué?

—¿Sinceramente?

—Por supuesto, sinceramente.

Ana se metió una nueva cucharada de helado en la boca y, tras disfrutarla con un gemido y cierre de ojos incluidos, respondió:

—Pues porque no sé dónde está.

—Pero sabrás quién es el padre, ¿verdad?

Ella frunció el ceño.

—Oye, guapo, pero ¿quién te has creído que soy? Pues claro que sé quién es el padre de mi gusarapo.

—¡¿Gusarapo?!

—El bebé —aclaró.

Sintiéndose más tranquilo al saber que no era el padre, curvó la boca en una media sonrisa.

—No pensarás llamarlo así, ¿verdad?

—Mientras esté dentro de mí, sí. Luego, cuando nazca, ya veremos.

Sobrecogido por la dulzura que el rostro de ella emanaba, volvió a preguntar:

—¿Dónde está el problema para encontrar al padre de tu gusarapo? —Al ver que ella no respondía, la miró con complicidad e indicó—: Te recuerdo que somos amigos del alma, una modalidad inventada por ti que consiste en tener a alguien especial al que no se le miente ¡nunca! —Pero la forma en que lo miró le hizo añadir—: Vale..., ya sé que tu amiga del alma es Nekane, pero yo también lo soy y me preocupo por ti.

Ana se sintió animada por aquella declaración.

—Conocí al padre del gusarapo la primera noche que nos vimos en Garamond, ¿la recuerdas? —Él asintió, y ella se levantó—. No sé quién es ni dónde vive. Sólo sé que se llamaba Orson, que era guapísimo y tenía un cuerpo de escándalo, y que vive en Suiza, eso es todo.

—¿Y, aun así, vas a tener el bebé? ¿Por qué?

Después de dejar la tarrina de helado en el congelador, Ana abrió el frigorífico y cogió unas aceitunas.

—En un principio, pensé en abortar, pero al final aquí estoy, comiendo como una lima y dispuesta a ser mamá. Quizá sea una locura, pero es una decisión muy personal. Siento no haberte contado que estaba embarazada el día en que me acosté contigo. Pero no quería que nadie supiera algo tan íntimo y...

—Creo que eres muy valiente, Ana, y vas a ser una buena madre.

A la joven, emocionada, se le llenaron los ojos de lágrimas, pero las contuvo.

—Más que valiente considero que estoy algo loca. —Ambos sonrieron—. Siempre me han gustado mucho los niños, pero te aseguro que nunca había pensado en tener uno hasta que de pronto me he visto con un bebé creciendo en mi interior.

Sobrecogido por sus palabras, caminó hasta ella y la abrazó. Ana, agradecida por aquel gesto, aceptó su abrazo. Se sentía fatal por seguir mintiéndole, pero no podía volverlo a asustar con lo que le había contado a su familia. Dos minutos después, cuando el sentimiento de culpabilidad la abandonó, tomó de nuevo el control de sus emociones y se separó de él.

—Siento el mal rato que has pasado. Nunca pensé que Iris fuera tan bicharraca. —Y sonriendo, añadió—: Aunque reconozco que me habría gustado ver tu gesto de susto. ¡Habría pagado por ello!

—Me acabo de dar cuenta de que tú eres un bichillo también —dijo Rodrigo, torciendo la cabeza.

Convencida de ello, asintió mientras se recolocaba la horquilla plateada que le sujetaba el flequillo.

—No lo sabes tú bien...

Ambos se rieron.

—¿Alguna sorpresa más que deba saber en relación con el gusarapo? —le preguntó mirándola fijamente, convencido de que le ocultaba algo.

A Ana la carne se le encogió. ¿Cómo podía explicarle la mentira que le había contado a su familia sobre que él era el padre del bebé?

—Ninguna —respondió finalmente.

—¿Seguro?

—Que sí, pesado.

Rodrigo sonrió y adoptó un gesto que a Ana le calentó hasta el alma.

—¿Tienes hambre?

Encantada porque la conversación se hubiera desviado, asintió.

—¡Qué cosas dices! ¿Acaso lo dudas?

—¿Qué tienes en la nevera? —dijo, abriéndola.

—Poca cosa... Hoy es lunes y hasta el jueves no vamos a comprar.

Tras una rápida ojeada, Rodrigo sacó cuatro huevos y cogió unas patatas.

—¿Qué te parece si hago una tortilla de patatas?

—¿Cocinas?

—Sí. Hace años aprendí gracias a un compañero que cocina maravillosamente. En el parque todos cocinamos. Además, querida amiga, me he dado cuenta de que a las mujeres os gusta mucho que los hombres sepamos cocinar.

—Nos pone, y mucho —contestó ella riendo. Y al verlo reír a su vez, preguntó—: ¿La tortilla la harías con cebollita?

—Por supuesto. Y como soy bueno, no le echaré Evacuol —afirmó él.

Lo ayudó a pelar las patatas y se sorprendió al ver lo apañado que era en la cocina. Rodrigo se manejaba de maravilla, y eso le gustó. Pero realmente ¿qué no le gustaba de él? Como siempre evitó hablar de su vida porque no quería mentirle más, y durante un rato, él le habló de Carolina y Alejandro, sus hermanos. Este último con síndrome de Down. Eran dos personas a las que adoraba y se notaba por cómo se refería a ellas. También hablaron de sus respectivos trabajos. Ella le contó curiosidades de sus sesiones de fotos, y él, de su vida como bombero.

—¡¿Cucaña?!

—Sí, señorita. Se llama «cucaña».

Asombrada, asintió mientras él cuajaba la tortilla.

—Yo pensaba que esa barra metálica que suele aparecer en todas las películas de bomberos simplemente se llamaba barra. ¡La barra!

—Pues no. ¡Cucaña! —sonrió él.

—Vale. Archivado queda ese nombre. —Y entonces, añadió—: Por cierto, creo que tienes un trabajo muy peligroso y mal pagado.

—Sobre todo, mal pagado —se mofó él al recordar los problemas que tenían los bomberos en general—. En cuanto al peligro es...

—¡Uf! —cortó ella—, aún recuerdo el día en que te conocí, cuando subiste a salvar a Encarna por esa escalera tan alta del coche de bomberos. Vamos, tengo que subir yo, y me da un telele.

—Esa escalera —apuntó él riendo— se llama «escala».

—Vaya, ¡no doy una!

Sin duda, le divertían la viveza y la naturalidad de Ana.

—Esto ya está. Si tienes hambre y quieres que cenemos ya, pon algo sobre la mesa.

Ana, sin tiempo que perder, puso dos minimanteles de plástico violeta sobre la mesita que había delante del televisor, y cinco minutos después, los dos atacaron la tortilla de patatas con cebolla con auténtica devoción.

—¡Madre mía, está de muerte! —admitió Ana, metiéndose un trozo en la boca.

—Como diría Martín, un compañero del parque, el secreto de la tortilla de patatas está en hacerla lentamente y con cariño.

Y así, entre bromas y risas, se terminaron la tortilla que Rodrigo había preparado.

—¿Y tu familia de Marsella sabe lo del bebé? —soltó él un poco más tarde.

Ana casi se atragantó. ¿Qué podía decir ante aquella pregunta? Pero cuando fue a responder un sonido la interrumpió. Era el móvil de Rodrigo.

«Jesusito de mi vida, ¡gracias por interrumpir!», pensó ella al ver que él se levantaba para contestar al teléfono.

Cuando Rodrigo cerró el móvil, tenía el ceño fruncido, y Ana se sintió preocupada.

—¿Qué ocurre?

Él se movió con celeridad para coger su abrigo.

—Era mi hermana. Debo ir al hospital de San Rafael. Mi madre se ha caído en casa.

—Te acompaño —dijo ella con convicción.

Media hora después entraban en el hospital. Rodrigo estaba tenso. Mientras preguntaba en recepción por su madre alguien lo llamó.

—Rodrigo, ¡estamos aquí!

Al volverse, un hombre elegantemente vestido se acercó a él.

—¿Cómo está mamá? —preguntó, angustiado.

—Bien..., hijo, bien. Tu hermana está con ella. No te preocupes.

Sorprendido de ver a su padre allí, le preguntó:

—Papá, ¿tú qué haces aquí?

—Álex me ha llamado porque estaba asustado y he venido para ver lo que pasaba.

—¿Y Ernesto? —inquirió Rodrigo al ver que la pareja de su madre no estaba por allí.

—Según me ha dicho tu hermano, de cena, aunque ya le hemos dejado un mensaje en el móvil —cuchicheó su padre

Rodrigo suspiró; odiaba al actual marido de su madre, pero no era momento para pensar en ello.

—Bueno, cuéntame, ¿qué le ha pasado a mamá?

—Según me ha dicho Álex, se ha torcido un pie al bajar la escalera y ha caído.

—Pero ¿cuántas veces se ha caído ya? —dejó escapar, molesto, Rodrigo.

Ángel se encogió de hombros y no contestó. Su ex mujer llevaba una temporada bastante torpe, y cuando no le ocurría una cosa, le ocurría otra.

Ana los observó sin abrir la boca. No se podía negar que aquellos dos eran padre e hijo. Misma estatura. Misma complexión.

—Disculpa, Ana, casi me olvido de ti —se excusó Rodrigo segundos después.

—No pasa nada. Lo entiendo, no te preocupes —respondió sonriendo.

Cogiéndola por la cintura, el joven se pasó la mano por el pelo e indicó:

—Papá, te presento a mi amiga Ana. Ana, te presento a Ángel, mi padre.

—Encantado de conocerte, jovencita —la saludó el hombre con una hermosa sonrisa.

—Lo mismo digo, señor, y...

—Jovencita —la cortó él—, no me llames de usted, que me haces parecer mayor. Llámame Ángel.

—De acuerdo, Ángel —convino, encantada.

En ese momento, se abrió la puerta de urgencias, y Rodrigo, al ver a su madre y a su hermana Carol acompañándola, fue hasta ellas. Ana, sin saber qué hacer, se quedó plantada donde estaba.

—Ho..., hola, yo soy Álex. ¿Quién eres tú? —oyó de pronto.

Ana se volvió y se quedó mirando fijamente al chaval que le tendía la mano. Era un muchacho moreno, con gafitas y síndrome de Down. Aquél debía de ser el hermano de Rodrigo. Inmediatamente le chocó la mano y dijo:

—Hola, Álex, yo soy Ana. Encantada de conocerte. —Y al ver que el chico tenía una Nintendo DS, le preguntó—: ¿A qué estás jugando?

—Al *Nintendogs.* ¿Sabes jugar?

—Me temo que no.

El muchacho sonrió.

—Es..., es un juego en el que tienes que cuidar a tu mascota. Tengo tres perros. Uno se llama *Casper*, otro *Trino*, pero mi preferida es *Luna.*

—¡Ah!, pues no conocía yo este juego. ¿Es divertido? —preguntó, mirando la pantalla donde unos perrillos paseaban.

—Sí..., a mí me gusta mucho.

Durante unos segundos, Ana siguió observando la pantalla de la Nintendo mientras los animales se movían.

—¿Eres la novia de mi hermano Rodrigo?

Ana pestañeó.

—¡Nooooo! Nosotros sólo somos amigos —respondió rápidamente.

—¿Y por qué has ve..., venido con él? —insistió el muchacho.

—Porque estábamos juntos cuando tu hermana ha llamado y he decidido acompañarlo para que no estuviera solo.

—Vale —aceptó Álex. Entonces, le entregó la Nintendo y dijo—: ¿Quieres que juguemos un rato con los perrillos?

Ana asintió y, sentándose en los butacones de la sala de espera, comenzó a seguir las instrucciones que él le daba. Álex demostró ser una persona muy risueña y eso a Ana le gustaba. Tan divertidos estaban con el juego que cuando Rodrigo llegó hasta ellos no lo vieron. Durante unos segundos, los estuvo observando.

—Álex, ¿desde cuándo ligas con mis amigas? —dijo finalmente.

Al oír la voz de su hermano, el muchacho se levantó con celeridad y directamente lo abrazó. Si Álex quería a alguien por encima de todos, ése era Rodrigo.

—No..., no estoy ligando con ella..., tonto.

—¿Seguro? Mira que te conozco —se mofó Rodrigo.

Álex sonrió y, mirándolo con complicidad, murmuró:

—Me..., me ha dicho que no es tu novia.

—¿Eso te ha dicho? —repuso Rodrigo, frunciendo fingidamente el ceño.

—Sí... E..., ella ha dicho que no es tu no..., novia. Sólo tu amiga.

En ese momento, se acercaron tres personas más, y Rodrigo dijo:

—Ana, a mi padre ya lo conoces. Ellas son Carolina, mi hermana, y Úrsula, mi madre. Mamá, Carol, ella es Ana, una amiga.

—¡Encantada, Ana! —saludó la joven, dándole dos besos. Por su gesto, parecía encantadora, nada que ver con la otra.

—Lo mismo digo —respondió Ana mientras con disimulo miraba a la mujer mayor que la observaba y pensaba dónde habría dejado la escoba aparcada.

—Por cierto —habló la joven—, me encantan las botas Mustang que llevas. Con los vaqueros quedan estupendas. Yo quiero comprarme unas.

Sorprendida, Ana se miraba los pies cuando oyó:

—Carolina, tus botas de Yves Saint Laurent son divinas. Tú no necesitas otras botas.

—Pero, mamá, a mí me gustan —insistió la joven.

—Pero a mí no —cortó la mujer con rotundidad mientras clavaba la mirada en las botas de Ana. ¿Cómo podía su hija fijarse en aquellas botas que parecían de militar llevando unas tan estilosas?

Ana no habló, sólo las miró, pero un escalofrío le recorrió toda la espalda al notar la mirada gélida de aquella mujer alta y elegante. «¡Madre mía!, no tiene que ser nadie ésta. ¿A quién me recuerda? ¡Ah, sí!, a la cantante de ópera Maria Callas!», pensó mientras comprobaba cómo la otra la escaneaba de arriba abajo.

—Encantada, mona —dijo la mujer con una falsa sonrisa que le recordó a la de su propia madre.

«¿Mona?» Aquel tonito no le gustó. Pero con una sonrisa se acercó a la mujer y le dio dos inaudibles besos en la mejilla mientras observaba cómo la bonita sonrisa de Carolina desaparecía.

—Señora, me alegra ver que el golpe no ha sido nada grave.

Aquella diva curvó la comisura de su boca y asintió. Si Rodrigo tenía la fachada de su padre, no podía negar que había heredado los impresionantes ojos azules de su madre. Eso sí, los de Rodrigo eran cálidos, no como los de ella, que eran fríos y calculadores.

—Mamá —intervino Rodrigo—, Ana es fotógrafa.

—¿De qué?, ¿de bodas, bautizos y comuniones? —se mofó la mujer.

—¡Mamá! —protestaron Carolina y Rodrigo al mismo tiempo. Ambos conocían a su madre y sabían lo corrosiva que podía llegar a ser.

Ana, por su parte, sonrió ante el comentario. Ese tipo de mujer no la asustaba, y al ver la incomodidad de Rodrigo y su hermana, puntualizó:

—Señora, hoy por hoy y con la crisis que hay, soy fotógrafa de lo que sea. No es momento de decir a un trabajo que no.

Aquella contestación a Úrsula no le gustó. ¡Qué chica más descarada! Y dándole la espalda, miró a su ex marido y le preguntó:

—¿Dónde está Alejandro?

Siguiendo el dedo de su ex marido, vio al muchacho y levantó la voz:

—Alejandro, ¡ven! Nos vamos para casa.

Una vez dicho eso, asió a Rodrigo del brazo y se alejó unos pasos para decirle algo. Entonces, Carolina se dirigió a Ana, que estaba a su lado, casi susurrando.

—Disculpa a mi madre. Está cansada y aunque no lo dice sé que los hospitales la aterrorizan.

—No te preocupes, no pasa nada. Y oye..., cuando quieras, te puedo decir dónde encontrar unas Mustang como éstas a buen precio.

—¿De verdad?

—Sí.

—Vale, pero que no lo sepa mi madre —cuchicheó la joven—. A ella este tipo de calzado no le gusta y sé que pondría el grito en el cielo si se entera.

Ana asintió justo en el momento en que se oyó:

—Carolina, ¡vamos!

La joven, tras dibujar una tímida sonrisa, le dijo adiós con la mano y se alejó, y al pasar junto a su hermano Rodrigo lo agarró del cuello y lo besó.

Dos segundos después, todos caminaban hacia el aparcamiento del hospital. Antes de subir al coche de Rodrigo, Ana se fijó en el vehículo donde viajaban los otros y casi silbó al ver la mirada de Úrsula. Estaba claro que no le había gustado nada.

9

La estrecha relación entre Ana y Rodrigo continuó. De hecho, se volvieron inseparables. De pronto era como si los dos hubieran encontrado al amigo de su vida. Pero mientras Rodrigo disfrutaba de aquella amistad, Ana sufría en silencio. Ver cómo el hombre que tanto le gustaba le contaba confidencias acerca de otras le revolvía el estómago. Pero Ana, sin dejar entrever sus sentimientos, lo escuchaba. Incluso en más de una ocasión le aconsejó sobre adónde llevar a su nueva conquista o le hizo la reserva para la cena por Internet.

Aquel nivel de confianza a Nekane la escamaba y mucho. Eso no era bueno para Ana. Intentó hablar con ella para hacer que razonara, pero la otra se negó en redondo. Quería disfrutar de su compañía fuera como fuese y ante eso no quiso ceder.

Su embarazo continuó viento en popa, pero a diferencia de lo que había creído en un principio dejó de engordar. Comía como una lima, pero los nervios y los vómitos impedían que cogiera peso. En marzo Ana recibió una encantadora invitación de cumpleaños. Alejandro, el hermano de Rodrigo, cumplía veintiséis años y quería invitarla a su fiesta. En un principio, pensó en no ir. Estaba claro que su presencia incomodaría a la madre de Rodrigo, pero ante la insistencia de éste y del propio cumpleañero, que la llamó por teléfono, aceptó. ¿Por qué no?

Ataviada con unos vaqueros, un abrigo de cuero largo, un gorro de lana y especialmente las Mustang, esperaba en el portal a que llegara Rodrigo en su coche cuando apareció su vecina Encarna.

—¡Hola, Anitiña! ¿Adónde vas tan guapa?

—De cumpleaños. —Y al ver las bolsas que la otra llevaba, dijo con rapidez—: Pero vamos a ver, Encarna, ¿cuántas veces tengo que decirte que no vengas tan cargada de la compra?

—Lo que traigo casi no pesa. ¡No me seas exagerada!

—¿Que no pesa y tienes los dedos morados?

La mujer se miró las manos, intentando aguantar el dolor.

—Vale..., lo reconozco, ¡pesa! Pero es que necesitaba traerlo todo. Hoy quiero hacer pisto para comer y...

—Encarna, te he dicho mil veces que puedes hacer la compra en el súper y luego ellos te la traen a casa. ¿Por qué no me haces caso? —protestó Ana.

—¡Ay, qué carita más bonitiña que tienes, lucero! Pero es que me cobran cuatro euros. ¡Ochocientas pesetas de las de antes! Y no..., no. Mi pensión no me permite esos lujos.

—Les tengo dicho a Luis y Patricia que lo pongan en mi cuenta —se lamentó la joven, molesta.

—Manda truco lo que hay que oír. De eso nada de nada —contestó la gallega—. ¿Por qué te van a cobrar a ti lo que yo no quiero pagar?

—Porque a mí cuatro o veinte euros mensuales no me suponen nada y...

—¡Que no, que no y que no!

—Mira que eres cabezona —sonrió Ana—. Pero ¿no ves que este peso no es bueno para tu columna? —La mujer, sabedora de que la joven llevaba razón, asintió, y Ana le exigió—: Anda..., suelta las bolsas, abre el portal y coge mi bolso. Yo meteré las bolsas en el ascensor.

—De eso nada, bonitiña. Que tú tampoco puedes coger peso —cuchicheó al pensar en su embarazo.

Molesta, Ana la miró y siseó:

—¡Encarna! Si quieres luchar contra mi cabezonería, desde ya te digo que vas a perder. Si las gallegas sois cabezonas, las medio inglesas ¡ni te cuento! Suelta las bolsas ahora mismo.

Después de un reto de miradas, finalmente la mujer soltó las cinco bolsas que tenía clavadas en las manos. Una vez que Ana las dejó en el interior del ascensor, la gallega dijo:

—Pero qué riquiña que eres, *jodía*.

—Y tú qué cabezona —respondió Ana—. Y que sea la última vez que vuelves tan cargada, ¿entendido?

—Vale, lucero..., no te me irrites, que en tu estado no viene bien. —Al ver que Ana sonreía, preguntó—: ¿Cómo estás hoy? ¿Mejor?

—Sí. Por suerte hoy estoy como una rosa. Esperemos que el día no se tuerza.

De pronto, el sonido de un claxon llamó su atención y, al ver a Rodrigo en su coche, feliz, besó a la vecina en la mejilla y dijo:

—Me voy. No vayan a ponerle una multa.

—¡Pásalo biennnnnnnnn! —gritó la mujer, y sonrió al reconocer a Rodrigo al volante.

Encarna adoraba a aquella jovencita y a su amiga. Las chicas la habían auxiliado siempre que lo había necesitado y para ella eran sus nenas.

Una vez que Ana se montó en el coche de Rodrigo, éste la miró y, sorprendiéndola, exclamó:

—Pero, bueno, ¡qué guapa estás hoy! A ver, mírame.

Colorada como un tomate, lo miró. Sentir sus penetrantes ojos sobre ella la ponía nerviosa, pero disfrutando del momento se dejó observar.

—¿Te he dicho que los gorros te sientan bien?

—Tú no, pero mi madre siempre me lo dice —contestó Ana, sonrojada.

—En serio, ese gorrito de lana negro te favorece muchísimo.

Ana se tocó el gorro alegremente.

—Vale..., te pillo la indirecta. Cuanto menos se me vea la cara, ¡mejor!

Aquella respuesta cogió por sorpresa a Rodrigo, que se carcajeó, y poniéndole la mano en la barbilla la atrajo hasta él y, a escasos centímetros de su cara, murmuró:

—Estás preciosa, y cuanto más se te vea la cara, ¡mejor!

Luego le dio un beso en la punta de la nariz y la soltó, metió primera y comenzó a conducir. Confundida y atontada por lo que acababa de ocurrir, Ana respiró. Aquella cercanía hizo que le aleteara el corazón. Habría dado lo que fuera porque la hubiera besado, pero no, Rodrigo nunca haría eso. Sólo eran amigos. Todavía estaba confusa cuando él le tocó la pierna con la mano para atraer su atención. Ella lo miró.

—Necesito que hagas una cosa.

—Dime.

—Llama a este teléfono y pregunta por Alicia —le indicó, entregándole un papel—. Di que llamas de parte de Rodrigo y que en veinte minutos estaremos allí.

—Pero ¿no íbamos al cumpleaños de Álex? —preguntó, sorprendida.

—Sí, pero antes necesito recoger su regalo.

—Hablando de regalos... Antes de ir a casa de tus padres quiero pasar por algún sitio y comprarle algo. Tú sabes lo que le gusta y...

—No te preocupes, ya lo he solucionado yo.

—Pero yo quiero regalarle algo —insistió, mirándolo.

—Te aseguro que lo harás. Ahora llama a ese teléfono.

Sin preguntar nada más, hizo la llamada, y veinte minutos después, paraban en la calle Galileo.

—En un minuto estoy aquí —dijo Rodrigo.

Ana lo vio salir del coche y dirigirse a una preciosa chica de abrigo rojo chillón y cara angelical que al verlo sonrió. Incapaz de no mirar, vio cómo él la abrazaba y después la besaba en los labios. Los celos le nublaron la mente.

—Ana..., Ana..., Ana..., relájate. Él no es para ti. Asúmelo.

Tras ver cómo aquéllos se volvían a dar otro rápido beso de despedida y la chica miraba con curiosidad hacia el coche, Rodrigo regresó, y después de entrar y dejar sobre ella lo que llevaba en las manos, preguntó:

—¿Qué te parece nuestro regalo?

Al examinarlo vio que lo que ella había creído que era un jersey era, en realidad, una toalla de color naranja de la que asomaba una cabecita pequeña. ¡Era un perrito!

—¡Oh Diossssssssss!, ¡qué bonitoooooooo!

—Es un yorkshire enano. Mi madre pondrá el grito en el cielo, pero Álex se muere por tener un perro, y nosotros se lo vamos a regalar.

—¿Nosotros? Dirás tú.

—Qué más da, Ana. El regalo será de los dos.

—Vale..., pero dime cuánto te tengo que pagar o...

—¿Pretendes que te cobre? —preguntó él, desconcertándola.

—Por supuesto. Si no, vaya regalo que le voy a hacer a tu hermano.

Alucinado por las cosas que en ocasiones aquella muchacha le hacía sentir, ladeó la boca y dijo:

—Vale. El precio es un beso. Y no acepto un no.

—Pero Rodrig...

—He dicho que no acepto un no —insistió, divertido.

Incapaz de no aprovechar aquella cercanía, Ana aproximó los labios, y él rápidamente le puso la mejilla. Desconcertada por aquel rechazo, aspiró su perfume, cerró los ojos y lo besó. Fue algo rápido, un beso de amigos, sin compromiso, pero a ella le supo a gloria. Rodrigo, ajeno a sus sentimientos, dio una palmada al aire antes de arrancar el coche.

—Cuenta saldada. El regalo es de los dos.

Acalorada y con voz aniñada, Ana, para salir de su aturdimiento, cogió el perrillo entre las manos y lo acercó a su cara.

—¡Holaaaaaaa, preciosoooooooooooo! ¿Quieres ser mi amigo?

Rodrigo sonrió y metió primera.

—¡Perfecto! Eso es justo lo que Álex dirá.

Cuando llegaron a la casa familiar en la calle Rodríguez Marín, la indecisión se apoderó de Ana. ¿Realmente deseaba soportar el desprecio de Úrsula? Pero cuando ésta salió a recibirlos, sorprendentemente, fue amabilísima, aunque al ver el animalillo que Ana llevaba en las manos su gesto se agrió.

—¿Qué es eso?

—Nuestro regalo para Álex. —Y antes de que pudiera protestar,

Rodrigo, con cariño, susurró—: Mamá, Álex necesita tener un perro. Sabes que lleva pidiendo uno desde que se murió *Tobi* hace dos años. Por favor..., déjame darle ese capricho.

—Pero, hijo, yo no tengo tiempo de sacarlo a la calle, y Ernesto...

—Tranquila, mamá. Este perrillo no crece mucho, por lo que no tendrás que sacarlo de casa si no quieres. Con que salga al jardín y se dé un par de vueltas estará agotado, ¡ya lo verás! Y en cuanto a Ernesto, yo hablaré con él.

Ana estaba paralizada sujetando al perro cuando vio que Rodrigo, sin amilanarse ante el gesto de su madre, le guiñaba un ojo a la glacial mujer, y ésta, mostrando por primera vez una encantadora sonrisa, le daba un beso en la mejilla.

—De acuerdo, hijo. Me has convencido.

Feliz por aquel consentimiento, Rodrigo asió a su madre entre sus brazos y, tras darle una vuelta y hacerla sonreír, la soltó.

—Anda, dale el perro a tu hermano —dijo la mujer.

En ese momento, apareció un hombre alto, gallardo y con una sonrisa arrebatadora. Ana se fijó en que Rodrigo cambiaba su gesto, pero le tendió la mano y lo saludó.

—¡Qué alegría verte, Rodrigo! —exclamó aquél. Y mirando a la joven que lo acompañaba, preguntó—: Y esta jovencita, ¿quién es?

Antes de que él pudiera responder, Úrsula lo hizo:

—Es Ana, una amiga de Rodrigo.

El hombre sonrió, encantado, pero cuando vio lo que ella tenía en los brazos cambió su expresión.

—¿Y eso qué es?

—Es nuestro regalo para Álex, que por supuesto se quedará —contestó Rodrigo con seguridad antes de que Ernesto pudiera ni siquiera pestañear. Entonces, el cumpleañero se acercó—. Álex, ¿qué te parece nuestro regalo para ti? Felicidades.

«¿Nuestro regalo?», pensó Ana. ¿Ella también se lo había regalado?

El joven, al ver aquella cosita moverse en las manos de Ana, aplaudió. ¡Un perro! Y enloquecido por la sorpresa le tocó la cabecita, lo cogió con mimo y lo besó. Instantes después, lo levantó hasta su cara y preguntó:

—¿Quieres ser mi amigo?

Sorprendida porque Álex había dicho lo mismo que ella, miró a Rodrigo, y éste, encogiéndose de hombros, la hizo sonreír.

Los invitados que llegaban para la fiesta de Álex pasaban a un jardín trasero no muy grande, pero decorado con gusto. Úrsula estaba feliz y sonriente, incluso con Ana, y eso hizo que la joven sospechara. Su propia madre era como esa mujer y, cuando su actitud cambiaba de la noche a la mañana, era porque tenía guardado un as en la manga. Había que estar alerta. Pero lo que sí llamó su atención fue ver que Rodrigo, tras hablar con el marido de su madre, no volvió a acercarse a él. Sin necesidad de que él le contara nada, intuyó que entre ellos no había buena comunicación.

Los camareros del servicio de catering le ofrecieron bebidas. Ella se limitó a tomar zumo. No quería que nada le jorobara la tarde.

—¿Sólo bebes zumo, mona? —preguntó Úrsula, acercándose a ella con una copa de champán en la mano.

Desde hacía un rato, la mujer observaba a la joven de pelo corto y flequillo largo que sonreía como una boba cuando miraba a su hijo.

—Sí. No suelo beber alcohol —respondió Ana con cautela.

Con la ropa que llevaba, su embarazo no se percibía, y eso le gustaba. Aunque lo que más le apetecía era un buen cubata, debía ser juiciosa y pensar en su bebé.

Úrsula sonrió y le tocó el brazo.

—Es muy mono el reloj Cartier que llevas.

—¿Le gusta? —dijo sonriendo. Aquel regalo de su padre le encantaba.

—Muy buena imitación. ¿Lo compraste en un mercadillo?

Ana suspiró. Aquella mujer era mil veces peor que su madre. Cuando iba a contestarle, la otra se le adelantó:

—No te habrás traído alguna cámara de fotos, ¿verdad? —Ana negó con la cabeza—. ¡Vaya, qué pena! Me habría encantado que nos hubieras hecho fotos. Tenerlas habría sido un bonito recuerdo.

Dispuesta a intentar un acercamiento con ella en beneficio de su hijo, la joven preguntó:

—¿Tiene usted alguna cámara?

—Sí.

—Pues, si me la trae, yo se las haré gustosa.

Úrsula reaccionó como si le hubieran ofrecido el oro y el moro.

—¡Oh, qué bien! Ahora mismo te la traen —exclamó sonriendo. Y volviéndose hacia una muchacha joven de aspecto sudamericano, dijo—: Guadalupe, ve al despacho del señor y trae la cámara de fotos que está guardada en el aparador, la que le regalé para Navidad.

—Ahorita mismito, señora —respondió la joven.

Dos minutos después, apareció la muchacha con la cámara y se la entregó a Úrsula. La mujer la cogió y, con ella en las manos, preguntó:

—¿Sabrás manejarla?

—Sí.

No convencida con aquella respuesta, la mujer abrió una carpetilla adjunta a la correa de la cámara y sacó un papelito que desplegó.

—Creo que tienes un problema, mona.

—¿Cuál? —resopló, deseosa de decirle que el *mona* se lo guardara.

—Las instrucciones están en inglés, francés y alemán. Y como es lógico tú no sabes idiomas, ¿verdad?

Ana la miró. ¿Debía decirle que, además de esos idiomas, controlaba algo de ruso? Pero prefirió callar y, encogiéndose de hombros, comentó:

—Es una Canon EOS 550D. No se preocupe. Sabré manejarla.

Úrsula asintió y le entregó la cámara.

—Muy bien. Encárgate de hacer alguna foto decente, si puedes, a los asistentes, y yo te estaré eternamente agradecida.

Una vez que dijo eso se alejó. Ana, sin querer pensar en los agravios que Úrsula había lanzado, comenzó a hacer fotos a todos, y Rodrigo al verla se acercó a ella.

—¿Has traído la cámara?

—No, pero tu madre me acaba de nombrar fotógrafa del evento. —Él sonrió—. Quiere tener fotos para el recuerdo. Por lo tanto, venga, ponte con tu hermano y os hago una foto a los dos.

Una hora después, tras muchas fotos al homenajeado con su perro, con sus regalos, con sus hermanos, con sus padres; a Úrsula con sus hermanas y finas amigas, y a todo lo que se moviera por la casa, Ana se sentó. Estaba agotada. Sedienta, cogió un zumo de una de las bandejas y, al ver la bonita y decorada tarta de chocolate blanco, no lo dudó y se sirvió un trozo. ¡Parecía exquisita!

«¡Hummm, por Diossssssssss!, ¡qué rica estáaaaaaaa!», pensó al meterse una cucharada en la boca. Dos minutos después, viendo que nadie la observaba, se sirvió otro pedazo, y tres minutos más tarde, repitió la jugada. La tarta estaba de lujo. Estaba degustándola cuando Carolina, la joven hermana de Rodrigo, se sentó junto a ella. Alegre, Ana cogió la cámara y le hizo un primer plano. Ésta se carcajeó.

—Gracias por las Mustang. Me las trajo el otro día mi hermano y me hicieron mucha ilusión.

Ana sonrió y se metió en la boca una nueva cucharada de tarta. ¡Estaba de muerte!

—¿Te quedan bien?

—¡Perfectas!

—Pues ahora ya sabes: ¡a disfrutarlas!

Carolina asintió y se acercó a Ana.

—Las disfrutaré los fines de semana que mi madre no esté, porque si ella está no me las dejará poner.

Rebañando con disimulo la tarta que le quedaba en el plato, Ana preguntó:

—Pero Carol, ¿cuántos años tienes?

—Veintidós.

—¿Y con veintidós años tu madre aún te prohíbe cosas?

La joven hizo un gesto afirmativo y, antes de que Ana pudiera replicar, cuchicheó:

—Según mamá, o mejor dicho según Ernesto, una señorita como yo ha de tener clase al vestir, y ciertas ropas están prohibidas. ¡Si yo te contara...!

Boquiabierta por aquella revelación, Ana iba a decir lo que pensaba cuando Rodrigo y Álex se sentaron a su lado, y Carol se levantó y se marchó.

—¿Quieres más tarta? Tus ojitos me dicen que quieres más —se mofó Rodrigo.

—Está muy..., muy buena —afirmó Álex con su perrito en las manos.

En aquel tiempo, Rodrigo había aprendido que el chocolate blanco la volvía loca. No había ni una sola vez que salieran a cenar y que ella de postre no se pidiera algo con chocolate blanco. Ana, al ver su sonrisa picarona, quiso acuchillarlo y se acercó para que sólo él la oyera.

—Calla y no me piques. Llevo tres trozos.

—¡¿Tres trozos?! —se burló.

—Sí. Y no me hagas sentir culpable por ello.

Él sonreía alegremente cuando una amiga de su madre lo llamó. Al marcharse Rodrigo, Ana se quedó a solas con Álex y su perrito. Encantada, le hizo más fotografías a Álex con su nueva mascota. En ellas se podía ver la felicidad del muchacho por tener lo que él más quería: su perro.

—Bueno, Álex, ¿y qué más cosas te han regalado?

El muchacho, feliz, le dejó el perrillo en las manos y salió corriendo. Dos segundos después, regresó con una cazadora de cuero negra y se la puso.

—Carol..., me..., me ha regalado esta cazadora igualita a la de Danny Zuco.

—¿Danny Zuco? —preguntó Ana sin entender.

Álex se sentó junto a ella y dibujó una sonrisa.

—Me..., me gusta mucho la película *Grease*. ¡Es mi pre..., preferida! Y Carol, que lo sabe, me..., me ha regalado una cazadora como la que lleva el novio de Sandy.

—Estás guapísimoooooooooo, Álex Zuco —dijo riendo Ana al comprender la emoción del chico.

Tras entregarle el perrito, le hizo algunas fotos más, y cuando se sentaron juntos, la joven tocó con cariño la cabecita del adormilado perrillo.

—Es muy bonito, Álex. Tu perrito es una preciosidad.

—Muchas gracias por el regalo. Me..., me ha encantado. Yo..., yo quería un perro.

Ana se sentía satisfecha por la felicidad del muchacho.

—¿Cómo lo vas a llamar?

Álex la miró y se encogió de hombros.

—No sé..., aún no lo he pensado. ¿Tú cómo lo llamarías?

Dos minutos más tarde, el cachorrito tenía nombre.

Poco después, mientras Álex y Ana hablaban de sus cosas, Rodrigo se sentó junto a ellos. La compañía de Ana cada día le gustaba más; hablar con ella de lo que fuera era algo fácil y maravilloso. Nunca había tenido una amiga así y estaba dispuesto a cuidarla. Ana se lo merecía, y él estaba feliz por haberla encontrado.

—Pero bueno, si Danny Zuco está aquí —ironizó Rodrigo al ver la cazadora de su hermano.

—Noooooooo..., que soy Álex —contestó éste, riendo.

Ambos hermanos disfrutaron de abrazos y risas mientras Ana les hacía fotos. De pronto, a Rodrigo le pareció que estaba un poco pálida.

—¿Te encuentras bien? —le preguntó.

—Sí —sonrió Ana—, sólo algo cansada.

—Ana, ven a hacernos unas fotos —exigió Úrsula.

La joven se levantó, pero Rodrigo la cogió de la mano.

—Si estás cansada, no vayas. Dile a mi madre que tu función como fotógrafa del evento se ha acabado.

Con una sonrisa cómplice, Ana se agachó y, antes de darle impulsivamente un beso en la mejilla, murmuró:

—Tranquilo, lo hago encantada.

Cuando Ana se alejó, Álex llamó la atención de su hermano.

—Rodri..., ¿sabes una cosa?

—¿Qué, Álex?

—El perrito ya tiene nombre.

Contento por la felicidad que veía en el rostro de su hermano, Rodrigo le pasó con cariño la mano por el pelo.

—¿Y cómo se llama?

—*Guau.*

—*¡¿Guau?!*

—Sí.

Al instante, Rodrigo soltó una carcajada.

—No hace falta que me digas quién te ha dado la idea —le dijo con gesto divertido.

—¿A que es un nombre chulo?

Rodrigo miró a Ana, que estaba fotografiando a su madre con sus amigas.

—Desde luego, Álex; como poco, original. Diferente.

Sobre las diez de la noche, cuando los amigos de Álex se habían marchado y sólo quedaba la familia, por fin Rodrigo se sentó tranquilamente a charlar con Ana y sus hermanos. De repente, sonó el timbre de la puerta. Dos segundos después, apareció una radiante Úrsula acompañada de una joven rubia de melena lisa y vestida con glamour.

—¡Rodrigo, mira quién ha venido! —gritó su madre con una copa en la mano.

Al ver a la joven a Rodrigo le cambió el gesto. Se levantó sorprendido y dibujando una increíble sonrisa, lo que hizo que a Ana se le encogiera el alma.

—Pero Candela, ¿cuándo has llegado? —preguntó mientras caminaba hacia ellas.

La joven rubia, encantada por sentirse el centro de atención, sonrió a Úrsula, que le apretó las manos con complicidad, y retirándose el pelo del hombro con un gracioso movimiento, respondió:

—He llegado hace un par de horas.

En ese momento Ernesto se acercó hasta ellas y puso un Martini en las manos de su mujer.

—¡Qué alegría tenerte por aquí! —le dijo a la joven.

—Gracias, Ernesto.

—¿Por cuánto tiempo estarás en España? —preguntó el hombre.

—No lo sé aún —contestó riendo, complacida con el recibimiento—. Estaré un tiempecito y, dependiendo de cómo vayan las cosas, regresaré a Houston o no.

Rodrigo apenas si podía dejar de mirarla. Candela era tan guapa, tan bonita, que lo difícil era no hacerlo. Olvidándose de todos los que los rodeaban los dos comenzaron a hablar entre abrazos y emocionados movimientos. Ana los observó de reojo. ¿Quién era aquélla? En una de esas miradas se percató de que Úrsula le pedía que fuera hasta ellos. Sin dudarlo, se levantó.

—¿Podrías hacerles a Candela y Rodrigo algunas fotos?

—Por supuesto —asintió, encendiendo la cámara mientras los otros hablaban sin dejar de mirarse.

Rodrigo, al verla, sin separarse de la recién llegada, dijo:

—Candela, ella es Ana, una amiga.

—¡Hola! —saludó ésta con una sonrisa.

La joven rubia la miró, y antes de que pudiera decir nada, Úrsula le explicó:

—Es la chica que hace las fotos de la fiesta. La fotógrafa.

En ese momento, al decir aquello de «es la chica que...», Ana lo entendió. Úrsula llevaba utilizándola toda la tarde como la fotógrafa para que *las pititas* de sus amigas y la familia no la consideraran como algo más para su hijo. Molesta, quiso cantarle las cuarenta a aquella terrible mujer cuando vio que la recién llegada, tras un movimiento de cabeza a modo de saludo, volvía a centrar la mirada en Rodrigo.

—Hacen una pareja tan bonita..., ¿verdad? —Ana no respondió, y Úrsula añadió—: ¿Te ha contado mi hijo que tuvieron una relación?

—No, no hablamos sobre eso.

—Candela Fitwork Herrero es una buena niña de una familia de bien, como nosotros.

«Ya empezamos», pensó Ana mientras Úrsula continuaba.

—Su padre es el dueño de Fitwork Asociados, el mejor despacho de abogados que hay en España, donde, por cierto, trabaja Ernesto.

—¡Oh..., qué bien! —se burló a la par que tomaba fotos.

—Rodrigo y ella fueron novios durante cinco años, y aunque se separaron, estoy segura de que entre ellos aún hay algo. Sólo hay que ver cómo mi hijo la mira, ¿no crees?

Ana no respondió, así que la otra, dispuesta a decir todo lo que llevaba horas conteniendo, continuó:

—Mi hijo terminó hace años la carrera de abogado, ¿lo sabías?

—No.

De hecho, quiso decirle que ella también, pero al final decidió no hacerlo. No quería entrar en su absurdo juego, y continuó tomando fotos.

—Pues sí, mona. Conseguí que Rodrigo estudiara Derecho para que fuera un buen abogado, y posteriormente un notario, pero una vez que acabó la carrera me sorprendió con la locura de que quería ser bombero. ¡Bombero! —repitió, horrorizada—. Con lo bien que estaría sentado en un despacho con su traje y su maletín en lugar de hallarse todo el día en constante peligro. Aunque, bueno, espero que Candela le haga entrar en razón y consiga con su preciosa carita lo que yo no he conseguido.

«Menuda perraca estás hecha, guapa», pensó Ana.

—Debería estar orgullosa de Rodrigo.

—Y lo estoy, querida. Pero necesito que encauce su vida.

—Pero él es un buen profesional en lo suyo y se le ve muy feliz con lo que hace. Además...

Úrsula agrió el gesto y, cogiendo una nueva copa de champán, siseó cortándola:

—Mira, monina. Llevo toda la vida intentando que él sea alguien en este mundo, y siendo un vulgar bombero no creo que lo consiga.

Si él se casara con Candela Fitwork y comenzara a ejercer para lo que estudió, te aseguro que su vida sería mucho más feliz.

—Lo dudo —se arriesgó Ana—. Él es feliz con su vida y...

—Pero qué sabrás tú..., una fotógrafa —siseó con desprecio—. Mi hijo necesita a su lado una mujer como Candela. Ella tiene clase, es elegante y...

—¿De verdad usted cree que la clase la da el dinero? —preguntó, ofendida.

—Por supuesto, querida. El dinero mueve el mundo y es lo que marca en la sociedad quién está arriba y quién está abajo. —Al ver el gesto de Ana, añadió—: No es lo mismo una niña como Candela, criada en los mejores colegios, con carrera y un trabajo como el suyo, que una jovencita cualquiera. Pero, claro, quizá te resulte difícil entender de lo que hablo, viendo cómo miras a mi hijo. Es tan evidente, que hasta mi marido me ha dicho que te dé un toque de atención.

Aquel comentario fue el remate a la conversación. Y sin importarle lo que aquella mujer pensara de ella a partir de ese instante, le devolvió la cámara de fotos y respondió:

—Mire, señora, en primer lugar el dinero no da la clase ni la felicidad; en segundo lugar, no beba más porque creo que no le sienta bien, y en tercer lugar, les digo a su marido y a usted que yo no necesito ningún toque de atención, y menos de ustedes, porque entre Rodrigo y yo sólo existe amistad. Nada más.

—No tengo nada en contra de ti, pero me gusta saber que me has entendido a la perfección —contestó la mujer, dejando la copa sobre la mesa sin querer entrar en más detalles.

—Le aseguro que tonta no soy. Se lo puedo garantizar.

—Lo sé —agregó Úrsula tras asentir mirando a Ernesto, su marido—. De ahí el motivo de esta conversación.

Ajeno a lo que pasaba, Rodrigo, encantado con la aparición de Candela, la miraba embelesado. Aquella que ahora sonreía con una feminidad que lo tenía desbordado había sido durante toda su vida su único amor. La chica de sus sueños. Y de pronto, estaba allí, más guapa que nunca y sonriéndole de nuevo sólo a él. Olvidándose del dolor que había sentido cuando ella lo había dejado para marcharse a Houston, hablaba con ella cuando Ana, como un tsunami, llegó hasta él y, tras darle un golpe en el hombro, dijo:

—Disculpad que os interrumpa. —Ambos la miraron, y sin querer posar los ojos en la joven que la observaba, añadió—: Rodrigo me voy.

Aquel tono de voz tajante lo alertó.

—¿Te encuentras bien?

—Sí... —mintió.

La joven, después de cruzar una mirada con Úrsula, que no muy lejos de ellos bebía una copa de champán, sonrió. Tras un tenso silencio que sorprendió a Rodrigo, éste dijo:

—Dame un segundo y te llevaré a casa.

—No, no hace falta.

Dicho eso, comenzó a andar hacia el interior de la casa bajo la atenta mirada de Úrsula, que sonreía junto a Ernesto. Rodrigo, extrañado, caminó tras ella y, al llegar a la puerta de la entrada, la sujetó.

—Pero ¿qué bicho te ha picado?

—Ninguno. ¿Por qué me ha de picar un bicho?

—Te llevaré —insistió el bombero—. No has traído el coche y...

—He dicho que no, ¡joder! ¿Cómo te lo tengo que decir?

Sorprendido por aquel arranque de mala leche, Rodrigo fue a contestar cuando Candela llegó hasta ellos y preguntó:

—¿Ocurre algo?

Ana suspiró. Deseaba salir de aquella odiosa casa cuanto antes.

—Ana, por favor, dame un segundo y te llevaré —repitió Rodrigo.

—No te molestes. Iré en el metro.

De pronto, sorprendiéndola, la joven Candela habló:

—¿Quieres que Rodri y yo te acerquemos a tu casa? Sinceramente, no creo que el metro sea un lugar para una mujer sola, y menos a estas horas. —Boquiabierta, Ana la miró, y la otra prosiguió—: Para nosotros no es ninguna molestia, ¿verdad, Rodri?

«Será imbécil la tía esta», pensó, y cuando iba a contestar, el móvil le sonó. Lo sacó del bolsillo de los vaqueros. Era Nekane. Con la mano les pidió un segundo y se alejó unos pasos.

—¿Dónde estás?

Aquel tono de voz y, en especial, la pregunta la sorprendieron.

—Saliendo de la casa de los padres de Rodrigo. ¿Qué pasa?

—Necesito que vengas y tener una terapia de azúcar. ¡Estoy fatal!

—¿Qué ocurre?

—He discutido con Calvin.

Ana, convencida de que iba a salir de aquella casa ipso facto, respondió con rotundidad:

—En veinte minutos, media hora, estoy en casa. —Dicho esto, cerró el móvil y se volvió hacia aquellos dos, que sonreían como imbéciles, mientras se ponía el abrigo de cuero—. No hace falta que me llevéis. Acabo de quedar con una amiga muy cerca de aquí. Por lo tanto, ¡disfrutad de la fiesta!

Sin querer mirar a Rodrigo, que la observaba con el ceño fruncido, levantó la mano y, antes de que ninguno de los pudiera moverse, abrió la puerta de la calle y se marchó. Necesitaba huir de aquella casa contaminada, o al final la bruja que habitaba en ella saldría a relucir y armaría la marimorena.

Ana pasó por una tienda 24 Horas para comprar varias tarrinas de helados para la terapia de azúcar y cogió un taxi. Una vez que llegó al portal, sacó las llaves del bolso y entró en el vestíbulo. Al pasar junto a los buzones se fijó en que el suyo estaba lleno de publicidad, así que mientras esperaba el ascensor la recogió. Cuando el ascensor llegó a su planta, se dispuso a meter la llave en la puerta de su casa, pero una desencajada Nekane la abrió. De inmediato, Ana la abrazó y entraron juntas. ¿Qué había ocurrido?

Fueron hasta el salón y consiguió sentarla; entonces, se quitó el abrigo de cuero y se sentó junto a ella.

—¿Qué ha ocurrido con Calvin?

Nekane, con el gesto demudado, se limpió las lágrimas.

—No quiero volver a oír ese nombre en toda mi vida.

—Pero...

—Pero ¿cómo soy tan imbécil? ¿Cómo puedo haberme colgado de un impresentable con nombre de calzoncillos? —Y quitándose con furia las lágrimas de las mejillas, preguntó—: ¿Sabes por qué el idiota de Cupido siempre lleva pañales?

—No.

—Pues porque siempre la cagaaaaaaaaaaaa —dijo llorando desconsolada.

Aquel comentario a Ana la hizo sonreír, pero la risa se le cortó cuando oyó decir a su amiga:

—Si llama ese impresentable, por favor, dile que me he muerto, ¿entendido? Dile que soy demasiado hembra para él y..., y...

—Pero vamos a ver, Neka, ¿cómo le voy a decir eso?

—¡Diciéndoselo y punto! —gritó, y volvió a llorar.

Ana la abrazó. No sabía qué había pasado, pero algo muy gordo tenía que ser para que Nekane, la chica más fuerte del mundo, llorara de aquella manera.

—Neka, por favor, tranquilízate y cuéntame qué ha pasado con Calvin.

—¡Que no menciones su nombre!

—Vale, vale..., se me ha escapado.

—¿Has comprado helado para la terapia?

—Mogollón —le confirmó Ana.

Nekane asintió y se limpió la cara con un kleenex que llevaba en la manga, y Ana sacó cuatro tarrinas de distintos sabores de la bolsa.

—El hombre con nombre de calzoncillos ha...

—¿Hombre con nombre de calzoncillos? —Al entenderlo, Ana se carcajeó, pero al ver la cara de su amiga, susurró—: Perdón..., perdón...

—Como te decía —prosiguió la otra mientras Ana se levantaba para coger dos cucharillas—, el hombre con nombre de calzoncillos ha tenido la osadía de decirme que me quiere. ¿Te lo puedes creer?

La cara de alucine de Ana era tal que Nekane repitió:

—¿Te lo puedes creer?

—Vamos a ver, si vosotros sois los *totitos* —resopló Ana, entregándole una cuchara—. Pero ¿de verdad tengo que creer que estás así porque el hombre con nombre de calzoncillos te ha dicho ¡que te quiere!?

—No.

—¿Entonces?

Nekane abrió el helado de chocolate belga y, tras meterse un par de cucharadas en la boca, dijo:

—Estamos así porque yo le he dicho que yo no lo quiero a él.

—Pero, Neka...

—Escúchame. Estábamos tomando algo en un pub. De pronto, me mira y me dice: «¡Te quiero, princesa!». Y..., y yo... me he quedado tan alucinada, ¡tan flipada!, que no he sabido qué responder. Y sin tiempo a reponerme, me pregunta el muy imbécil: «¿Me quieres tú a mí?». Y yo..., yo lo he mirado y le he dicho: «¡Pues no!». Y entonces él, con un gesto que no me ha gustado absolutamente nada, se ha separado de mí y me ha preguntado: «Entonces ¿por qué estás conmigo?». Y yo, como he podido, he respondido: «Porque me gustas y me lo paso bien contigo, pero no estoy enamorada de ti».

—¿Me estás tomando el pelo?

—No —negó, gimiendo.

Ana, al ver los churretes de *eyeliner* que su amiga tenía en la cara, se levantó y fue al baño a por las toallitas desmaquillantes. Después, mientras limpiaba aquel desaguisado, murmuró:

—Yo creía que tú estabas almendrada también por él.

—Y lo estoy. Pero no para de decir «te quiero».

—Pero, vamos a ver, me estás diciendo en serio que vosotros, los totis, la parejita feliz, ¿os habéis enfadado de verdad? —insistió boquiabierta.

Nekane asintió, y tras darle a su amiga una cucharada de helado, murmuró;

—Sí. Me ha dicho que soy fría y una egocéntrica que sólo pienso en mí. Pero ¿qué quería que hiciera?, ¿que le mintiera? Pero ¿por qué le voy a mentir si no lo quiero?

—Mujer, pero sintiendo algo por él como sientes, podrías haber sido más diplomática.

—Que no..., que no..., que soy como soy, y si le gusto, bien, y si no, ¡pues también! En definitiva, no quiero saber nada de él. ¡Hemos roto! Por lo tanto, haz el favor de decirle a tu maravilloso amigo Rodrigo que no se le ocurra traerlo ningún día a casa o no respondo de mis actos.

—Tranquila —resopló Ana, dejando la toallita sobre la mesa—, después de lo que ha pasado esta noche, no creo que en los próximos días Rodrigo tenga tiempo para mí.

Olvidándose de sus penas, Nekane miró a su amiga.

—¿Y a ti qué te ha pasado?

En ese momento, Ana cogió la tarrina de helado de *cookies* y, abriéndola bajo la atenta mirada de su amiga, que devoraba el chocolate belga, se metió un par de cucharadas en la boca y dijo:

—Pues tras ver primero cómo se besaba con una rubia en un portal; después ir a su casa y soportar que su puñetera madre me dijera, entre otras cosas, que yo no tengo el dinero suficiente para ser la pareja de su hijo y aún menos para formar parte de su glamurosa familia y, por último, ver aparecer a su ex novia, que todo sea dicho es un cañonazo de mujer, y ver a Rodrigo babear, ¡poco más puedo decir!

Nekane soltó un gemido.

—Lo tuyo ¡no tiene nombre!

—Sí..., sí lo tiene, Neka, y el nombre es ¡imbécil! ¡Soy la reina de las imbéciles! Por cierto..., este helado está de vicio.

La navarra, enfadada por lo que le había contado Ana, gritó:

—¡Debes cortar esa amistad!

—Lo sé...

—No es sana, pero ¿no lo ves?

—Lo veo. —Y tras saborear una cucharada de helado, añadió—: Pero me gusta tanto que soy incapaz de hacerlo.

—Tu almendramiento por Rodrigo comienza a asustarme.

—Y a mí. Pero es que ante lo que siento por él no puedo hacer nada.

Por un tiempo se quedaron en silencio pensando en sus propios problemas y devorando las tarrinas de helado. De pronto, Nekane preguntó:

—¿Por qué no le dijiste a esa clasista quién es tu padre?

Con una sonrisa Ana se metió una nueva cucharada en la boca y, sin poder evitarlo, murmuró:

—Porque el día en que se entere, si se entera, quiero que de la impresión se le muevan hasta los empastes de las muelas.

Por fin, ambas rieron.

10

Al día siguiente, Calvin, el hombre con nombre de calzoncillos, llamó, pero ni Ana ni él consiguieron que la bruta de Nekane entrara en razón. Finalmente, Ana le aconsejó distancia y tiempo. Su amiga necesitaba echarlo de menos para valorar si quería continuar con aquella relación. Calvin, apenado, aceptó su derrota y decidió hacer lo que Ana le sugería. Ella la conocía mejor.

En el caso de Rodrigo, no llamó tras el cumpleaños de Álex, y eso a Ana la hizo polvo, pero lo asumió. Estaba claro que la jodida Candela lo había abducido, y ante aquello poco podía hacer. Pero al noveno día sonó el teléfono. ¡Era él! Le comunicó que después de comer se pasaría por su casa para verla. Incapaz de decirle que no, aceptó.

—Si ya lo dijiste tú que eras imbécil —protestó Nekane al saber que Rodrigo aparecería de un momento a otro.

—Lo sé..., lo sé..., no me lo repitas —asintió Ana, pintándose la raya del ojo.

—Pero ¿cómo puedes permitir que ese tío desbarate tu vida así? ¿No ves que te está haciendo polvo?

—Que sí, que lo sé. Pero es que su presencia, lo creas o no, me hace caer en una marmita de lujuria que no puedo controlar.

—¿Marmita de lujuria? —repitió Nekane, riendo.

—Sí.

—*Lamadrequeteparió.*

Ana no respondió. Su amiga tenía razón. Había perdido el juicio. Pero lo que sentía por Rodrigo era tan fuerte que sólo pensar en decirle que no a verlo le revolvía el estómago.

Media hora después, sonó el portero, y Nekane, con gesto de

resignación, dijo mientras se sentaba en el sofá para ver la televisión:

—Tu marmita de lujuria está subiendo en el ascensor.

Rápidamente, Ana se miró en el espejo. Estaba perfecta. Algo pálida, pero la minifalda de algodón y la camiseta violeta de Custo le sentaban bien. Cuando sonó el timbre de la puerta abrió como una cría a punto de recibir un regalo. Rodrigo estaba allí. Pero la felicidad se le agrió instantes después. Ante ella, y en la puerta de su casa, estaba Candela, con un abrigo de pieles de lo más chic, cogida del brazo de su adorado Rodrigo.

—¡Hola, Ana! —saludó la del abrigo—. ¡Hemos venido a visitarte Rodri y yo!

Pero de pronto el gesto de Candela cambió al fijarse en la redonda barriga que se percibía bajo la ajustada camiseta violeta. ¿Estaba embarazada?

—¡Hola, preciosa! —saludó a su vez Rodrigo. Y tras darle un beso en la mejilla, añadió—: Estábamos comiendo en un restaurante cercano y pensé en pasar a verte.

—¡Qué sorpresa! —sonrió, patidifusa. Se echó hacia un lado y dijo—: Pero pasad, no os quedéis en la puerta.

Candela, aturdida por lo que acababa de descubrir al entrar, preguntó:

—¿Estás embarazada?

—Sí. ¡Sorpresa! —Y mirando a su amiga, dijo—: Neka, te presento a Candela, la...

—Amiga especial de Rodrigo —acabó la joven de la melena rubia, consiguiendo que las dos jóvenes la quisieran asesinar. Estaba claro que su presencia allí no era en son de paz.

La cara de Nekane era todo un poema. ¿Qué hacía aquella mujer allí? Pero sin separarse de su amiga sonrió y se ofreció a preparar unos cafés. Tras invitar a Rodrigo y a su acompañante a sentarse en el salón, las dos amigas se dirigieron hacia la cocina.

—¿Ésta es la ex?

—Sí. O mejor dicho, la *amiga especial* —siseó Ana con retintín.

—¿Y qué coño hace aquí con ella?

—No lo sé, pero tras esto voy a necesitar una enorme terapia de azúcar —murmuró Ana.

Incapaces de no echar vistazos a lo que hacían, de pronto vieron que se besaban en la boca. Ana gimió. ¿Por qué tenían que hacerlo delante de ella?

—*Lamadrequelopario*, pero ¿este tío es idiota? —protestó Nekane. Viendo que su amiga estaba pálida como la cera, le preguntó—: ¿Estás bien?

—Sí..., sí. No te preocupes.

—Que no me preocupe... —Y abriendo un armarito agarró algo y le indicó—: Toma, por capullo, échale en la bebida un chorretón de Evacuol.

—Pero ¿tú estás tonta? —repuso Ana riéndose.

—¡Joder...!, se lo merece. Ya que no le podemos dar dos *guantás*..., échale laxante; por lo menos sabrás que no se despega del baño.

Ana tuvo que contener una carcajada a pesar de lo mal que se encontraba de ver a aquellos dos juntos y besuqueándose en su salón.

—Sal de la cocina y no toques nada.

—Pero...

—Neka, ¡fuera de-la-co-ci-na! —insistió, y Nekane, tras dejar el Evacuol en el armarito, salió.

Después de preparar los cafés, Ana regresó al salón. Los cuatro hablaron animadamente hasta que el tema desembocó en política, algo que odiaba Ana, pero que a Candela parecía gustarle. Durante la charla, Ana observó cómo Candela, con coquetería, incitaba una y otra vez a Rodrigo para que la mirara, y en cada ocasión que unían sus labios pensaba: «Al final..., le echo el Evacuol».

Cuando Rodrigo se levantó para ir al baño, y dejó a las tres jóvenes a solas en el salón, Candela dijo con curiosidad:

—El otro día no me di cuenta de tu embarazo. ¿De cuánto estás?

—De cuatro meses —respondió Ana.

Úrsula no debía de saberlo, o se lo habría dicho. Por ello, mostrando normalidad, la miró y se interesó:

—¿Y qué tal lo llevas?

Nekane, metiendo baza en el asunto, respondió:

—Pues, *Cande*..., no lo lleva mal, aunq...

—Candela —corrigió la otra—. Mi nombre es... Candela.

Ana puso los ojos en blanco y Nekane sonrió, dispuesta a terminar lo que estaba diciendo.

—Pues, Candela, decía que no lo lleva mal, aunque si te soy sincera lo podría llevar mejor. Por cierto, ¿quieres que te sirva más café?

Al intuir sus intenciones, Ana la miró y Nekane volvió a sonreír.

—No, gracias. Por hoy ya estoy servida —respondió la joven, que se dirigió entonces a Ana—. ¿Y el padre del bebé está contento?

—Muy contento. ¡Feliz!—asintió Ana con rotundidad.

—Ahora entiendo lo preocupado que se quedó Rodri el...

—Rodrigo —cortó Nekane.

Candela, levantando el mentón, miró a la joven navarra y repitió con soberbia:

—Decía que ahora entiendo lo preocupado que se quedó Rodri el otro día y por qué ha insistido tanto en venir a verte.

—Es que somos buenos amigos —asintió Ana con ganas de arrancarle a aquélla la tontería que tenía encima.

Nekane, consciente de lo que Ana pensaba, con la mejor de sus sonrisas, miró a la joven morena y soltó, haciendo reír a su amiga:

—Es que *Rodri* es un amor y se preocupa mucho por ella y por el bebé.

De pronto, Ana sintió una arcada en la boca y, sin tiempo que perder, se levantó y corrió hacia el baño de su habitación. Nekane se quedó mirando a una descolocada Candela y le explicó:

—No pasa nada. Dentro de dos segundos aparecerá tan fresca como una rosa, deseosa de comerse un pepinillo en vinagre bañado en Nocilla.

Rodrigo salía del baño cuando vio pasar a Ana corriendo hacia el de su habitación con la mano en la boca. Sin dudarlo, la siguió. Incapaz de no hacer nada cuando la vio doblada, la agarró con mimo por la frente.

—Tranquila, Ana..., tranquila.

La impresión de haber visto a Candela en su casa junto a Rodrigo y, sobre todo, comprobar cómo él la miraba embelesado habían sido los causantes de aquel malestar. Pero una vez que echó todo lo que tenía en el cuerpo se relajó. Rodrigo, tras sentarla sobre el váter, cogió una toalla, la mojó y se la pasó por la frente y finalmente por los labios. Ana se la quitó de un manotazo.

—¿Estás mejor? —preguntó él.

Ella asintió y se metió un chicle en la boca para paliar el mal sabor.

—¿Qué tal todo? —dijo, pues le era imposible continuar en silencio un segundo más.

—Bien.

—Pensé que estabas enfadado conmigo.

—¿Por qué?

—Porque no he sabido nada de ti en nueve días.

Rodrigo sonrió y se acercó a ella.

—He estado muy ocupado —cuchicheó—. Tengo cosas que contarte.

—¡Anda, qué bien! —se mofó Ana, aunque decidió desviar la conversación—. ¿Has hablado con Calvin?

—Sí..., ya me ha dicho que no se hablan.

Durante unos segundos, conversaron sobre aquellos dos, hasta que Rodrigo soltó:

—¿Qué te parece Candela?

Sorprendida por aquella pregunta, se levantó del váter.

—Una chica normal. ¿Por qué?

—Fue mi novia durante unos años y, aunque llevábamos sin vernos un tiempo, ha sido verla y... No sé qué me pasa, pero me comporto como un idiota.

«Mira, ya somos dos, pero tú por ella y yo por ti», pensó con resignación.

Embobada por aquella confidencia, Ana quiso decirle que su santa madre ya le había contado aquella bonita historia de amor, pero calló. Aunque al notar que las piernas se le doblaban, optó por volver a sentarse en el váter.

—¿Ella te gusta?

—Sí, siempre me ha gustado.

—¿Te apetece retomar lo que tuvisteis?

Rodrigo se apoyó en la pared y murmuró con sinceridad:

—No lo sé. Es preciosa, femenina y divertida, y esos atributos en una mujer me encantan, pero también tengo muy claro que no quiero irme a vivir a Houston y ella regresará en unos meses. Sin embargo, desde que me reencontré con ella en el cumpleaños de Álex, no he podido descansar. Estoy tan confundido con lo que me hace sentir que apenas puedo razonar. Y he pensado que quizá tú me puedas aconsejar sobre qué hacer. Al fin y al cabo, ambas sois mujeres y en algo os pareceréis.

«¡Dios me libre!», pensó Ana mientras se oyó sonar el timbre de la puerta.

—¿Que yo te aconseje?

—Sí.

«Mándala a Houston y mírame a mí», pensó. Pero suspiró y dijo con todo el dolor de su corazón:

—Eso es algo muy personal, Rodrigo.

—Lo sé, y no te lo preguntaría si no fuera porque confío en ti. Mira, tengo que confesarte algo: cuando Candela y yo rompimos fue porque ella no aprobaba que yo quisiera ser bombero y...

—¿En serio?

—Sí. En aquel momento me dijo que nunca estaría con un hombre con un trabajo como el mío porque no podría darle la clase de vida que ella necesitaba. Ella proviene de una buena familia y está acostumbrada a otro nivel.

—Me dejas impresionada.

Pasándose la mano por el pelo, Rodrigo continuó:

—La verdad es que lo pasé fatal, y más cuando supe que dos meses después de acabar con nuestra relación había conocido a otro y se había casado con él.

—¿Se casó con él? —preguntó, a cada instante más sorprendida.

—Sí. Conoció a un empresario americano y, tras la boda, se marchó a vivir a Houston. —Y al ver cómo lo miraba, añadió—: Sé que actuó mal, que fue egoísta e impulsiva. Pero éramos muy jóvenes y, bueno, actualmente está en trámites de divorcio y...

—Y ahora viene a continuar lo que en su momento dejó, ¿no? —Él no contestó—. ¿De verdad me estás diciendo que le vas a dar una nueva oportunidad a alguien que te dejó colgado, que fue una egoísta y no pensó en ti ni un segundo?, ¿a alguien que no aceptó tu trabajo y que fue tan clasista como para dejarte por ello? —Él resopló—. Mira, Rodrigo, si me pides consejo te diré: aléjate de ella porque si lo hizo una vez, lo volverá a hacer. El día en que aparezca alguien mejor que tú no lo dudará y se marchará. Las personas que son así no cambian.

—Pero...

—No hay peros que valgan... ¡No cambiará!

—¿Por qué eres tan tajante y malpensada? Las personas cambian, Ana, y...

—Mi experiencia en estos temas me dice que las personas no cambian. Se engañan a sí mismas y logran engañarte a ti, pero no cambian. Si te digo esto es porque una vez me ocurrió algo, y yo..., bueno..., no te voy a contar mi vida.

Rodrigo se sorprendió por aquella revelación tan íntima, algo que ella nunca hacía.

—¿Qué te ha pasado a ti para que pienses así?

—Nada.

—Sí, Ana —susurró, levantándole el mentón para que lo mirara—. Cuéntamelo.

Atontada por la calidez de aquellos ojos azules y por el momento, Ana asintió y sin saber por qué se llevó la mano a la ceja.

—¿Ves esta cicatriz? —Él asintió—. Pues me la hizo un hombre al que siendo una jovencita le di varias oportunidades porque me gustaba mucho, demasiado.

—¡¿Cómo?! —siseó, furioso—. ¿Quién te hizo eso?

—Tranquilo. Fue hace tiempo y te aseguro que ya está olvidado —contestó, tomándole de la mano—. Warren Follen era un chico encantador y durante un tiempo nuestra relación fue lo mejor que me había pasado nunca. Él veía en mí algo que nadie veía, y me hizo sentir guapa y bonita. Pero un día sucedió algo y lo pagó conmigo. Ese día le perdoné, después de que él me lo suplicó insistentemente y me prometió que eso no volvería a ocurrir. Pero ocurrió más veces. La última, días antes de la boda de mi hermana, y en esa ocasión decidí acabar con la relación porque las personas que no tienen corazón, a mi juicio, no cambian y...

—Ana —susurró Rodrigo, abrazándola—, lo siento.

—No pasa nada. Es un tema superado del que nunca he hablado con nadie y no sé por qué lo he recordado hoy contigo.

—¿Será porque somos amigos?

Ana miró al hombre que la tenía bloqueada como a una quinceañera y asintió.

—Será. —Reponiéndose a aquel momento de debilidad, se separó de él antes de que no pudiera controlar las ganas que tenía de besarlo—. Por eso pienso como pienso y, en cierto modo, soy como soy. Creo que tú y sólo tú debes pensar qué es lo que quieres hacer en relación con Candela. Si quieres volver a darle una nueva oportunidad porque sientes toneladas de mariposistas revoloteando dentro de tu estómago cuando la ves, ¡hazlo! Pero sé consciente de que es una nueva oportunidad, y ándate con ojo.

—¿Tú has vuelto a sentir esas mariposistas?

—Sí.

—¿Y lo intentaste?

Mirándolo con sinceridad, recorrió aquellos hoyuelos que tanto le gustaban y asintió.

—Sí, pero a veces las cosas simplemente no pueden ser.

Rodrigo asintió. Ana le encantaba por su sinceridad al hablar, aunque aquella revelación de lo que le había ocurrido en el pasado le dolía. ¿Cómo podía alguien haberle hecho eso?

De pronto, Nekane entró en el baño en tromba.

—Ana..., no te lo vas a creer, pero acab...

—¡Patoooooooooooooooooo! —gritó Lucy, dando un empujón a Nekane para entrar a abrazar a su hermana.

Boquiabierta al ver a su hermana allí, Ana la abrazó ante la atenta mirada de Rodrigo.

«¡Por Diossssssssssss!, ¿qué hace ésta aquí?»

Su hermana allí sólo podía ocasionar problemas, y al ver que Rodrigo miraba a Nekane con gesto divertido, le susurró rápidamente al oído:

—Nana, habla en francés..., habla en francés.

Lucy se separó de su hermana unos milímetros.

—¿Y por qué tengo que hablar en francés? —preguntó.

Aquella pregunta hizo que Rodrigo centrara en ella toda su atención, y entonces fue cuando Lucy se fijó en aquel enorme y guapo tío, y olvidándose de su hermana y de lo que ésta le había pedido, se retiró con sensualidad el flequillo de la cara.

—¡Hola! Soy Lucy, la hermana de Ana. ¿Quién eres tú?

—Encantado, Lucy. Yo soy Rodrigo —respondió, maravillado por conocer a la hermana de su mejor amiga.

—¿El bombero?

—El mismo —asintió a la vez que Ana y Nekane intercambiaban una mirada. ¡Se iba a liar parda!

Ante aquel asentimiento, Lucy dio un chillido que les perforó los oídos y salió del baño escopetada. Rodrigo se quedó desconcertado. ¿Qué le ocurría a esa mujer? Ana, a punto del infarto, miró a Nekane, y ésta, tras resoplar, dijo con rotundidad:

—Amiga, a lo hecho pecho. En el salón están tu padre y tu madre, además de la loca de tu hermana y Candela. Y siento decirte que ante eso nada se puede hacer.

—¡¿Cómo dices?!

—Lo que oyes...

—¡Ay, Dios! ¡Ay, Dios!

Rodrigo las miró. ¿Qué les ocurría? Pero antes de que pudiera decir nada, Nekane comentó:

—Ana, por el amor de Dios, respira, que te estás poniendo azul.

—¡No puedo!

Sin darle tiempo a pensar, su amiga la cogió de los hombros ante el gesto indescifrable de Rodrigo y cuchicheó:

—Sí que puedes. Vamos, hazlo. —Ana respiró, y Nekane continuó—: Escúchame, el marronazo con ellos y con él va a ser ¡de traca!, pero sólo tienes dos segundos antes de salir al comedor y pensar lo que vas a decir.

Dicho eso se marchó y cerró la puerta del baño, dejándolos a solas. Ana se tocó la cara, abrió el grifo y se echó agua. Después, se puso una cinta en el pelo para retirárselo de la cara. Aquello no podía estar pasando. ¡Sus padres en Madrid! Finalmente, al sentir la presencia de Rodrigo, que la tocó en el hombro, dijo:

—Necesito tu ayuda.

—¿Qué pasa?

—No preguntes, por favor..., por favor..., por favorrrrrrr. Tú sólo sígueme el juego y no saques conclusiones antes de tiempo, ¿vale? Prometo explicártelo todo más tarde, pero ahora sígueme el rollo.

Boquiabierto e intuyendo que algo gordo pasaba, asintió. Un segundo después, Ana abrió la puerta del baño y, extrañado, Rodrigo sintió que lo agarraba con fuerza de la mano y caminaba con decisión hacia el salón. Candela, sorprendida, los vio aparecer. ¿Qué hacían cogidos de la mano?

Y entonces, Ana tomó aire y dijo:

—Mamá, papá, pero ¡qué sorpresa!

—Eso queríamos, cariño —respondió aplaudiendo su madre—: sorprenderte. ¡Ay, mi niña, qué guapa está! —gritó Teresa, emocionada.

Desde las Navidades el carácter de Teresa se había suavizado de una manera tan maravillosa que Ana no pudo evitar sonreír al escucharla. De inmediato, soltó la mano de Rodrigo y la abrazó. Aquel abrazo, a pesar de los pesares, la reconfortó. Después, abrazó a su padre, a su incondicional.

—Cariño, estás temblando —le murmuró su padre al oído.

Estaba asustada por lo que podía pasar. Rodrigo, sin remedio, se iba a enterar de su mentira, y con seguridad, sus padres también, así que aquel buen rollito con todos se acabaría, y eso la hizo llorar.

—Pero, Ana Elizabeth, tesoro, ¿por qué lloras? —preguntó su madre, preocupada.

Nekane, al intuir el porqué, le acercó un kleenex y, antes de volver a su sitio, dijo:

—Últimamente, llora hasta cuando pita el microondas.

Aquella ocurrencia los hizo reír a todos. Candela, molesta por la situación, quiso ponerse al lado de Rodrigo, pero Nekane no se lo permitió. No sabía qué iba a hacer su amiga, pero sí sabía que no debía ni podía permitir que aquélla se acercara a él.

Una vez que Ana se deshizo del abrazo de sus padres, dio un paso atrás y, cogiendo de nuevo a Rodrigo de la mano, dijo:

—Papá, mamá, Nana, os presento a Rodrigo. *Cariño*, ellos son mis padres, Teresa y Frank. A Lucy ya la has conocido en el baño.

Sorprendido por lo de «cariño», la miró, pero finalmente decidió seguir sus instrucciones.

—Encantado de conocerlos.

—El gusto es mío, muchacho —contestó riendo Frank, y le tendió la mano—. Por fin, conozco al padre de mi nieto y al hombre que le ha robado el corazón a mi pequeña.

Rodrigo quiso gritar «¡¿Cómo?!», pero se abstuvo y, con una prefabricada sonrisa en la boca, le dio la mano. Aunque después, con disimulo, miró a Ana, que estaba pálida a su lado. ¿Qué era eso de que era el padre de su bebé?

Tras el saludo del padre llegó el de la madre, y después de darle un par de besos y convencerse de que aquel muchacho era mejor de lo que ella había pensado en un principio, como si de un chiquillo se tratara, le pellizcó en el carrillo.

—¡Ay..., pero qué guapo es mi yerno! ¡Y qué ojazos azules más bonitos tiene!

—Gracias, señora —consiguió balbucear.

La mujer, aún impresionada por la pareja de su hija, se retiró con coquetería el pelo de la cara y se acercó más a él.

—¡Oh, por Dios!, que soy tu suegra. Llámame Teresa.

Sin salir de su impresión por todo lo que estaba sucediendo, Rodrigo movió la cabeza.

—De acuerdo, Teresa.

Lucy, divertida por ver la turbación de su madre ante un pedazo de tío tan imponente, para atraer la mirada de su hermana, gritó:

—¡Pato!, ¡enséñame la barriguita!

Ana, como una autómata, se subió la camiseta y dejó al descubierto la barriga. Se oyó un ¡oh! general antes de que Rodrigo, totalmente confundido, repitiera:

—¡¿Pato?!

Ana y Nekane soltaron una risotada nerviosa, y Lucy contestó:

—Lo de Pato es un mote que le puse cuando dábamos clases de ballet. Ana era un auténtico pato, y lo más gracioso, ¡a ella le gustaba!

Ana rió. Recordar aquella época la hacía feliz.

—Ni caso, hijo —intervino Teresa—. Nunca entenderé por qué, con los nombres tan bonitos que tienen, se empeñan en llamarse Pato y Nana. —Y mirando a Candela, que no había abierto la boca en todo aquel tiempo, preguntó—: Y esta jovencita tan guapa, ¿quién es?

Nekane miró a Ana, y ésta, aún de la mano de Rodrigo, respondió:

—Mamá, ella es Candela, una buena amiga de Rodrigo y mía. Vive en Houston, pero estos días está de visita en Madrid y hoy ha venido a verme.

Teresa, emocionada, se acercó a la jovencita y le dio dos besos.

—Encantada de conocerte, guapa. Me gusta ver que mi hija tiene amigas tan estupendas que se preocupan por ella durante su embarazo.

La joven asintió, aún patidifusa. Lo que acababa de descubrir era muy fuerte. ¿Rodrigo y esa chica iban a ser padres? Incapaz de permanecer un segundo más allí, decidió salir por patas.

—Ha sido un placer conocerlos, pero he de marcharme. Tengo una cita dentro de media hora y debo irme ya si quiero llegar.

Rodrigo quiso moverse, pero Ana, apretándole la mano, lo detuvo. Aun así él dijo:

—Yo te llevaré, Candela.

—No hace falta, Rodri —rechazó la joven—. Cogeré un taxi.

Rodrigo quería hablar con ella y aclararle las cosas.

—Insisto: te llevaré.

Pero la joven ya había sacado sus propias conclusiones y se negó en redondo.

—Te lo agradezco, pero tu sitio está aquí con Ana y tus suegros.

«Joder», pensó, molesto. No quería que se fuera sin antes hablar con ella.

—Toma tu abrigo, *Cande* —la animó Nekane, empujándola—. Y venga..., venga, vete antes de que llegues tarde a tu cita.

Molesta, Candela cogió su abrigo de piel de zorro. Sintiéndose desconcertado, Rodrigo fue a moverse, pero Ana no estaba dispuesta a dejarlo marchar sin darle una explicación, así que le echó los brazos al cuello y, tras darle un rápido beso en los labios que lo turbó, dijo:

—Cariño, Candela tiene razón. Quédate con nosotros. Papá y mamá han llegado...

—Directitos desde Londres para conocerte —añadió Lucy.

A cada instante más descolocado, Rodrigo clavó su mirada en Ana.

—*Cielo*..., ¿no me dijiste que tu familia era de Marsella?

—¿Marsella? —repitió Ana riéndose y tocándose la oreja. Y dándole un nuevo beso en los labios, le aclaró—: Debiste de entenderme mal. Papá y mamá viven en Londres.

Admirado por la poca vergüenza de Ana, finalmente asintió mientras con el ceño fruncido veía desaparecer a Candela.

—Vale, *cariño*, debí de entender mal

—Pero ¡qué buena pareja hacéis! —gritó de pronto Lucy—. Y aunque esté mal decirlo, hermanita, qué razón tenías cuando dijiste que Rodrigo era un bombonazo de hombre.

Incapaz de permanecer un segundo más callado, Rodrigo miró a la supuesta madre de su hijo, levantó una ceja y preguntó:

—¿Tú dijiste eso de mí?

—¡Oh, sí! —asintió Lucy antes de que su hermana pudiera hacerla callar—. En Navidades, cuando nos dijo lo de su embarazo, te describió como el hombre de sus sueños: guapo, atento, caballeroso, trabajador. Vamos..., todo lo que Pato siempre había buscado.

—¿Desde Navidades saben de mi existencia y tú no me lo has dicho, *cariño*? —preguntó Rodrigo, a cada segundo más descompuesto.

«¡Dios mío!, desintégrame», pensó, horrorizada, ante la mirada de él.

—No te preocupes, Rodrigo —lo tranquilizó Frank, tocándole el hombro—. Para mañana he reservado mesa en Horcher a las dos. Estoy seguro de que en esa comida nos pondremos al día de muchas cosas.

—¡¿Mañana?! —preguntó Ana.

—Sí, mañana —asintió con rotundidad Teresa, mirando a su hija—. Tenemos que hablar de la boda de Lucy y necesitamos saber cuándo tenéis pensado llegar a Londres para organizar una cena con nuestros amigos y así poder presentarles a Rodrigo.

«Te voy a matar», pensó él, apretándole la mano.

Avergonzada y sin saber adónde mirar, Ana quería que se la tragara la tierra. No soportaba las sonrisas de sus padres y de su hermana, ni la mirada de susto de Nekane, y menos aún la turbación de Rodrigo. Se sentaron, dispuestos a tomar algo. Ana y Nekane, como anfitrionas, fueron al frigorífico a por algunas bebidas.

—¡Joder!, ¡joder! —murmuró Nekane.

—Calla...

—Pero ¿tú has visto la cara de Rodrigo? —insistió Nekane.

—¡¿Tú qué crees?!

—Pobrecillo, vaya marrón que se está comiendo.

—¡Ay, Neka! ¡Me va a matarrrrrrrrrrr!

—Normal. En menudo embolado le has metido. Ya es demasiado que el hombre esté aguantando el tirón sin delatarte.

Con disimulo, Ana miró por encima de la puerta abierta del frigorífico y vio cómo su padre hablaba con Rodrigo, y éste, con toda la naturalidad que podía, le respondía.

En ese momento, a Rodrigo le sonó el teléfono y, tras comprobar la llamada, torció el gesto y lo apagó. Sin necesidad de preguntar quién era, Ana lo supo. Era Úrsula. Seguro que Candela ya le había contado lo ocurrido.

Sobre las siete de la tarde, agotados por el día que llevaban, los padres de Ana y su hermana decidieron marcharse. Nekane, consciente de que Ana y Rodrigo tenían que hablar, se ofreció a llevar en su coche al hotel a Frank, Teresa y Lucy. En un principio, se negaron, pero finalmente venció la navarra. A cabezona era difícil de ganar. Una vez que la puerta de la calle se cerró, un silencio sepulcral tomó la casa. Ana aún estuvo un rato mirando la puerta, aunque sabía que Rodrigo la observaba. Así pues, consciente de que no había salida, se volvió y susurró a duras penas:

—Te lo explicaré.

Fuera de sí, Rodrigo se acercó a ella y, en actitud intimidante, la cogió del brazo para sentarla en el sofá.

—Por supuesto que me lo explicarás. Vamos a ver, el niño, ¿es mío o no? Porque si mal no recuerdo el día que me enteré de tu estado me juraste y perjuraste que el bebé no era mío, y hoy, de pronto, tus padres y tú, ¡en mi cara!, decís todo lo contrario.

—Vale...

—¿Es mío o no?

—Escúchame...

—No, escúchame tú a mí —la cortó, furioso—. Creí que éramos amigos, pero me estoy dando cuenta de que ser amigo tuyo es imposible. Ahora sólo dime lo que quiero saber para que me pueda marchar.

Incapaz de controlarse, Ana comenzó a lloriquear. Aquélla era una terrible confusión de la que ella, y únicamente ella, era culpable.

Aún no entendía por qué había mentido así, pero lo había hecho y ahora tenía que salir de esa situación.

A Rodrigo se le partió el alma al verla llorar, pero estaba tan ofendido por todo lo ocurrido que no se movió ni la abrazó. Deseaba saber la verdad, y hasta que ella confesara, su actitud no iba a cambiar.

—Ana, estoy esperando tu respuesta —insistió.

La joven asintió y, tras coger un nuevo kleenex de la caja que había sobre la mesa de delante del televisor, se secó las lágrimas, se sonó la nariz y, con un hilo de voz, dijo:

—Rodrigo, no te he mentido. El bebé no es tuyo. Pero...

—Pero ¡¿tú estás loca, o qué coño te pasa?! Si el bebé no es mío, ¿por qué les has dicho a tus padres que sí lo es?

—¡Porque necesitaba una bonita historia y un buen padre, o ellos sufrirían! —gritó, descolocándolo—. No tenía intención de tener este bebé, pero..., pero de pronto algo cambió en mí y, sin pensarlo, les confesé que estaba embarazada, y no sé por qué cuando ellos me preguntaron por el padre te nombré a ti. Bueno..., sí lo sé. No les podía decir que el padre es un suizo de nombre Orson del que no conozco nada más. Si les decía eso, les haría daño, en especial a mi madre, y no quise. En cambio, pensé en ti, y al ser un hombre fuerte, con carácter, guapo y con una profesión extremadamente varonil, se me nubló la mente y..., y... yo me inventé que éramos pareja y que este bebé era algo deseado para los dos, y...

—¡Joder!

—Nunca pensé que te enterarías. Creí que sería una pequeña mentira que luego yo desmentiría, y entonces yo...

—Una pequeña mentira —siseó—. Decir que yo soy el padre de tu hijo, ¿es una pequeña mentira?

—Aunque no me creas, te juro que cuando lo hice lo vi así.

—¡Joder, Ana!, si eso para ti es una pequeña mentira, no quiero ni pensar qué será para ti una GRAN mentira.

—Lo sé..., pero yo...

—Pero ¿tú te has percatado del lío en el que me has metido con tu familia y con la mía? —Y enseñándole el móvil, gritó—: ¡Tengo cuarenta y ocho llamadas perdidas de mi madre, que lógicamente, alertada por la pobre Candela, espera una explicación! ¡Joder, Candela! Pero ¿cómo has podido hacerme esto?

—Te prometo que lo solucionaré. Hablaré con Candela y...

—¡Oh..., por supuesto que lo harás! —asintió, ofuscado—. Y también solucionarás lo de tus padres. Quiero que les digas que yo no soy el padre y...

—¡No puedo!

—Sí puedes.

—No.

—Muy bien. Lo haré yo. Iré a su hotel y lo haré —aclaró, cogiendo su abrigo.

Rápidamente, Ana se interpuso en su camino.

—No se lo digas. Te prometo que yo se lo diré, pero en su momento.

—¿En su momento? Pero ¿has perdido la cabeza?

—Por favor, Rodrigo, no les digas nada. Mamá padece del corazón —mintió, tocándose la oreja— y un disgusto así... —Al ver que había conseguido su total atención, prosiguió—: Te prometo que cuando pase la boda de Nana, les diré que hemos roto y que el bebé no es tuyo; pero, por favor, dame tiempo.

—Otra cosa más —dijo él, airado, tirando el abrigo contra el sofá—: no pienso ser tu acompañante en la boda de tu hermana. Por lo tanto, ya puedes estar solucionando ese tema también.

—Por favorrrrrrrr...

—No... —Y llevándose las manos a la cabeza, gritó—: Pero ¡a ti te falta un tornillo o la caja entera!

Tras unos segundos de silencio en los que Ana fue consciente de lo mal que lo había hecho y de lo guapo que estaba Rodrigo aun estando enfadado, murmuró:

—Indudablemente, me falta la caja entera, pero necesito tu ayuda. —Y se acercó a él hipando todavía—. Perdóname, Rodrigo. Precisaba un hombre bueno, que fuera responsable y creíble, para proporcionarle un bonito padre a mi bebé. Sé que no lo entiendes, pero...

—Por supuesto que no lo entiendo. Con todos los hombres que hay en el mundo y justo tienes que elegirme a mí como padre de ese jodido bebé.

Aquel tono despectivo que había empleado al referirse a su hijo a Ana le cortó el hipo. ¿Qué había dicho? Y sin importarle lo que pudiera ocurrir, se lanzó contra él con todas sus fuerzas, y ambos cayeron sobre el sofá. Rodrigo la miró, sorprendido, pero antes de que pudiera decir nada, ella siseó:

—Nunca más vuelvas a hablar de mi gusarapo con ese desprecio, o te juro que te arranco un ojo y después el otro. Comprendo que yo puedo ser una imbécil, una descerebrada, una mentirosa, una lianta, puedo ser todo lo que tú quieras, pero mi bebé no es nada de eso, ¿entendido?

Rodrigo asintió mientras sentía el cuerpo de ella pegado al de él. Durante unos segundos se miraron a los ojos, pero ninguno habló, hasta que Ana, hechizada por aquellos ojazos azules y con las hormonas revolucionadas por la cercanía, no lo dudó y se arriesgó. Acercó sus labios a los de él y, sin poder refrenar lo que sentía, le besó. Atónito por lo que ella hacía, Rodrigo la separó.

—¿Qué estás haciendo?

Pero ella no respondió. Y con una fuerza que lo dejó sin palabras volvió a posar su boca sobre la de él y se la devoró. Le mordió los labios con tal ímpetu que al final Rodrigo se rindió y respondió. Ana enredó sus dedos en el cabello, y aquel simple acto, unido a cómo devoraba su boca, a Rodrigo lo excitó. Desde aquella única noche de pasión, no habían vuelto a intimar tanto, pero ambos, sin hablarlo, sabían que eran temperamentales y exigentes en las distancias cortas. Y por ello, Rodrigo no lo había vuelto a intentar. Para él Ana era demasiado importante como para echar un polvo y después rehuirla. Ana era diferente. Era especial. Por ese motivo, al ser de pronto consciente de lo que estaba haciendo, se movió dispuesto a acabar con aquello.

—No te vayas —pidió Ana a escasos centímetros de su boca.

—Ana, no podemos...

Ella observó sus facciones tensas, pero no cedió. Lo deseaba y quería ser deseada por él. Así, reuniendo toda la astucia femenina que sabía que tenía, le pasó su juguetona lengua por el labio inferior y, tras mordérselo, susurró con seguridad:

—Sí..., sí podemos.

Y sin darle tiempo a rechazarla, saqueó su boca y lo incitó a que probase con voluptuosidad la suya, y lo consiguió. Una punzada de placer lujurioso se condensó en el estómago de Rodrigo e, incapaz de no dejarse llevar por el momento, gimió al notar cómo las manos de ella agarraban su jersey blanco y se lo quitaba dejándolo desnudo de cintura para arriba.

—Para —insistió él.

—No.

Sin importarle absolutamente nada, Ana, con mimo, tocó los duros y cálidos hombros y después se los besó, mientras percibía cómo poco a poco él se avivaba y comenzaba a tocarla. Sin parar y dispuesta a disfrutar de él, vertió un reguero de dulces y sensuales besos en su cuello ansiando que fueran devueltos. Tumbada sobre él, se sintió poderosa, ardiente y enérgica, y con una voz que a él le hizo temblar, le exigió:

—Tócame.

Encendido por lo que estaba ocurriendo, Rodrigo la asió por la cintura y, aún con ella encima, se sentó en el sofá. Aquello era una locura. ¿Qué estaba haciendo? Sintiéndose incapaz de parar lo que ella había comenzado, le quitó la cinta del pelo para que le cayera en la cara, y ella sonrió con dulzura. Aquella sonrisa, sin saber por qué, lo hizo vibrar, y cuando ella colocó sus pequeñas manos en las mejillas de él y lo besó, derribó todas las defensas.

—Ana —masculló, haciendo un último intento—, detente o no podré parar. Si continúas así, no voy a ser capaz de...

—No quiero que pares —gimió ella al notar entre las piernas la dura excitación de él—. Te deseo y necesito que sigas.

Finalmente, Rodrigo se rindió a lo inevitable, y no pudiendo pensar ya con otra cosa que no fuera lo que tenía entre las piernas, agarró la nuca de ella para acercarla a él y la besó, mientras con la otra mano tocaba la suavidad de sus muslos desnudos. Su olor a melocotón, su voz y aquella dulce mirada eran todo lo que él había necesitado para que sus instintos animales se despertaran y pidieran más.

A Ana sentir aquel instinto de posesión la volvió loca. Rodrigo ardía, y la calidez de sus manos y su boca la estaban perturbando. Toda ella temblaba e incluso respiraba desacompasadamente, pero no se asustó. Todo aquello se lo provocaba él, Rodrigo, el hombre al que deseaba y que por fin volvía a tener a su merced. Movió las caderas sobre él, consiguiendo que aquel portentoso miembro viril se endureciera más y más, y cuando sintió un calor sobrehumano entre ellos, gimió.

Ambos respiraban con dificultad, y cuando creía que iban a explotar de deseo, Rodrigo, de un tirón, le rompió las bragas con una maestría que a ella la dejó patitiesa y, exigente, la tocó. Sentir su mano caliente y segura sobre su sexo hizo que gimiera de nuevo.

—Esto no está bien —susurró él a escasos milímetros de su boca—. Podemos hacer daño al bebé.

—No..., no le hacemos daño. —Y atizada de deseo se quitó la camiseta larga que llevaba y, sin pensar en la pequeña tripa que se erguía entre ellos, murmuró completamente desnuda—: Según mi ginecóloga, si yo soy feliz..., el bebé también lo será.

—¿Seguro? —preguntó él, sorprendido.

Nunca había hecho el amor con una mujer embarazada y las dudas podían con él.

—¡Aja! Por lo tanto, sigamos y hagámoslo feliz.

Incapaz de negarse a sus deseos, Rodrigo se abrió el vaquero y tras sacar su duro y excitado pene, lo posicionó entre las piernas de ella y lo hundió con cuidado. No quería dañarla. Aquella delicadeza a ella la emocionó. Aquel picaflor que iba de mujer en mujer en busca del más puro placer sexual, ante ella se mostraba como un delicado amante, y eso le gustó.

Al estar sentada a horcajadas en el sofá sobre Rodrigo, éste bajó la mirada a los pechos que ante él se bamboleaban, pero sus manos se pararon sobre la prominente tripa redonda de Ana. Al agarrarla por la cintura sus manos se curvaron para sujetarla con cuidado y ayudarla en su misión de entrar y salir. Ana, al sentirse llena por él, cerró los ojos y echó la cabeza hacia atrás. De pronto, toda la tensión acumulada durante días y meses desapareció para dar paso a un reguero de placer inmenso que disfrutó. Dominando la situación, abrió los ojos y, conectando con la mirada de él, movió las caderas de adelante hacia atrás en busca de su propio placer, y lo consiguió. Eso hizo que suspirara.

—¿Todo bien? —preguntó él.

No pudiendo ocultar lo feliz que se sentía por la locura que estaba haciendo, con un erotismo que a él le resecó hasta el alma, susurró:

—Maravillosamente bien.

Rodrigo, controlando sus instintos más primitivos y en especial su deseo implacable y hambriento de empujar en busca de su goce, apoyó la cabeza sobre el sofá mientras unos escalofríos de placer lo tensaban y destensaban a cada movimiento de ella. De nuevo sus ojos bajaron hasta aquella barriga pequeña y redonda, pero finalmente el bamboleo de los pechos atrajo su atención y los tomó con las manos. Eran suaves y apetitosos al tacto, y acercando la boca a uno de ellos, lo chupó.

La marea de fuego abrasador que Ana le estaba haciendo sentir con su sensualidad, su exigencia y su erotismo era algo que nunca había experimentado, y cuando la vio estremecerse y la oyó gemir al llegarle el orgasmo, una locura ardiente se apoderó de él, y perdiendo el control, la agarró por las caderas y se hundió en ella hasta que tras un gutural gruñido de placer la soltó.

«¡Sí! ¡Oh, sí! ¡Síiiiiiiiiiii!», pensó ella.

«Increíble», pensó él.

Acabado el baile de sexo y lujuria, ninguno habló. ¿Qué podían decir ante lo que acababa de ocurrir? Desnuda entre sus brazos, Ana fue consciente de lo que había provocado, e incapaz de moverse, esperó acontecimientos. Con seguridad, los reproches regresarían, y él no recordaría nada de lo ocurrido instantes antes. Rodrigo, con la respiración aún entrecortada, respiraba con dificultad, con la cabeza apoyada en el sofá, mientras sentía el cuerpo de la joven sobre él. ¿Por qué no se había resistido? Ella era Ana, su amiga, no una de las mujeres con las que él se divertía. Cuando abrió los ojos se fijó en *Miau*, el gato, que frente a ellos había sido testigo de su inconsciencia.

«¡Joder!, ¡joder!, ¡joder!», pensó, y alejando a Ana de su cuerpo, hizo que lo mirara.

—Pero estamos locos. ¿Qué hemos hecho?

Sin responder, ella cogió rápidamente su camiseta larga de Custo y se la puso. Al ser consciente de la verdad sobre su cuerpo y ver el desconcierto en la mirada de él, le dolió y se mostró dispuesta a cargar con todo.

—He sido yo. Yo te he provocado. Pero..., pero es que las hormonas me tienen descontrolada, y yo..., yo... no sé...

—¿Ahora le echas la culpa a tus hormonas?

Como si de una pluma se tratara, se la quitó de encima y, levantándose del sofá con gesto de enfado, Rodrigo cogió un kleenex de la caja y se limpió. Y ante la atenta mirada de la joven que acababa de hacerle sucumbir a sus encantos, dijo mientras se subía la cremallera del pantalón:

—No haces más que utilizarme y...

—Yo no te he puesto una pistola en el pecho —cortó ella.

Entonces, él se sintió el ser más infame del mundo. Podría haber parado aquello, pero simplemente se había dejado llevar por el momento y por ella. Pero no estaba dispuesto a dar su brazo a torcer.

—Olvidemos lo que acaba de pasar, ¿de acuerdo?

—Olvidado, pero tengo que confesarte algo para acabar con todos los malentendidos entre tú y yo, o...

—¿O qué? —siseó, molesto.

—¡O no voy a poder dormir tranquila el resto de mi vida! —gritó, mirándolo fijamente. Y sin saber por qué, dijo—: Necesito decirte que me gustas. Me atraes y me pones. Para mí eres un pata negra. Lo más alto con lo que me he encontrado en la cadena alimentaria de ligues, y... necesito confesarte que me encantas desde el primer día que te conocí y...

—¡Basta, Ana! —bramó. No quería pensar en lo que ella decía y, enfadado, le preguntó—: Pero ¿qué tonterías estás diciendo?

—Estoy siendo sincera contigo.

Moviéndose por el salón como un león enjaulado, él insistió:

—Tú y yo sólo somos amigos. Tú lo dijiste. Tú lo propusiste. Si mal no recuerdo, dijiste que podíamos ser amigos del alma. Sólo amigos y...

Se sintió abatida por lo que él decía tras el maravilloso rato que habían pasado juntos.

—Lo sé..., sé lo que dije y te mentí. Día a día me he ido colgando de ti. Sé que tú no sientes nada por mí, lo sé, pero yo necesitaba decírtelo.

Boquiabierto por todo lo que estaba descubriendo aquella tarde, el bombero se hizo a un lado y sentenció, airado:

—Por supuesto que yo no siento nada por ti y, antes de que sigas, quiero que sepas que las contadas veces que hemos tenido relaciones sexuales han sido para mí ¡sólo sexo! —Una punzada de dolor le cruzó la cara a la joven, y él, sin percatarse, continuó—: No me atraes como mujer ni como pareja; sólo como amiga. Además, estás esperando un hijo que no es mío, ¡joder! —Molesto por lo que estaba diciendo, miró a la joven, que sin cambiar su gesto lo miraba a su vez—. Olvida la tontería esa de que sientes algo por mí. Entiérralo. Porque entre nosotros nunca existirá nada más que amistad.

Aquella orden tan tajante hizo que a Ana le diera un vuelco el corazón. Pero ¿qué había hecho? ¿Por qué se le había declarado? Y dispuesta a acabar con aquella humillación tan bochornosa, sonrió.

—Por eso no te preocupes. Llevo tiempo olvidándome de ti.

Tocándose con pesar la cabeza, Rodrigo no sabía qué hacer. Una parte de él quería ser comprensivo y amable con ella, pero otra parte le gritaba que se alejara cuanto antes o lo lamentaría. Finalmente, se decidió por la segunda opción y, tras ponerse el jersey, cogió el abrigo que seguía tirado en el sofá y se acercó a ella.

—Ana, siento haber sido tan brusco contigo con respecto a tus sentimientos, pero...

—No me avergüences más —lo interrumpió—. Ha quedado todo muy claro.

Él asintió, mirándola.

—Lo que ha ocurrido hoy no puede volver a ocurrir, ¿entendido, Ana?

—Tranquilo. No sucederá.

—Pero ¿cómo has podido permitirlo? —preguntó, enfadado, al verla tan sumisa—. ¡Estás embarazada, joder!

«Te lo acabo de decir, so memo. Porque te quiero, y es verte y nublárseme el sentido», quiso gritarle, pero encogiéndose de hombros, torció la boca y respondió:

—Necesitaba sexo. Mis hormonas me lo pedían y...

—Y claro... —protestó él sin querer ahondar en el tema— aquí estaba yo, el gilipollas de turno para darte el gusto, ¿no? Y encima ¡sin preservativo!

—¡Dios mío!, ¿me habré quedado embarazada? —se mofó.

Al percibir la dura mirada de él, Ana se calló. Es más, tuvo que hacer esfuerzos para no reír por lo absurdo de la situación. Ella se acababa de declarar, había abierto sus sentimientos, y él, como el que oía llover. ¡Qué insensibilidad!

Rodrigo blasfemó al ver su guasa. Y deseoso de acabar con aquello, la miró con gesto serio y soltó:

—En cuanto a nosotros, repito, nunca habrá nada excepto amistad. —Pesarosa, pero con decisión, la asintió—. Y en lo referente a *tu* embarazo y *tus* padres, no voy a entrar en tu juego. Por lo tanto, mañana en esa comida que supuestamente teníamos con ellos, a la que yo no voy a asistir, por *tu* bien y el de *tu* bebé diles la verdad.

—Por favor —suplicó Ana, cambiando su gesto—. Ven mañana. Yo te prometo que se lo diré otro día y...

—No, Ana.

—Por favorrrrrrrrr.

—Que no. No te voy a ayudar. Cuanto antes resuelvas este absurdo problema, antes acabará.

Y sin decir nada más, aquel hombre que minutos antes la había besado con pasión y que le había hecho el amor con extrema dulzura, se dio la vuelta y se marchó. Aún acalorada por lo que acababa de suceder, sin querer pensar en lo que al día siguiente iba a pasar, se fue a su habitación y se puso unas bragas nuevas. Cuando regresó al salón, al ver que su gato la observaba, murmuró:

—*Miau*, no soy tonta..., soy lo siguiente.

Al día siguiente, tras una horrorosa noche en la que Ana rememoró una y otra vez lo ocurrido con Rodrigo sobre el sofá, mientras desayunaba, Nekane salió de su habitación con su sempiterno cardado y su pelazo suelto. Ambas se miraron, y Ana sonrió.

—No sé de qué te ríes —protestó su amiga—. Si yo fuera tú haría de todo menos sonreír.

Ana se encogió de hombros. Su amiga tenía razón, pero era recordar lo ocurrido el día anterior sobre el sofá donde estaba sentada y simplemente eso la hacía sonreír. Nekane metió su café en el microondas y se quedó mirando fijamente cómo la taza daba vueltas en el interior. Cuando pitó, sacó el café y se sentó junto a Ana en el sofá para desayunar. Tras unos momentos de silencio, Nekane, incapaz de seguir callada, dijo, cogiendo una galleta:

—Vamos a ver, ¿me vas a dorotear que pasó ayer con Rodrigo cuando yo me fui, o te lo tengo que sacar a guantazos?

Ana sonrió de nuevo y, tras meterse una galleta en la boca, susurró:

—Fue flipante, Neka... Lo besé, me besó, me lancé, me arrancó las bragas y lo hicimos sobre el sofá. ¡Oh, Dios! ¡Fue colosal

A la navarra se le cayeron la galleta y la mandíbula, y abriendo descomunalmente los ojos, preguntó:

—¡¿Cómo?!

—Que lo hice. Me convertí en una loba y me lo tiré.

—Pero por el amor de Diosssssss..., ¿te has vuelto loca?

—Sí.

—Pero ¡si estás embarazadísima!

—Lo sé. Y reconozco que las hormonas me están matando..., pero de deseo —ironizó.

Nekane se levantó del sofá y lo señaló.

—Aquí..., en este sofá lo hicisteis. —Ana volvió a asentir, y la otra, sentándose en el butacón, murmuró—: Nunca más podré sentarme en ese sofá.

—Tranquila, ya lo he limpiado. Y para que veas adónde llegó ayer mi nivel de melocotón loco, le confesé que me gustaba y...

—*Lamadrequetepariócoooooooooooo*...

—Lo sé, lo sé..., he cometido la mayor tontería del mundo mundial. Le he dicho al tío que me tiene almendrada que me muero por sus huesitos, y él, a cambio, me ha dicho que me olvide de él porque no le atraigo nada como mujer y que ¡nunca! va a haber entre nosotros nada que no sea amistad. Vamos..., que no le pongo ni un poquito.

—*Lamadrequeloparióoooooooooooo*, ¿eso te dijo?

—¡Ajá!, como te lo estoy contando.

—¿Y no le hiciste tragar el bote entero de Evacuol? —Ambas rieron, y finalmente, Nekane volvió a preguntar—: Vale, ¿tú qué hiciste?

—Nada. ¿Qué iba a hacer? Sonreír, disimular y asumir. No me queda otra. Pero mira, nadie me quitará lo bien que me lo pasé ayer sobre este sofá. Me sentí sensual, perversa y dueña de mis actos. Y sabes lo que te digo, ¡que me quiten lo *bailao*!

A las dos menos cinco, Ana llegó a la puerta del restaurante Horcher, en la calle Alfonso XII, y toda la guasa que había tenido por la mañana se esfumó de un plumazo. Debía ser sincera con lo que iba a decir, y aunque sabía que su hermana la apoyaría, temía la reacción de sus padres; especialmente, la de su madre. Le dolía pensar en su gesto al descubrir que les había mentido y, sobre todo, al saber que su nieto era fruto de la lujuria y el desenfreno. Pero dispuesta a acabar con aquello de una vez, se tocó la tripa y antes de entrar pensó: «Tranquilo, gusarapo. Todo saldrá bien».

Al acceder al lujoso restaurante, Ana dio su nombre a un hombre de mediana edad con una encantadora sonrisa, y éste la guió hasta el salón principal y le comunicó que varios familiares ya estaban allí.

Cuando Ana vio a sus padres y a su hermana sentados y felices, al fondo, en una mesa redonda, al lado de una ventana, el estómago se le contrajo, pero incapaz de parar el paso continuó. Su padre, al verla, se levantó rápidamente y la besó. Tras saludar a su hermana y su madre, Ana se sentó.

—¿No viene contigo Rodrigo? —preguntó Teresa.

—Ya llegará, mamá —mintió.

Había decidido darle diez minutos de cortesía. Si pasado ese tiempo no llegaba, entonces no le quedaría más remedio que decirles la verdad.

—¿Dónde está? —insistió su madre.

—Trabajando. ¿Dónde va a estar?

El camarero llegó para preguntarle a Ana qué deseaba beber, y ésta pidió una agua sin gas. Una vez que se marchó, Frank, su padre, dijo:

—Quiero que sepas, cariño, que Rodrigo ayer me cayó muy bien. Se le ve que es un hombre que se viste por los pies.

—Eso sin contar con que es impresionantemente sexy. ¡Qué guapo, Pato! Qué buen gusto tienes para los hombres.

—Lucy Marie, por favor, no seas ordinaria —la regañó su madre. Pero con picardía añadió—: Cuando se lo presente a mi amiga Greta, os aseguro que le dará algo. ¡Qué ojos! ¡Qué apariencia!

—¡Y qué cuerpo! —finalizó Lucy, haciendo sonreír a su hermana.

Ana asintió, y durante un buen rato estuvo oyéndolas hablar sobre Rodrigo. Pasado un tiempo, con disimulo, miró el reloj. Las dos y diez. «Cinco minutitos más», pensó. Pero pasado ese tiempo lo asumió: Rodrigo no iba a aparecer. Mientras su hermana y su madre hablaban sobre los preparativos de la boda, Ana se sintió fatal. Debía darles una fea noticia y no sabía cómo.

—Cariño, ¿te encuentras bien? —preguntó Frank, mirando a su hija.

—Sí, papá. Sólo es que tengo un poco de sed.

—Toma, bebe un poco de agua —indicó él, mirándola con orgullo.

Las dos y veinte. Aquello no tenía remedio. No podían continuar esperando a alguien que no iba a aparecer. Por ello, tras aclararse la garganta, Ana los miró y, retirándose el flequillo de la cara, dijo alto y claro:

—Tengo que deciros algo.

Los tres la miraron, y ella prosiguió mientras pensaba si habría en el restaurante sales para reanimar a su madre tras su segurísimo desmayo.

—Bueno..., ya sabéis que vais a ser abuelos y tía..., y bueno, el caso es que os tengo que aclarar algo muy importante para vosotros. Si digo *vosotros* es porque para mí no es importante, pero entiendo que para vosotros sí lo es y...

—¡Ay, Pato! —protestó su hermana—, quieres hacer el favor de decir lo que tengas que decir y dejar de dar vueltas al asunto.

—Si me cortas —se quejó Ana—, tengo que volver a empezar de nuevo y...

—Disculpad el retraso —dijo de pronto Rodrigo, tocando el hombro de Ana—, pero es que no he podido salir antes.

Al oír su voz, Ana saltó. ¡Había ido! ¡Rodrigo había ido! Levantó la vista para mirarlo, y él, con una sonrisa, se agachó y, tras darle un rápido beso en los labios, susurró:

—¡Hola, *cielo*!

Sonrió como una tonta y fue tal la emoción que al mover la mano tiró el vaso de agua sobre el mantel. Rápidamente, llegó un camarero y se ocupó del estropicio mientras todos saludaban a Rodrigo. Ana creía estar flotando en una nube rosa de algodón. ¡Yupi, había ido!

La comida transcurrió con normalidad. Rodrigo se mostró encantador con todos, y con ella, fue cariñoso y atento. La felicidad que Frank veía en el rostro de su hija le llegó al alma. Siempre había deseado que un buen hombre la quisiera, y parecía que por fin su bonita hija lo había encontrado. Teresa y Lucy, como bien sabía Ana, cayeron directamente a los pies de Rodrigo. Éste, con un par de adulaciones y frases efectivas, las tenía ya en el bote. Sin embargo, todo se complicó en el momento de hablar de la boda de Lucy, cuando Rodrigo dijo que quizá no podría ir.

—Tienes que venir —insistió Teresa—. Nuestros amigos deben ver a nuestra hija acompañada por el padre de su hijo, o los cuchicheos se propagarán por todo Londres.

—Mamá —protestó Ana—, qué más da lo que diga la gente. Lo importante es lo que vosotros penséis y...

—Esta vez apoyo a tu madre —cortó Frank, sorprendiéndola—. Acepto que no estéis casados, pero no acepto que el día de la boda de tu hermana aparezcas sola ante todos. Piénsalo.

—Papá, no me seas antiguo, por favor.

—Escucha, Ana Elizabeth —insistió su madre—, no es cuestión de que seamos antiguos, pero tanto tu padre como yo queremos que todo el mundo vea que nuestra embarazadísima hija está feliz y con su pareja al lado. Por cierto, y ahora que estamos en familia, ¿algún plan de boda? Lo digo porque como me lo preguntarán, para saber qué decir.

Rodrigo saltó de la silla, y Ana, al percatarse, le puso la mano en la pierna, pidiéndole tranquilidad. Él la miró, y por primera vez fue consciente de que cada vez que ella iba a decir una mentira, se tocaba la oreja, y lo corroboró al instante.

—Mamá, lo de la boda lo hemos hablado, pero de momento sólo es una idea, nada más.

Rodrigo apenas podía tragar. Pero ¿qué decía aquella inconsciente?

Ajena a lo que él pensaba, Teresa tocó la mano de su hija y, tras darle dos dulces golpecitos, murmuró:

—Vale..., lo entiendo, hija. No creo que lucieras muy bien en un vestido de novia tal y como te estás poniendo.

—Vaya..., mamá, gracias —se mofó Ana.

Tras aquello, la conversación se relajó. Frank y Lucy comenzaron a bromear y, finalmente, Rodrigo y Ana, olvidando sus tensiones, sonrieron. No obstante, al aparecer Matías Prats, el conocidísimo presentador de Antena 3, y dirigirse con cordialidad a Frank, Rodrigo se quedó asombrado. ¿De qué se conocían? En busca de una explicación, el bombero miró a Ana, pero ésta, al ver cómo la miraba, cogió un vaso y bebió. Teresa, al percatarse, llamó la atención de Rodrigo.

—Matías, siempre que va a Londres, visita a mi marido, y viceversa. Somos amigos de toda la vida, y al trabajar Frank en la BBC, en ocasiones se llaman varias veces al día.

Desconcertado, Rodrigo se secó la boca con la servilleta y preguntó:

—¿Qué cargo tiene Frank en la BBC?

—¿No te lo ha dicho Ana Elizabeth?

Rodrigo miró a la joven y, con sorna en la voz, susurró:

—No, *Ana Elizabeth* es muy reservada para ciertas cosas.

Lucy le dio un servilletazo a su hermana y cuchicheó:

—Desde luego, Pato, ¡ya te vale! Mira que no decirle quién es papá.

Rodrigo sonreía por el gesto que había hecho Ana ante el ataque de la servilleta cuando Teresa dijo:

—Frank es el director general de la BBC, por eso hacemos tanto hincapié en que Ana Elizabeth no venga sola a la boda de su hermana. Éste es el motivo por el que queremos que vengas tú, para que todo el mundo vea que nuestra hija tiene pareja y está feliz. —Rodrigo miró a la joven, y ésta puso los ojos en blanco cuando oyó decir—: Voy a ser sincera contigo, Rodrigo. Cuando mi hija me dijo que estaba embarazada de un bombero, me asusté. Ella es una niña criada en buenos colegios, con una formación superior y siempre quise lo mejor para ella, y...

—Mamá, no empecemos con esos clasismos, ¿vale? —cortó Ana, molesta—. Ya sabes lo que pienso yo al respecto.

—Sí, cariño..., claro que lo sé. Pero quiero que tu novio sepa que al principio no me gustó la idea de que él fuera un simple bombero y...

—Basta, mamá. Lo vas a ofender —cortó Ana.

El gesto de enfado de Teresa a Rodrigo lo hizo sonreír. Su madre y la de Ana parecían cortadas por el mismo patrón, e intentando ser cortés con la mujer que lo miraba a través de sus tupidas pestañas, dijo:

—No te preocupes, Teresa, que no me ofendo.

Después de un tenso silencio, Frank se incorporó de nuevo a la reunión.

—¿Qué me he perdido que estáis todos tan callados?

Ana fue a responder, pero Rodrigo se le adelantó:

—Teresa me ha comentado tu trabajo en la BBC.

Frank asintió a la vez que se percataba del gesto ceñudo de su hija.

—Como era de esperar, Ana no te lo había dicho, ¿verdad? —Rodrigo negó, y Frank, sin sorprenderse, añadió—: A mi niña, como habrás visto, no le gusta llamar la atención en nada. Todavía recuerdo cómo sufría cada vez que tenía que acudir conmigo a alguna cena de la BBC. Eso de que saliera su preciosa carita en la prensa no va con ella y...

Cansada de los piropos que estaba recibiendo su hermana, Lucy cortó la conversación.

—Papá..., a las cinco y media tenemos cita en la tienda de Elena Benarroch. —Y mirando a su hermana, comentó—: Quiero comprarme unas cosillas. Por cierto, vendréis, ¿verdad?

—Por supuesto —asintió Teresa, dándolo por hecho.

—Lo siento, pero va a ser imposible —contestó Rodrigo sin titubear ni un segundo. Sorprendida, Ana lo miró, y él añadió—:

Tenemos una cita a la que no podemos faltar bajo ningún concepto.

Ana quiso preguntar qué cita era aquélla, pero prefirió callar. Ya se enteraría.

Después de despedirse de sus padres y su hermana en la puerta de Horcher, Ana y Rodrigo se dirigieron al aparcamiento más cercano para recoger el coche.

—Gracias, Rodrigo. Muchas gracias por haber acudido a la comida y no delatarme.

Él no respondió y continuó caminando a paso ligero.

—Aunque no estoy en disposición de pedirte nada, te ruego que me hagas dos favores —siguió diciendo Ana—. El primero, que no le cuentes a nadie lo que pasó ayer entre tú y yo en mi casa, y el segundo, que no le digas a nadie, absolutamente a nadie, quién es mi padre. Yo...

—Tranquila —espetó él—, tu vida no me parece tan interesante como para hablar de ella y menos de lo que ocurrió accidentalmente entre nosotros.

—Bueno, hombre, tampoco hace falta hablarme así.

Rodrigo se paró para mirarla y, con gesto duro, dijo:

—Mira, guapa, te hablo como me da la gana, igual que tú mientes como quieres. Y tranquila, tus *secretitos* están a salvo conmigo.

Una vez que llegaron al aparcamiento, se subieron en el coche y Rodrigo arrancó.

—¿Adónde vamos? —preguntó Ana.

Con gesto serio, muy distinto del que había mostrado en la comida con sus padres, Rodrigo respondió:

—Ya lo verás.

Tras transitar por Madrid llegaron hasta las inmediaciones del Palacio Real, metieron el coche en un aparcamiento subterráneo y ambos salieron sin ni siquiera rozarse. Una vez en el exterior, caminaron en silencio mientras cruzaban la plaza de Oriente, hasta que

Rodrigo la hizo entrar en el Café de Oriente. El local estaba tranquilo, pero de pronto Ana vio a ¡Candela! Y volviendo la mirada hacia Rodrigo, éste dijo con claridad:

—Yo te he ayudado a ti. Tú ahora me ayudarás a mí.

Convencida de que no podía hacer otra cosa, suspiró. Levantando el mentón, caminó seguida por Rodrigo hasta donde aquella mujer elegantemente vestida leía un libro.

—¡Hola! —saludó Ana.

La joven, al alzar la cabeza y encontrarse justamente con la última persona que quería ver, fue a levantarse, pero Rodrigo la sujetó y, en un tono sosegado, le susurró al oído:

—Candela, por favor, siéntate. Ana tiene que decirte algo.

Cuando la joven se sentó de muy mala gana, Ana hizo lo mismo, y Rodrigo las siguió. La tensión alrededor de aquella mesa cortaba el ambiente cuando Ana empezó a hablar.

—Candela, Rodrigo no es el padre de mi gu..., mi bebé, y por supuesto, entre nosotros no hay absolutamente nada que no sea una simple amistad.

Mientras lo decía cientos de imágenes le acudieron a la mente sobre lo ocurrido la tarde anterior, y por el gesto de él, Ana supo que pensaba lo mismo. Pero lo justo era ayudarlo, como él había hecho.

—Mentí a mis padres y les hice creer que él era el padre de mi bebé. Por eso, ayer, cuando llegaron de sorpresa, hicimos ese pequeño teatrillo delante de ti y de ellos. —Al ver cómo la joven la miraba, finalizó—: Por lo tanto, y sabiendo lo mucho que significas para Rodrigo, necesito que entiendas que actuó así para no delatarme y para ayudarme. Rodrigo es una buena persona y...

—Ya sé cómo es Rodrigo —cortó Candela—. No hace falta que una fotógrafa cualquiera venga a decirme cómo...

—Candela, no tienes por qué ser desagradable —la interrumpió Rodrigo, molesto.

Ana quería decirle cuatro cosas a aquella creída, pero después de pensarlo decidió permanecer callada. Cualquier cosa que dijera o hiciera sólo empeoraría la situación de Rodrigo y no le quería fallar.

—Mira, guapa —dijo Candela—, me alegra saber la verdad de lo que viví ayer, y ahora, si no te importa, quisiera que desaparecieras de mi vista para que podamos hablar.

—Por supuesto —asintió Ana, levantándose.

Con el corazón resquebrajado, comenzó a andar hacia la salida del café cuando una mano la sujetó. Al volverse se encontró con la mirada de Rodrigo.

—Gracias —dijo él.

Ella asintió y le dedicó una sonrisa.

—De nada —respondió, tomando aire. Y añadió—: Espero que sigamos siendo amigos a pesar de todo.

Él no respondió, y Ana se dio la vuelta y se marchó. Al llegar a la puerta del local se paró unos segundos para tomar aire de nuevo. Lo necesitaba. Todavía oía en su cabeza la insoportable voz de aquella imbécil y, sobre todo, sentía la mirada acusadora de él. Una vez que se encontró con fuerzas, abrió el bolso y se puso su gorro de lana oscuro. Levantó el mentón y, con la dignidad que le quedaba, comenzó a andar. Pero tras caminar unos metros, sin poder remediarlo, se volvió para mirar hacia el local, y vio lo que nunca habría querido ver. Rodrigo, con una sonrisa, tomaba la cara de Candela y, atrayéndola hacia él, la besaba. Durante unos segundos no pudo apartar la mirada de aquella imagen, hasta que cerró los ojos, dispuesta a no ver más. Con las pulsaciones a mil, se dio la vuelta y caminó de prisa. Necesitaba alejarse de allí cuanto antes porque aquel beso le acababa de romper definitivamente el corazón.

Cuando Ana llegó a su casa, *Miau* salió a recibirla. Con cariño, cogió al gato y lo besó. Necesitaba mimos y, en ese momento, sólo su mascota se los podía ofrecer. Luego, se acercó hasta la jaula de *Pío* y lo miró con cariño. Pero, de pronto, toda la fortaleza que había tenido durante el camino se desmoronó al sentarse en el sofá y percibir la fragancia de la colonia de Rodrigo.

Sin que pudiera evitarlo, su cara se descompuso y comenzó a llorar. Lloraba por lo tonta que se sentía y por la sensación que tenía de pérdida de algo que realmente nunca había sido suyo.

Incapaz de contener el llanto, fue hasta el baño y se duchó. Una ducha seguro que le sentaba bien. Pero fue inútil. Ni dentro de la ducha ni fuera pudo dejar de llorar. Una hora después tenía la nariz como un pimiento y los ojos como dos cebollas de tanto llorar mientras se atiborraba a helado.

Sonó el timbre de la puerta y, tras sonarse la nariz, abrió.

—¡Por el santo Cristo de la Fisterra!, pero ¿qué te pasa, bonita?

Fue escuchar aquello y ponerse a berrear de nuevo. Encarna, que llevaba un platito con rosquillas, rápidamente hizo que entrara en casa, y tras dejar el plato sobre la mesita pequeña del comedor, fue rauda a abrazarla.

—Pero, nena mía, ¿qué ocurre?

—Nada.

—¿Por qué *choras*? —Y al ver la mirada de extrañeza de Ana ante lo que había dicho, aclaró—: En *galego* no lloramos..., *choramos*.

Ana agradeció la aclaración, pero descomponiendo el rostro respondió:

—*Choro* porque soy una tontaaaaaaaaaaaaaaa.

—Bueno..., bueno..., ya será para menos. ¡Ay, pobriña!, que te estás congestionando toda tu dulce carita. Venga tranquilízate. Hazlo por el bebito.

Una vez que se tranquilizó un poco, intentó sonreír.

—Hoy tengo un día tonto, Encarna. El embarazo me hace estar llorona y sensiblera.

La mujer la miró y, sentándola en el sofá, masculló:

—A mí no me la das. ¿Tú no conoces ese refrán que dice: «Más sabe el diablo por viejiño que por diablo»? —Como Ana gimió, la abrazó y, acunándola, murmuró—: No llores, bonita. Si tú *choras*, el pequeño sufre ¿Acaso no lo sabes?

—Lo sé..., lo sé... En seguida se me pasará.

Encarna cogió un kleenex de la caja que había sobre la mesita y, tras limpiarle con cariño los hinchados ojos, dijo imaginando el porqué del llanto:

—No pretendo que me cuentes tu problema, pero sólo quiero que sepas que, sea lo que sea, me tienes aquí, ¿de acuerdo?

Ana asintió y, deseosa de hablar con alguien, balbuceó entre sollozos:

—Soy... una... idiota. Una imbécil... Una...

—Bueno, bueno, ya basta de autoflagelarse, tesoriño.

—Encarna, estoy almendrada por alguien que...

—¿Que estás qué?

—Enamorada. Estoy enamorada de alguien que me considera el antimorbo como mujer. Y aunque lo sé y lo asumo, a veces yo..., yo...

Al ver cómo la cara de la joven se contraía de nuevo y asomaban grandes lagrimones, la mujer preguntó:

—Es por ese bombero guapo llamado Rodrigo, ¿verdad?

Boquiabierta porque Encarna hubiera acertado a la primera, se llevó las manos a la boca y, horrorizada, exclamó:

—¡Soy patética! ¿Tanto se me nota?

—Vamos a ver, neniña, ¿acaso crees que no me he dado cuenta de cómo se te iluminan los ojitos cuando ese tordo aparece por aquí? Tesoro, que yo he sido también joven y sé lo que es esa sensación. —Y al verla llorar de nuevo, le retiró el pelo de la cara y susurró—: Pero, tranquila, mi vida. Eso que te he dicho lo notamos las mujeres porque tenemos un sexto sentido, pero seguro que él ni cuenta se dio. ¡Es un hombre! —Ana sonrió—. Y hasta que las señales no se las dejes claras para que lo entienda, ¡ni cuenta se dará! Aún recuerdo las señales que le hacía yo a Marcelino, un muchacho de mi pueblo, pero nada, ¡cegato total! Luego, llegó una más listiña que yo, y ¡zas!, lo cazó y se casó con él.

Durante un buen rato, ambas estuvieron hablando sobre aquello, y Ana se sorprendió de lo intuitiva que era su vecina y las cosas que le contaba. La mujer, sin necesidad de saber nada en concreto, era capaz de leer su estado de ánimo, y al igual que se había percatado de lo de Rodrigo, sabía que Nekane sufría también por amor.

Encarna, cuando vio a la joven más repuesta, cogió el plato de las rosquillas, retiró la servilleta de cuadritos rojos y le guiñó un ojo.

—Vamos, coge una. Están recién hechitas especialmente para ti.

Sin muchas ganas, Ana cogió una, pero fue darle un bocado y desear comerse el plato entero. Cuando llevaba cuatro rosquillas, Encarna tapó el plato.

—Para, o te pondrás malita. —Y al verla sonreír, añadió, cogiéndole los mofletes—. ¡Ay, mi nena, pero qué bonica es y qué bebé más rebonito que vamos a tener!

En ese momento, sonó el timbre de la puerta, y Ana, con una sonrisa, se levantó, pero al abrir y ver de quién se trataba, se sintió morir.

—¡Por el amor de Dios!, es cierto. ¡Estás embarazada! —gritó Úrsula, la madre de Rodrigo, señalándola con el dedo—. ¡Ay, Dios!, creo que me voy a desmayar.

Todo lo rápido que pudo Ana la sujetó para que no cayera, pero la mujer, enfadada, le dio un codazo para alejarla de ella.

—¡Señora!

Úrsula, enfurecida, entró en su casa sin ser invitada, y tras cerrar la puerta con torpeza, continuó mirándole la barriga.

—¿Cómo has podido hacerle esto a mi hijo?

«Ésta ha bebido», pensó al oír cómo hablaba.

—Mire, señora, si me deja que le explique, yo le puedo dec...

—Ahora lo entiendo todo. Has visto que mi hijo proviene de una familia de bien y pretendes...

—¡Yo no pretendo nada! —gritó Ana, descompuesta y con los ojos llenos de lágrimas. Pero ¿qué quería dar a entender aquella imbécil?

Encarna, al oír los gritos, se levantó del sofá.

—*¡Manda carallo!* —exclamó para atraer la mirada de Úrsula, al ver a Ana de nuevo con el rostro congestionado—, ¿qué es eso de entrar en casa de los demás gritando? ¿No tiene educación?

—Educación me sobra toda la que usted no tiene, verdulera —respondió, colérica, Úrsula al verla con movimientos algo torpes.

—Lo que hay que oír —protestó Encarna. Y acercándose a ella, siseó—: No sé quién es usted, pero, escuche, cuidadiño no vaya a tener que sobarle el morriño.

—¡Encarna! —gritó Ana. Sólo faltaba que se liaran a golpes, y encima la otra con un par de copas de más.

Úrsula, ataviada con su lujoso visón y zapatos de tacón, miró por encima del hombro a la pobre Encarna, vestida con una batita de guata celeste y los rulos de colores. Y al recordar algo que Candela le había contado, preguntó:

—Usted debe de ser su madre, ¿verdad? —Encarna no respondió, y Úrsula prosiguió—: Desde luego, de tal palo tal astilla. Pero ¿qué habrá visto mi Rodrigo en ti?

Cuando Encarna oyó el nombre de Rodrigo, miró a Ana.

—¿Ésta es la madre de Rodrigo? —Ana asintió, y la mujer añadió—: En cuanto a su pregunta más bien se podría decir qué no vio su Rodrigo en mi Ana porque, mire lo que le digo, su nene es un amor de hombre, pero mi Ana es un lucero. Pero ¿ha visto usted lo linda que es?

Úrsula las miró con gesto agrio.

—No hablo de belleza. Hablo de nivel cultural, y mi hijo y su hija nada tienen que ver, como no lo tenemos usted y yo —siseó con desprecio—. Hablé con ella hace unos pocos días y le dejé claro lo que quiero para mi hijo, y...

—¿Lo que usted quiere para su hijo? —la interrumpió Encarna—. Pero, ¡por Pelayo!, ¿y usted sabe lo que su hijo quiere para él? ¿Acaso no ha pensado en ello?

—Por supuesto que he pensado y por eso le he traído a la mujer que le conviene. —Y señalando a la joven con el dedo, siseó—: Eres una lianta, Ana, y exigiré cuando nazca tu hijo las pruebas de paternidad para demostrar que nada tiene que ver con Rodrigo, ¿me has escuchado?

—¡Señora! —gritó Ana, descompuesta—, haga el favor de tranquilizarse y dejar de decir tonterías, o le juro que...

—¿Me juras qué? ¿Acaso me amenazas, mona?

Ana deseó darle una patada en el trasero y llamarla borracha. Se lo merecía. Pero dispuesta a actuar como una señora, algo que la otra no hacía, tomó aire y dijo:

—Mire, señora, punto uno: deje de llamarme mona, o yo la llamaré por el calificativo que mejor la defina a usted, y le aseguro que no le gustará.

—¡Oh!, qué sinvergüenza —protestó.

—Punto dos: aquí hay un gran error y...

—Por supuesto —cortó Úrsula—. Ese error eres tú. ¡Tú!

—Y punto tres —acabó Ana—: vergüenza le daría a su hijo verla en las condiciones en las que está.

—¡Víbora! Sólo quieres el dinero de nuestra familia.

Impresionada por la idea que la mujer tenía de ella, dijo muy alterada:.

—Prefiero ser una mala víbora a ¡Úrsula!, la siniestra y oscura bruja mala de la película *La Sirenita*. Porque le guste o no, así se está comportando usted conmigo, como una auténtica ¡bruja!

—¡¿Me acabas de llamar bruja?! —gritó la mujer, desencajada.

—Sí, con todas las letras. Y no sabe lo bien que me he quedado.

Encarna, cansada de las cosas tan terribles que decía aquella mujer, se arremangó las mangas de la batita de guata, lo que provocó un gesto de horror en Ana

—Si sigue hablando así de mi nena, le voy a tener que sobar el morriño. Ya se lo he advertido dos veces; a la tercera, ¡se lo sobo!

—¡Oh, Dios mío!, ¡cuánta vulgaridad! —siseó Úrsula, tocándose el cuello del abrigo.

—Ni que lo diga —asintió Encarna.

Al tocarse el cuello del abrigo de visón, la manga se desplazó hacia abajo, y Ana le vio en el antebrazo un moratón casi inapreciable. Pero dispuesta a parar aquel malentendido, asió a su vecina del brazo y, poniéndola a un lado, le dijo a la mujer, que las observaba:

—Vamos a ver, señora, mi hijo no es de Rodrigo y nunca lo será. Y si quiere saber el porqué de este embrollo hable con él o con Candela, y haga el favor de dejarme en paz de una puñetera vez. —Al ver la cara de sorpresa de Úrsula, añadió—: Y ahora, una vez que sabe que mi bebé nada tiene que ver con su hijo ni con su familia, le pediría por favor que saliera de mi casa porque no tengo nada más que hablar con usted.

Encarna, rápidamente, abrió la puerta y la invitó a salir, y Úrsula, tras mirarla con desprecio, se dio la vuelta. Pero antes de abandonar la casa, miró a Ana por encima del hombro y siseó:

—Por tu bien, mantente alejada de mi hijo.

—Y tú, de la botella —cuchicheó Encarna, dando un portazo.

Al quedarse solas a Ana se le llenaron los ojos de lágrimas.

—Encarna, tráeme el plato de rosquillas —dijo, mirando a su vecina—. ¡Las necesito!

Dicho eso rompió, como diría la gallega, a *chorar*.

11

Los días fueron pasando, y Rodrigo y Ana no se telefonearon. Simplemente, continuaron sus caminos sin mirar atrás, algo que para Rodrigo fue fácil pero para Ana no. Sus sentimientos no la dejaban vivir, y aún tenía que resolver su ruptura con él ante los ojos de su familia y la boda de su hermana. Sólo pensar en el disgusto que se llevarían le partía el alma.

Por su parte, Nekane salía una tarde de la farmacia, ensimismada, pensando en sus cosas, cuando de pronto oyó:

—¡Hola, princesa!

Ofuscada, al reconocer aquella voz, miró hacia la derecha y se encontró con Calvin, que al ver su mirada levantó las manos y dijo:

—Vale..., soy un necio. No debí decirte las cosas que te dije y...

—Pero ¿tú eres tonto o qué te pasa?

—Si comenzamos a descalificar, mal vamos —dijo él sonriendo.

Nekane, sin ningunas ganas de sonreír, resopló:

—¿En qué idioma tengo que decir las palabras ¡no quiero verte!? Basta ya, por favor. Tu amiguito ha destrozado a mi amiga, y ahora qué pretendes, ¿destrozarme tú a mí?

Calvin no quería hablar de otros que no fueran ellos y, sin contestar, le tendió un ramo de rosas rojas.

—Toma. Esto es para ti.

—¡Una chorra! —gritó sin cogerlas—. No me vengas ahora con tonterías ni romanticismos, que a mí no me van.

—¿No te gustan las flores?

—No, a no ser que sean negras —respondió. Y al verlo sonreír de nuevo, aclaró—: Haz el favor de meterte el jodido ramo por...

Sin dejarla continuar, Calvin la agarró, la atrajo hacia él y la besó.

Durante unos segundos, sus bocas se unieron, hasta que ella le soltó un puñetazo en el estómago y él se retiró.

—Qué bruta eres, ¡joder!

—Pues da gracias a que no te he propinado un rodillazo donde más duele.

Reponiéndose de aquella arremetida, volvió al ataque y, dando un paso hacia ella, puso el ramo en sus manos y lo soltó. Nekane no lo agarró y el bonito ramo de flores cayó al suelo. En ese momento, un anciano que pasaba junto a ellos se agachó, lo cogió y, tendiéndoselo a la joven, dijo:

—Se te ha caído esto, guapa.

Nekane miró el ramo, y Calvin, acercándose a ella, murmuró:

—¿No se lo vas a coger tampoco al abuelo?

Sorprendida por aquel descaro, Nekane sonrió, asió educadamente el ramo de flores y se lo agradeció al anciano, que se marchó encantado. Pero fue alejarse dos pasos de ellos y Nekane estampó sobre la cabeza de Calvin el ramo una y otra vez, hasta que varias de las rosas se descompusieron. Avergonzado por cómo la gente que pasaba por su lado los miraba y sonreía, Calvin le quitó el destrozado ramo de flores.

—Pero ¿cómo puedes hacerle esto a las pobres flores?

—Se lo hago a ellas por no hacértelo a ti, hombre con nombre de calzoncillos.

Dicho eso, comenzó a andar, y Calvin, sorprendido y sin entender nada, la siguió.

—¿Qué me has llamado?

—Lo que has oído.

Molesto por aquella broma, que llevaba sufriendo años entre sus compañeros, siseó:

—Serás...

Sin dejarle acabar, se volvió hacia él.

—Mira, guapito, ¿me ves? —Él asintió—. Soy una mujer, no una princesa, y antes de que digas nada, soy demasiado hembra para ti. Por lo tanto, ¡adiós!

Calvin soltó una carcajada.

—¿Que eres demasiado hembra para mí?

—¡Ajá!

Alucinado por lo que Nekane decía, torció el gesto.

—¡Oh, Dios mío, una hembra! —Y al ver que ella lo miraba, añadió—: Sabía que eras rara, princesa, pero nunca imaginé que lo fueras tanto.

Sin importarle la gente, Nekane soltó la mochila que llevaba y, poniéndose las manos en las caderas, dijo alto y claro:

—¿Me puedes decir qué ves en mí para que me llames por ese ridículo nombre y me traigas florecitas? Me gustan los tatuajes, me gustan los *piercings* y...

—Para mí eres mi princesa —repuso él.

—Lo dicho..., tú eres tonto y en tu casa te dieron un mal golpe al nacer. —Y sin mirar atrás, se alejó a grandes zancadas.

A partir de aquel día, todos los domingos por la mañana Nekane recibió una rosa en su casa. Eso sí, teñida de negro.

El 2 de abril Ana entró en su sexto mes de embarazo. En esos dos meses había engordado ocho kilos y se encontraba bien, a pesar de sus continuos vómitos matinales.

—Tómate este jarabe y verás como las ganas de vomitar disminuirán —insistió la doctora—. En cuanto al sueño incontrolable, poco se puede hacer.

Ana cogió la receta que le dio la ginecóloga, y Nekane se la quitó de las manos para guardarla en una carpeta azul.

—Ahora vamos a ver cómo está ese pequeñín —apuntó la doctora—. Túmbate en la camilla.

Sin necesidad de que le dijera nada más, Ana se bajó el pantalón y se subió la camiseta, y cuando la doctora echó el gel frío sobre su barriga, sonrió. Iba a ver a su bebé.

Nekane, que sostenía la mano de su amiga, examinaba con detenimiento todo lo que ocurría, y cuando miró la pantalla, se quedó sin palabras. Allí, ante ellas, se observaba en blanco y negro un bebé formado casi en su totalidad.

—¡Ay, Dios!, ¿lo ves? —preguntó, conmovida, Ana.

Nekane asintió.

—Por lo visto a tu hijo le gusta hacer deporte —comentó la doctora, y las tres rieron—. ¿Ves cómo mueve la pierna?

Emocionadas, observaron cómo aquella cosita movía una pierna hacia arriba y hacia abajo. Ana, con los ojos llenos de lágrimas, asintió. Entonces, la ginecóloga le preguntó:

—¿Quieres saber el sexo de tu bebé?

—Sí —casi gritó Ana.

Tras mover concienzudamente aquella especie de mando a distancia sobre su tripa, la doctora dijo:

—Un niño. No me cabe la menor duda.

Nekane y Ana se miraron conmocionadas. ¡Un niño!

Cinco minutos después, las dos salían de la consulta con la foto del gusarapo en sus manos, mientras repetían una y otra vez: «¡Es un niño!». Tras un día de celebración, en el que ambas decidieron comprar un mogollón de cosas en azul y amarillo para el bebé, llegaron a casa pletóricas de alegría. Aquella noche, cuando Ana se tumbó en la cama, pensó en Rodrigo. Le habría gustado llamarlo para decirle que era un niño. Pero no. No debía hacerlo. Debía continuar como hasta el momento y no pensar en él. No le convenía.

12

El martes, tras comer en el parque de bomberos de Latina, Rodrigo, sentado en el sofá, intentaba leer. Pero apenas podía. Su corta relación con Candela se había roto hacía dos semanas y estaba enfadado, muy enfadado. Dejó el periódico sobre la mesita y, justo cuando se levantaba, Calvin y Julio entraron en la habitación donde él se encontraba solo.

—¿Adivina quién va a ser padre? —preguntó Julio.

Rodrigo miró a su amigo Calvin, y éste, con mofa, murmuró:

—¡A mí no me mires!

Sorprendido, Rodrigo fue a decir algo cuando Julio exclamó:

—¡Yoooooooooooo! El puto amo. ¡Yoooooo

Contento, Rodrigo anduvo hacia él y le chocó la mano.

—¡Enhorabuena!, puto amo. ¿Cómo está Rocío?

—Insoportable. Mi chicarrona, desde que sabe que está embarazada, está insoportable, pero, *¡joer!*, me tiene loco, ¡está guapísima! Eso sí, o se tranquiliza, o de aquí a octubre que nazca el bebé, acabará conmigo.

De pronto, se encendieron unas luces y los tres las miraron, e instantes después, el estridente timbre del recinto sonó. Tenían un aviso.

Sin tiempo que perder, los tres, junto con otros compañeros que se les unieron, fueron hacia las cocheras. Una vez que los informaron del siniestro se dirigieron hacia el camión grande con escala. Julio, que era el conductor, lo arrancó rápidamente, mientras los demás cogían sus equipos y se subían al vehículo. Una vez en el interior, uno de los bomberos dijo mirando a Rodrigo:

—Cabo, el fuego es en la Torre de Madrid.

Entonces, todos se miraron, pero ninguno dijo nada. Mientras Julio conducía el camión, con la sirena a todo trapo para que los coches les dejaran espacio para pasar, Rodrigo, Calvin y otros compañeros que revisaban sus equipos en el interior escuchaban por la emisora:

—«Incendio planta diecisiete. Han llegado tres dotaciones y dos más van en camino».

Andrés, un suboficial, tras meterse un chicle en la boca, comentó con seguridad:

—Vaya..., la fiesta va a ser buena. Recordad: no os separéis de vuestro compañero.

Cuando el camión llegó justo enfrente del edificio, en la calle Princesa, comprobaron que varias dotaciones ya trabajaban. Compañeros junto a vehículos de apeo y varios camiones bomba esperaban su turno para actuar. Sin tiempo que perder, saltaron del camión dispuestos a ayudar. Lenguas de fuego salían por las ventanas y gente asustada chillaba, horrorizada, mientras la policía mantenía a los curiosos detrás de la zona acordonada y llegaban varias ambulancias del Samur.

—El fuego ha roto al exterior y el oxígeno extiende las llamas. ¡Cuidado! —advirtió Rodrigo a sus hombres.

—Cabo, ¿qué mangajes usamos?

Rodrigo, tras hablar con otros compañeros que ya estaban allí, se volvió hacia su dotación y gritó:

—¡Coged mangajes de veinticinco milímetros. Eso nos permitirá mayor movilidad!

Todos y cada uno de aquellos hombres se equiparon a conciencia. Tenían que entrar. Con sus equipos de sistema de respiración autónoma, arneses y cuerdas, accedieron al interior del edificio. Al entrar en el hall, Rodrigo se dirigió hacia la escalera. No podían utilizar el ascensor. Aníbal, un compañero de la dotación seis que estaba ayudando en la evacuación de civiles en la planta once, al verlos llegar los informó de la situación real arriba. Después de escucharlo, Rodrigo asintió y, tras mirar a sus hombres, añadió antes de seguir subiendo:

—Máximo cuidado y máxima alerta.

El ascenso a la torre por la escalera continuó. Aquel esfuerzo con casi cuarenta kilos de peso por bombero les restaba energía, pero no se arredraron. Tenían que llegar hasta donde se encontraban otros compañeros para ayudar. Al alcanzar la planta trece dieron con unos bomberos que intentaban abrir el ascensor para sacar a las personas atrapadas. Tras comprobar que allí no podían colaborar continuaron ascendiendo. Cada planta que subían les agotaba más y más, pero sus ganas de ayudar les ofrecían las fuerzas que necesitaban.

Después de un avance nada fácil, por fin, llegaron a la planta quince, mientras oían cómo el edificio retumbaba con broncos y estremecedores sonidos.

—Aquí se puede respirar todavía sin el equipo autónomo, pero no os despistéis ni un segundo —indicó Rodrigo—. Dani y José, reconoced el estado del pasillo de la izquierda. Sergio y Alberto, el de la derecha.

—¿Y nosotros, cabo? —preguntó Miguel.

Rodrigo los miró y, levantando una mano, ordenó:

—Ginés y tú, quedaos en este punto, refrescando junto a los compañeros de la tres.

Cuando aquéllos comenzaron a refrescar la zona, Rodrigo y Calvin se miraron y, tras un gesto con la cabeza, subieron un piso más. Allí el calor era insoportable y el humo denso. Rodrigo reconoció a Alfredo, el cabo de dotación de otro parque, y acercándose a él rápidamente, se puso al corriente de la situación.

—Tengo a ocho hombres conteniendo el fuego en ese infierno, y cuatro más han subido a plantas superiores. Necesitamos refuerzos en el pasillo derecho.

—De acuerdo. Mi compañero y yo reforzaremos ese pasillo —asintió Rodrigo mientras se volvía a colocar su máscara de respiración autónoma.

Con decisión, se adentraron en aquel pasillo, hasta que Rodrigo se paró, se quitó el guante y tocó una pared.

—¡¿Lo que imaginamos?! —preguntó a gritos Calvin.

Rodrigo asintió. La pared estaba caliente. Muy caliente. Eso significaba que había fuego detrás. De pronto, unos chillidos atrajeron su atención. Por la escalera de la derecha, unos compañeros aparecieron con unos diez civiles asustados y exhaustos.

—¿Queda alguien arriba? —preguntó Rodrigo con la adrenalina a mil.

—No —respondió el bombero—. Éstas son las únicas personas que había.

Les abrieron paso. Aquellas pobres personas casi no podían respirar. Una vez que los guiaron hasta la escalera donde estaba Alfredo, asustados, los civiles comenzaron a bajar. Instantes después, Rodrigo y Calvin regresaban a su posición cuando se oyó un ruido ensordecedor y, antes de que se pudieran desplazar, el techo se desplomó sobre ellos.

Atrapados entre un gran amasijo de cascotes no se pudieron mover hasta que varios compañeros acudieron en su ayuda. Sólo fueron unos segundos, pero a ellos les parecieron una eternidad, hasta que entre unos cuantos los sacaron de los escombros.

—¿Te encuentras bien, Rodrigo? —preguntó Alfredo al ver que el cabo se tocaba el brazo.

—¡Joder! El jodido escombro me ha machacado el brazo, pero estoy bien. —Al ver a Calvin algo conmocionado, murmuró—: Creo que él está peor.

—Tenéis que bajar inmediatamente —los apremió Alfredo al oír que sus hombres lo requerían—. Estáis heridos, y yo tengo que ayudar a mis hombres. ¿Podréis llegar hasta la escalera?

Rodrigo asintió, y una vez que se quedaron solos se agachó para levantar a su amigo.

—Vamos, Calvin —le dijo—. Tenemos que salir de aquí.

Intentó no gritar pese al dolor tan horrible que sentía al tratar de incorporar al otro.

—¡No puedo! —gimió Calvin, respirando con dificultad—. ¡Joder!..., creo que me he roto la pierna y alguna costilla.

No había tiempo que perder, o el techo que quedaba caería sobre ellos.

—Me da igual que estés roto o entero —contestó Rodrigo—. Yo te llevaré. Te va a doler, pero aguanta. Es la única manera de poder salir de aquí.

Al echárselo al hombro ambos gritaron de dolor, mientras trozos de techo caían sobre sus cabezas y lenguas de fuego hacían saltar puertas a su alrededor. Sonó una detonación y ambos se estamparon contra una pared.

—No llegaremos, Rodrigo. Adelántate tú y yo te seguiré.

—¡No digas gilipolleces, joder! —exclamó mientras sentía una quemazón en el brazo.

—No digo gilipolleces —siseó Calvin—. Cargando conmigo apenas tienes posibilidades de moverte antes de que el techo se desplome.

Rodrigo sonrió e, intentando parecer tranquilo, afirmó:

—Hemos venidos juntos y de aquí nos vamos juntos, ¿entendido?

Calvin asintió a la vez que gritaba de dolor. Rodrigo, olvidándose de su propio estado, corrió por el pasillo con su compañero en brazos. Tenían que salir de allí, o no lo contarían. De pronto, el equipo de respiración autónoma de Calvin lo avisó de que el depósito de aire entraba en reserva, pero de forma inexplicable un fallo lo dejó directamente sin aire.

Rodrigo, sin pensarlo, se detuvo, se quitó la máscara y la compartió con él.

—Vamos, Calvin —lo alentó—. No tenemos más de cinco minutos de aire.

En ese momento, Alfredo volvió a llegar hasta ellos y, quitándose su máscara, se la pasó a Rodrigo, que respiró aliviado. Tenían dos máscaras para tres. Entonces, un estruendo tan fuerte como si un avión hubiera aterrizado sobre ellos los atenazó mientras se oía por las emisoras:

—Que todas las dotaciones desalojen rápidamente el edificio. Repito, rápidamente.

—Esto se pone chungo, colega —siseó Rodrigo a Alfredo, con Calvin inconsciente entre sus brazos.

—No me jodas, hombre, que esta noche tengo la cena de jubilación de mi suegro —se mofó Alfredo. Y agarrando a uno de sus hombres, gritó—: ¡Ayudad a este compañero y bajadlo. Compartid vuestras mascarillas con él mientras sea necesario. La suya ha fallado!

Todas las dotaciones comenzaron a bajar por la escalera; algunos cargaban con Calvin y otro bombero, que estaban inconscientes. Si algo tenían claro aquellos hombres era que a un compañero nunca se lo abandonaba. La bajada se les hizo eterna, mientras en el edificio las explosiones se sucedían una tras otra. La calma y la sangre fría reinaban entre ellos; pero, en silencio, más de uno rezaba para que el edificio no se derrumbara con ellos dentro. Rodrigo y Alfredo, cabos de sus respectivas dotaciones, eran los últimos de la fila. Ellos y sólo ellos debían asegurarse de que ningún efectivo se quedara en el camino.

Una vez que alcanzaron la planta inferior, Alfredo vio que Rodrigo iba a perder el conocimiento. ¡No tenía aire! Rápidamente lo sujetó antes de que cayera al suelo y, dos segundos después, los del Samur lo atendieron. Estaban vivos de milagro.

Cuando Rodrigo despertó, el silencio y la paz lo abrumaron. Estaba en una sala de hospital, según concluyó de inmediato.

—Tranquilo —dijo la voz de una mujer—, tiene una fisura en el húmero.

Rodrigo asintió y aquella mujer prosiguió:

—Además, tiene un feo corte en el brazo y un buen golpe en la cabeza; por lo demás, todo está bien. Le hemos hecho una placa en el brazo y...

Aquella enfermera habló y habló; eran palabras ininteligibles para Rodrigo, que se dedicaba a repasar una y otra vez lo ocurrido. ¿Cómo no se había dado cuenta de que el techo estaba a punto de caer? Pasados unos minutos, regresó a la realidad y se centró en la pregunta que le formuló a la enfermera:

—Entonces, con que lleve el brazo en cabestrillo una temporada será suficiente, ¿verdad?

—Sí..., pero debe tener cuidado, pues...

—Con saber lo que me ha dicho y ver que me puedo mover, me vale —cortó con rotundidad—. ¿A mi compañero Calvin Rivero lo han traído aquí? —La mujer asintió, y él le preguntó— ¿Cómo está?

—En estos momentos está siendo operado por el cirujano Domínguez. Pero no se preocupe. Es un buen doctor y...

—¿De qué lo están operando?

—Tibia derecha rota y dos costillas —respondió la enfermera después de mirar los papeles que tenía en la mano.

—¡Joder! —exclamó, abrumado.

—Pero, tranquilo, el doctor Domínguez es un mago y lo dejará como nuevo.

Una hora después, cuando Rodrigo salía de la sala de curas algo más calmado, sus padres corrieron a abrazarlo. Tras ellos iba Ernesto, el marido de su madre.

—¡Ay, hijo!, ¡por Dios! —sollozó Úrsula, abrazándolo—, qué susto nos has dado.

—Tranquila, mamá, estoy bien, ¿no lo ves?

Rodrigo sonrió, pero al mirar al marido de su madre la sonrisa se esfumó. Nunca le había gustado y no entendía qué hacía allí.

Úrsula clavó la mirada en el brazo de Rodrigo y, echándose a un lado para agarrar a Ernesto, dijo:

—Si estás bien, ¿qué te pasa en el brazo? ¡Ay, por Dios!, ese terrible trabajo tuyo me va a matar. Nunca estaré tranquila. Nunca. ¿Por qué tienes que arriesgar la vida siendo bombero cuando puedes ser un maravilloso abogado junto a Ernesto?

Furioso por lo que ella decía y por la sonrisita del marido de su madre, se volvió hacia este último y gritó:

—¡Tú, fuera de aquí! ¡Ya!

Ernesto se dio la vuelta y salió por la misma puerta por la que había entrado. En ese momento, Ángel, un hombre paciente y comprensivo, al ver la mirada de su hijo, soltó:

—Úrsula, basta ya.

—¿Y si el brazo no le queda bien? ¿Y si...?

Agotado y preocupado por cómo estaba su amigo Calvin, Rodrigo la miró e intentó contener el enfado que lo embargaba por todo lo que había ocurrido.

—Mamá, sólo tengo una fisura en el jodido brazo. Y, por favor, para ya de decir tonterías con respecto a mi profesión.

—Bueno, hijo, tampoco es necesario que me hables así —le reprochó la mujer—. Al fin y al cabo, soy tu madre y me preocupo por ti.

—¿Te preocupas por mí? —La mujer no contestó, y él explotó—: Muy bien. Pues si te preocupas por mí, haz el favor de omitir tu discursito de siempre, porque en vez de tranquilizarme me enferma. Estoy harto de que te metas en mi vida y de que intentes que yo sea un reflejo de lo que tú quieres en la vida. Entérate de una vez que soy un hombre independiente, con ideas y gustos propios, y que por mucho que te quiera, porque eres mi madre, no voy a seguir el camino que tú y tu amado marido queréis. Asúmelo de una vez, mamá, o tú y yo nos vamos a llevar fatal el resto de nuestra vida.

Úrsula levantó el mentón y se marchó enfadada. Ángel, después de presenciar la escena, tocó a su hijo en el brazo y murmuró:

—Tu madre y tú tenéis que hablar. Esto no puede continuar así.

—Lo sé, papá, lo sé. Pero estoy harto. Tengo treinta y cuatro años y no entiendo por qué se empeña en meterse continuamente en mi vida. Me conoce. ¡Joder, es mi madre! Y en vez de facilitarme algunas cosas...

—He hablado con Úrsula, y por lo que me ha dicho, está arrepentida —cortó Ángel—. Te aseguro que ella fue la primera sorprendida por lo de Candela.

—Mira, papá, no dudo de que ella fuera la primera sorprendida, pero ella y su jodido marido fueron quienes trajeron a Candela para intentar lo que en otro momento no pudo ser.

—Vamos a ver, hijo, tú parecías encantado con la aparición de esa muchacha y...

—Pues claro que sí, papá —lo interrumpió—. Candela es una mujer muy guapa. ¿A qué hombre no le va a gustar? Pero les salió el tiro por la culata cuando el ex marido apareció y ella se largó de nuevo con él. ¿Acaso mamá pensó en mis sentimientos? ¿Acaso es capaz de pensar que yo tengo corazón?

—Hijo...

—¡Joder, papá! A mí lo que piense Ernesto no me importa. Es más, sabes lo que yo opino de él. Pero mamá... ¿Que mamá se preste a engañarme cuando sabe lo mal que lo pasé cuando Candela me dejó la primera vez y que, encima, en un momento como éste, me venga con tonterías? No. No lo soporto.

Tras unos segundos en silencio, padre e hijo se miraron y se abrazaron.

—Venga, papá, vete a casa.

—¿Te llevo a tu casa?

—No, papá, gracias. Voy a quedarme aquí con Calvin.

Caminando con él hacia la salida, Ángel le explicó:

—Nos han dicho que le están operando, hijo.

—Lo sé —respondió, ofuscado.

Acompañó a su padre hasta el ascensor y, cuando éste se marchó, Rodrigo, cabizbajo, subió andando una planta. Al llegar a la habitación vacía de Calvin se encontró con su otra familia: sus compañeros. Éstos, al verlo, felices porque estuviera sano y salvo, lo recibieron con abrazos. Poco después, y animados por Julio, bajaron a la cafetería, y sin apartar la mirada de la televisión, escucharon la noticia donde se hablaba de cómo los valerosos bomberos habían sacado a toda la gente de la Torre de Madrid e incansablemente habían extinguido el fuego. Cuando a las diez de la noche el doctor les dijo que la operación de Calvin había sido un éxito, todos aplaudieron emocionados. En ese momento, Rodrigo se sentó. Había sido un día muy largo.

En el estudio, a las diez de la noche, Nekane y Ana finalizaban un trabajo que la firma de cosmética Wendoline Woman les había pedido. Debían fotografiar a cincuenta chicas con distintas tallas para promocionar sus nuevos sujetadores reductores. Tras más de seis horas de trabajo, cuando las modelos se fueron y se quedaron solas, ambas se tiraron sobre el diván blanco que había en el estudio mientras la voz de Chenoa sonaba por los altavoces.

—No puedo más —se quejó Ana—. Menudo día hemos tenido.

—Ni que lo digas —dijo sonriendo Nekane.

—Ahora una duchita...

—Una peliculita... —prosiguió Nekane.

—Una buena hamburguesa y... ¡Ay!

—¿Qué pasa? —preguntó Nekane, asustada al ver a su amiga tocarse la barriga.

—Menuda patada me acaba de dar el gusarapo —contestó Ana riendo. Y mirando a su amiga, dijo—: Corre, Neka, pon la mano aquí.

La navarra obedeció al punto y notó el movimiento del bebé bajo su mano.

—*Lamadrequelopariόoooooooooo*. ¡Cómo se mueveeeeeeeeeeeeee!

Durante un rato, las dos amigas disfrutaron de aquella intimidad, mientras el bebé, ajeno a la felicidad que proporcionaba a las mujeres, se movía en el interior de la tripa de su madre. Cuando los movimientos cesaron, las jóvenes, entre divertidos comentarios, se dirigieron a la cocina. Entonces, sonó el teléfono, y Ana lo cogió.

—¿Dígame?

—¡Hola, Ana! Soy Rodrigo.

Al oír aquella voz, Ana se sentó directamente en el brazo del sofá. Llevaba sin hablar con él dos meses y ahora de pronto estaba allí.

—¿Sigues ahí? —preguntó él al ver que ella no respondía.

—Sí..., sí..., aquí estoy, Rodrigo.

Después de pronunciar ese nombre, Nekane la miró sorprendida. ¿Qué hacía ese imbécil llamándola? Sin querer pensar en nada más, se encaminó hacia su amiga dispuesta a quitarle el teléfono de las manos y colgar.

—Vale. Gracias por avisar —dijo entonces Ana.

Cuando colgó el teléfono, Nekane estaba aún asombrada de que no lo hubiera mandado a paseo.

—¿Se puede saber por qué no lo has mandado directamente a la mierda? Será caradura el tío... Pues no va ahora y llama después de más de un mes —soltó con gesto serio. Al ver que Ana no respondía y sólo la miraba, prosiguió—: Anda, y que se vaya con su ¡Candela!

—Neka, escucha.

—No, escúchame tú a mí. Si eres más tonta naces peluche. Pero ¿por qué no le has colgado el teléfono?

—¿Quieres escucharme?

—Fíjate bien lo que te digo —continuó la joven, enfadada—. En la vida voy a volver a permitir que ni tú ni yo nos fijemos en un hombre que lleve uniforme y menos en un puñetero bombero. ¡Asco de bomberos! —Y señalándole la tripa a su amiga, finalizó—: Por lo tanto, gusarapo, ya sabes..., podrás ser lo que quieras, pero un tío guaperas que lleve uniforme ¡ni de coña! No te lo voy a permitir, o juro que te corto la chorra.

—¡Neka, por Dios! —Y al ver que su amiga la miraba, añadió—: Era Rodrigo y...

—Sí, ya he oído quién era. Pero no sigas. No me interesa saber nada de lo que ese cretino te pueda haber dicho. Y por tu bien, la próxima vez que llame, cuélgale. Te ha hecho sufrir lo indecible y no quiero verte sufrir de nuevo por él, ¿me has escuchado?

—Escúchame tú a mí, por favor.

—Que no, que no quiero escucharte. —Se dio la vuelta y preguntó—: ¿Pedimos ya las hamburguesas? ¿La quieres con extra de queso y cebolla, u hoy la gorda de la casa la quiere con beicon y mucho tomate?

Ana, incapaz de no soltar lo que Rodrigo le había dicho, sin más rodeos, dijo:

—Ha habido un accidente hoy en un incendio, y Calvin...

—¡Ay, Dios...! ¡Ay, Dios...! ¡Ay, Diosssssssssss! —gritó, apoyándose en la pared—. ¡Ay, mi Calvin! ¿Qué ha pasado? ¿Está bien?

—Rodrigo sólo me ha dicho que te diga que Calvin está ingresado en el hospital Madrid y que por la primera que ha preguntado cuando ha despertado ha sido por ti, y...

Nekane, pálida, se sentó en el suelo y comenzó a hiperventilar. Rápidamente, Ana cogió una bolsa y, poniéndosela en la boca, murmuró:

—Haz el favor de respirar y no asustarme, ¡que me estás asustando! Y con lo impresionable que estoy, soy capaz de ponerme de parto.

Cinco minutos después, olvidándose del cansancio que tenían, salían de casa. Se bajaron del taxi y entraron en el hospital cogidas de la mano. A la primera persona que se encontraron fue a Rocío, la mujer de Julio, que al verlas aparecer fue rápidamente a abrazarlas.

—¡Qué susto!, ¡qué susto! Pero, tranquilas, chicas, los dos están bien. Podría haber sido una tragedia, pero por suerte ¡están bien!

—¿Los dos? —preguntó Ana.

—Sí, cariño, Calvin y Rodrigo —respondió, mirándole la prominente barriga—. Estaban sofocando un incendio en la Torre de Madrid cuando se ha desplomado el techo y... —Al ver que ambas se quedaban pálidas, decidió poner fin a la explicación—. Pero tranquilas. Repito que vuestros chicos...

—No son nuestros chicos —susurró Nekane, lívida.

Rocío la miró sorprendida.

—Bueno..., lo que sean. Rodrigo y Calvin están bien. —Y sin poderlo remediar, preguntó—: Pero tú ¿desde cuándo estás embarazada?

—Desde hace seis meses —contestó Ana como una autómata mientras buscaba con la mirada a la persona que ella quería ver. Pero no lo encontró por ningún lado.

Dos segundos después, Rocío las acompañó hasta la planta segunda. Al abrirse la puerta del ascensor varios bomberos que las conocían las saludaron con cariño, aunque la cara de todos al descubrir la barriga de Ana era de desconcierto total. Una vez que saludaron, Julio, al ver el rostro desencajado de Nekane, la cogió del brazo.

—Pasa —dijo—. Él estará encantado de verte. Sólo pregunta por ti.

—Tranquila. Yo te espero aquí —asintió Ana con cariño.

Con el corazón a mil, Nekane abrió la puerta de la habitación y, al ver a dos compañeros junto a la cama de Calvin, gimió. Uno de ellos, que la reconoció, sonrió, y rápidamente se acercó a ella y le dio dos besos.

—Pasa..., pasa..., no hace más que preguntar por ti

Asustada por el pitido de la máquina que había junto a la cabecera de la cama, se aproximó con paso inseguro. Allí estaba Calvin con los ojos cerrados.

—Nosotros salimos para que podáis estar unos minutos a solas —murmuró el otro hombre.

—No, no hace falta —susurró Nekane.

—Sí, claro que hace falta —repuso sonriendo el bombero.

Cuando la puerta se cerró y Nekane se vio a solas en la habitación con Calvin, se acercó despacio y sin hacer ruido hasta la cabecera de la cama. Verlo tan lleno de cables, y sobre todo tan estático cuando él era pura energía y sonrisas, le rompió el corazón. Con cariño, extendió la mano y le tocó el pelo.

—Estás guapo hasta en un momento tan terrible.

—Gracias, princesa —susurró él, curvando la comisura de los labios.

—¿Cómo se te ocurre darme este susto? ¿Acaso no sabes que tienes que cuidarte? ¿Cómo has podido permitir que te pase esto?

Con gesto cansado y apenas con un hilo de voz, el joven musitó:

—No me has dejado más opción. Al ver que las rosas negras no funcionaban, decidí cambiar de táctica y...

—¡Oh, Calvin! —gimió—. No digas eso. Te odio.

—Y yo te quiero, princesa.

—No me llames así —lo regañó—. ¿Desde cuándo una chica del Norte como yo tiene pinta de princesa? ¿Acaso no me ves? Pero Calvin, por el amor de Dios, ¿no ves que yo puedo parecer cualquier cosa menos una fina y delicada princesa?

El joven sonrió. Verla vestida con aquella falda de tubo negra, el jersey rosa y el pañuelo negro al cuello era la más maravillosa visión que él pudiera desear.

—Pero sé que te gusta alguna canción de mi amigo Luis Miguel. Y si te gusta es porque eres romántica, sensible y...

—Aclaremos algo —cortó ella—. No me gusta la música que dices, pero reconozco que hay un par de canciones que de tanto oírselas a Ana al final... hasta me las sé.

Levantando una mano con cuidado, Calvin se la puso en la boca para acallarla.

—Da igual lo que digas. Nada me hará cambiar la opinión que tengo de ti. Y antes de que protestes o me sueltes alguna de tus lindezas, déjame decirte que estoy loco por una princesa morena y retro llamada Nekane, de ojos almendrados y genio de mil demonios. Si fueras de otra manera, si no te cardaras el pelo ni tuvieras esos tatuajes, te aseguro que nunca me habría fijado en ti. Incluso vestida de gótica me gustarías.

—¡Ay, Calvin!, no me digas eso —gimió, emocionada.

Él asintió dejando escapar un suspiro.

—Tranquila, asumiré que yo no soy el hombre que tú necesitas y...

—¡Oh, Dios! ¡Cállate! —Y acercando su cara a la de él, murmuró—: Te quiero, maldito hombre con nombre de calzoncillos.

—Pero no de unos calzoncillos cualesquiera, sino de unos calzoncillos con glamour —ironizó Calvin, y Nekane lo besó.

Mientras en el interior de la habitación un encantado Calvin volvía a sonreír al sentir a su princesa de nuevo con él, en el exterior Ana charlaba con Rocío.

—Yo estoy de tres meses y medio, ¡y estoy emocionada! Aunque no te voy a mentir, también acojonada. Y mi cuqui, ni te cuento. El día en que se lo dije, con todo lo grande que es, casi se me desmaya. Eso sí, ahora me tiene entre algodones. Me mima, me cuida. Y siempre que llega pronto a casa me sienta en el sofá y me da masajes en los pies.

Ana sonrió. Compartir aquellos bonitos momentos con la pareja debía de ser maravilloso, pero en aquel momento no quería pensar en su situación.

—Eso es genial. Di que sí, ¡que te cuide!

—¿Y tú cómo te encuentras?

—Gorda, muerta de hambre y sueño, pero por lo demás bien —respondió Ana, suspirando y a la vez sonriendo.

Durante un buen rato hablaron de sus respectivos embarazos, hasta que de pronto Ana lo vio llegar. Oculta entre todos aquellos bomberos, Rodrigo no la vio y pudo observarlo sin ser vista. Parecía cansado y, por su gesto serio, crispado y dolorido. Llevaba un brazo en cabestrillo y en su rostro se percibían pequeños raspones y golpes, aunque lo que más llamó su atención fue su mirada. No sabía si era triste o enfadada.

El comentario de un compañero hizo que Rodrigo se volviera hacia la derecha y la viera. Sus miradas se encontraron, y Ana, incapaz de no saludarlo, levantó la mano. Sin dudarlo, Rodrigo se acercó a ella y, ante la atenta mirada de todos, la abrazó. Fue un abrazo más largo e intenso que cualquier otro.

—Me alegra ver que habéis venido —le susurró él al oído—. ¿Nekane está con Calvin?

—Sí —atinó a responder.

De pronto, aquella presencia tan varonil que la volvía loca la invadió de nuevo por completo y, sin querer evitarlo, se dejó abrazar.

«No me puede volver a pasar esto... ¡Noooooo!», pensó alarmada.

Tras aquel primer abrazo, Rodrigo se separó de ella. Sonriendo, hizo que se diera una vuelta ante él y le revolvió el pelo.

—Estás muy guapa.

Incapaz de pensar con claridad, sólo pudo contestar:

—Soy como una ballena. No mientas, Pinocho.

Pero no. Él no mentía. Ana estaba guapísima vestida con aquel peto vaquero de los Looney Tunes.

—Qué calladito te lo tenías, capullo —cuchicheó Julio, acercándose a ellos.

—Cuqui, por favor..., no seas indiscreto —lo reprendió Rocío al ver el gesto de los otros.

Ana, dispuesta a aclarar el malentendido, fue a hablar cuando Rodrigo, sonriendo, dijo:

—Ya sabes que no me gusta hablar de mi vida privada; ni de la de nadie.

Boquiabierta por aquella contestación, Ana lo miró, y él le guiñó un ojo. Pero no, no permitiría que ninguno pensara lo que no era. Sin embargo, cuando iba a aclarar aquel entuerto, la puerta de la habitación de Calvin se abrió y salió Nekane, que buscó entre todos los reunidos a su amiga. Cuando la vio caminó hacia ella.

—¿Todo bien? —preguntó Ana.

Nekane, con las emociones a mil, asintió y la abrazó. Durante unos segundos, las dos amigas permanecieron abrazadas, hasta que la navarra, separándose de ella, la asió de la mano y la apartó del resto.

—¿Te importa si no regreso a casa contigo esta noche?

—Pues claro que no; por favor, ¡no digas tonterías!

—Me gustaría quedarme con él en el hospital —murmuró, secándose las lágrimas de los ojos— y...

—Neka —la cortó—, me parece una estupenda idea. Por mí no te preocupes. Cogeré un taxi para volver. —Y tras darle un beso, dijo—: Anda, ve..., que el hombre con nombre de calzoncillos te espera.

Nekane sonrió y, después de tirarle un nuevo beso a su amiga con la mano, caminó hacia la habitación y desapareció.

Durante unos segundos, Ana permaneció inmóvil, hasta que un movimiento de su bebé la hizo regresar a la realidad. Miró a su alrededor en busca de Rodrigo y lo vio enfrascado en una conversación con varios de sus compañeros. A Rocío no la localizó, y decidió marcharse. Ella ya no pintaba nada allí. Sin decir nada, se montó en el ascensor y, al llegar a la calle, el aire fresco de la noche la hizo sonreír. Tras ponerse la chaqueta, comenzó a andar en dirección a una calle donde se veía movimiento de coches cuando de pronto oyó que alguien la llamaba. Al mirar, comprobó que era Rodrigo.

Con paso decidido, él caminó hacia ella. Al ver que se había marchado no lo había dudado y había ido en su busca. Tenía que hablar con Ana.

—¿Adónde vas? —preguntó al llegar a su lado.

Con un gesto que le hizo sonreír, la joven frunció el ceño y respondió:

—Pues mira, estaba intentando decidir si me iba a bailar o a esquiar. ¿Qué me aconsejas?

Él, con ánimo alegre, la asió del brazo.

—¿Has cenado?

—No, pero aunque lo hubiera hecho, en este momento tengo tanta hambre que te mentiría para volver a hacerlo.

Rodrigo sonrió sin soltarla del brazo.

—Ven..., vayamos a cenar algo.

—¿Qué te parece si vamos al *burger* de allí?

—¿Al *burger*?

—Sí —dijo ella riendo—. Ya sabes que yo por una hamburguesa MA-TO.

En silencio llegaron al *burger*. Una vez que pidieron sus consumiciones se sentaron, y los nervios de Ana estuvieron a punto de hacer que se tirara la Coca-Cola encima. Volver a tener a Rodrigo cerca, con su imponente masculinidad, hacía que se sintiera de nuevo patosa. Con disimulo, lo observó mientras él le echaba ketchup a su hamburguesa y de nuevo comprobó su entrecejo fruncido. Se lo veía preocupado, y eso la entristeció. Deseó pasarle la mano por el pelo con cariño y preguntarle por su relación con Candela, pero no quería parecer indiscreta.

«Pero, vamos a ver, ¿cómo puedo ser tan tonta? Este tío pasa de mis emociones, y yo aquí preocupándome por las de él. No tengo remedio», pensó tras resoplar.

—Bueno, ¿y tú qué tal estás? —le preguntó Ana, alterada por encontrarse con él, una vez que dieron los primeros mordiscos a sus hamburguesas.

—Bien. Por suerte es el brazo izquierdo y puedo manejarme con el derecho.

—No me refiero a eso —replicó Ana, atrayendo su mirada—. Me refiero a qué tal estás tras lo ocurrido hoy. Te conozco poco, pero sé que eres exigente en tu trabajo y estoy segura de que no paras de darle vueltas a lo que ha pasado. Tu cara, en especial tu mirada, habla por sí sola.

Rodrigo se sorprendió. ¿Cómo sabía ella aquello? Y rindiéndose, murmuró:

—Sinceramente, enfadado conmigo mismo por no haberme dado cuenta antes de que el techo iba a ceder. Sé que es difícil estar atento a todas las señales en un momento así, pero...

—Tú no tienes la culpa del accidente, Rodrigo. Las cosas a veces pasan porque tienen que pasar y ya está. No debes darle más vueltas al asunto, o te volverás loco.

En ese momento, apareció el chico del *burger* y les dejó sobre la mesa los aros de cebolla que habían encargado.

—¡Hummm, qué buena pinta tienen! —exclamó Ana.

Rodrigo sonrió mientras ella se metía un aro en la boca y resoplaba por lo caliente que estaba.

—¿Esto no será muy fuerte para ti?

Ana negó con la cabeza, y tras tragarse el aro, tomó un sorbo de su Coca-Cola.

—Después de comer pepinillo con Nocilla todos los días en casa, nada es fuerte para mí. Y venga, cómete tu hamburguesa, que como termine yo con la mía, soy capaz de comérmela.

Rodrigo se carcajeó y, haciéndole caso, empezó a comer. Durante un rato hablaron sobre *Guau*, el perro de su hermano, hasta que de pronto él dijo:

—Siento no haberte llamado en todo este tiempo.

—No pasa nada. Lo entiendo. Lo que ocurrió fue..., bueno, quizá era mejor así.

—Ana, no me he comportado bien contigo y...

—De eso, nada —cortó ella—. La que metió la pata con sus mentiras fui yo. Por lo tanto, si alguien no se portó bien contigo, ésa fui yo. —Y al ver cómo la miraba, aclaró—: Y... antes de que sigamos déjame pedirte disculpas de nuevo por lo ocurrido. La mentira se me fue de las manos con mis padres, y yo..., yo estaba tan confundida con todo que no sé por qué lo hice. Y en cuanto a lo que hicimos y lo que te solté respecto a mis sentimientos hacia ti, ya está olvidado. Creo que mis puñeteras hormonas me cegaron la mente y...

—En realidad, ¿sentiste algo por mí?

«Y siento», pensó Ana, pero con fingida indiferencia se metió una patata con ketchup en la boca y dijo:

—Sí, Rodrigo. Lo confieso. Me colé por ti como llevaba tiempo sin colarme por ningún tío. Pero, tranquilo, eso es agua pasada y, pispás, ¡no lo hablemos más! —Y al ver cómo la escrutaba con sus azulados ojos, nerviosa, añadió—: En cuanto a que no me hayas llamado en todo este tiempo, te prometo que lo entiendo. Cuando uno encuentra a alguien especial sólo está disponible para él. Lo comprendo.

—Candela y yo no estamos juntos. —Al escuchar aquella bomba informativa, Ana lo miró, y él prosiguió—: Después de lo que ocurrió el día en que comimos con tus padres, estuvimos juntos tres días más, hasta que apareció su ex marido, y ella, olvidándose nuevamente de que yo existía, decidió regresar con él y su dinero.

—Pero ¿qué me dices?

—Lo que oyes. Tenías razón cuando me advertiste con eso de que algunas personas no cambian. Ella, mi madre y su marido buscaban un mismo propósito y...

—¿Tu madre y Ernesto estaban metidos en el ajo?

—Sí. Por lo visto, Ernesto, por temas fiscales, sigue en contacto con ella, y al saber que tenía problemas con su marido le dijo que yo seguía soltero. El resto creo que te lo puedes imaginar, ¿verdad?

—¿Y cómo estás tras lo ocurrido?

—Enfadado con mi madre. Su marido me da igual.

Tras un silencio entre los dos, Ana se metió un nuevo aro de cebolla en la boca.

—¿Puedo preguntarte algo? —dijo.

—Sí.

—¿Por qué no te llevas bien con Ernesto?

Rodrigo sonrió y se echó hacia atrás en la silla.

—Él fue el culpable de que mis padres se separaran, y nunca se lo perdonaré. Pero mi madre estaba cegada por él y, al final, no sólo se separó de mi padre, sino que también se casó y nos lo metió en casa. —Apretando la mandíbula, Rodrigo siseó—: Ese idiota siempre ha sido una persona con unas normas muy rígidas, aun viviendo en mi propia casa, y yo, quizá por ser el mayor, no aceptaba esas condiciones. Pero mi relación con él se rompió definitivamente cuando al año de irme yo de casa intentó meter a Álex en un internado por su minusvalía. Te juro que lo habría matado. Mi hermano es la persona más buena que existe en este mundo y lo último que se merece es verse relegado de la familia por tener síndrome de Down. Al final, mi padre y yo conseguimos que no lo hiciera, pero cuando mi padre intentó recuperar la custodia de Álex, él, el maravilloso abogado al que mi madre venera, lo impidió, y bueno..., por eso vive con ellos.

—¡Qué fuerte!

—Sí... Él no quiere tener a Álex. Le incomoda su presencia. Pero tampoco permite que viva conmigo o con mi padre. Es raro explicarlo, pero es así. —Y al ver el gesto de ella, añadió para cambiar de asunto—: Y volviendo al tema inicial, esta vez fui cauteloso con Candela, y a pesar de que como mujer es un bombón, cuando regresó con su rico marido, ni me importó. Al revés, me sentí hasta liberado del compromiso que yo mismo me estaba creando. Aunque sí me dolió el engaño de mi madre.

—Sinceramente —añadió Ana—, creo que tu relación con ella y tu madre ha hecho crecer en ti un caparazón contra las mujeres.

—Sí —asintió él riendo—. Para pasarlo bien las mujeres me encantáis, pero en un nivel más personal... no quiero nada serio con ninguna.

—Pero no todas las mujeres somos iguales —dijo, incluyéndose—. Estoy segura de que te sorprenderías si...

—No, Ana; no quiero volver a pasarlo mal. Lo pasé tan jodidamente mal cuando Candela me dejó que me prometí no volver a sufrir por amor.

—Lo entiendo —insistió ella—, pero a lo mejor estás equivocado. Quizá deberías intentar conocer a una mujer. Pero cuando digo «conocer» me refiero a saber de ella. Sus gustos. Sus manías. No sólo conocerla íntimamente en la cama el primer día. Estoy segura de que ahí afuera hay una chica esperando a que la mires y te des cuenta de que en la vida no todas las mujeres somos malas.

—¿Tú eres mala?

—Soy la peor —afirmó para hacerle sonreír, pues no le gustaba verlo en aquel estado.

—Pues no lo pareces.

—Eso es porque nunca me has querido conocer. Si me hubieras conocido realmente, seguro que pensarías de otra manera...

Ambos sonrieron, y Ana, sin que pudiera evitarlo, le preguntó:

—¿Te dijo tu madre que estuvo en mi casa?

Rodrigo dejó de masticar y frunció el ceño.

—¿Que estuvo en tu casa? ¿Cuándo?

—El último día en que nos vimos —contestó, omitiendo que estaba bebida—. Cuando regresé a casa apareció de pronto y tuvimos unas palabritas.

—¡Joder, Ana!, lo siento. No lo sabía.

—No te preocupes. No pasa nada. Simplemente le aclaré que el gusarapo no era tuyo ante su amenaza de pedir las pruebas de paternidad cuando naciera. —Se quedó boquiabierto y fue a decir algo, pero ella prosiguió—: Siento si fui brusca con ella, pero nadie me amenaza. Ni siquiera tu madre. Mira, te voy a decir una cosa: la mía es pesadita, pero la tuya ¡es el no va más!

Después de una cena con una charla animada, cuando acabaron y salieron del *burger*, Rodrigo dijo:

—Te acompañaré a casa.

—Creo que deberías marcharte a tu casa a descansar —le indicó Ana, agarrándolo del brazo bueno—. Hoy ha sido un día complicado para ti y seguro que estás hecho polvo. Venga, el primer taxi que llegue será para ti y...

—Tienes razón —la interrumpió él—, pero antes te acompañaré a tu casa.

Rodrigo levantó el brazo para parar un taxi. Durante el trayecto, continuaron hablando y riendo sin parar, y una vez que llegaron al portal de Ana y el taxi se detuvo, él preguntó:

—¿Me invitas a tomar algo? No me apetece llegar a casa aún.

Ana lo miró y, tras sentir un patada del bebé y un aleteo en el corazón, asintió.

—Vale, pero sólo te daré agua o naranjada. En tu estado no debes beber alcohol.

Después de pagar al taxista, ambos se adentraron en el portal y subieron en el ascensor. Cuando entraron en la casa de Ana, *Miau* salió a recibirlos, y Rodrigo, encantado, lo cogió. Tras sacar del frigorífico una naranjada para él y un zumo para ella se sentaron en el sofá del salón.

—¿Les has contado a tus padres la verdad de lo nuestro? —dijo Rodrigo.

—No. —Y al ver cómo la miraba, añadió—: Vale..., ya sé lo que piensas, pero es que no he encontrado el momento propicio para decírselo. Pero, tranquilo, lo resolveré.

—¿Sigues queriendo que te acompañe a la boda de tu hermana?

—¿Lo harías? —preguntó, sorprendida.

—Sí —asintió.

Escuchar aquella simple palabra para Ana fue una liberación, tanto que saltó del sofá y gritó con los brazos en alto:

—¡Oh, síiiii! ¡Oh, síiiii! ¡Oh, síiiiiiiiiii!

—Vaya —comentó él riendo—, cualquiera que te oiga pensará que te lo estás pasando muy, pero que muy bien.

Consciente de que él tenía razón, se sentó a su lado roja como un tomate por haberse dejado llevar por el momento.

—Te lo agradeceré el resto de mi vida.

—Sólo te pongo dos condiciones.

Lo miró atónita y, con ironía, murmuró:

—Tú dirás, bombero.

—La primera —dijo él, sonriendo—, que una vez pase la boda hables claramente con tus padres y soluciones todo este lío. Y la segunda, que vuelvas a ser mi amiga del alma. Echo de menos nuestras divertidas conversaciones y...

—Acepto tu primera condición y la entiendo —le cortó—. En cuanto a la segunda, la acepto si me dejas incluir un pequeño matiz.

—Tú dirás, fotógrafa.

—Quiero dejar muy claro que cuando tenga al gusarapo pienso recuperar todo mi *sex-appeal* y tú no vas a entrar en el juego. —Y mofándose, añadió—: Y te aseguro que soy muy resultona.

Sin saber por qué, aquella exclusión a Rodrigo no le agradó.

—Entonces ¿estoy excluido?

—Totalmente.

—Pero eso es injusto —se quejó él, riendo.

—De eso nada. Eso es justísimo. Aún recuerdo lo clarito que me dejaste que yo no era tu tipo de mujer.

Él asintió.

—Vale, prometo no mirarte con otros ojos que no sean los de un amigo, amigo..., amigo.

—¡¡¡Ay!!!

—¿Qué pasa? —preguntó al ver que se tocaba la barriga.

—Dame la mano, corre. —Posando la mano de él sobre su vientre, murmuró—: ¿Lo notas? ¿Notas cómo se mueve?

Rodrigo la miró, boquiabierto, y asintió. Nunca había tocado una barriga como aquélla y menos aún percibido el movimiento de un bebé en el interior.

—¿Te duele?

—No —dijo, y sonrió—. Es una sensación rara, pero no duele.

Así estuvieron unos minutos, hasta que el bebé paró. Si alguien los hubiera visto en aquel instante habría pensado que eran la viva estampa del amor. Ambos mirándose a los ojos, mientras Rodrigo con cara de tonto tocaba con su única mano sana la barriga de Ana.

«¡Dios!, te besaría locamente», pensó Ana al tenerlo tan cerca, pero dispuesta a romper con aquel íntimo y extraño momento dijo, quitándole la mano de la tripa:

—¿Sabes que mi gusarapo es un niño?

—¿Un niño? —preguntó él, volviendo a la realidad tras el momento vivido.

—Sí.

—¿Y cómo se va a llamar? Porque conociéndote eres capaz de llamarlo *¡Niño!*

Ambos rieron a carcajadas y ella finalmente contestó:

—No lo sé todavía.

—¡¿Que no lo sabes!

—Hasta que no le vea la carita, no sabré cómo se llama.

La luz en los ojos de ella, su cara de felicidad y aquella intimidad a él le gustaron y, dispuesto a continuar, preguntó:

—¿Estás contenta?

—Sí, mucho, tan contenta como si hubiera sido una niña. —Rodrigo sonrió—. Neka y yo estamos dispuestas a malcriarlo. Ya le hemos comprado juguetes que no debería tener y con los que jugamos nosotras. Por cierto, los Lego son una pasada. El otro día las dos nos curramos un coche de carreras y una moto que no veas. Y hemos visto una caja para construir un coche de bomberos; en cuanto podamos ir a por él, se lo compramos. —Ambos rieron—. Yo, por mi parte, le he abierto una cartilla para que el día de mañana cuando tenga dieciocho años se pueda comprar un coche estupendo con el que pasear a las chicas.

Rodrigo sonrió y, dejándola descolocada, dijo con voz ronca:

—Eres la chica más fantástica que he conocido nunca.

Impresionada por cómo la miraba, se encogió de hombros y, tocándose la barriga para evitar el impulso de lanzarse sobre él, murmuró, haciéndolo reír de nuevo:

—Vale..., pero ahora no te enamores tú de mí.

13

El 17 de abril Calvin salió del hospital. Su mejoría era evidente, y la historia con su princesa continuó. Discutían cada dos por tres, pero si algo había quedado claro el día del accidente era que ya no podían vivir sin verse.

En aquel tiempo, la relación de amistad entre Rodrigo y Ana se retomó con más fuerza que la primera vez. Iban juntos al cine, al teatro, a ver musicales que a Ana le encantaban, y siempre que sus horarios se lo permitían, Rodrigo se alternaba con Nekane para acompañar a Ana a las clases de preparación al parto. Si bien era algo a lo que nunca antes había asistido, de pronto le gustó.

Ana, por su parte, lo acompañaba a comprar ropa; incluso Carolina y Álex, los hermanos de él, se apuntaron más de una vez. Les gustaba salir con ellos dos. Ana y Rodrigo juntos eran divertidos y estar a su lado les encantaba.

Una tarde, Ana los sorprendió enseñándoles unas entradas para el teatro. Álex, al ver el logotipo de las entradas, gritó enloquecido. Iban a ir a ver el musical de *Grease* que se representaba en la Gran Vía madrileña. Rodrigo se emocionó ante aquel detalle por parte de ella y rió a carcajadas al ver a su hermano tan excitado con su entrada en la mano. Álex adoraba aquella película, y Ana, que lo sabía, habló con una amiga que trabajaba en la compañía y que le consiguió las entradas. Aquella tarde, Álex, viendo el espectáculo de *Grease*, fue el muchacho más feliz del mundo. Aplaudía y bailaba las canciones de la película que tantas veces había visto, y Ana bailaba y aplaudía con él. Rodrigo disfrutó de la felicidad que sentían sus hermanos junto a Ana y supo que la amistad con aquella mujer siempre sería muy especial.

Por aquel entonces, la marca Intimissimi de ropa íntima femenina le hizo un encargo a Ana. Querían hacer un calendario para 2013 sexy y provocador con sus prendas. Durante días, Ana y Nekane maduraron la idea, hasta que una tarde dieron con la clave.

—Lo tengo —anunció Nekane riendo—. ¿Qué te parece bomberos y lencería sexy? Podríamos unir en el calendario la sensualidad con el morbo y recrear sueños o deseos que se pueden tener por ambas partes. Cada mes ¡un sueño pecaminoso! Por un lado, a las mujeres nos pone la sensualidad de los bomberos, y a los bomberos, como buenos machotes, les pone la lencería sexy.

Tras hundir un pepinillo en el bote de Nocilla y morderlo, Ana asintió.

—¡Ostras, Neka! ¡Eso podría ser la bomba! Lo llamaríamos «Fuego y sensualidad».

—¡Guau!, sí.

—Creo que has tenido una idea genial —la felicitó Ana, sentándose en el sofá—. Según me dijo Gerard, pretenden regalar el calendario a toda clienta que compre sus prendas. Y ya sabes que Intimissimi vende una barbaridad.

—¡Oh, Dios! ¿Te imaginas a todas las clientas, yo la primera, saliendo con unas bragas en la bolsa y el calendario bajo el brazo?

Ambas rieron, y Ana añadió:

—Seamos realistas. A las mujeres nos vuelven locas los bomberos, y más cuando ya los tenemos idealizados como los tenemos y...

—Vamos a ver, gorda... —la interrumpió Nekane—. Los tenemos idealizados porque a muchas mujeres los uniformes nos vuelven locas. Pero lo mejor de todo es que nosotras conocemos de primera mano a esos supermachos que nos pueden poner en contacto con otros supermachos. Y, ¡joder!..., lo que se me acaba de ocurrir.

—Gusarapo, echémonos a temblar —dijo Ana riéndose y tocándose la tripa.

—¿Qué te parece si hacemos un casting para encontrar a los

bomberos más sexis de España? Podemos mandar un mail a las distintas dotaciones contándoles el proyecto y quizá se apunten algunos.

—Ya Neka, pero a cambio habría que darles algo. —Y de pronto, sonriendo, añadió—: ¡Ya lo tengo! Voy a llamar a Gerard y le voy a contar lo que se nos ha ocurrido. Si accede a lo que le pediré, hablamos con Calvin y Rodrigo para que nos den los mails de todos los parques.

Media hora después, Ana colgó el teléfono y, con una sonrisa y el pulgar en alto, dijo:

—¡Genial! El proyecto a Gerard le ha parecido loco y sexy. A cambio, durante el año que el calendario esté en vigor, la firma ingresará a los parques de los bomberos que participen el cinco por ciento de las ventas de ropa. ¿Qué te parece?

—La bomba, niña..., la bomba —soltó Nekane riendo.

Aquella noche, cuando Ana llamó a Rodrigo para comentárselo, él se carcajeó. Hacer calendarios de bomberos ya era un tema bastante trillado, pero cuando le comentó que la firma donaría un cinco por ciento de sus ventas a los parques de bomberos que participaran, la cosa cambió. Los bomberos necesitaban equipaciones nuevas, y ésa podría ser la manera de conseguirlas.

Dos días después, el correo de Ana estaba colapsado con peticiones. Muchos bomberos querían participar.

A finales de abril fue el cumpleaños de Nekane, y Calvin la sorprendió enviando a dos mariachis con sombreros y guitarras a la puerta de su casa para cantarle *Las mañanitas*.* Ana, al ver aquellos hombres en la puerta de su casa cantando aquella dulce canción, cogida de la mano de su amiga, lloró y lloró. Sus hormonas la tenían completamente descontrolada y apenas podía contenerse.

* *Las mañanitas*, Warner/Chappell Music, Inc., Kiko Campos Eduardo Magallanes Calva y Tradicional, e interpretada por Vicente Fernández. *(N. de la e.)*

Tras un día de trabajo en el que la navarra había recibido doscientas llamadas telefónicas, por la noche acudió a su fiesta en un pub cercano a su casa. Más de treinta personas, entre las que estaban un aún desmadejado Calvin, Popov y su chica, Rodrigo y Ana, y otros amigos, aplaudían mientras ella soplaba las velas.

Después de los regalos, el divertido grupo decidió cantar en el karaoke, y todos se partieron de risa al escuchar a Popov, el medio ruso, cantarle a Esmeralda *Ay pena, penita, pena.**

—¿Vas a cantar tú? —preguntó Ana, sentada al lado de Rodrigo.

Él la miró y dio un trago a su cerveza esbozando una sonrisa.

—¡Ni loco!

Aquella palabra y en especial su gesto hicieron reír a Ana a carcajadas. Ella tenía muy claro que Rodrigo no haría cosas así en su vida. Era demasiado serio y reservado como para salir a la palestra. De pronto, Nekane se sentó junto a su amiga y, con el librito de las canciones en la mano, le preguntó:

—¿Cuál cantamos?

Ana, divertida por la ligereza del momento, observó el listado de canciones y señaló una. Emocionada, Nekane aplaudió, se levantó y, antes de alejarse, gritó:

—¡Vamos, levanta el pandero, que somos las siguientes!

Sorprendido por aquella faceta que no conocía, Rodrigo la miró.

—¿Vas a cantar?

—Sí.

—¿En serio? —dijo Rodrigo entre risas, ayudándola a levantarse.

—Ya te digo. Y nada menos que una canción de la grandísima Tina Turner.

Rodrigo soltó una gran carcajada.

—Pero ¿no te da vergüenza hacerlo delante de toda esta gente?

Ana miró a su alrededor y, al verlos a todos felices, divertidos y

* *Ay, pena, penita, pena*, escrita por Antonio Quintero, Rafael de León y Manuel Quiroga e interpretada por Lola Flores. *(N. de la e.)*

desinhibidos, se encogió de hombros y murmuró antes de marcharse:

—Tranquilo, está todo controlado. Neka y yo somos unas profesionales del micrófono. ¡No hay karaoke que se nos resista!

Él asintió animadamente y la dejó pasar. Y cuando Popov terminó su canción y todos le aplaudieron, Nekane y Ana subieron al escenario. Entre pitos, aplausos y griterío, la música comenzó, y ellas empezaron a cantar. Sorprendidos, Calvin y Rodrigo se miraron mientras ellas cantaban agarradas a sus micrófonos. Ciertamente, no lo hacían tan mal.

Sintiéndose muy interesado, Rodrigo no quitó el ojo del escenario mientras Ana, con su barriga, cantaba y bailaba con una sonrisa de oreja a oreja, divertida y entusiasmada. Cuando terminó la canción, las dos jóvenes, cogidas de la mano, saludaron y, entre risas, regresaron a sus lugares.

—Princesa, como dice la canción, ¡eres la mejor! —dijo Calvin, abrazándola.

Cuando Ana se sentó junto a Rodrigo, estaba acalorada. Rápidamente, él le ofreció el vaso de zumo.

—Cantas muy bien. Tienes una voz preciosa.

—Gracias... ¡Cantar siempre me ha gustado!

La observó mientras reía y hablaba con los amigos de Nekane. Aquella pequeña morenita, tan diferente de las mujeres con las que él solía salir, cada día le sorprendía con algo nuevo, y aquella noche había sido con su increíble voz.

Sobre las dos de la madrugada, al regresar Ana del baño por decimoquinta vez, observó cómo Rodrigo miraba con atención hacia la pista donde la gente bailaba. Curiosa, se paró para ver a quién miraba, y no se sorprendió al comprobar que observaba con detenimiento a Lydia, la *siempre* guapa del grupo. La rabia le hizo soltar un bordería, pero de pronto, al verse reflejada en el espejo que había enfrente, suspiró. Era lógico que no sólo Rodrigo, sino el resto de los hombres no se fijaran en ella. ¿Quién iba a fijarse en una embarazada?

Querer competir con la guapa y sexy Lydia, que iba ataviada con un vestido azulón de lycra y botas de caña alta, era misión imposible, y consciente de que la batalla la tenía perdida, decidió ser consecuente con su situación y admitir de una vez por todas que Rodrigo era algo imposible.

Dibujando una sonrisa en su cara, continuó su camino y se acercó hasta él.

—¿No bailas más? —le preguntó, sonriente, al verla llegar.

Ana cogió su zumo de piña y se lo bebió de golpe.

—No puedo más. Estoy agotada. —Y al ver que Rodrigo volvía a mirar a Lydia, dijo, acercándose a él—: ¿Quieres que te la presente?

—¿A quién?

—Venga, va, ¡no disimules! A la chica que estás mirando. La de azul.

Rodrigo sonrió; le divertía comprobar que Ana se fijaba en todo.

—¿La conoces?

—Sí. Es muy maja.

—Y muy guapa —añadió Rodrigo.

—Sí —suspiró, resignada—. Y si mal no recuerdo, soltera.

Él asintió, pero le guiñó un ojo y dijo, dejándola descolocada:

—¿Sabes?, prefiero seguir aquí contigo. Alguien tiene que vigilarte para que no te comas todas las patatas fritas y los ganchitos.

—¡Anda ya! —se mofó, dándole un golpe en el hombro.

—Además, hoy tienes un día tonto y si has llorado con *Las mañanitas*...

—¡Ay!, no me lo recuerdes que aún me emocionaré y, como diría mi Encarna, volveré a *chorar* —gimió, y los ojos se le llenaron de lágrimas.

—Nunca he visto llorar tanto a una mujer —afirmó Rodrigo, sonriendo.

—¡Son mis hormonas! —se defendió ella—. No soy tan llorona.

—Vale, vale... No quiero dudarlo, ¡te creo!

Feliz como una tonta porque él hubiera preferido quedarse con ella fue a decir algo cuando oyó:

—Ana, pero cuánto tiempo sin verte. ¿Qué tal?

Al volverse, se quedó de piedra. La impresionante Lydia con su vestido de lycra estaba allí mostrando la mejor de sus sonrisas. ¡Maldita su suerte! Tras tener una conversación de besugos entre las dos, Ana decidió acabar con aquel numerito y, mirando al bombero, dijo:

—Rodrigo, te presento a Lydia. Lydia, Rodrigo.

Cuando aquellos dos se saludaron y comenzaron a hablar, Ana miró por encima del hombro a Rodrigo, dispuesta a quitarse de en medio.

—Disculpadme, pero creo que Esmeralda me llama. —Y dicho esto, desapareció.

Sin mirar atrás caminó hacia el otro lado del local y, apoyándose en la barra, llamó al camarero y le pidió una agua sin gas. En ese momento, Nekane llegó hasta ella.

—¿Estás bien?

—Sí..., maravillosamente bien —contestó, como si quisiera ganar el Goya a la mejor actriz. Una vez ya había sido demasiado humillante; dos, era de idiota profunda—. ¡Dios, Neka!, mataría por un buen Bacardí con Coca-Cola. Estoy de zumitos hasta el mismísimo. Por cierto, me ha dicho Gisela que el guaperas, por no decir buenorro de Mario, estará en septiembre en Alemania, ¿coincidiremos?

Nekane miró con sorpresa a su amiga y, sonriendo, añadió:

—Punto uno: si Mario va a Alemania, seguro que te buscará; ¡siempre lo hace! Punto dos: en septiembre ya no estarás embarazada, por lo que te podrás desquitar de tu abstinencia sexual. Y punto tres: de Bacardí ahora, nada de nada, o te juro que te crujo.

—Lo sé, tonta..., lo sé. Pero te juro que el día que pueda me voy a beber todo lo que no he bebido durante el embarazo.

En ese momento, Nekane vio a Rodrigo hablar animadamente con el bombonazo de Lydia.

—¿Has visto con quién está Rodrigo? —le preguntó.

Ana asintió, y sin cambiar la sonrisa, miró hacia donde estaba el bombero.

—Sí, con Lydia. Los acabo de presentar.

—¿Tú los has presentado? —dijo Nekane con asombro.

—Sí. Conozco a Rodrigo, y ella es de su estilo.

—Pero si ésa tiene más morro que potorro.

—Pues sí, pero también es guapa, estilizada, rubia y, lo más importante, tiene unas grandes tetorras. Y eso, a nuestro amigo Rodrigo, ¡le pone!

La frialdad que Ana mostraba ante aquella situación llamó la atención de Nekane, que pensó en ahondar en el tema para saber si realmente a su amiga ya no le importaba lo que el otro hiciera.

—Oye..., estoy que me muero de sueño. ¿Me odiarías si me marcho ya a casa?

—Pero si ahora vamos a cantar de nuevo en el karaoke. ¿Cómo te vas a ir?

—Neka..., estoy muerta. Créeme.

La navarra se fijó en las ojeras de Ana y asintió.

—Le diré a Rodrigo que te acompañe.

Agarrándola con rapidez, Ana la detuvo y, con una sonrisa que la descolocó aún más, murmuró:

—Ni se te ocurra cortarle el rollo. ¡No ves que está con Lydia! Por lo tanto, cierra esa boca que tienes llena de dientes y no le digas nada, ¿entendido?

Popov, del brazo de su chica, se acercó hasta ellas.

—¿Qué os pasa? —les preguntó.

—Aquí la *preñá*, que se quiere marchar —contestó Nekane, molesta porque su amiga se marchara tan pronto de la fiesta.

—Normal —asintió Esmeralda, descolocando a la navarra—. Tiene carita de cansada.

Ana asintió con ojos de perro pachón. Aquéllos eran su oportunidad de huir de allí.

—Venga..., nosotros la llevaremos a casita —se ofreció Popov. Y como vio que Nekane iba a protestar, añadió—: Mira, navarra, te quiero mucho, pero esos amigos tuyos tan..., tan roqueros ¡pueden con mis nervios!

Dos minutos después, tras despedirse únicamente de Nekane,

los tres se marcharon del pub. Ana, con una sonrisa prefabricada en el rostro y dolor en el corazón por dejar a Rodrigo allí, se subió en el coche de Popov y, cuando llegó a su casa, tras saludar a *Miau* y a *Pío*, se durmió. No quería pensar.

14

El 11 de mayo, la gente se arremolinaba en las entradas del Palacio de los Deportes de Madrid, esperando su turno para acceder al recinto y disfrutar con el concierto de Luis Miguel.

—¡Aquí llegan Popov y Esmeralda! —gritó Ana dando saltos de alegría.

Cuando ellos la vieron, se acercaron a donde estaba.

—Chiquilla, para, que se te va a salir la criatura —le aconsejó Esmeralda después de besarla.

—Pero, bueno, Calvin, si yo pensaba que no ibas a venir. No te pierdes una, ¿eh? —dijo Popov al ver al chico con las muletas.

—Y no debería estar aquí —protestó Nekane—, pero como es un tozudo de mucho cuidado, aquí está. Un mal golpe y de cabeza al hospital.

El joven, tras saludar a Popov y su mujer, sonrió.

—Por nada del mundo me perdería el concierto de mi amigo. Y más tras convencer a mi princesa para que me acompañara.

—Pues ya le podrías haber dicho a tu amigo que nos dejara entrar por la puerta vip —se mofó Popov.

Calvin se sacó el móvil del bolsillo con una sonrisa en los labios.

—¿Queréis que lo llame? Tengo su teléfono, pero quizá ahora no sea un buen momento para pillarlo.

El gesto les pareció divertido y lo llamaron fantasma.

—Déjalo..., seguro que lo pillas en la ducha o algo así —comentó finalmente Popov con sorna.

Nekane resopló, angustiada.

—¿Quién me iba a decir a mí que estaría yo aquí? Es más, ¿qué hago yo aquí?

—Ya te digo —asintió Popov. Aquello era, como poco, ¡inaudito!

—Anda ya, so... tonta —bromeó Esmeralda—. Ya verás lo bien que nos lo vamos a pasar. El Luismi es mucho Luismi, y te encantará.

Ana, que estaba bebiendo agua, sonrió. Si le hubieran dicho meses atrás que su amiga Nekane acudiría a ver a Luis Miguel, se habría reído a carcajadas. Pero allí estaba, cogida de la mano de su chico y feliz.

—Por allí vienen Julio y Rodrigo con Rocío y Alicia.

Ana y Nekane se miraron. ¿Qué hacía Rodrigo allí? Ana, de pronto, reconoció a Alicia. Era la chica rubia que le había entregado el perrito aquel día en el portal y con la que Rodrigo había quedado en varias ocasiones. Con una encantadora sonrisa, Rocío se acercó hasta ellas y, tras saludarlas, le comentó a Ana en el oído:

—No sé cómo lo puedes llevar tan bien.

—¿El qué?

Rocío, con fingido disimulo, señaló a la joven que, de la mano de Rodrigo, sonreía encantada.

—El que ella esté aquí —puntualizó, abrazándola—. ¡Ay!, lo siento. En tu estado y tener que aguantar esto tiene que ser muy embarazoso. Y nunca mejor dicho.

—Rocío —le aclaró Ana, cansada de que pensaran lo que no era—, el bebé no es de Rodrigo. Él y yo sólo somos buenos amigos.

—Pero ¿qué me dices? —dijo, asombrada—. Pero..., pero si nosotros pensábamos que...

—Ya, ya sé lo que pensabais, pero él y yo sólo somos amigos, nada más.

En ese momento, Rodrigo se acercó a ella, la besó en la mejilla y le preguntó, tocándole la tripa con toda naturalidad:

—¡Hola, preciosa!, ¿cómo estáis hoy los dos?

—De lujo —respondió escuetamente.

Sin fijarse en nada que no fuera la rubia que tenía a su lado, Rodrigo dijo:

—Ana, te presento a Alicia.

—Encantada —dijo, confeccionando una estupenda sonrisa.

—Lo mismo digo —respondió la joven, observando su prominente barriga.

Rocío se agarró a su marido y suspiró; no podía entender la extraña relación que había entre aquéllos. La gente de la fila comenzó a entrar, y Rodrigo se volvió para coger de la mano a su acompañante. A partir de ese momento, no volvieron a cruzar ni un solo comentario más. Rodrigo estaba totalmente entregado a la causa de besar una y otra vez a la joven rubia.

Tras acomodarse en los asientos que Calvin se había encargado de comprar para todos en el Palacio de los Deportes, el espectáculo comenzó y la locura inundó el lugar. Luis Miguel sabía ganarse al público y hasta Nekane parecía disfrutar. La única que no disfrutaba era Ana. Escuchar las románticas canciones de Luis Miguel y tener a Rodrigo a menos de un metro besando a otra y sonriéndole como un bobo le estaba amargando el concierto. Nekane se acercó a su oído y murmuró:

—A mí no me engañas con tu frialdad, bonita, y te digo una cosa: como vuelvas a mirarlo te juro que te cojo y... —Pero al ver el nuevo gesto de su amiga, miró y siseó—: ¡Joder!, pero ¿tú has visto hasta dónde le está metiendo la lengua esa fresca?

—Al final, vomitaré.

—Ni se te ocurra —protestó Nekane—. Hoy no has vomitado y..., ¡joderrrr!, pero ésa es una loba. ¿Dónde tiene la mano ahora?

—En el paquetón. Sin duda, en el paquetón.

Entonces, las dos amigas se miraron. La situación era tan surrealista que al final prorrumpieron en carcajadas. Rodrigo las miró y sonrió. Le encantaba oír a Ana reír. Al final, la navarra, abrazándola, se interpuso en el campo de visión y le planteó:

—¿Qué te parece si disfrutas de la actuación y pasas de ese tordo? Siéntate con Popov y canta, grita y disfruta. Luis Miguel te gusta. Estás con tus amigos y, por fin, yo he venido a un concierto de este tío. ¡Joder!, míralo como algo positivo; no lo recuerdes como una tortura porque él y ésa estén aquí.

Ana pensó un momento en lo que su amiga decía, y lo cierto era que tenía razón. A partir de aquel instante, no lo volvió a mirar y disfrutó. Unida a Popov, Esmeralda y Rocío, gritó y se desahogó. Cuando la actuación llevaba cerca de una hora y sonaron las primeras notas de la canción *O tú o ninguna*,* todas las mujeres y algunos hombres del público que abarrotaba el Palacio de los Deportes comenzaron a gritar, y entonces ocurrió algo que dejó a todos sin palabras. Luis Miguel, antes de comenzar a cantar la canción, dijo:

—Esta canción, mi buen amigo Calvin, quiere dedicársela a su chica. —Y sonriendo, añadió entre el griterío cuando un cañón de luz se encendió enfocando hacia Calvin y Nekane—: Calvin, amarra bien a tu princesa y baila pegadito a ella, aunque sea con la pierna rota. Ésta va para ti, Nekane.

Dicho eso, el Palacio de los Deportes estalló en aplausos. Nekane, boquiabierta y deslumbrada, no sabía dónde meterse, y Calvin, feliz, sonreía orgulloso. Rodrigo y Ana se miraron y aplaudieron. ¿Realmente Calvin conocía al cantante Luis Miguel? Cuando el cañón de luz se apagó, todos los amigos miraron al joven lesionado, y éste, levantando la mano, gritó:

—¡Os dije que era mi amigo!

Aún atónita, Nekane lo besó, y Calvin la asió por la cintura.

—Bailar no puedo todavía, princesa, pero sí puedo besarte, abrazarte y quererte como tú te mereces.

—¡Oh Dios, Calvin!, te quierooooooooooooooo.

En ese momento, Luis Miguel comenzó a cantar aquella bonita y romántica balada, y ante la mirada emocionada de Ana, Nekane se rindió definitivamente al hombre con nombre de calzoncillos.

* *O tú o ninguna*, Sociedad General de Autores de España S G A E, escrita por Juan Carlos Calderón e interpretada por Luis Miguel. *(N. de la e.)*

15

El 26 de mayo llegó el tan temido día para Ana. La boda de su hermana. Volver a ver las caras de personas que llevaba años sin ver era lo que menos le apetecía, pero allí estaba, en el juzgado, sentada al lado de un guapísimo Rodrigo, con una barriga descomunal, mientras veía a su hermana y recién estrenado marido intercambiar anillos.

Fue una ceremonia breve, nada que ver con la celebración, que por supuesto tuvo lugar en el mejor hotel de Londres y a la que asistieron, nada más y nada menos, que la friolera de ochocientas sesenta y dos personas. Teresa, la madre de la novia, elegantísima con su vestido azul oscuro de Armani, del brazo de Rodrigo, que estaba guapísimo con su traje negro, saludaba a los invitados. Mientras Ana, con un traje corte imperio en verde agua que le favorecía una barbaridad y su corto pelo negro peinado hacia atrás, iba del brazo de su padre.

Rodrigo estaba abrumado. No paraba de sorprenderse cada vez que la madre de Ana le presentaba a alguien; el último, el primer ministro, David Cameron. A su lado, Ana hablaba con total tranquilidad con los actores Colin Firth y Hugh Grant, y luego se les unió Kate Winslet, que resultó ser una chica muy risueña. Durante horas, Rodrigo saludó con una grata sonrisa a todos, y cuando por fin se sentaron para cenar a la mesa que con cuidado la novia y su madre habían acondicionado, se quedó de piedra al ver a David Beckham frente a él.

—¿Qué te pasa? —preguntó Ana, acercándosele.

—Estoy tan sobrepasado por todo lo que veo a mi alrededor que no sé si voy a poder cenar.

Divertida por el comentario, Ana sonrió y aún se aproximó más.

—¿Cómo se sentiría tu madre aquí sentada?

—En su salsa.

Ambos se reían cuando oyeron a sus espaldas:

—Ana Elizabeth, ¿eres tú?

El sobresalto que aquella voz causó en Ana fue perceptible hasta para Rodrigo, quien, levantando la mirada, se encontró con un hombre engominado, más o menos de su edad y muy inglés. Con el corazón a mil, Ana se levantó y, clavando la mirada en el recién llegado, sonrió y exclamó:

—Warren, qué alegría verte.

El hombre la escaneó con la mirada y, al ver su prominente barriga, murmuró:

—Lo mismo digo. ¿Cuántos años han pasado? ¿Cinco? ¿Seis?

—Siete —aclaró Ana.

Rodrigo se levantó. No sabía por qué, pero había notado incomodidad en un gesto de Ana, y cogiéndola por la cintura, le dio un beso en la cabeza. Entonces, le tendió la mano a aquel extraño.

—Soy Rodrigo Samaro.

—¿Nos conocemos? —preguntó el hombre engominado mientras lo observaba y concluía que nunca había visto a aquel tipo ni había oído hablar de él.

—Es..., es mi novio —murmuró Ana, tocándose la oreja.

El intruso lo miró con un gesto que a Rodrigo no le gustó, pero estrechándole la mano dijo:

—Warren Follen. Soy un antiguo amigo.

Ana, al ver que Rodrigo se quedaba parado después de oír el nombre, sonrió. ¿Recordaría lo que le había contado? Pero dispuesta a que aquel encuentro terminara de prisa, añadió:

—Ha sido un placer verte, Warren. Ahora, si no te importa, van a servir el primer plato y creo que es mejor que nos sentemos antes de que a mamá le dé un patatús. Ya la conoces.

El hombre asintió, y tras darle dos besos en la mejilla, se alejó. Una vez que se sentaron, Rodrigo, con una sonrisa, murmuró para hacerla reír:

—Debes controlar lo de tocarte la oreja cada vez que mientes. Te delata. —Pero al ver el gesto confundido de ella, le cogió la mano para atraer su atención—. ¿Qué te ocurre?

—Nada... —balbuceó tras abanicarse con la servilleta—. No te preocupes, no pasa nada.

De pronto, Rodrigo, al ver cómo ella miraba de reojo al hombre, que se sentó dos mesas a su derecha, intuyó algo.

—¿Cómo ha dicho ese tipo que se llamaba?

—Warren... Warren Follen.

Y por fin, al escuchar de nuevo el apellido, lo entendió. Aquél debía de ser el ex novio de Ana, del que no guardaba buenos recuerdos.

—¿Ése es quien yo creo que es?

—Warren es un amigo. Sólo eso. —E intentando bromear, cuchicheó—: Ahora disfrutemos de la comida. Mamá ha contratado a los mejores para que todo esté exquisito, y yo estoy que me como el mantel.

Pero Rodrigo no estaba dispuesto a abandonar la conversación.

—Es él, ¿verdad?

Ella no respondió, por lo que acercándose a su cara, volvió a preguntar bajito para que nadie los oyera:

—¿Ese imbécil fue quien...?

Molesta por aquella pregunta, clavó sus bonitos ojos verdes en él y susurró:

—¡Chiss...! Calla.

—La madre que lo parió. Le voy a...

—No, por favor —suplicó Ana, sujetándolo con fuerza—. Es la boda de Nana.

Algo en el interior de Rodrigo lo quemó. Saber que aquel imbécil engominado con aires de galán había maltratado a Ana lo incomodó. Deseó levantarse y partirle la cara, pero al ver el gesto asustado de ella, le cogió la mano y le besó los nudillos.

—Lo siento. Perdóname...

—No pasa nada..., pero dejémoslo, por favor.

La comida fue exquisita. Canapés de salmón con remolacha, tartaletas de queso y espárragos, pastel de abadejo y ternera asada con finas láminas de champiñón, todo ello fue un deleite para el estómago de Ana. Y cuando en los postres vio las trufas de chocolate blanco, paté de naranjas sanguinas y los bizcochitos de frambuesa, se quiso morir, pero de gusto. Todo le sentaba bien. Rodrigo, al ver que ella volvía a sonreír, se relajó. Por nada del mundo quería restarle un segundo de felicidad. Y menos por culpa de aquel indeseable.

—Ahora traen la tarta. ¡Bien! —aplaudió Ana como una niña.

—Pero ¿todavía eres capaz de comer más?

—Ya te digo. El gusarapo pide y pide. Y yo, como soy una madre muy buena y entregada a la causa, le doy.

En ese momento, Lucy, la novia, se acercó a su hermana y la besó con cariño.

—Pato..., he hablado con la orquesta que amenizará el baile y les he dicho que luego cantarás con ellos la canción de los papis.

—Ni lo sueñes —negó—. ¿Cómo se te ocurre semejante tontería?

Su hermana, tras un pestañeo, arrugó el morrillo.

—¡Porfi, porfi, porfi!, hazlo por papá y mamá. Sabes que les encanta esa canción y más cuando tú la cantas. Por favorrrrrrrrrrrrrrrr.

—Que no. He dicho que no.

Rodrigo, al ver que la novia lo miraba en busca de ayuda, se acercó a Ana y murmuró:

—Venga, melocotón loco. Sabes que lo harás estupendamente, y si a tus padres les gusta, ¿por qué no?

Los miró boquiabierta. No podía creer que aquellos dos la estuvieran liando.

—Pero, vamos a ver, ¿qué clase de alucinógenos habéis tomado? Que no..., que aquí hay mucha gente y no me da la gana hacer el ridículo.

Pero su hermana le dio un beso en la mejilla y dijo antes de irse:

—Da igual lo que digas, ya está preparado, y cuando te llamen, subirás y la cantarás.

Enfadada, fue a levantarse para cantarle las cuarenta a su hermana cuando Teresa, su madre, se acercó a ellos y, después de besar a su hija, se apoyó con familiaridad en los hombros de Rodrigo para que todos la vieran.

—¿Todo bien por aquí?

—Sí, mamá.

—Perfecto —afirmó Rodrigo.

—¿Ha comido bien mi niña?

Aquella pregunta sorprendió a Rodrigo, que con una sonrisa que hizo a Ana carcajearse, respondió:

—Teresa, mejor pregúntame qué no ha comido tu niña.

Encantada con la familiaridad con que aquel muchacho la trataba, la mujer rió, y al ver salir la tarta por la enorme puerta, dijo en voz alta para que todos los comensales de la mesa la oyeran:

—Ahora, amigos, nos deleitaremos con la increíble tarta nupcial de siete pisos. Sólo os diré que ha sido encargada a la maravillosa Fiona Cairns. —Y antes de irse, susurró a su hija—: Ana Elizabeth, no dejes de comer la tarta. Es la misma que la de la boda de William y Kate.

Contenta, vio a su madre saludar a otros invitados. Sólo había que verla y conocerla para saber que estaba disfrutando como una loca.

—¿Quién es esa Fiona Noséqué?

—Es quien hizo la tarta de boda de Willian y Kate.

—¿Y quiénes son Willian y Kate? —volvió a preguntar Rodrigo.

Con comicidad, Ana se llevó la mano al corazón y, acercándose a Rodrigo, murmuró:

—¡Por el amor de Dios!, como mi madre se entere de que no sabes quiénes son Willian y Kate, ¡nos deshereda! —Y mientras él reía a carcajadas le informó de quiénes eran aquéllos.

Una vez acabada la cena, los invitados pasaron a un gran salón decorado con cientos de arañas de cristal en el techo. Al fondo, un nutrido grupo de músicos vestidos con pantalón negro y chaqueta blanca comenzaron a tocar el vals nupcial.

—Ana Elizabeth —dijo su madre, empujándola—, recuerda que tienes que bailar con Rodrigo cuando hayamos salido tu padre y yo a la pista.

—Sí, mamá —suspiró, agobiada. Tantas normas la volvían loca, pero no queriendo contrariarla, se acercó a Rodrigo y le preguntó—: ¿Sabes bailar el vals?

—¿Te has vuelto loca? —preguntó riendo, y los hoyuelos se le marcaron en la cara.

Descompuesta por lo que aquellos malditos hoyuelos la hacían sentir, musitó:

—Si no lo hacemos, mi madre nos matará, ¿no lo has oído?

Como a Rodrigo no le gustaba bailar, dijo con claridad:

—He dicho que no.

Pero tras salir los novios a la pista, y después los padres de los novios, Ana tiró de él y, finalmente, Rodrigo bailó.

—Si yo voy a tener que cantar delante de todo el mundo, tú bailas —le susurró ella.

—¿Sabes que eres una gran lianta? —le dijo, sonriendo.

—Lo sé. Es parte de mi encanto.

Estar junto a él disfrutando de su compañía hacía que a Ana se le iluminara el rostro, algo que a nadie se le pasó por alto, en especial a su padre. Que durante aquellos tres días Rodrigo sólo tuviera ojos para ella la tenía en una nube, aunque él no se hubiese dado cuenta. Como decía Encarna, a un hombre había que darle todo masticadito o no se enteraba.

Una hora después, tras ser avisada por uno de los músicos de la orquesta, Ana, con su vestido corte imperio verde, subió al estrado y cogió el micrófono. Ante la cara de felicidad de su hermana, la de guasa de Rodrigo y la de desconcierto de sus padres, dijo:

—¡Holaaa...! —Todos la miraron, y ella prosiguió—: Hoy es un día muy especial para mi familia y quiero daros las gracias a todos por haber venido. Pero el motivo de que yo esté aquí al lado de esta maravillosa orquesta es porque quiero dedicarles una canción a mis padres por ser para mi hermana y para mí los mejores. —Frank y Teresa sonrieron—. Por lo tanto, papá..., mamá..., os quiero en el centro de la pista porque os voy a cantar *When a Man Loves a Woman*,* vuestra canción.

Todo el mundo aplaudió mientras Frank y Teresa, emocionados, salían a la pista, la música comenzaba, y Ana entonaba la canción. Mientras seguía el ritmo que los músicos le marcaban, se fue relajando. Cantar era algo que siempre le había gustado mucho, y aunque durante varios años casi no había practicado, sabía que era dueña de una excelente voz. Por ello, tras los primeros sones, simplemente se dedicó a disfrutar de lo que hacía y se olvidó de lo que la rodeaba, excepto de Rodrigo. Ignorarlo era imposible. Intentó no mirarlo, pero sus ojos lo buscaban continuamente mientras él sonreía. Aquella canción decía cosas que ella sentía en silencio por él, y eso la inquietó. Cuando finalizó la canción, todo el mundo aplaudió, mientras Teresa y Frank se acercaban a besar a su hija y Rodrigo los seguía.

—Mi vida..., cuánto tiempo sin oírte cantar. ¡Que ilusión! Gracias, tesoro —dijo gimiendo Teresa, conmovida.

—Venga, mamá..., venga..., que al final me harás llorar a mí, y últimamente soy de lágrima fácil —repuso Ana en tanto sentía que la mano de Rodrigo se enredaba con la suya para darle apoyo.

Frank, igual de emocionado que su mujer, pero contenido, abrazó a su hija.

—Te quiero, cariño —le susurró.

El resto de la tarde-noche fue fantástico. Ana bailó y se divirtió junto a Rodrigo, hasta que Warren, ese al que ella no quería ni recordar, se acercó para invitarla a bailar. Rodrigo se mantuvo al margen. No debía interceder en su vida, y Ana se lo agradeció. En un principio, quiso declinar la oferta, pero Teresa, que había aparecido del brazo de Warren, la animó, y no pudo escapar.

—¿Cómo te va la vida, preciosa? —le preguntó él, una vez que estuvo en la pista entre sus brazos.

* *When a Man Loves a Woman*, Sony/ATV Music Publishing LLC, Warner/Chappell Music, INC., escrita por Wright, Andrew James / Lewis, Calvin Houston e interpretada por Michael Bolton. *(N. de la e.)*

—Bien. Maravillosamente bien, ¿no me ves?

—Sigues cantando muy bien. Tienes una voz preciosa —la halagó con una embaucadora sonrisa.

—Gracias.

—Confieso que me has sorprendido —dijo Warren tras un tenso silencio.

—¡Ah, sí!, ¿por qué?

Y entonces, se aproximó a su oído con un talante sinuoso que a ella no le gustó.

—Eres la primera mujer embarazada que conozco a la que encuentro extremadamente sexy.

Ana sonrió con frialdad. Le habría gustado patearle el culo allí mismo, pero dispuesta a ser prudente y educada por sus padres, y al ver que Rodrigo hablaba con su madre pero no les quitaba ojo, respondió:

—Me alegra saberlo, aunque estoy segura de que a mi novio le puede molestar tu sinceridad.

—¿El bombero? —se burló—. Ya me ha contado tu madre el trabajo de tu novio, un oficio que, por cierto, os vuelve locas a las mujeres. ¿Así te conquistó?

Separándose de él sin ninguna contemplación, soltó en voz baja para que nadie la oyera:

—Cómo me conquistó a ti no te importa. Pero sólo te diré que nunca a golpes.

Dicho eso, dejó de bailar y, furiosa, se encaminó hacia uno de los laterales del salón. Necesitaba aire y alejarse de aquel hombre que tan malos recuerdos le provocaba. Rodrigo, que la había estado observando, fue tras ella y, cuando la alcanzó, la abrazó. Al notar que ella respiraba para contener el llanto, la acunó mientras un extraño sentimiento de protección lo ahogaba.

—¡Chiss, cariño!, estoy aquí. Y ese malnacido no te va a volver a tocar.

La fiesta acabó sobre las doce y media de la noche. Warren no volvió a acercarse a ella, y eso la relajó. Además, su humor cambió por la cercanía de Rodrigo, que la tranquilizaba. Él tenía el poder de conseguirlo sólo con mirarla y hacerla sonreír. En el coche, Ana se quitó los zapatos. ¡Ya no podía más! Y cuando al llegar a casa, Rodrigo la cogió en brazos para que no pisara el suelo de la calle y se quejó de lo mucho que pesaba, sus padres se rieron con ganas. Frank disfrutaba con la espontaneidad de su hija y su novio. Aquellos detalles cariñosos y cómo ambos reían por todo eran señal de lo compenetrados que estaban. Una vez que entraron en la casa, Rodrigo la dejó en el suelo.

—*Cariño*, si sigues comiendo a este ritmo, me matarás.

—¡Vete a paseo! —se mofó Ana, dándole con el bolso en la cabeza.

Teresa, a quien las ocurrencias de los jóvenes le habían parecido muy divertidas, tras tocarse el pelo, dijo:

—Me voy a dormir, muchachos. —Y mirando a su hija, añadió—: Y tú, Ana Elizabeth, deberías descansar también. Por cierto, le dije a Josef que cambiara tu antigua cama por una de matrimonio para que así podáis dormir Rodrigo y tú juntos. —Al ver el gesto de su hija, sonrió y le tocó el vientre—. Vamos a ver, hija, creo que ya no tiene sentido que durmáis en camas separadas.

Ana se quiso morir. ¿Por qué tenía que dormir con él? Rodrigo, al ver la confusión en el rostro de Ana, sonrió.

—Gracias, Teresa. Te agradezco que seas tan comprensiva.

—¡Ay, hijo!, yo lo que quiero es que estéis felices.

—Tú ya eres de la familia, Rodrigo —asintió Frank con rotundidad.

Consciente de que todo se liaba por momentos, Ana suspiró.

—Pues no se hable más —dijo al ver que Rodrigo y su padre charlaban—. Te espero arriba, *cariño*.

Rodrigo la asió del brazo para detenerla y la acercó a él. Confundida, Ana levantó la cabeza para mirarlo, y entonces él le dio un dulce beso en los labios y murmuró ante la atenta mirada de los padres de ella:

—Buenas noches, *cielo*. Ahora subiré.

Conmocionada por aquel acercamiento, Ana asintió y, como una autómata, comenzó a subir la escalera con su madre.

—¿Te apetece un whisky? —le preguntó Frank.

El joven asintió, y ambos se encaminaron hacia una salita de estar. Allí, el padre de Ana abrió un mueble bar, sacó dos vasos y sirvió el whisky.

—Gracias, Frank.

Los dos hombres se sentaron en el cómodo sofá de cuero marrón y comenzaron a charlar. Frank aprovechó el tiempo para conocer más a Rodrigo; apenas sabía nada de él, pero lo que se encontró le gustó. Saber que tenía la carrera de Derecho le agradó, pero sobre todo le emocionó comprobar el cariño que mostraba al hablar de su hija. El realismo del joven ante ciertas pautas en la vida le hizo ver a Frank que Rodrigo era un hombre con los pies en la tierra.

Para Rodrigo fue fácil hablar con él. En un principio se inquietó cuando vio cómo Frank le preguntaba por su vida y sus aficiones, pero luego lo entendió. Frank era un padre preocupado por su hija y quería saber todo lo posible del hombre que supuestamente era su pareja. Tras hablar sobre política, deportes y Ana, Rodrigo dijo:

—Frank, quisiera preguntarte por Warren Follen.

Sorprendido, Frank recostó la cabeza en el sofá.

—¿Qué quieres saber de él?

Rodrigo sonrió.

—La verdadera pregunta es qué me puedes tú decir de él.

Frank asintió y, antes de hablar, dio un trago a su bebida.

—Me imagino que querrás saber qué hubo entre Ana y él, ¿verdad? —Rodrigo asintió—. Teresa y yo somos amigos de los padres de Warren desde hace muchos años. Desde pequeños, Ana y Warren se llevaron muy bien. Lucy era la presumida, y Ana, el terremoto cantarín. —Ambos sonrieron—. Por ello, cuando supimos de la relación entre Warren y ella no nos sorprendió. Durante casi cuatro años estuvieron juntos, pero algo ocurrió el último año de su noviazgo y rompieron su relación días antes del primer enlace de Lucy.

—¿No le preguntasteis el porqué de la ruptura?

—Sí, pero ella simplemente nos dijo que había dejado de querer a Warren.

—Seguro que se tocó la oreja —dijo Rodrigo.

—¿La oreja? —preguntó, sorprendido, Frank.

—Para saber si tu hija miente simplemente hay que observar si se toca la oreja, ¿no lo sabías?

—No, no lo sabía —admitió Frank, divertido por aquella confidencia.

—Pues no le digas que yo te lo he dicho, o me cortará el pescuezo.

Ambos rieron, y Frank preguntó, curioso:

—¿A ti te ha contado por qué rompió con Warren?

—No —mintió Rodrigo.

Frank asintió y prosiguió:

—Cuando ella decidió marcharse a vivir a España y poner tierra de por medio, supe que algo había ocurrido, pero fui incapaz de saber qué. Ana es muy reservada cuando quiere, lo sabrás, ¿verdad? —Rodrigo asintió—. Pero ¿sabes?, esa decisión que tomó fue lo mejor que pudo haber hecho. Meses después volvió a ser la muchacha alegre, la de siempre, y de pronto mi niña se convirtió en una mujer independiente y segura de sí misma. —Y al ver el gesto de Rodrigo, añadió—: Por lo tanto, muchacho, tranquilo, no debes preocuparte por Warren. Él ya no es nadie para ella.

—Eso no me preocupa, Frank. Sólo quería saber algo de él.

—Es un buen muchacho; algo estirado en ocasiones, pero no es mala persona. De todas formas, mañana lo podrás conocer un poco más.

—¡¿Mañana?! —preguntó, sorprendido. Ana no le había dicho nada.

—Teresa ha organizado una comida en casa con los amigos más íntimos, y Warren vendrá con sus padres. Seguro que cuando lo conozcas te caerá mejor.

Rodrigo lo dudó; sabía lo suficiente sobre él para que no le cayera bien. Veinte minutos después, tras acabar sus bebidas, ambos se subieron a descansar.

Cuando Rodrigo entró en la habitación, una tenue luz iluminaba la estancia. Miró a Ana y la vio quieta, e imaginó que estaba dormida. Pero él no tenía sueño. Beber antes de dormir nunca le había relajado, pero no podía decir que no al padre de la joven. Se acercó a la ventana y, tras quitarse la chaqueta negra, se apoyó en ella. Durante más de diez minutos, estuvo mirando las luces nocturnas de aquel elegante barrio londinense. Con la cabeza embotada, decidió acostarse. Despacio, se desabrochó la camisa blanca y después de quitársela la colocó en una silla. Se quitó los zapatos y luego el pantalón. En ese momento se percató de que ella con los ojos cerrados parecía sonreír. Estaba despierta.

Ana, con los párpados semicerrados, no le había quitado ojo desde que había entrado en la habitación. Saber que iba a dormir con Rodrigo al lado era una tentación, y eso, a pesar de lo cansada que estaba, le había impedido conciliar el sueño. Con el corazón latiéndole a mil vio cómo aquél se quitaba la ropa y cuando quedó solo vestido con unos bóxers negros no pudo por menos que suspirar.

«¡Dios mío!, con gusarapo incluido, y gorda como un tonel, me pones a cien.»

Sin decir nada, Rodrigo fue hacia el lado izquierdo de la cama y, con cuidado, se tumbó y se tapó con las mantas. Así estuvieron un buen rato, hasta que él, acercando la boca al oído de ella, preguntó:

—¿Sabías que mañana Warren viene a comer a casa de tus padres?

Como si le hubieran puesto un petardo en el culo, se sentó en la cama y, con cara de horror, encendió la lamparita de la mesilla.

—¡¿Cómo dices?!

—Me lo acaba de decir tu padre. Por lo visto, tu madre ha organizado una comida con los amigos más íntimos.

Ana, sin poder evitarlo, saltó de la cama y, vestida con un pijama de enormes fresas, comenzó a andar de un lado a otro. Aquella noticia la había alterado. ¿Cómo podría estar de nuevo con Warren en la misma habitación?

—Ana, ven a la cama.

Escuchar aquella orden a la joven le resecó hasta el paladar. Le habría encantado regresar a ese lugar para hacer cosas que no debía ni podía hacer con él, pero mirándolo respondió:

—Duérmete tú. A mí se me ha quitado el sueño. ¡Joder con mi madre! ¿Por qué organizará las cosas sin consultarme? ¡Dios mío!, siempre igual. Nunca cambiará.

—Ana, ven a la cama —repitió.

Y al ver que ella seguía despotricando y blasfemando, se levantó, se acercó a ella y la cogió en brazos.

—¿Qué estás haciendo?

—Tienes que descansar. Estás embarazada y...

—Eso no quiere decir que esté enferma o sea imbécil.

Sorprendido por aquella mala contestación, la dejó en el suelo y sin decir nada más se metió en la cama. Ana se sintió culpable de inmediato. Estaba pagando con la persona que menos se lo merecía lo de su madre y Warren. Por ello, caminó hasta la cama y se metió en ella. Se puso de lado, mirando hacia Rodrigo, que le daba la espalda, y cuando vio que él no pensaba darse la vuelta, le dio con el dedo en el hombro para llamar su atención.

—¿Qué quieres, Ana?

—Que me mires.

—Ahora no me apetece mirarte. Déjame dormir.

—Venga, hombre. Quiero disculparme —insistió.

—*Ana Elizabeth*, duérmete —se mofó, molesto.

Incapaz de dejar las cosas de ese modo, buscó cómo llamar su atención y, poniéndose boca arriba, comenzó a cantar en voz muy baja.

Atónito por escuchar a Ana canturrear, Rodrigo se dio la vuelta y la miró.

—¿Se puede saber que estás haciendo?

—Cantar *La tortura*.*

—¿*La tortura*?

—Sí, la canción de Alejandro Sanz y Shakira. ¿No la conoces?

Estaba impresionado; Ana había vuelto a retomar la canción mientras movía los hombros al compás de lo que cantaba, así que finalmente sonrió. Ella, al percatarse de que había conseguido lo que pretendía, dejó de cantar y, mirándolo, murmuró:

—¿Me perdonas por haber sido peor que la Bruja Avería?

—Claro que sí.

—Lo siento, de verdad, pero es que cuando me has dicho lo de mañana, me ha entrado un repelús en el cuerpo que... ¡Ufff..., Diosssssssss! —Y sonriendo, dijo poniéndose de lado—: Ahora que está visto que ninguno de los dos tiene sueño, ¿qué te parece si cotilleamos sobre la boda? Venga, cuéntame, ¿qué te ha parecido?

—Un bodorrio con demasiada gente —respondió él con sinceridad—, justo por lo que yo nunca pasaría. Odio estos grandes eventos tan apreciados por mi madre.

—Ya te dije que mi madre también se las traía.

Ambos rieron al recordar la cara de Teresa al ver que el vestido dejaba al descubierto el tatuaje que llevaba en el hombro.

—¿Y la gente? ¿Qué te ha parecido el círculo social de mis padres?

—En eso tengo que decirte que me he quedado asombrado. Nunca pensé que comería junto a Beckham. Por cierto, me ha sorprendido; es un tipo muy simpático. Y ya lo de brindar con David Cameron me ha dejado sin palabras.

—Cuando regresemos a Madrid, ni una palabra de esto, ¿vale? —le recordó, señalándolo con el dedo, al verlo tan impresionado.

—¿Cuántas veces me lo vas a repetir?

* *La tortura*, Nomad International Publishing, Aniwi Music LLC, escrita por Luis Fernando Ochoa y Shakira Mebarak e interpretada por Shakira Mebarak. *(N. de la e.)*

—Muchas. Recuerda: ¡soy una pesada!

—Lo sé..., lo sé —se burló—. Por cierto, espero que algún día me dediques una canción. Cantas maravillosamente bien.

—Gracias. Prometo hacerlo. —Y retomando la conversación, le preguntó—: ¿Y las mujeres? ¿Alguna ha llamado tu atención?

—Sí —afirmó él sin percatarse del gesto de ella.

—¿En serio?

—¡Ajá! —Le pasó un mechón de pelo tras la oreja y prosiguió—: Ha habido un par que me han parecido auténticamente dos bombones. Y te confieso que, si no me hubiera pillado siendo el futuro marido de la hija del padre de la novia, me habría encantado conocerlas.

«¿Por qué seré tan bocazas? Pero ¿qué hago yo preguntándole esto? Lo mío es puro masoquismo.»

—Y tú, ¿tú has visto a alguno que te haya llamado la atención?

Sorprendida por aquella pregunta, la joven sonrió y asintió.

—Sí... Hay un par de amigos de mi hermana que están ¡de muy buen ver! Creo que cuando tenga al gusarapo haré algunos viajecitos para conocerlos.

Divertido por sus gestos, Rodrigo le cogió una mano y exclamó:

—¡Eh!, no te pases.

Gustosa por aquella demostración en algo parecida a los celos pero con sonrisas de por medio, Ana asintió. Se tocó el vientre y, haciéndolo reír de nuevo, dijo:

—Oye..., porque esté a régimen no quiere decir que no pueda mirar e imaginar. —Y al ver su gesto, puntualizó—: Pero mientras siga a régimen, siento decirte que tanto tú como yo, a ojos de mi familia, debemos continuar ejerciendo el perfecto papel de novios maravillosos y enamorados.

—No sientas nada —respondió él, dejándola sin palabras—. Ahora estoy en la cama con un bombón, algo relleno, pero un loco bombón con olor a melocotón, al fin y al cabo.

Durante unos instantes, los dos se miraron a los ojos, y cuando Ana estaba a punto de cometer la locura del viaje y lanzarse a por él, asió uno de los cojines y le dio un cojinazo para romper la tensión.

—¿Me acabas de llamar «gorda»?

Divirtiéndose, se dejó golpear, y siendo incapaz de ver más allá de sus narices, la abrazó y le dio un beso en la cabeza.

—Anda, tortura..., vamos a dormir —dijo antes de apagar la luz de la mesilla.

Ana se dejó abrazar; para nada quería soltarse de sus fuertes brazos. Estar acurrucada en la cama junto a él le abrió todo el apetito sexual del mundo, y con una sonrisa, se reprendió a sí misma: «Deja de pensar en lo que no debes y duérmete, ¡gorda!».

Al final se durmió. Estaba agotada y no quería pensar. Sólo quería disfrutar del momento. Sólo eso.

Al día siguiente, Ana y Rodrigo madrugaron y fueron hasta un picadero donde Frank tenía varios caballos. Una vez que llegaron, Ana vio a un hombre de pelo canoso y se acercó a él.

—¡¿Samuel?!

El hombre se volvió y la miró de arriba abajo. Al reconocerla, sonrió y abrió los brazos.

—Señorita Ana, pero qué maravillosa visita.

Feliz por ver que la había reconocido, Ana lo abrazó.

—¡Qué alegría verte por aquí! Pensé que ya no estabas.

—Ésta es mi vida. ¿Dónde iba a estar?

Ambos rieron.

—¿Dónde está María? —preguntó Ana—. ¿Sigue trabajando aquí también?

De pronto, al hombre se le entristecieron los ojos.

—María murió hace dos años.

Conmocionada por aquella noticia, lo volvió a abrazar.

—Lo siento, Samuel... Lo siento mucho.

—Lo sé, señorita Ana.

—Por favor —rogó ella—, nos conocemos de toda la vida, ¿por qué no me llamas Ana? Recuerdo que la última vez que nos vimos ya te lo dije.

—Lo sé, señ... —Tras una leve pausa, rectificó—. Es la fuerza de la costumbre, Ana. No te lo tomes a mal.

Rodrigo los había estado observando en silencio.

—Rodrigo, él es Samuel, la persona que siempre ha cuidado de todo lo que ves a tu alrededor.

—Encantado, Samuel.

—Lo mismo digo, señor —dijo sonriendo el hombre.

—Rodrigo —insistió él, y Samuel asintió y sonrió de nuevo.

Durante un rato, pasearon los tres juntos por aquel bonito y cuidado recinto. Samuel les habló de las mejoras que se habían incluido en las cuadras.

—¿Han quitado el lago artificial? —preguntó Ana.

—Sí, hace dos años... Aún recuerdo cómo tu madre corría detrás de ti para sacarte del lago.

Ese recuerdo hizo reír a Ana, y mirando a un sonriente Rodrigo, le explicó:

—A pesar de las regañinas de mi madre, siempre me gustó meterme en el lago que había aquí; estaba lleno de ranas. Según ella, una señorita no debía ser tan chicazo.

—¿Recuerdas cuando metiste a los cuatro caballos de tu padre en el lago? —recordó Samuel, risueño.

—¡Oh, síiiiiiiiiiiiii! Mis padres me castigaron sin poder venir a ver a mi caballo durante un mes. ¡Qué ocurrencias!

—¿Qué fue lo que hiciste? —inquirió Rodrigo al verlos reírse tanto.

—Era verano, hacía mucho calor y pensé que los caballos de papá se merecían darse un chapuzón.

—Y sin importarle que esto estuviera lleno de gente —prosiguió Samuel—, sacó ella solita los cuatro caballos de su padre y los metió en el lago. Lo malo no fue eso. Lo malo fue que los enjabonó enteros, y el lago se llenó de espuma.

De nuevo los dos se echaron a reír.

—Vaya..., por lo visto, ya desde pequeñita prometías —comentó Rodrigo.

—¡Oh, sí! —asintió Samuel ante el regocijo de la joven—. Ana, a diferencia de su hermana Lucy, siempre tuvo una personalidad muy definida y fue un pequeño diablillo. —Y señalándole la barriga, miró a Rodrigo y añadió—: Confío en que el bebé que esperáis sea más tranquilo que la madre, o te aseguro que no te aburrirás nunca.

Ese comentario hizo que Ana pusiera cara de circunstancias.

—Te aseguro, Samuel, que con Ana nunca me aburro —afirmó Rodrigo.

Después de una agradable charla con aquel hombre encantador, Rodrigo y Ana se despidieron de él y continuaron su camino.

—Éste era mi sitio preferido cuando era niña —le contó—. Recuerdo que a mamá le encantaba vestirnos con pomposos vestidos y grandes lazos para venir aquí, y mi hermana nunca se manchaba. Eso sí, tendrías que haberme visto a mí. —Mientras Rodrigo se carcajeaba, Ana añadió—: Al final, mamá claudicó y me dejó venir vestida para la ocasión.

Llegaron hasta unas cuadras y entraron. Parándose ante una puerta color verde musgo, Ana dijo:

—Rodrigo, te presento a...

—No me lo digas —la interrumpió él con tono burlón—. ¿A que sé cómo se llama?

—¿Quién?

Rodrigo señaló al animal, y Ana, poniéndose las manos en la cintura, le preguntó:

—Vale, listillo, ¿cómo se llama?

—Si tu pájaro se llama *Pío*, tu gato *Miau* y al perro de mi hermano lo bautizaste como *Guau*, no me cabe la menor duda de que esta preciosidad se llama *Jiiiiu*.

Ana, muerta de risa, lo negó:

—No.

—¿*Caballo?* —insistió él.

—No.

—Entonces ¿*Crines?*

—Pues no.

—Me rindo. ¿Cómo se llama? —preguntó, curioso.

—*Caramelo de Chocolate.*

—¡¿Cómo?!

—*Caramelo de Chocolate.*

—Pero ¿qué nombre es ése para un caballo? —dijo, entre atónito y divertido, Rodrigo.

—Vale..., es una horterada, pero se lo puse cuando tenía doce años. Y en ese momento, *Caramelo de Chocolate* me pareció un nombre precioso.

A cada instante más alborozado por cómo ella lo sorprendía continuamente, dijo mirando al caballo que se movía dentro de la cuadra:

—*Caramelo de Chocolate*, ¡encantado de conocerte!

En ese instante, un caballo zaino asomó por encima de la puerta verde, y Ana le cogió la enorme cabeza y comenzó a besarlo. Durante unos segundos, Rodrigo permaneció callado mientras ella le susurraba cosas al animal, que parecía reconocerla.

De pronto, sonó el móvil de Ana, que al leer el mensaje, dijo con resignación:

—Tenemos que regresar a casa. La supercomida nos espera.

Una hora después ya estaban de nuevo en la casa de los padres de Ana. Al poco rato, llegaron Nana y su reluciente marido, justo en el momento en el que Ana discutía con su madre por aquella comida inesperada. Finalmente, la joven decidió relajarse y pasar por el aro. No quedaba otra.

En total eran doce personas, y cuando llegó la hora de sentarse a la mesa, Ana se alegró de que Warren lo hiciera lejos de ella. Rodrigo, consciente de lo mucho que le estaba costando a su amiga pasar por aquello, se pegó a ella y no se separó ni un solo momento. Por su parte, Frank se sorprendió al observar que el novio de su hija miraba con recelo a Warren. ¿Qué ocurría entre ellos?

Después de la comida todos pasaron a un saloncito para tomar café y beber licores, y como Ana estaba agotada, decidió marcharse a descansar; así que tras darle un beso en los labios a su supuesto novio, desapareció.

—Ven, Rodrigo —lo llamó Frank.

Sin dudarlo, el joven se acercó a él, que departía con dos hombres más; uno de ellos era Warren. Durante más de media hora estuvieron hablando de política y trabajo. Finalmente, el grupo se redujo y sólo quedaron Frank, Warren y Rodrigo.

—Ya me han dicho a lo que te dedicas. Peligrosa profesión —dijo Warren.

—Para mí es admirable —añadió Frank—. Jugarse la vida para salvar otras es algo excepcional y, en cierto modo, una forma de ser un héroe.

Rodrigo bebió de su vaso y sonrió.

—Salvar una vida, Frank, es lo más reconfortante de mi trabajo. Que alguien te sonría porque le has sacado del peligro te hace feliz. Te llena.

Durante unos minutos, Frank y Rodrigo hablaron sobre la importancia de su trabajo, hasta que Warren intervino:

—Por tu profesión, estarás acostumbrado a que las mujeres revoloteen a tu alrededor, ¿verdad?

—¿A qué te refieres? —preguntó Rodrigo, mirándolo.

—A que los bomberos sois un icono sexy para las féminas de todo el mundo.

Rodrigo, sonriente, intentó ser cortés.

—Eso es un mito.

—¿Conociste a *nuestra* Ana en algún incendio?

Ese «nuestra» en la boca de aquel hombre a Rodrigo no le gustó. En realidad, por lo que sabía de él, deseaba cogerlo de la pechera y darle una buena tunda, pero por respeto a Frank, que los observaba, respondió:

—Se podría decir que sí, pero esas historias las dejo para las mujeres.

Teresa, volviéndose hacia su marido, lo llamó, y éste, tras excusarse, se alejó, dejando solos a Warren y a Rodrigo.

—Entonces ¿*nuestra* Ana te conoció así? Vaya..., vaya con la pequeña. Siempre le gustó la acción.

Aquel tono de voz y la sonrisa maliciosa a Rodrigo le resultaron irritantes, y se puso a la defensiva, deseoso de saltarle los dientes.

—¿Qué estás tratando de decir?

Warren cogió una botella de whisky y se llenó el vaso.

—¿Te ha contado que fuimos pareja durante cuatro años?

—Sí.

Tras dar un sorbo al whisky, Warren murmuró:

—Aún la recuerdo. Era tan...

—Te estás pasando —siseó Rodrigo, soltando el vaso con fuerza sobre la mesa que tenía al lado.

Encantado con la reacción que había provocado en Rodrigo, Warren, acostumbrado a ganar siempre, dijo:

—Quizá el que se ha pasado has sido tú. Al fin y al cabo, la has dejado embarazada y, seamos sinceros, seguro que te viene muy bien para tu economía casarte con ella. ¿O acaso estoy diciendo una mentira?

—Te vuelves a pasar con tu comentario y, si sigues así, al final conseguirás que me enfade —le advirtió Rodrigo, a cada instante más furioso.

Pero Warren, que al parecer estaba disfrutando, prosiguió:

—Claro que a *nuestra* Ana un hombre fuerte como tú y con mano dura seguro que le gustará, ¿verdad?

Incapaz de contener un segundo más su furia, y sin importarle dónde estaba y en especial quiénes estaban presentes, Rodrigo se abalanzó precipitadamente hacia él sin llegar a tocarlo y lo miró con odio.

—Si vuelves a acercarte a ella, tendrás que vértelas conmigo, ¿me has entendido?

—Esto es inaudito —bramó Warren—. ¿Quién te has creído tú que eres para hablarme así?

Rodrigo endureció la expresión y aproximó la cara a la de Warren, dispuesto a dejar claras ciertas cosas.

—Para ti, soy el novio de Ana, y no voy a consentir que te acerques a ella, y mucho menos que hables de ella en esos términos, ¿entendido?

Frank, al oírlos discutir, dejó a su mujer, que, escandalizada, observaba la escena junto al resto de los invitados, y se interpuso entre ellos.

—Muchachos, ¿qué os pasa?

Warren, suavizando el tono, miró al padre de Ana.

—Pregúntale a él, Frank. De pronto, ha comenzado a amenazarme y a decir que no me acerque a Ana o...

«Hijo de puta mentiroso», pensó Rodrigo. Y sin darle tiempo a terminar la frase, le lanzó un derechazo en la mejilla que lo hizo caer de espaldas contra el suelo. Todos gritaron, horrorizados, y Teresa, como era lógico, se desmayó de la impresión. Los padres de Warren fueron a auxiliar a su hijo. ¿Qué le había hecho aquella mala bestia? Mientras, Lucy y su recién estrenado marido sacaron las sales del cajón para atender a Teresa. Frank, desconcertado, agarró a Rodrigo, que tensaba la mandíbula, furioso.

—¿Qué ocurre? ¿A qué se debe esto, muchacho?

Al ser consciente de lo que había hecho, Rodrigo blasfemó. ¿Cómo podía haberle fallado así a Ana? Pero ya no había marcha atrás, así que miró a Frank a la cara y, antes de marcharse, se disculpó:

—Lo siento, Frank. Esto se me ha ido de las manos. Pero si quieres saber el porqué de todo, habla con Ana y pregúntale cómo se hizo la brecha que tiene en la ceja. Después, quizá me comprendas mejor.

Entonces, Rodrigo, terriblemente enfadado, se marchó dejando a Frank aturdido. De pronto, la mente del hombre comenzó a fluir, y una rabia extrema se apoderó de él. Sin necesidad de hablar con su hija y obviando el gesto de horror de su mujer, se acercó como un toro a Warren y, soltándole un derechazo que lo hizo volver a caer al suelo, bramó para horror de todos:

—Espero que no sea verdad lo que estoy imaginando, porque como así sea yo te mato. Si le has puesto la mano encima a mi hija, te juro que te mato.

Rodrigo subió a la habitación donde Ana descansaba hecho una furia. Ella, al oír el ruido de la puerta, se despertó y, con la mirada somnolienta, lo siguió por la habitación, hasta que lo vio sentarse junto a la ventana. Durante unos segundos lo observó. Se deleitó en su perfil serio y concentrado, hasta que él la miró y dijo:

—Ana, lo siento. He metido la pata.

En el acto, la joven se sentó en la cama, angustiada.

—¡Ay, Dios!, ¿les has dicho a mis padres que no eres el padre del gusarapo?

—No.

—Entonces ¿les has dicho que no eres mi novio?

—No, eso tampoco.

Al comprender cuál era la única posibilidad que quedaba, Ana se llevó las manos a la boca.

—Les has dicho que War...

—No..., pero creo que tras el puñetazo que le he dado querrán explicaciones.

Ana, tumbándose en la cama, se tapó la cara con la almohada para ahogar un chillido. Rodrigo, conmovido por la escena, se levantó y se sentó junto a ella en la cama. Al sentir su cercanía, Ana se sentó de nuevo y lo interrogó sobre lo ocurrido. Finalmente, y al verla tan excitada, para que callara le puso la mano en la boca.

—Lo siento. No he podido contenerme. Ese tipo ha comenzado a decir cosas indignantes de ti, y yo le he dado.

—¿Has pegado a Warren?

—Sí... No... Bueno, ha sido sólo un puñetazo, pero...

—¿Le has pegado fuerte?

Atónito por la pregunta, Rodrigo asintió, y Ana, cambiando la actitud que había mantenido segundos antes, sonrió.

—Me alegro. Se lo merecía. Aunque me joroba habérmelo perdido.

Se quedó boquiabierto por la contestación, pues había esperado que se enfadara con él.

—Tu padre... —empezó a decir, mirándola.

—No te preocupes —lo tranquilizó ella, que sonrió y le tocó con serenidad el cuello—. No hay mal que por bien no venga, y quizá ya sea hora de que sepan lo que pasó y qué clase de hombre es el *maravilloso* Warren.

En ese momento, sonaron unos golpes en la puerta. Ambos se miraron, y Ana dijo:

—Adelante.

Con gesto serio, Frank entró y, tras cerrar la puerta, ni se movió. Había ido en busca de explicaciones y no pensaba salir de allí hasta conseguirlas. Rodrigo, al verse en medio de padre e hija, que se miraban intensamente, decidió marcharse, pero Ana le cogió la mano.

—Quédate conmigo —le pidió.

Esa tarde Frank confirmó algo que nunca habría imaginado. Horrorizado, escuchó la confesión de su hija, y por fin supo el motivo de su marcha a España. Muerto de dolor por no haberse dado cuenta de lo ocurrido, Frank lloró pidiéndole perdón por no haber sabido protegerla. Ella, enternecida por la reacción de su padre, lo mimó. Él no tenía la culpa de nada; si acaso, de ser el mejor padre del mundo.

—Papá, no se lo cuentes a mamá ni a Nana. No hace falta que más gente sufra por algo que pasó y que yo he olvidado.

—Hija..., eso es imposible —repuso, tocándose el puño derecho—. Al caer en la cuenta de lo que debía de haber pasado, la furia me ha podido y, como Rodrigo, le he soltado un buen derechazo.

—¡Papá!

Rodrigo sonrió y sin saber por qué chocó la mano con Frank. Mientras se quedaba pasmada por aquel colegueo, Ana se sujetó el flequillo con una horquilla de estrellas.

—¿Qué os pasa a vosotros dos? ¿Vais de vengadores?

Ambos se miraron, y Frank se encogió de hombros.

—Hija, el hombre que pega a una mujer ni es hombre ni es nada. Y debes entender que tanto para tu novio como para mí haberte hecho justicia es importante.

—¡Dios mío!, mamá debe de estar fatal.

—Tranquila, cielo —sonrió Frank—. Tu madre, al oír lo que le he dicho a ese malnacido, ha cogido una silla y, si no la paro, lo mata. Y tu hermana ha rematado la faena estampándole una botella de brandy en la cabeza. ¡Lo que te has perdido, cielo!

—¡Papá! —gritó, alarmada, en tanto Rodrigo sonreía.

—Tranquila, cariño —murmuró Frank—. Todos estamos bien, aunque la amistad con los Follen hoy se ha finiquitado de por vida. Y por la cuenta que les trae, estoy seguro de que no comentarán nada de lo que aquí ha ocurrido. —Al ver el desconcierto en la cara de su hija morenita, añadió—: Por tu madre y tu hermana no te preocupes; están abajo y más tarde hablarán contigo.

—¡Madre mía! —exclamó, desconcertada.

Y Frank, emocionado por la fortaleza de su hija, le asió la barbilla para que lo mirara y, poniéndole la carne de gallina, murmuró:

—Nunca vuelvas a ocultarme algo así.

—No te preocupes, papá. Nunca me volverá a ocurrir algo así.

Rodrigo, que los había estado escuchando en silencio, sonrió.

—Esto lo podríamos haber solucionado hace años y tú nunca habrías tenido que volver a ver a ese indeseable —dijo Frank.

Después, el hombre intercambió una mirada con Rodrigo y se acercó a él para tenderle la mano.

—Gracias, Rodrigo. Ahora sé que contigo mi hija y mi nieto estarán protegidos y cuidados.

Ana cerró los ojos al escuchar ese comentario. La mentira a cada instante se engordaba más. Rodrigo aceptó aquella mano y contestó:

—Frank, sólo hice lo que tenía que hacer. Siempre lo hago.

—Hijo, ante eso sólo te puedo decir que el hombre que trata a su mujer como a una princesa es porque antes fue criado por una reina.

Ana se atragantó. Si su padre hubiera conocido a Úrsula, la bruja que hacía que se sintiera como la Sirenita, habría cambiado de opinión. Pero como no estaba dispuesta a estropear aquel bonito momento, calló.

Instantes después, Frank se marchó y dejó solos a los jóvenes en la habitación. Conmovida aún por haber visto a su padre llorar, miró al hombre que en aquellos delicados momentos había estado a su lado y sin que pudiera evitarlo dijo, tocándole la cara con cariño:

—Eres alucinante, y cada día estoy más contenta por tenerte en mi vida.

Él para nada quería romper la magia de aquel instante.

—Lo mismo digo, melocotón loco.

—Gracias por ser como eres. Y sin que pienses cosas raras ni te asustes, tengo que decirte que te quiero por lo mucho que me cuidas; de este modo, me haces saber que en el fondo me quieres.

Con una arrebatadora sonrisa que emocionó a Ana, Rodrigo la abrazó, y mientras aspiraba aquel perfume que tanto le gustaba, le susurró al oído:

—Para eso estamos los amigos. Para ayudarnos y querernos.

16

A finales de mayo, Ana se sentía como un volcán a punto de entrar en erupción, pero su vitalidad apenas si la dejaba parar. El gusarapo se movía como un auténtico jugador de fútbol y las patadas que recibía a veces la dejaban sin respiración. En aquel mes trabajaba incansablemente en los proyectos que debía terminar y, sintiéndose agotada, dormía siempre que podía.

Una tarde, mientras estaba comprando unas camisetitas para el bebé, le sonó el móvil.

—Sí, dígame.

—Ana... Soy Carol.

En seguida reconoció a la hermana de Rodrigo y se sorprendió por la voz entrecortada de la chica.

—Cielo, ¿qué ocurre?

La joven comenzó a hablar tan atropelladamente que Ana, incapaz de entender nada, la paró:

—No te entiendo. Para..., para. ¿Dónde estás?

—En casa. Estoy en casa. Necesito tu ayuda. Pero, por favor, no se lo digas a Rodrigo.

—En veinte minutos estaré allí; no te muevas.

Angustiada y sin entender qué le ocurría y por qué no quería que su hermano lo supiera, pagó las camisetitas y salió en busca del coche. Cuando llegó a la puerta de la casa llamó, y Carolina abrió de inmediato y se tiró a sus brazos. Una vez dentro de la casa, separándose de ella, Ana le preguntó:

—¿Qué ocurre?

—Es mamá.

—No me asustes. ¿Qué pasa? —dijo, histérica.

Asiéndola por la mano, Carolina la llevó al salón. Al entrar, Ana se alteró aún más al ver el estropicio que allí había: vasos rotos por el suelo, cortinas descolgadas, cuadros caídos, y Úrsula tumbada en el sofá con el cuerpo desmadejado.

—Cuando he llegado de la universidad mamá estaba como loca. Ha discutido con Ernesto, y cuando discuten, ella..., ella bebe, y yo al final he conseguido tranquilizarla...

Ana no la dejó terminar y la abrazó. El berrinche y la angustia que llevaba sufriendo aquella muchacha a solas no se los deseaba ni a su peor enemigo.

—¿Dónde está Álex? —preguntó al pensar de pronto en el otro hermano.

—Ayer se fue con papá para pasar unos días con él. Menos mal que el pobre no estaba aquí. La última vez en que mamá hizo algo así Álex se asustó mucho y estuvo llorando durante un mes. —Gimió y, mirándola a los ojos, le imploró—: Por favor, no se lo digas a Rodrigo. Yo no sabía a quién llamar y..., y... si él se entera de que mamá ha hecho esto otra vez se va a enfadar mucho, y yo no quiero que se enfaden más de lo que ya lo están.

—Esas manchitas de sangre que hay en la alfombra, ¿de qué son?

—De *Guau* —contestó la joven—. Con los cristales se ha hecho unos cortes en una patita, pero no te preocupes, lo he encerrado en la cocina. Luego, lo curaremos.

Conmovida por la pena de la muchacha y sin que pudiera quitar la vista de la mujer de facciones duras que dormía en el sofá, Ana se dispuso a ayudar a Carolina. Se quitó el abrigo y, dejando las bolsas de lo que había comprado en una silla, dijo:

—No te preocupes, cielo. Yo te ayudaré. Lo primero que vamos a hacer es subir a tu madre a su habitación. Pero tendrás que ayudarme; con esta tripa, yo sola no podré.

—¡Ay, Ana!, si te pasa algo a ti, yo...

—A mí no me va a pasar nada. Eso sí, como tu madre se despierte y me vea aquí, no sé yo qué tal se lo va a tomar. Ya sabes que no soy objeto de su devoción.

Úrsula, borracha perdida, era un peso muerto. Como pudieron, entre las dos la levantaron y la subieron a la habitación de la primera planta. Una vez que la tumbaron sobre la cama, Carolina sacó de debajo de la almohada un camisón de puntillas y, sin dudarlo, Ana la comenzó a desnudar. Ver que la joven lloraba y lloraba la agobió.

—Yo puedo sola, Carol. Baja y mira cómo está *Guau*. Por cierto, ¿le puedes ir curando tú la pata con un poco de Betadine? —La joven asintió, y Ana le dedicó una sonrisa—. Ve curándolo; en cuanto le ponga el camisón a tu madre, bajo y recogemos el salón.

La joven asintió nuevamente y, tras darle un beso a su madre, que ni se enteró, se marchó. Al verse sola en aquella recargada habitación con Úrsula, Ana suspiró. No quería pensar en quién era la mujer, así que le quitó los pendientes de perlas y el collar, y los dejó sobre la mesilla, y después, la falda, las medias y la camisa. Con cuidado le pasó el camisón por la cabeza, y cuando iba a meter uno de los brazos en una manga se fijó en los cardenales que Úrsula tenía en la parte superior del brazo y en el antebrazo. Al verlos se quedó paralizada; con la boca reseca, le miró el otro brazo, donde encontró las mismas marcas. De pronto, los ojos se le llenaron de lágrimas. Aquellas señales en los brazos le recordaron algo, y eso le puso la carne de gallina.

—¿Qué es esto, Úrsula? —se preguntó, horrorizada.

Una vez que se repuso, terminó de ponerle el camisón y la tapó con el edredón. Cuando cerró la puerta tras de sí, suspiró, aliviada, aunque sólo por un breve instante porque la congoja que le producía aquella horrorosa idea que rondaba por su mente la atenazó. ¿Estaría siendo maltratada? Un pequeño ladrido la hizo regresar a la realidad y, agarrándose con fuerza a la barandilla, bajó hasta la cocina, donde Carolina se afanaba por curar al perrillo. Cuando comprobaron que el animal estaba bien, lo dejaron encerrado en la cocina mientras ellas recogían el salón. Provistas de cepillo, recogedor y aspirador, comenzaron a poner orden en todo aquel desaguisado y a recolocar todo lo que se había descolgado. Así estuvieron hasta las diez de la noche, cuando ambas se sentaron agotadas en el sillón.

—Gracias, Ana... Muchas gracias por ayudarme. No sabía a quién llamar y...

—Has hecho bien en llamarme a mí —dijo, sintiéndose exhausta a la par que incapaz de no preguntar lo que le rondaba por la cabeza—. Carol, ¿cómo es la relación entre tu madre y Ernesto?

La muchacha suspiró y se retiró el pelo de los ojos.

—A veces parece que se adoran y otras que se detestan. Ya no hablan, discuten. Incluso mamá ha dejado de invitar a sus amigas a casa; a Ernesto no le gusta y, si él llega y están ellas, ridiculiza a mamá continuamente —le explicó, gimiendo—. No sé, no sé qué pasa, pero mamá desde hace un par de años es como si no fuera ella. Se ha vuelto agresiva, poco permisiva con nosotros y sumisa con él. Da igual lo que Ernesto haga, todo se lo perdona. Es como si dependiera de él hasta para respirar. Rodrigo ha intentado hablar con ella, pero todo ha sido inútil. Mamá no entra en razón. Y ahora, tras lo ocurrido con Candela, él y ella no se hablan, y yo..., yo no sé qué hacer.

Mientras Carol decía aquello a Ana se le ponía el vello de punta. Lo que describía le daba a entender que Úrsula, la mujer que ante ella se mostraba como una auténtica bruja, estaba siendo maltratada psicológicamente por su marido. Y al pensar en los cardenales de los brazos se horrorizó.

Diez minutos más tarde, mientras las jóvenes tomaban un vaso de leche con galletas en la cocina, la puerta de la calle se abrió, y las dos se miraron. Instantes después, Ernesto, tan impoluto como siempre, aparecía en la cocina.

—¿Ocurre algo? —preguntó al ver a Ana allí.

Carol cambió su gesto y, dándole la mano a Ana, explicó:

—Ana me está ayudando a preparar un trabajo para la universidad.

Sin duda, sorprendido porque la joven estuviera allí, Ernesto miró a su alrededor.

—¿Dónde está Úrsula?

—Durmiendo —contestó Ana.

—Disculpadme un momento —murmuró Carol, asustada por cómo los otros se miraban—. Voy a verla.

Al salir la joven de la cocina, Ernesto sonrió, y eso a Ana le requemó las venas. Esa sonrisa y la superioridad que vio en su mirada la incitaron a decir sin miedo:

—Sabes muy bien cómo estaba Úrsula esta tarde y no has hecho nada para impedirlo. ¿A qué estás jugando?

Ernesto miró a la joven embarazada, atónito.

—¿De qué estás hablando?

—Lo sabes perfectamente —siseó sin poder contener la furia.

—No, explícamelo tú —soltó él con chulería, quitándose el abrigo de lana azul—. ¿A qué te refieres?

Deseosa de borrarle aquella superioridad del rostro, se acercó sin ningún miedo a Ernesto, y antes de que regresara Carolina, le espetó:

—Úrsula hoy no ha tenido un buen día, lo sabes, ¿verdad? Incluso podría haber hecho una locura, y eso sólo te lo debe a ti. —Al ver que aquél no contestaba, que se limitaba a mirarla, prosiguió—: He visto las marcas que tiene en la parte superior de los brazos. Esas señales únicamente se pueden tener si...

—Demuéstralo.

Aquel desafío y la malvada sonrisa le confirmaron a Ana la verdad, y deseó patearle el culo. Pero en ese momento regresó Carolina.

—Carol, sube a tu habitación, coge el trabajo que tenemos que hacer y un pijama. Te vienes a dormir a mi casa. Allí lo terminaremos.

Ernesto miró entonces a la joven y se dirigió a ella con un gesto que a Ana no le gustó nada.

—Carolina, ¿le has pedido permiso a tu madre? —Viendo que ella no respondía, añadió—: No puedo dejar que te marches sin su consentimiento.

—Es mayor de edad y puede decidir por sí misma —replicó Ana, molesta.

Carolina se retorció las manos, nerviosa. Finalmente, le dijo a Ana:

—Él tiene razón. Es mejor que me quede en casa por si mamá necesita algo. Ya terminaremos el trabajo en otro momento.

—Sabia elección —musitó Ernesto. Y antes de darse la vuelta para subir a su habitación, le indicó—: Carolina, cuando se marche esa joven, cierra con llave la puerta. No queremos que ningún indeseable entre.

«Será gilipollas», pensó Ana, pero por Carolina se calló.

—¿Estás segura? —le preguntó Ana una vez que se quedaron solas las dos en la cocina—. Ese tío no me gusta nada. No me fío de él. Y mira lo que te digo, Carol, no me extraña que Rodrigo no le hable. ¿Cómo podéis aguantar a un hombre así?

—Mamá lo quiere y...

—Pero ¿no ves que ese ser absurdo y egoísta está destruyendo a tu madre?

—Yo lo veo, Ana, pero la que lo tiene que ver es ella —contestó Carolina, con todo el dolor del mundo. Y ante el gesto de la otra, murmuró—: Tranquila, estaremos bien. Y, por favor, prométeme que no le dirás nada a Rodrigo.

—Pero, Carol, yo no pued...

—Prométemelo, por favor —insistió la joven.

—Te lo prometo.

Con el corazón encogido, Ana se puso el abrigo, cogió las bolsas con la ropita de su bebé y tras dar un beso a la joven y recordarle que la llamara para todo lo que necesitara se marchó. No obstante, le había quedado un extraño sabor amargo en la boca después de prometer que no diría nada.

Dos días más tarde, Nekane se encontró con una sorpresa. Calvin le regaló un viaje a México. Era el cumpleaños de su madre, y aquél era un buen momento para presentar a su princesa.

—Le he dicho a Calvin que es una locura —protestó Nekane—.

No puedo irme. Queda menos de un mes para que el gusarapo venga al mundo, y yo...

—Neka —la cortó Ana, mirándola—, quiero que te vayas y que disfrutes de ese viaje. Te lo mereces. Ya me has cuidado bastante, y como se te ocurra decir que no vas, te juro que me enfadaré contigo y...

—¡Oh, Dios! Pero ¿cómo me voy a ir? ¿No ves cómo estás?

Alegre, Ana se tocó su prominente barriga.

—Sí —afirmó—, estoy gorda y embarazadísima, pero eso no tiene por qué jorobar tu viaje. Además, por el gusarapo no te preocupes. Con lo bien que lo cuido en mi barriga, me da a mí que éste se va a pasar de rueste.

—Pero te quedarías sola. Tus padres están en Londres. —Y señalándola con el dedo, dijo—: Si quieres que me vaya, llamaré a tu madre para que se venga aquí contigo.

—Como hagas eso —la amenazó Ana—, te juro que no te vuelvo a hablar en mi vida. ¿Tú quieres que me vuelva loca, o qué?

Nekane sonrió y se sentó junto a su amiga.

—Es bromita, tonta, pero vamos a ver, ¡piensa!, si estás sola y te ocurre algo, ¿quién te va a ayudar?

—Neka, ¡por Dios! Tengo a Encarna, Popov, Esmeralda, incluso a Rodrigo. Estoy segura de que cualquiera de ellos acudiría rápidamente a una llamada mía. Por favor, no me hagas sentir mal por jorobarte el viaje. Vete.

No muy convencida, Nekane miró a Ana y asintió. No le hacía gracia, pero ella tenía razón.

—De acuerdo, iré, pero antes me aseguraré de que estén todos pendientes las veinticuatro horas de ti, o cuando regrese, juro que me los cargo uno a uno.

—¡Por Dios, qué pesada!

—¡Ni pesada ni leches! Si quieres que me vaya será bajo esa condición, ¿de acuerdo?

—Vale, *princesita*, ¡de acuerdo!

Dos días después, ambas amigas se despedían entre besos y

abrazos en el aeropuerto de Barajas ante la cara de felicidad de un repuesto Calvin. Cuando Ana llegó a su casa, atendió varias llamadas de trabajo antes de que sonara el timbre de la puerta.

—¡Hola, bonita mía! —la saludó su vecina—. ¿Estás solita?

—Sí, pero no te preocupes, que estamos bien —dijo, tocándose la barriga.

—Voy a bajar al súper a comprar el pan. ¿Quieres que te lo suba?

Ana lo pensó, pero al final dijo:

—Tengo pan congelado, Encarna. Para hoy es suficiente.

—Vale —convino la vecina—, pero si necesitas algo, llámame.

La joven asintió animadamente y cerró la puerta. Justo entonces sonó el teléfono. Eran Popov y Esmeralda.

—¿Todo bien por ahí, Plum Cake?

—Sí, todo maravillosamente bien.

—¿Estás sola?

—Pues claro —respondió—. Neka ya se ha marchado.

—¿Necesitas algo?

—Noooooooooo.

—Vale —respondió Popov, riendo—. Esta tarde te llamamos de nuevo.

—De acuerdo —asintió Ana—, pero tranquilos, no es preciso que me llaméis veinte veces. Si os necesito, os llamaré yo.

Tras colgar, sonrió. Nekane les había hecho aprender bien la lección e intuía lo que le esperaba aquellas semanas. Sobre las tres de la tarde, tras haber revisado unas fotos, Ana iba a prepararse algo de comer cuando sonó de nuevo el timbre. «Encarna», pensó, pero se quedó boquiabierta al abrir la puerta.

—Pero ¡¿tú qué haces aquí?!

Rodrigo le dio un beso en la mejilla y entró con varias bolsas en las manos.

—He prometido a Nekane y a Calvin que estaría pendiente de ti, y la mejor manera de estarlo es vivir contigo en tu casa mientras Nekane no está. —Al ver su gesto de sorpresa, dijo—: He comprado un pollo asado para comer y ahora sólo me falta que me digas que me puedo instalar en la habitación de invitados.

—Pero ¿te has vuelto loco? —preguntó, atónita.

—No. Sólo pretendo estar cerca de ti por si necesitas ayuda. Ya sabes, aura dorada, ¡protector! —se mofó él. Viendo cómo lo miraba, le aclaró—: Vamos a ver, nuestro día a día seguirá igual. Tú con tu trabajo, y yo con el mío. La única diferencia será que estaré aquí contigo cuando no trabaje y...

—Pero tú tienes tu vida. Tienes tus citas y tus cosas, y si estás aquí conmigo te cortaré el rollo y...

—Tranquila —la interrumpió, acercándose a ella—, no tener citas durante unos días es superable. Ya las retomaré cuando regresen los enamorados.

Ana no sabía si estar enfadada o agradecida. Por un lado, tener a Rodrigo tan cerca era un gustazo, pero, por otro, también era una tortura. Al final, sonrió y decidió disfrutar del momento, aunque cuando regresara Neka le diría cuatro cositas. Una vez que Rodrigo dejó sus cosas en la habitación de invitados fue hasta la cocina y cogió el paquete que había llevado.

—¿Qué prefieres, muslo o pechuga?

—Pechuga. ¿Hay patatas?

—Sí. Doble ración, que te conozco —asintió, divertido.

—Pues quiero pechuga, patatas y una alita, pero sólo si está churruscadita.

—Te puedes comer las dos. A mí no me van mucho.

—¡Genial!

Ana, moviéndose por la minúscula cocina, cogió dos vasos limpios.

—¿Qué quieres beber?

—Agua.

—¿Sólo agua?

—Sí. Pero siéntate y déjame que yo me ocupe de ti —dijo, guiándola hasta el sofá.

Cuando ya estuvo sentada, Rodrigo se acercó hasta la encimera, y tras coger dos manteles individuales, una botella de agua y dos vasos fue a dejarlos sobre la mesita.

—¡Para! —gritó Ana.

—¿Qué pasa? —preguntó mirándola, sorprendido.

Ella se levantó del sofá, cogió de un mueblecito unos posavasos y los puso sobre la mesa.

—Soy una maniática. Odio que en la mesa queden los cercos de los vasos. Por lo tanto..., ahí están los posavasos, y siempre que quieras tomarte algo, utilízalos.

—Valeeeeeeeeeeeeeeee.

De buen humor, Rodrigo regresó a la cocina y llenó dos platos con la comida. Luego, se acercó hasta ella y los dejó en la mesita.

—¡Que aproveche! —dijo.

Al mirar el plato de Rodrigo y ver la otra pechuga, los dos muslos y las patatas, Ana preguntó:

—¿Te vas a comer todo eso?

—¡Aja!

—Pues sí que comes.

—Me gusta comer —sonrió él, dando buena cuenta de la comida.

—Entonces, si comes mucho —se le ocurrió tras masticar un trozo de pollo—, tendrás que trabajar bastante en el gimnasio para mantener el cuerpazo que tienes, ¿no?

—¿Crees que tengo cuerpazo? —la interrogó él, sonriendo.

Roja como un tomate, no sabía adónde mirar, pero él esperaba una contestación, así que asintió.

—Sí..., creo que tienes un buen físico.

—Los bomberos solemos hacer bastante deporte para mantenernos en forma, ¿no lo sabías?

—Sí.

Como ella se calló, Rodrigo no volvió a preguntar más acerca de aquello, pero se fijó en unos CD que había sobre la mesita.

—¿Qué es eso?

—Algunas de mis películas preferidas.

—¿Cuáles son? —inquirió con curiosidad antes de meterse un buena porción de pollo en la boca.

—*Otoño en Nueva York* y *Noviembre dulce*. —Y al ver cómo la miraba, añadió—: Y antes de que digas nada me encantan esas películas y me gusta verlas, aunque..., bueno..., los finales son fuertecitos.

—¿Fuertecitos? ¿A qué te refieres?

Al verlo tan interesado, lo miró y añadió tras meterse una patata en la boca:

—¡Ah!, no te lo cuento. Si quieres saberlo tendrás que verlas.

Aquella noche, juntos en el sofá, vieron *Noviembre dulce*, y Rodrigo, con el corazón encogido por la temática de la película, vio llorar desconsoladamente a Ana, mientras él en ocasiones hizo esfuerzos por controlar las lágrimas. Él no lloraba. Intentó consolarla, pero ella rechazó sus palabras con gruñidos y aspavientos. Le preguntó mil veces si paraba la película o la quitaba, pero ella, con un hilo de voz, negaba con la cabeza, y lloraba y lloraba. Una vez que acabó, le preguntó al verla hipando a su lado:

—Pero ¿cómo puedes ver esto? ¡Es deprimente!

Sonándose la nariz, tragó el nudo de emociones que aquella película le causaba siempre que la veía y murmuró congestionada:

—No es deprimente.

—Pero, melocotón loco, ¡si no has parado de llorar!

—Esa película es una preciosa historia de amor en la que dos personas se conocen, se enamoran y una..., una malnacida enfermedad las separa, ¿no lo has visto? —le planteó gimiendo ante el gesto de desconcierto de él—. ¿No has visto lo guarra que es a veces la vida? Cuando por fin ellos son felices, cuando por fin encuentran a esa persona que les complementa y les hace sonreír en cualquier momento, ¡zas!, una desgracia lo joroba todoooooooooo, y..., y... ante eso nada se puede hacer, excepto asumir que tienes que continuar viviendo sin esa persona que te ilumina y que con su candor te ama y..., y... ¡Oh, Diossssssssssssssss!

—Venga, venga, no te pongas así; es sólo una película.

—Sí..., es sólo una película —repitió entre hipidos—. Pero esa película es una historia, y estoy segura de que, por desgracia, habrá en el mundo casos como ésos, y yo..., yo...

Alarmado por los lloros de Ana, fue a contestar cuando ella se levantó del sofá con el pelo enmarañado y la nariz roja como un tomate y dijo sin dejar que hablara:

—Lo verdaderamente deprimente es escucharte y sentir que no tienes corazón. Tendrás unos oblicuos de infarto. Tendrás todos los ligues que quieras. Tendrás cientos de cosas banales y absurdas, pero nunca, ¡nunca!, llegarás a querer, ni te querrán, como lo hacen en esa bonita, conmovedora y alucinante película porque ¡nunca! sabrás lo que es vivir y alimentarse del amor.

Y entonces, dándose la vuelta y dejando a Rodrigo totalmente descolocado, se marchó a dormir.

Durante aquellos días que pasaron juntos, compartieron risas, confidencias y momentos de tranquilidad. Ana descubrió que a Rodrigo le gustaba leer sobre motociclismo, odiaba la mermelada de frambuesa y se volvía loco por el puré de patata. Él descubrió que a Ana le gustaba tomarse un chupito de Cola Cao antes de irse a dormir, que se despertaba todos los días de excelente humor y que le encantaba llorar viendo películas.

Una tarde en que Rodrigo había llegado de trabajar y se había ido directamente a la ducha mientras Ana terminaba un trabajo en el portátil, sonó la puerta de la calle y ésta se levantó a abrir.

—¡Hola, bonitiña! —saludó Encarna—. ¿Estás bien?

—Perfecta.

—Te traigo unas poquitas lentejas—cuchicheó, enseñándole un enorme *tupper* azulón—. Tienen mucho hierro.

—¿Unas poquitas? —se mofó Ana al ver el volumen del recipiente.

—Bueno, vale, hice un buen puchero y aproveché para echar unos puñadiños más para ti y el guapo bombero. Por cierto, ¿algo que contar?

—Encarna..., pero qué mente más calenturienta tienes.

—¡Uisss, hija, como para no tenerla con semejante tordo al lado!

Ambas rieron.

—Él sólo está aquí por si lo necesito. Nada más —aclaró Ana—. Pero pasa. No te quedes en la puerta.

La joven dejó el enorme *tupper* sobre la encimera de la cocina.

—¿Quieres un cafelín?

—No, nena, que son más de las siete, y si me lo tomo, no pego ojo en toda la santita noche y me pongo a pensar tonterías. ¿Qué haces?

—Terminaba un trabajo.

—¡Ah!, entonces me voy, que estás liada.

En ese momento, se abrió la puerta del baño y salió un guapísimo Rodrigo vestido únicamente con una toalla alrededor de la cintura y el pelo mojado.

—¡Coñeeeeeeee! —murmuró la mujer, mirándolo.

Ana sonrió, y Rodrigo, al ver allí a la vecina que tan bien le caía, sin importarle su pinta, fue hasta ella para saludarla.

—Encarna, ¡qué bueno verte por aquí!

La mujer, colorada por la presencia y la desnudez de Rodrigo, alargó la mano y, cogiendo el *tupper*, dijo con un hilo de voz:

—He traído lentejas.

—¡Hummm, qué ricas! —asintió Rodrigo, que se percató del azoramiento de Encarna y del rostro burlón de Ana— Mejor voy a vestirme, no vaya a coger frío.

Dicho eso, se dio la vuelta y desapareció por el pasillo. Cuando Ana oyó que la puerta de la habitación se cerraba, cogió el *tupper* de lentejas de las manos de Encarna y lo dejó de nuevo en la encimera.

—Tierra llamando a Encarna... Tierra llamando a Encarna.

Volviendo en sí, la mujer, aún conmocionada por lo que había visto, miró a la joven.

—¡Qué *carallo*! —murmuró, abanicándose con la mano—. Nunca había visto yo a un hombre en paños ¡tan menores! —Ana rió, y la otra dijo—: Anda, dame un vasito de agua, que se me ha resecado hasta la lengua.

Ana llenó un vaso y se lo dio. La reacción de Encarna le parecía muy divertida.

—¿A que es impresionante? —le preguntó.

—Sí, sí, sí. Y aunque está mal que yo con la edad que tengo lo diga, si a mí me pilla con treinta años menos, hoy por hoy no soy mocita. —Boquiabierta por aquella revelación, Ana fue a decir algo cuando la gallega añadió—: Sí, hija, sí..., que me voy a morir sin catar hombre.

Ambas rieron.

—Pero ¿has visto qué brazacos que tiene ese muchacho? —cuchicheó Encarna, más repuesta.

—¡Oh, sí!, claro que los he visto.

—Y esas piernas largasssssssss y musculosas —prosiguió la mujer, totalmente alucinada—. No me extraña que te quitara el sentido común. Me lo ha quitado a mí y puedo ser su abuela. Y me preguntó yo, te sigue gustando, ¿verdad?

—No... —mintió—. Hoy por hoy lo veo como un simple amigo.

—Hija..., ¿estás bien de la vista?

—Perfectamente —se guaseó Ana.

—¡Por el amor de Dios! Tienes a ese pedazo de tiarrón en casa todas las noches, ¿y no piensas en cosas lujuriosas y pecaminosas?

—¡Encarna!

—¿Y anda siempre así por la casa? ¿Desnudiño?

—No —negó Ana riendo y mirando a su descolocada vecina—. Se estaba duchando y salía de la ducha.

—Pues dime a qué hora se ducha todos los días para bajar a traeros un *tupper* —comentó.

En ese momento, se oyó que se abría una puerta y, dos segundos después, Rodrigo apareció en el salón con unas bermudas color caqui y una camiseta granate. Consciente de que la mujer estaba más tranquila, se acercó a ella.

—¿Cuándo nos vas a hacer rosquillas? Te aseguro, Encarna, que son las mejores rosquillas que he comido en mi vida. Y ya no te cuento las filloas, ¡qué ricas!

Con una coquetería que hasta el momento la mujer nunca había mostrado, se tocó el cabello y, dándose la vuelta para marcharse, dijo:

—Cuando quieras. Mañana mismo. Tú sólo tienes que pedírmelas.

Dicho eso, la vecina se marchó, y Ana, con una sonrisa guasona, murmuró, haciéndolo reír:

—Que sepas que a partir de hoy tendremos suministro de rosquillas y filloas para toda la vida.

Los días pasaron y la conexión entre ellos se fue afianzando. Encarna, como bien presupuso Ana, se encargó de que nunca les faltara comida, y él, encantado, la devoraba. De pronto, aquella mujer y Rodrigo comenzaron a llevarse de lujo y no era extraño verlos a los dos llegar del supermercado hablando y riendo.

Una tarde que estaba Ana sola en casa, de repente, algo empezó a zumbar. Sorprendida por aquel pitido, miró a su alrededor, hasta que encontró el móvil de Rodrigo caído en el sofá. Sonó durante unos segundos más, pero no lo cogió. Cuando se cortó el tono de aviso, sonrió y volvió a su trabajo, pero segundos después comenzó a sonar de nuevo. Esa vez lo cogió y en la pantalla leyó «Colegio Álex». En ese instante, y sin dudarlo, atendió la llamada.

—¡Hola!, buenas tardes —dijo la voz de un hombre—. Preguntaba por Rodrigo Samaro.

Confundida y sin saber realmente qué decir, contestó:

—Sí, éste es su móvil, pero no se puede poner en este momento.

—Nos urge hablar con él —insistió el hombre—. Soy el conserje del colegio de su hermano, Alejandro Samaro.

—¿Le ocurre algo a Álex? —preguntó, preocupada.

El hombre que estaba al otro lado, al escuchar aquella pregunta, contestó con otra.

—¿Con quién hablo? Disculpe esta pregunta, pero o es usted un familiar directo, o no le puedo dar información.

—Soy Carolina Samaro, hermana de Rodrigo y Álex —mintió.

—¡Oh, un placer señorita! Mire, tenemos un problema. Estamos llamando a su casa y nadie nos coge el teléfono. Su hermano Álex lleva esperando a que su madre venga a buscarlo cerca de dos horas, y el muchacho está bastante angustiado. El colegio cerró ya hace una hora y como su hermano Rodrigo nos dejó nota de que para cualquier cosa lo llamáramos, pues he aquí el motivo de la llamada.

Con rapidez, Ana pensó en una solución.

—No se preocupe, o mi hermano o yo pasaremos a buscarlo por el colegio. Seguro que a mamá le ha surgido un imprevisto. Por cierto, ¿me recuerda la dirección?

Apuntó en un papel los datos que el hombre le dio y colgó. Rápidamente, llamó al parque de bomberos para comunicárselo a Rodrigo, pero le dijeron que había salido para atender un aviso. Entonces, llamó al teléfono de Carolina, pero decía que estaba apagado o fuera de cobertura. Le dejó un mensaje en el buzón de voz. Pensó en localizar al padre de Rodrigo, pero no tenía su teléfono y no quería cotillear en el móvil de Rodrigo. Finalmente, cogió el coche y se dirigió a la dirección que había anotado.

Al llegar, como bien le había dicho el conserje, el colegio estaba cerrado. Siguiendo los cartelitos que vio, dio con una pequeña recepción, y al entrar, se encontró allí a un señor leyendo un periódico.

—¡Hola!, buenas tardes —saludó Ana—. Vengo a recoger a Álex.

El conserje, que no la conocía, asintió, y abriendo una puerta, dijo:

—Álex..., ya vienen a buscarte.

Cuando Ana vio el rostro asustado del joven, una ternura irrefrenable hizo que corriera hasta él y lo abrazara. Se le veía asustado, y Ana, con mimo, le susurró tras besarle:

—Tranquilo, cielo. Yo te llevaré a casa.

Álex no habló, sólo asintió. Una vez que salieron del colegio, subieron al coche de Ana, y ésta intentó bromear para sacarle una sonrisa y condujo hasta su casa. Cuando llegaron, Álex saltó del coche y corrió por la escalerita hasta llegar a la puerta. Llamó, pero nadie abrió.

—Mamá... a..., a lo mejor está dormida.

—Seguro que sí, cariño —murmuró Ana, mirando alrededor—. Seguro que se ha echado la siesta y no se ha dado cuenta de la hora que es.

En ese momento, el móvil de Ana sonó. Era Carolina. Tras contarle lo ocurrido, la joven, apurada, le indicó que se ponía en camino. En diez minutos estaría allí. Cuando colgó el teléfono, Álex estaba mirándola y le enseñaba una llave.

—¿De dónde has sacado eso?

—De aquí —dijo, metiendo la mano entre unas ramas secas.

—Po..., podemos entrar. Ésta es la llave de e..., emergencias.

Quitándole la llave de las manos, Ana abrió y, al entrar, dijo con rapidez:

—Álex, ¿me traes un vasito de agua?

Cuando el muchacho se marchó a la cocina, Ana entró rauda en el salón y respiró aliviada al ver que la estancia estaba intacta. Al darse la vuelta, se encontró con el joven y se bebió de un tirón el vasito que él le ofrecía.

—Siéntate en el salón. Voy a ver si tu madre está echándose la siesta.

Álex obedeció, y ella subió la escalera. Una vez que estuvo frente a la puerta de la habitación de Úrsula, llamó con los nudillos, pero nadie respondió. Por ello, abrió la puerta y, al asomar la cabeza para mirar, no se sorprendió al descubrir a la mujer tumbada en la cama. Rápidamente, se acercó a ella y, tras tomarle el pulso, respiró. Viva estaba, pero borracha como una cuba. Dos segundos después, se abrió la puerta de la habitación y entró Carolina, que al ver a su madre de aquella manera se puso a llorar.

—No..., no..., no —dijo rápidamente Ana, abrazándola—. Ahora no puedes llorar. Álex está abajo y como vea a tu madre así se asustará mucho. Ven. Vamos a meterla bajo la ducha. Eso y litros de café la despejarán.

Entre las dos la llevaron al baño y sin desnudarla la metieron con cuidado en la bañera para después abrir la ducha. Minutos después, Úrsula reaccionó. Durante dos horas intentaron que dejara de ser una piltrafa para que fuera de nuevo una mujer. En ese intervalo de tiempo sonó más de una vez el móvil de Ana. Era el número del trabajo de Rodrigo. Pero no lo cogió. No habría sabido qué decirle. Finalmente, sobre las nueve y media de la noche, consiguieron bajar con Úrsula al salón. Álex, al ver a su madre, sonrió y la abrazó.

—¡Mamá!, menuda si..., siesta te has metido.

La mujer, avergonzada, asintió y lo abrazó. Después se sentó en el sofá. Carolina, al ver la mirada de su madre, cogió la mano de su hermano y le dijo:

—Ven, vamos a hacer algo de cena.

Cuando Úrsula y Ana se quedaron solas en el salón, la mujer clavó sus impactantes ojos azules en la joven.

—Te agradezco lo que has hecho —murmuró—. Estoy tan avergonzada que...

Conmovida por lo que aquella mujer que había encontrado en estado ebrio decía, se acercó a ella y, sin pensarlo, se sentó a su lado.

—Quizá me meta donde no debo, pero sólo le puedo decir que o hace algo por cambiar su situación, o esto los destrozará a usted y a su familia.

—No sé a qué te refieres —balbuceó la mujer.

—Mire, señora, soy la última persona que tiene que hablar de esto con usted, pero intuyo por lo que está pasando, y antes de que me suelte un borderío de los suyos, quiero que sepa que sé en la espiral en la que se mueve; sólo usted puede salir de esa espiral, porque si continúa la llevará a la destrucción. Esto no es beneficioso ni para usted ni para sus hijos. Ellos no son tontos, y tarde o temprano se darán cuenta de lo que pasa. Hoy ha tenido suerte al no llevar ninguna marca en el cuerpo, pero puede que la próxima vez Carol lo vea y...

Sintiéndose completamente descolocada, la mujer se tapó la cara y comenzó a sollozar. No quería preguntarle a la joven lo evidente, pero al sentir la mano de ella en el brazo, se secó las lágrimas y susurró:

—Por favor..., no quiero que Rodrigo se entere de esto.

—Tranquila, le guardaré el secreto, pero si no lo soluciona al final se lo tendré que contar a él. Entienda mi inquietud al saber lo que sé; no quiero que algún día ocurra algo y me sienta culpable el resto de mi vida por no haber dicho nada. Piense en sus hijos. En especial, en Carol y Álex. Ellos viven con usted. Y no olvide a Rodrigo. Él, sin saber la verdad de lo que está pasando, cada día está más cerca de descubrirla, y si él supiera lo que yo sé, le aseguro, señora, que...

—Lo sé..., lo sé...

El móvil de Ana volvió a sonar. Era el número de su casa y con seguridad Rodrigo. Esa vez lo cogió.

—¡Joder, Ana! Te he llamado mil veces. Me tienes preocupado. ¿Dónde te metes? ¿Estás bien?

Separándose unos metros de Úrsula, que la observaba, se retiró el pelo de la cara y se tocó la oreja.

—¡Aisss, lo siento! Acabo de ver tus llamadas perdidas. Estaba con una amiga tomando algo en un local y no debía de haber cobertura. Por cierto, tengo tu móvil. Te lo has dejado olvidado en el sillón.

—¡Genial! Pensaba que lo había perdido. —Y entonces, recordó algo—. Me han dicho que has llamado al parque preguntando por mí. ¿Pasa algo?

La joven rápidamente miró a Úrsula y, convencida de que no debía decir nada, respondió:

—Era para decirte que..., que había quedado con esta amiga y que no te asustaras cuando llegaras a casa. Pero, vamos, que estoy bien y que dentro de un ratito llegaré.

—¿Quieres que vaya a recogerte?

—No..., Rodrigo..., no vengas; tengo mi coche. Prepara algo de cena que voy a llegar con una hambre atroz.

—¡Qué raro! —exclamó él riendo. Y antes de colgar, dijo—: Ten cuidado con el coche.

Sonriendo, Ana apagó el móvil.

—¿Era mi hijo? —preguntó Úrsula.

No estaba dispuesta a mentirle, así que la miró y asintió. Mientras, sacó el móvil de Rodrigo de su bolso y borró las llamadas entrantes y salientes. Debía borrar todas las pruebas de lo ocurrido si no quería que se enterase.

—Es un buen chico..., muy bueno.

Ana sonrió.

—Sí, señora, es estupendo. —Una vez borradas las llamadas volvió a guardar el móvil en el bolso—. Estos días que mi compañera de piso no está él se preocupa porque yo esté bien. Pero tranquila, no se alarme, entre su hijo y yo no hay nada más que amistad.

Úrsula asintió.

—Rodrigo siempre ha sido especial, atento y maravilloso con todos nosotros, y yo..., yo le he decepcionado como madre.

Ana no quiso entrar en ese asunto porque sabía que lo que decía Úrsula era cierto; él se lo había contado.

—Debería sentirse orgullosa de él por quién es. ¿Sabe lo que dijo mi padre cuando Rodrigo me defendió ante un problema? —Úrsula negó con la cabeza, y Ana prosiguió—: Que le agradecía que me tratara como a una princesa porque eso significaba que había sido criado por una reina. Y yo creo que fue así, sólo que esa reina ha perdido el timón de su vida y lo tiene que volver a recuperar. ¿Y sabe por qué lo tiene que recuperar? Porque en la vida tropezarse está permitido y levantarse es obligatorio.

Aquellas palabras emocionaron a Úrsula, y más viniendo de la chica a la que había tratado con tanto desprecio. Fue a contestar, pero en ese momento entró Carol y, mirando a su madre, preguntó, dudosa:

—¿Te importa si invito a Ana a cenar?

La joven no esperó a la respuesta; se le adelantó y cogió el bolso.

—Gracias, pero no. Es tarde y estoy deseando llegar a casa.

Entonces, dijo adiós con la mano a Úrsula, y Carol la acompañó hasta la puerta. Cuando la mujer se quedó a solas en el salón, conmovida por las palabras que Ana le había dicho, lloró. La coherencia de aquella joven, que la había comparado con una reina cuando se sentía una mierda, era un soplo de aire fresco que pensaba aprovechar.

17

Las noches en que Rodrigo no trabajaba le encantaba preparar algo de cena con Ana para después sentarse a ver la serie favorita de ella, «Anatomía de Grey». Por norma, Ana lloraba durante el capítulo, él se reía y ella le daba cojinazos para que dejara de reír. La joven había omitido lo que había ocurrido días antes con Úrsula. No quería levantar más ampollas.

El jueves, Rodrigo llegó a las nueve de la mañana de trabajar. Había tenido un turno complicado y, tras descansar unas horas y comer, la acompañó a la revisión. En el hospital, se quedó sin palabras cuando le hicieron una ecografía y vio el rostro del bebé; y cuando la pasaron a una sala para monitorizarla y ella le explicó que aquello que parecía el trote de un caballo era el corazón del gusarapo, se quedó impactado. Aquel mundo era nuevo para él y todo le sorprendía como a un padre primerizo. Una vez que la doctora les dijo que todo estaba bajo control y el bebé en perfecto estado, decidieron ir a pasear por El Retiro. Sedientos, se compraron unas bebidas y se echaron en el césped a tomar el sol.

Todo lo que Rodrigo hacía con Ana era para él nuevo y divertido. De pronto, su prioridad era simplemente estar con ella, y eso, en cierto modo, lo asustaba ¿Qué le ocurría? ¿Por qué prefería tirarse en el sofá a ver una película con ella a estar con otras mujeres? Pero, dispuesto a no pensar en ello, se dejaba llevar y disfrutaba del momento.

Aquella noche, mientras estaban tirados en el sofá, él leyendo una revista de motos y ella un libro, de pronto Ana dio un respingo.

—¿Qué pasa? —preguntó, mirándola.

—¡¡¡Ay!!! ¡Qué patadón! —murmuró levantándose—. Creo que este bicharraco tiene hambre.

Rodrigo sonrió, pero al verla aparecer con los botes de Nocilla y pepinillos se llevó las manos a la cabeza.

—Por favor, Ana, ¿cómo puedes comer eso?

—¡Me encanta! ¿Quieres?

—Ni loco. —Aquella mezcla le parecía repugnante.

—Pues tú te lo pierdes. Más para mí. Por cierto, ¿me preparas mi chupito de Cola Cao? Creo que no tardaré en irme a la cama.

—Pero ¿no ves que te va a sentar mal? —comentó él, asombrado de que ella mezclara la comida de ese modo.

—Que no... —Sentándose junto a él, se echó a reír—. Vamos a ver. Sé que es una guarrada, pero me vuelve loca el sabor que tiene. Me imagino que serán cosas de las hormonas.

—¿Por qué le echas toda la culpa a las hormonas?

—Porque la tienen. —Y enseñándole el libro que leía, titulado *¿Por qué me siento rara estando embarazada?*, añadió—: Aquí pone que las hormonas son...

—Sí, las culpables de todo —se mofó él.

—Vale. Me callaré. No quiero discutir.

Él le revolvió el pelo alegremente.

—Melocotón loco, yo tampoco quiero discutir.

—Vale. Pues déjame leer y maldecir a las malditas hormonas mientras como pepinillos con Nocilla.

Sin decir nada más, cada uno continuó con lo que hacía, hasta que ella, levantándose, murmuró mientras caminaba hacia el baño:

—Ya me estoy meando otra vez. ¡Por Diosssssss, me voy a deshidratar de tanto mear!

Rodrigo sonrió. Ana era tan divertida en sus comentarios que era imposible no reírse.

Aquella noche, como todas las anteriores, cada uno se fue a su cama, pero sobre las cuatro de la mañana Ana notó que las piernas se le mojaban. Se despertó sobresaltada y pensó: «¡Dios!, me estoy meando encima». Rápidamente se levantó y, horrorizada por ver que no podía contenerse, corrió hacia el baño. Pero una vez dentro supo que había roto aguas. Asustada, se sentó en el váter y estuvo un buen rato sin saber qué hacer. Según lo previsto, quedaban tres semanas para que el bebé naciera.

—¡Dios!, esto no acaba —murmuró al ver que el chorrillo parecía no tener fin.

Se miró el camisón, que estaba mojado, y se quitó las bragas. Estaban empapadas. De pronto, una contracción le hizo abrir descomunalmente los ojos. Cuando aquel dolor paró, sin importarle su aspecto, se levantó del baño y entró en la habitación de Rodrigo, que con el ruido se despertó.

—¡Ay, Dios!

—¿Qué te ocurre?

—Creo..., creo que el gusarapo quiere salir.

—¡¿Cómo?! —gritó, desconcertado, y encendió la luz.

—He debido de romper aguas porque el chorrillo no lo puedo parar y..., y... ¡Oh, Diosssssssss, qué dolorrrrrrrrrr!

Se levantó rápidamente, aturdido, y al ver que ella contraía el gesto, la agarró e hizo que se sentara en la cama.

—¿Qué te pasa?

—Creo..., creo que me están dando contracciones. Tenemos que ir al hospital.

Rodrigo se vistió de prisa, con las pulsaciones a mil. Tras ponerse los zapatos, miró a Ana y le dio la mano.

—Vamos.

—No pensarás que voy a salir de casa con estas pintas —contestó ella, retirándole la mano.

—Pero ¿no me has dicho que tenemos que ir al hospital?

—Sí, pero no con estas pintas —aclaró.

Nervioso por verla de pronto tan relajada en un momento así, siseó:

—Ana..., ¡estás de parto! Vámonos.

—No me grites.

—No te estoy gritando —se defendió él—. Sólo te digo que tenemos que irnos al hospital.

—Me parece estupendo —gruñó, repuesta de la contracción—,

pero no pienso ir con el camisón mojado y sin bragas, ¿me has oído?

—Vale, vale... ¿Qué quieres que haga?

—Ayúdame a llegar a mi habitación.

Con cuidado, ambos caminaron hasta la habitación de ella y, al llegar, una nueva contracción cruzó el cuerpo de Ana, paralizándola.

—Me estoy poniendo histérico —rezongó, mirándola.

—Pues relájate porque me tengo que vestir —contestó cuando el dolor agudo había pasado. Pero incapaz de levantarse, dijo, señalando la mesilla—: Abre el cajón y dame unas braguitas.

Él hizo lo que le ordenaba, y al sacar unas bragas de corazones, que al desplegarse se convirtieron en unas bragotas de cuello alto, preguntó con mofa:

—¿A esto lo llamas tú braguitas?

Arrancándosela de las manos, lo miró con cara de pocos amigos mientras se las ponía.

—Como se te ocurra decir una tontería más, ¡te la cargas!

Él, intentando no reír, asintió.

—Ahora dame del armario una camiseta y el pantalón vaquero que está colgado a la derecha.

De inmediato, Rodrigo hizo lo que le decía.

—¡Mierda..., me acabo de empapar las bragas de nuevo! —exclamó ella cuando él ya le estaba dando la ropa—. Pero qué tengo ahí, ¿las cataratas del Niágara?

Sin querer mirarla fue al baño de ella y tras revolver entre sus cosas salió con un paquete de compresas. Después, abrió de nuevo el cajón de las bragas y, tras ver la faja de vaquitas y sonreír, dijo:

—Toma, unas *braguitas* secas.

—Menos coñas, ¡rico!

Sin hacerle caso, dijo:

—También he traído compresas por si las quieres utilizar.

—¿Y quién te las ha pedido, listillo?

Deseoso de matarla por su mal humor y por la parsimonia que veía en ella a pesar de su aparente susto en el rostro, murmuró:

—¿Quieres ponerte eso de una jodida vez para que nos podamos marchar al hospital?

—¡Háblame bien, ¿eh?! ¡Que aquí la parturienta soy yo! —gritó, histérica.

—Vale... —resopló, y consciente del miedo que veía en su cara, repitió—: Por favor, Ana, date prisa para que podamos marcharnos al hospital.

La joven intentó quitarse el camisón, pero estaba tan nerviosa y bloqueada que apenas tenía fuerza para tirar de él. Rodrigo la ayudó, y cuando quedó totalmente desnuda ante él y vio cómo éste clavaba la vista en sus grandes pechos, gritó:

—¡Deja de mirarme los pezones! Ya sé que están horrorosos, oscuros y enormes, pero es algo del embarazo.

—¡Joder, Ana!, ¿quieres dejar de gruñir y terminar de vestirte?

—¿Y tú quieres dejar de mirarme con esa cara de «¡Oh Dios, qué gorda!»?

Sin responderle continuó vistiéndola, y cuando consiguió sacarla al pasillo, una nueva contracción le hizo encoger el rostro.

—Coge la bolsa del gusarapo —dijo Ana justo antes de salir.

Rápidamente, Rodrigo la cogió y salieron de la casa. En el coche, Rodrigo iba alterado. Aceleraba cada vez que ella contraía el gesto de dolor y se saltaba los semáforos en ámbar.

—Que sepas que no pienso hacerme cargo de las multas —protestó Ana.

—Cierra el pico, ¿quieres?

Cuando llegaron al hospital La Milagrosa paró en urgencias y la ayudó a salir. El celador que se hizo cargo de ella lo invitó a que saliera a aparcar bien el coche. En un principio, Rodrigo se negó; no quería dejarla sola bajo ningún concepto. Pero ante la insistencia de ella, al final, por no oírla, salió.

—Efectivamente has roto aguas y has dilatado casi tres centímetros —le indicó la doctora de guardia al reconocerla.

—Pero..., pero... —susurró, desconcertada—. Todavía faltan tres semanas para la fecha en que el gusarapo tenía que nacer y...

—No te preocupes. Seguro que tu bebé nace sano y con fuerza. Si faltara más tiempo me preocuparía, pero tres semanas no es algo por lo que asustarse. —Y dándose la vuelta, la ginecóloga dijo a una joven enfermera—: Ingrésala y que la preparen para el parto porque por lo que veo este bebé tiene ganas de nacer. ¿Has venido sola?

—No —consiguió balbucear.

—Mejor. —Y entregándole unos papeles, le explicó—: Que tu acompañante pase por recepción para rellenar el ingreso. Y venga, ánimo que vas a tener un bebé precioso.

Con el susto dibujado en el rostro, Ana se dejó guiar por la enfermera, mientras por su cabeza pasaban cientos de preguntas; por ejemplo, si debía llamar ya a sus padres. Se cambió de ropa y se puso un camisón, y cuando llegó Rodrigo la enfermera que la acompañaba le indicó que debía bajar para hacer el ingreso. Él se volvió a marchar. Cuando subió, al cabo de veinte minutos, Ana jadeaba y sudaba como un pollo.

—¿Cómo estás?

—Hecha una mierda —murmuró entre resoplidos. Y con los ojos llenos de lágrimas, dijo, desconsolada—: Y encima me han dicho que no me pueden poner la epidural.

—¿Por qué?

—La doctora dice que con lo rápida que va la dilatación no la voy a necesitar.

Rodrigo asintió. No sabía nada sobre partos, epidurales ni esas cosas, por lo que la tomó de la mano y sonrió.

—Venga..., sonríe.

—Eso es muy fácil decir. A ti te querría ver yo en mi lugar —protestó Ana mientras le retorcía la mano.

Convencido por su gesto de que aquello le tenía que doler bastante, intentó calmarla.

—Piensa en positivo. Hoy vas a conocer al gusarapo.

—Síiiiiiiiiii —resopló, retorciéndose de dolor.

Segundos después, el dolor disminuyó, pero el susto en el rostro de ella continuaba. Rodrigo, dispuesto a ayudarla en todo lo que él pudiera, le pasó un paño húmedo por la cara.

—¿Has decidido ya su nombre?

—No... ¡No he tenido tiempo! —Y agarrándole la mano con premura le hizo saber que el dolor volvía—. ¡Ayyyyyyyyyyyyyy, ¡qué dolorrrrrrrrrr!

En ese instante, al ver cómo ella resoplaba y se retorcía, acojonado llamó a la enfermera, y ésta, al comprobar la dilatación, le dijo:

—Vamos, chata..., te subo al quirófano. —Y tras hablar por teléfono y pedir dos celadores para la habitación 323, miró a Rodrigo y le preguntó—: Eres el marido, ¿verdad?

Ana y Rodrigo se miraron, y éste, sin dudarlo, contestó:

—Sí.

—Pues vente conmigo que te voy a disfrazar de verde.

Un par de minutos después llegaron dos celadores, sacaron la cama de la habitación y la llevaron hasta el montacargas. Allí, Ana, aún cogida de la mano de Rodrigo, le dio un tirón y murmuró:

—Lo tuyo es masoquismo puro y duro. ¿Por qué me acompañas?

Él sonrió y, tras darle un beso en la punta de la nariz, se tocó la oreja, un gesto que la hizo reír, y dijo ante la enfermera y los celadores:

—Ya sabes, *cariño*, como dijimos ante el cura, en lo bueno y en lo malo.

Cuatro horas y media después, tras animarla con entusiasmo para que empujara y ella obedecer, protestar, reír y llorar, llegó al mundo un bebé precioso de dos kilos ochocientos setenta gramos. Rodrigo seguía anonadado. Aquel pequeño que berreaba en los brazos de la enfermera mientras lo lavaba y vestía acababa de nacer, y él había sido testigo directo. Incluso la doctora lo había animado a cortar el cordón umbilical.

Ana estaba medio dormida en la camilla y él no quitaba ojo a todo lo que ocurría a su alrededor. Ella había estado fantástica, y lo ocurrido allí le había nublado la razón. Sin poder evitarlo la volvió a mirar y al recorrer con mimo su cansado y bonito gesto algo en su interior se removió. Aquella preciosa muchacha y sus particulares circunstancias le estaban derritiendo el corazón. De pronto, su más primitivo instinto proyector lo embargó y deseó con todas sus fuerzas cuidar de Ana y el bebé. El corazón se le aceleró y sintió mil mariposas campando a sus anchas por el estómago. Continuaba en estado de choque cuando la enfermera que lo había vestido de verde llegó ante él y le soltó al pequeño en los brazos.

—Enhorabuena, papá. Aquí tienes a tu hijo. ¿Cómo vais a llamarlo?

—No lo sé —fue capaz de balbucear. Y al ver cómo la enfermera lo miraba, añadió—: Ella, mi..., mi mujer elegía el nombre.

Cuando la enfermera se alejó, patitieso, vestido de verde y con el bebé en los brazos, Rodrigo miró a la criatura. Aquel pequeño calvete de piel suave y dulce olor movía los bracitos y le hacía morritos mientras unos ruiditos extraños salían de su interior. Con mimo se lo acercó a la cara para darle un beso en aquella pequeña cabecita, y al levantar la mirada, vio que Ana los observaba. Tras intercambiar con ella una sonrisa de verdadera adoración, enternecido por el momento, se acercó a ella.

—Ana..., te presento al gusarapo. —Y sonriendo, murmuró—: Gusarapo, esta chica morena tan guapa que llora es tu mamá. Pero que no te engañe, es una auténtica bruja criticona.

Emocionada como nunca en su vida, a Ana le resbalaban las lágrimas por las mejillas. Aquel pequeñín era el bebé más bonito del mundo, y alargando la mano, le tocó con cuidado el moflete y susurró:

—Es precioso, aunque parezca con ese gorro que le han puesto en la cabeza una punta de jamón.

Rodrigo sonrió por las ocurrencias de Ana, y acercándose de nuevo al bebé, murmuró:

—Te lo dije. Ya comienza a criticarte.

Riéndose por el comentario, Ana acercó la boca a la frente del pequeño y, tras cerrar los ojos, aspiró su olor y lo besó.

—¡Hola, Dani! Soy tu mamá.

Ambos sonrieron al escuchar por primera vez aquel nombre, y Rodrigo, sin querer evitarlo, se acercó más a ella y, agachándose, le dio un dulce y tierno beso en los labios. El calambrazo que él sintió ante aquel contacto lo dejó extasiado y sólo salió del trance cuando ella, tocándole el rostro con cariño, le dijo:

—Gracias, Rodrigo. Gracias por estar aquí.

La locura se apoderó de todos cuando, horas después, un Rodrigo orgulloso los llamó para decir que el pequeño Daniel había nacido antes de lo esperado. Estaba emocionado como pocas veces en su vida. Sentirse parte importante de lo que había ocurrido en aquel quirófano lo descuadró. Nunca imaginó que en un momento tan tenso y dulce al mismo tiempo sus sentimientos se despertarían y le sorprenderían.

Era tal la forma en que la observaba que Ana se extrañó. Rodrigo siempre había sido con ella amable y atento, pero allí, en aquel momento, sintió una conexión especial con él que hasta la asustó. Sin poder evitarlo, cuando dejó de hablar con Esmeralda por teléfono, le cogió la mano.

—¿Estás bien?

La miró sorprendido y se sentó junto a ella en la cama.

—¡Claro! —Y retirándole el pelo en un gesto íntimo y demasiado posesivo, le preguntó—: Y tú, ¿estás bien?

—Sí, aunque no te voy a negar que estoy agotada —respondió pestañeando, confundida al sentir aquella indescriptible mirada.

Sin dejar de tocarle el pelo y, posteriormente, el óvalo de la cara, Rodrigo susurró:

—Estás preciosa, Ana. Más bonita que nunca.

Ella se aclaró la garganta. ¿Qué le ocurría?

—Estoy dopada y soy presa fácil —dijo sonriendo a la vez que él sonreía también—. ¿A qué viene tanto piropo?

Dándose cuenta de repente de cómo se estaba comportando,

Rodrigo se levantó de la cama y, arrugando el entrecejo, desconcertado, consiguió decir:

—Venga, vamos a llamar a Nekane y Calvin para darles la noticia.

Como ambos ya sabían, cuando llamaron a México, Nekane gritó y blasfemó por no haber estado presente en un momento tan crucial. Pero al final lloró como una posesa de la mano de Calvin al saber que todo había salido bien. Aquella tarde, tras recibir las visitas de varios amigos, aparecieron en el hospital, recién llegados del aeropuerto, unos orgullosos abuelos, Frank y Teresa.

Al entrar y ver a su hija con el pequeño en brazos, Teresa se llevó las manos a la boca y, arrugándosele la barbilla, comenzó a llorar. Frank, al ver la emoción en la cara de su mujer, la abrazó.

—Ahora no, cariño. O quieres que la primera imagen que tu nieto tenga de ti sea llorando.

—Mamá, por favor, no llores.

—Eso, Teresa, no llores —la animó riendo Rodrigo tras besarla y estrechar la mano de Frank—, que tu hija ya ha llorado por ti, por mí y por todo el mundo.

Enternecida, la mujer se acercó hasta la cama de su hija y le dio un emocionado beso en la mejilla. Al ver al pequeño, murmuró, emocionada:

—¡Ay, Dios míooooooooooo! ¡Ay, Dios míooooooooooo!

—¿Qué pasa, mamá? —preguntó Ana, asustada.

—¡Por el amor de Dios, Ana Elizabeth! Este niño es igualito a su padre. Rodrigo, hijo, ¡es igualito que tú!

—¡Mamá! —protestó Ana. ¿Cómo podía decir esa tontería?

—Pero, Ana Elizabeth, hija, ¿no lo ves?

—Pues no, mamá, no lo veo.

—Mírale la barbillita y el ángulo de la cara —insistió la emocionada abuela—. Es igualita a la de Rodrigo. ¿Tiene los ojos azules?

—Parece que va a ser que sí —asintió Rodrigo, ganándose una mirada de Ana.

Encantado, sonrió ante el gesto de incomodidad de Ana y, guiñándole un ojo, le pidió que sonriera. Teresa, con mimo, cogió al pequeño entre sus brazos y lo besuqueó. Y acercándoselo a un emocionado Frank, dijo:

—Mira, abuelo, qué precioso nieto tienes.

—Es guapísimo —contestó él, riendo con gozo.

—¿A que es igualito a Rodrigo? —insistió Teresa.

El hombre miró al pequeño y se encogió de hombros.

—Teresa, mujer, yo de esas cosas no entiendo. —Y antes de que ella pudiera decir nada, preguntó—: Por cierto, ¿puedo ya saber cómo se llama mi nieto?

—Daniel —respondieron al unísono Ana y Rodrigo.

—¡Oh..., pero qué bonito nombre te han puesto, cariño mío! —murmuró Teresa, besuqueando al bebé.

Tras un largo y agotador día en el que varios amigos habían acudido a verla al hospital, Ana asió a Rodrigo de la mano y, mientras sus padres hacían cucadas al pequeño, le dijo:

—Vete a descansar. Estarás agotado.

—Pensaba quedarme aquí contigo —comentó, mirándola.

—Ni hablar —aclaró ella—. Se quedará mi madre. Si no se lo permito, me odiará el resto de mis días. Además, creo que tú ya has hecho todo lo que tenías que hacer por Dani y por mí.

Ambos sonrieron, pero la sonrisa de Rodrigo no podía ser plena. Deseaba quedarse allí con ella para mimarla. Sin embargo, al ver su mirada, se dio por vencido.

—Tengo mis cosas en tu casa. ¿Te importa si paso a buscarlas?

—¿Cómo me preguntas eso? —repuso ella riendo y dándole un manotazo en el muslo—. Pues claro que puedes pasar. Es más, quédate allí a dormir. Mañana trabajas, ¿no?

—Sí, tengo turno de mañana.

—Pero ¿cómo va a trabajar mañana? —protestó Teresa al oírlos—. Ha sido padre y le tienen que dar como mínimo un par de días libres para...

—Mamá —cortó Ana—, Rodrigo no puede faltar a su trabajo.

—Pero...

Frank, al ver la cara de su hija y el gesto de Rodrigo, se metió en la conversación:

—Teresa, cuando el muchacho trabaja, por algo será. Por lo tanto, tengamos la fiesta en paz, ¿de acuerdo?

—Mamá, ¿por qué no bajas con papá a cenar algo antes de que Rodrigo se vaya? Por cierto, papá, ¿quieres dormir en mi casa?

—Te lo agradezco, cielo —contestó Frank—, pero tenemos habitación en el hotel Villa Magna. Cuando Rodrigo nos llamó y dijo que estabas en este hospital, mi secretaria buscó un hotel cercano.

—Vale, papá. Venga...,venga, bajad a cenar algo.

—De acuerdo —asintieron, y tras dejar al bebé en su cunita se marcharon.

Cuando se quedaron solos en la habitación a Rodrigo le sonó el móvil. Ana, que lo tenía en la mesilla junto al suyo, se lo entregó, aunque antes vio que ponía Alicia. Al cogerlo y ver el nombre, Rodrigo lo apagó y, sentándose en la cama, murmuró, tocándole la manita al bebé:

—Vaya, vaya..., Dani se parece a mí.

—¡Ni caso! —exclamó Ana, riendo—. Mamá y sus tonterías. Oye, en serio, quédate en casa el tiempo que necesites. Mi casa es tu casa, y más después de todo lo que has hecho por nosotros. —Y mirando al bebé, murmuró, emocionada—: Todavía no me creo que el gusarapo esté aquí. Si no llegas a estar en casa, ¡uf!, ¡Dios!, no sé qué habría sido de nosotros.

—Basta ya de lloros —dijo él alegremente al ver que ella iba a comenzar de nuevo. Y quitándole con el pulgar una lágrima de la mejilla, añadió—: Todo ha salido bien y es lo que cuenta. Por cierto, intentaré montar la cuna antes de que regreses. La teníamos todavía sin montar.

—Anda, es verdad. ¿Sabes dónde está?

Recorriendo con su azulada mirada la carita cansada de ella, asintió.

—Sí, no te preocupes. Intentaré descifrar lo que pone en las instrucciones y tenerla lista para cuando lleguéis a casa.

Ana, de pronto, se agobió y le cogió las manos.

—En cuanto a mis padres, te prometo que...

—Ahora no —cortó él—. Ahora no es momento de decirles absolutamente nada. Deja pasar un tiempo y, cuando estés más fuerte, se lo dices. A mí no me corre prisa ni me va la vida en ello, ¿entendido?

—¿Por qué eres tan bueno conmigo? Si sigues así al final conseguirás que no me pueda desenganchar de ti y...

—¿Y por qué te tienes que desenganchar de mí? —preguntó, sorprendido—. ¿Acaso no somos amigos?

En ese momento, quería ser sincera con él, pero tuvo miedo de su reacción, así que se dispuso a olvidarlo por completo.

—Vamos a ver —respondió, y consiguió sonreír—, si tanto te ha gustado la experiencia que has vivido, ya sabes, el parto, el histerismo y el bebé, ¿por qué no te planteas conocer a una chica y darle una oportunidad para llegar a tu corazón? ¿No crees que podría ser bonito enamorarte de alguien y...?

—No —la interrumpió él—, una cosa es lo que yo he vivido contigo como amigos y otra muy diferente lo que tú me planteas.

—¿Quieres ser un casanova toda tu vida? ¿Un picaflor?

—Quizá sí —dijo él, risueño.

—Pues es una pena, la verdad. —Con cariño, le pasó la mano por el pelo y susurró, conteniendo sus ganas de besarlo—: Serías un buen compañero y creo que un excelente padre. Sólo por cómo me has cuidado estos días y el cariño con el que miras a Dani sé que serías maravilloso. —Y siendo incapaz de callar, continuó—: Eres tierno, protector, responsable, y si hablo de la intimidad, creo recordar a un hombre apasionado y un excelente amante...

—Tus últimas palabras son las que más me gustan.

Ella sonrió, pero intentando no dejar aflorar sus sentimientos, cambió de tema.

—Al pasarte el teléfono he visto que era Alicia. ¿Por qué no la llamas mañana y sales a cenar con ella?

—¿Ahora vas de celestina? —soltó, divertido.

—Digamos que voy de amiga. —Y tragando el nudo de emociones que en su garganta forcejeaba por salir, añadió—: Y por cierto, ahora que he tenido el bebé y que dentro de poco volveré a tener cintura, es posible que tengas tú que hacer de celestino para mí.

—¿Que sea tu celestino? —se mofó él.

Ana se retiró el flequillo de la cara y lo miró.

—Como aquel que dice siempre me has conocido embarazada y sin posibilidad de flirtear con un hombre para tener una noche loca. Pero eso se acabó. Por fin, mi abstinencia sexual ha terminado. Volveré a retomar mi vida en cuanto me quite algunos kilos, y espero resarcirme por todos estos meses en plan monjil.

Rodrigo la miró, molesto. ¿Por qué tenía que tener citas con otros? Pero sin querer entender qué le ocurría y menos pensar en ello, replicó:

—Bueno, no pienses en eso ahora. Lo importante es que...

—Rodrigo, quiero pensar en ello. Necesito pensar en ello. Quiero salir, divertirme, conocer a algún hombre, tener sexo y pasarlo bien. Llevo cinco meses sin que nadie me bese, sin que nadie me toque, a excepción de la ginecóloga, y mira, entre tú y yo, estoy deseando sentir eso que un hombre me hace sentir cuando me besa y me toca. Entiendo que para un hombre sea difícil escuchar esto de una mujer, y más recién parida como estoy yo, pero ¿sabes?, las mujeres y los hombres tenemos necesidades muy similares, y el sexo es una de ellas.

Durante un rato la escuchó hablar de cosas que nunca una mujer le había contado, y él, ojiplático, apenas habló. Ana era directa y franca, y eso era algo que siempre le había gustado de ella; pero en ese momento aquella franqueza lo estaba agobiando. La conversación, o mejor dicho el monólogo, acabó cuando los padres de ella regresaron a la habitación.

—Ya hemos cenado —dijo Teresa, corriendo a besuquear a su hija.

Confundido, Rodrigo se levantó de la cama y pasó al baño. Una vez en el interior, cerró. Se apoyó en el lavabo y, mirándose en el espejo, susurró:

—¡Qué demonios te pasa, gilipollas! ¡Espabila!

Se echó agua en la nuca y se secó con la toalla, y con la mejor de sus sonrisas salió del baño y se acercó hasta la cama donde Ana y sus padres acunaban al bebé. Su corazón aleteó, desbocado, al oír a Ana reír. Siempre le había gustado su sonrisa, pero... ¿qué le ocurría? Sin apartar la mirada de ella, quiso pasarle la mano por el pelo y retirárselo de la cara. Estaba preciosa. Finalmente, reunió valor y dijo:

—Bueno, yo me voy a descansar. Frank, ¿quieres que te acerque al hotel?

—No te preocupes, muchacho. Me quedaré un rato más con ellas.

Incapaz de dejar de mirar a Ana, que sonreía encantada con su bebé en brazos, se acercó a ella y le cogió la mano para atraer su atención.

—Cariño, te llamaré por la mañana para ver qué tal estás y, cuando termine el turno, pasaré a veros.

Entonces, bajó la cabeza hasta la de ella y la besó en los labios. De pronto, aquel beso se demoró más que otros, y se sorprendió al ansiarlo. ¿Qué pasaba? Una vez que consiguió separarse de ella, sonrió y, tras guiñarle el ojo, sin mirar atrás, se marchó.

Cuando aquella noche Rodrigo llegó a casa de Ana, lo primero que hizo fue coger la cuna y tirarse horas montándola, y se sorprendió cuando al tomarse una cerveza puso un posavasos en la mesita para no dejar cerco. Eso lo hizo sonreír. Después, recogió el revoltijo de ropa que habían dejado cuando se habían marchado de madrugada, y finalmente, durmió en la cama de ella. De pronto, necesitaba sentirla cerca, y las sábanas tenían su dulce olor a melocotón.

18

Cuando Ana salió del hospital, su madre se empeñó en que tenía que marcharse con ellos a Londres para coger fuerzas. Durante una semana, Teresa repitió hasta la saciedad lo importante que era para ella que volvieran juntas a casa. Quería enseñarle a todas sus amigas su precioso nieto y, sobre todo, cuidar de su hija. Pero Ana se negó. No quería estar en otro sitio que no fuera su casa, y sus padres, tras veinte días, regresaron a su hogar. Ana prometió que pronto los visitaría con el pequeño.

En ese tiempo, Rodrigo estaba más atento que nunca con ella y el bebé. Los acompañaba al pediatra, cuidaba de ella y mimaba a Dani. Aparecía por casa cada dos por tres cargado de cosas para el bebé, o con sus hermanos Álex y Carolina para visitarla. Incluso Úrsula le envió un regalito. De pronto, Rodrigo estaba en sus vidas al ciento por ciento, y eso fue lo que le abrió los ojos. Por mucho que ella adorase a aquel hombre, e imaginase románticas y morbosas escenas de amor con él, no le podía hacer aquello a Dani. No quería que el pequeño creciese encariñándose con él como alguien especial y que, de repente, un día desapareciera en busca de su propia familia.

Una noche que a él le sonó el teléfono, antes de que cortara la llamada como solía hacer siempre que estaba con ella, Ana agarró el móvil y se lo entregó.

—¡Cógelo! Pone Sofía.

Con el bebé en sus brazos, la miró y comentó:

—Luego la llamo.

Ver cómo le daba con mimo el biberón a su pequeño le enterneció el corazón, pero algo en ella se rebeló, y quitándole primero el biberón y después al pequeño, dijo ante la cara de asombro de él, mientras lo dejaba en la cuna:

—Vamos a ver, quiero que llames a la tal Sofía y salgas con ella a cenar, a bailar o a lo que te dé la gana. ¡Lo necesitas!

—¿Lo necesito? —se mofó. Y sorprendido, la miró y preguntó—: Pero ¿qué te pasa ahora? ¿Sigues con las hormonas revolucionadas?

—No. Ni mis hormonas están revolucionadas ni me pasa nada. Sólo quiero que retomes tu vida. Sólo eso. —Y en un arranque de sinceridad, apuntó—: ¿Me puedes decir qué haces hoy, un viernes por la noche que no trabajas, metido en mi casa dándole el biberón a mi hijo?

—¿Qué hay de malo en ello? Me preocupo por vosotros.

—Pero es que no quiero que te preocupes por nosotros —insistió—. Quiero que nuestras vidas retomen la normalidad de siempre y, para ello, necesito que llames a Sofía, quedes con ella y te vayas de mi casa.

—¿Me estás echando?

—Sí... Bueno..., no... Sólo quiero normalidad, y contigo a mi alrededor continuamente no puedo normalizar mi vida. Y ahora me preguntarás por qué, ¿verdad? —Él asintió, y descolocándolo, confesó—: De verdad que los tíos necesitáis un manual de instrucciones para relacionaros con las mujeres. Vamos a ver, Rodrigo, hoy por hoy no estoy almendrada por ti, pero tenerte cerca me hace albergar unos tontos e imbéciles sentimientos de posesión que no quiero tener y tampoco quiero que tenga Dani. Por lo tanto, coge el maldito móvil, llama a Sofía, Alicia o a quien te dé la real gana, queda con ella y retoma tu vida de picaflor para que yo me pueda centrar en mi propia vida.

Asombrado por el discurso, se levantó del sofá.

—He entendido todo, excepto una cosa. —Al ver que ella levantaba las cejas, preguntó—: ¿Qué significa no estar almendrada?

—¡Joder, Rodrigo! No estar almendrada significa que no me gustas, que no me pones, ¿lo entiendes así?

Asintió, desazonado, pero no estaba dispuesto a alejarse de ella hasta comprender qué era lo que le pasaba en realidad. Se acercó para dejar patente su altura y la acorraló contra el sofá.

—¿Tan molesto soy en tu vida?

Quiso decirle que no, que su presencia era como una brisa fresca cada vez que aparecía y le sonreía, que tenerlo cerca era lo que mejor le sentaba, pero con todo el dolor de su corazón, murmuró:

—Sabes que te aprecio mucho y siempre te agradeceré cómo nos has cuidado a Dani y a mí, pero creo...

—Dijiste que éramos amigos.

—Y lo somos. Yo quiero seguir siendo tu amiga, pero a una distancia prudencial.

Rodrigo quiso protestar, pero acercando su boca al oído de ella, musitó, poniéndole todo el vello de punta:

—Tranquila, pequeña. Retomaré mi vida y continuaremos con nuestra amistad a una distancia prudencial. ¿Te parece bien así?

—Sí, sí... Me parece genial.

Enloquecido por su dulce olor a melocotón, le agarró con delicadeza el cuello y puso su frente contra la de ella, pero cuando estaba a punto de besarla sonó de nuevo el móvil.

—Te vuelven a llamar —susurró ella.

Mirándola a los ojos a escasos cinco centímetros, cogió el móvil y, sin moverse de su posición ni dejarla que se alejara de él, abrió el móvil y contestó.

—¡Hola, Sofía!

Ana, con el corazón a punto del infarto, escuchó la conversación. Aquella mujer, la tal Sofía, le proponía cenar con él, y él aceptó. Una vez que cerró el móvil, Rodrigo se lo guardó en el bolsillo de la camisa.

—¿Contenta ahora?

Como una autómata, asintió, y él, dando un paso atrás, se alejó de ella. Caminó hasta la encimera de la cocina y cogió las llaves de su coche. Después, la miró y, antes de desaparecer por la puerta, dijo alto y claro:

—Buenas noches, Ana. Tómate tu chupito de Cola Cao antes de irte a dormir.

Cuando se quedó sola en el salón, Ana respiró y, tras ir a la cocina y tomarse lo que él le había dicho, abrió el congelador, sacó una enorme tarrina de helado de chocolate belga y, mirando a su gato, murmuró:

—*Miau*..., o acabo con esto de una vez, o me voy a poner como una vaca.

Después de aquel episodio entre ellos, Rodrigo decidió distanciar un poco sus apariciones en casa de Ana, pero le resultaba difícil no verla a ella y al pequeño, y se pasaba el día entero pensando en la mujer con olor a melocotón que de repente se había convertido en algo indispensable para vivir. Sin embargo, no estaba dispuesto a dejar sus sentimientos al alcance de cualquiera, así que decidió hacerle caso. Distanciarse era lo mejor.

Nekane, cuando Dani cumplió su segundo mes, animó a Ana para que regresara al gimnasio. Un poco de movimiento, junto al régimen que había comenzado, le iría bien para rebajar los cinco kilos que le sobraban. Al ser septiembre, mucha gente nueva comenzaba a ir y, al sexto día de estar allí, uno de los monitores la invitó a una fiesta. Aquello la sorprendió. ¡Volvían a fijarse en ella como mujer! Pero tras sonreír no aceptó. De momento, debía cuidar de un bebé.

La noche de su cumpleaños Ana organizó una cena en su casa con Neka y Calvin, Rocío y Julio, Esmeralda y Popov, Encarna y Rodrigo, que se apuntó a última hora con Sonia, su nuevo ligue. Entre risas, degustaban el postre cuando Ana, al recordar lo ocurrido en el gimnasio, lo comentó. Todos rieron, excepto Rodrigo, que mirándola muy seriamente dijo:

—Lo que es ese tío es un espabilado. Le habrás dicho que no, ¿verdad?

Calvin miró a su amigo. ¿Por qué se ponía así? Y Encarna, que estando más callada de lo normal observaba a los jóvenes, se carcajeó. Lo que llevaba tiempo presuponiendo era verdad.

—¡Valiente gilipollas! —añadió Julio.

Sorprendidas, las mujeres se miraron, y Ana contestó:

—Pues claro que le he dicho que no. —Y al ver las caras de las chicas, agregó mientras le daba el biberón a Dani—: No me gustaba. Pero si me lo llega a preguntar el otro monitor, el rubio, ¡otro gallo habría cantado!

—¿Lo dices en serio? —preguntó Calvin, divertido.

—Ya te digo. Y tan en serio que lo dice —intervino Esmeralda, riendo.

—No me lo puedo creer —murmuró Rodrigo, sonriendo pero molesto.

Sentir que Ana se distanciaba de él día a día no estaba siendo algo fácil de digerir, y menos, oír que hablaba de otros hombres de forma insinuante.

—¿El otro monitor, el rubio, está bueno? —preguntó Rocío.

Con el bebé en los brazos, Ana, gesticulando, las hizo reír.

—Bueno no, lo siguiente. El otro día lo vi salir del vestuario de chicos sin camiseta y, ¡oh Dios, oh Diosssssssss!, tiene una tabla en el estómago para lavar la ropa ¡que ni os cuento! Ganitas me dieron de decirle: «Vamos chato para la fuente que hay mucha ropa que lavar».

—¡Qué bueno! —exclamó Sonia.

—¡Qué sinvergonzona que es la *jodía*! —dijo la gallega.

—Corroboro todo lo que dice —apuntó Nekane—. Arturo tiene unos oblicuos de escándalo, entre otras cosas.

—Será mariquita.

—Pero buenooooooooooo —protestó Rocío al escuchar a su marido—, ¿por qué cuando un hombre destaca en seguida decís eso de «Será mariquita»?

—Por el mismo motivo, cuqui, por el que cuando una mujer destaca vosotras decís que ¡es una lagarta! Y eso... hablando finamente.

—Punto para Julio —celebró Popov, divertido.

Muertas de risa, las mujeres continuaron hablando ante el gesto de enfado de los hombres.

—Arturo lo tiene todo —agregó Ana—. Guapo, sexy, cuerpazo, simpático. Vamos, como que estoy pensando en proponerle hacerle una sesión privada de fotos.

Los hombres se miraban boquiabiertos cuando Rocío aplaudió y dijo:

—¡Me apunto!

—Y yo —soltó Sonia.

—Pues yo me pido darle el aceitito —se mofó Nekane.

—Yo te sujeto la cámara —añadió Esmeralda.

—Y yo llevo unas rosquillas —apuntó Encarna.

Sin duda, aquella conversación los cogía por sorpresa y se miraron atónitos. ¿Desde cuándo las mujeres eran tan descaradas?

—¿Y a qué gimnasio vais?

—¿Y a ti qué te importa, cuqui? —protestó Julio.

—No te pongas así, cielo, siempre es bueno saber qué gimnasio es bueno y cuál no.

—La madre que la parió —dijo Calvin, carcajeándose, al verlas riendo descontroladas.

—Esto es increíble —murmuró Rodrigo con los ojos como platos—. Cuando os juntáis unas pocas, ¡sois peores que los hombres!

—No lo sabes tú bien. —Ana le guiñó el ojo y, levantándose, miró a Nekane y le indicó—: Enséñales a las chicas las fotos de la sesión que hicimos en Alemania el año pasado para Vodka Pruset. Yo tengo que ir a cambiar el pañelete a este futuro machoman.

—Anitiña, si quieres voy yo.

—No, Encarna —negó Ana—. Tú mira las fotos que Neka os va a enseñar y luego bebe agua, que conociéndote, se te va a resecar hasta el alma.

Cuando llegó a la habitación y puso al bebé sobre el cambiador, oyó las carcajadas que provenían del salón y sonrió. Le encantaba reunirse con los amigos y sentir su felicidad. Pero olvidándose del resto del mundo se centró en su pequeño. Con mimo le cambió el pañal mientras le cantaba *Solamente tú.**

De pronto, percibió una presencia tras ella que identificó por la fragancia de la colonia.

—¿Ahora eres espía?

Al verse descubierto, Rodrigo se hizo a un lado y le preguntó sonriendo:

—¿Qué le cantas?

Con mimo, Ana besó a su bebé y respondió:

—Su canción preferida, ¿verdad, pitufo? Siempre que se la canto sonríe, y a mí me encanta verlo sonreír.

Paralizado por lo que sentía cuando estaba con ella y el niño, Rodrigo no sabía qué hacer. Nunca se había encontrado en una situación parecida y dudaba sobre cómo debía proceder. Se sentía ridículo y tonto. Él era un hombre que controlaba en todo momento las situaciones, aunque con Ana de pronto todo era descontrol. No podía parar de pensar en ella, y eso lo estaba machacando. No rendía en el trabajo, no descansaba y no disfrutaba de las mujeres que desplegaban sus encantos para intentar hacerle feliz. Su vida se estaba convirtiendo en un caos y no sabía cómo parar el desastre. Y mientras ella superaba por fin la dependencia de Rodrigo, sin que él se diera cuenta, a él le había ocurrido todo lo contrario.

—¿Ya se va a dormir el campeón?

—Sí..., ya le toca.

—¿Puedo cogerlo? —le pidió, mirándola con sus desconcertados ojos.

—Claro que sí.

Con cuidado y con una maestría que no tenía meses atrás, Rodrigo asió entre sus brazos al pequeñín y, besándolo en la frente, murmuró con dulzura:

—Hueles como tu madre, a melocotón.

* *Solamente tú*, BMG M And M Spain, escrita e interpretada por Pablo Moreno de Alborán. *(N. de la e.)*

Ana resopló. No quería escuchar, o se pondría tonta. Por ello se echó colonia en las manos y, tras restregárselas enérgicamente, se las pasó al bebé por el pijama. Entonces, se acercó a él y le aclaró:

—Pues ahora huele como un bebé, a colonia Nenuco.

Durante unos minutos, Ana y Rodrigo estuvieron haciendo cucadas al pequeño, hasta que ella dijo:

—Anda, venga, dámelo y vuelve al salón. Sonia te espera.

Pero Rodrigo parecía no tener prisa y, aún con el bebé en los brazos, preguntó:

—¿Qué te parece Sonia?

En otra época, aquella pregunta, o la sola presencia de Sonia, a Ana le habría destrozado el corazón; pero tras el muro de indiferencia que estaba consiguiendo levantar, lo miró con tranquilidad y señaló con una sonrisa:

—Es guapa y sexy. Vamos, lo que siempre te ha gustado.

—¿Y cómo sabes tú lo que siempre me ha gustado?

Con picardía, movió la cabeza de una forma tan coqueta que dejó a Rodrigo sin respiración, y acercándose a él, cuchicheó:

—Vamos a ver, amigo Rodrigo, te lo creas o no, te conozco lo suficiente como para saber qué tipo de mujer te gusta.

—¿Ah, sí?

—Sí, hijo, sí. A veces los hombres sois muy predecibles.

—¿Y qué clase de mujer crees que me gusta? —preguntó, algo confundido.

Decidida a salir de aquel absurdo interrogatorio en el que ella solita se había metido, se puso las manos en las caderas y, segura de sí misma, respondió:

—Altas. Delgadas. Pelo largo. El color te da igual, para eso no eres muy exigente. —Él levantó una ceja—. Prefieres que sean pijitas vistiendo, y algo que no falla nunca es que tengan unas buenas tetorras. Así son las chicas que te gustan.

Se quedó atónito por la descripción que ella había hecho; había acertado de pleno.

—Pues sí que me conoces bien.

—Ya te lo he dicho. ¡Eres previsible para mí!

Rodrigo se sintió algo molesto por lo poco que él la conocía a ella en aquel aspecto tan íntimo.

—¿Te puedo preguntar algo yo a ti?

—Claro.

—¿Cómo te gustan a ti los hombres?, ¿como el del gimnasio?

Sorprendida por aquella pregunta, sonrió.

—¡Uf!, Arturo es ¡tremendo!, pero la verdad es que no tengo un tipo fijo de hombre, aunque no te voy a negar que me atraen los altos, musculosos, con algún tatuaje y...

—Vamos, como yo.

Al darse cuenta de que, en cierto modo, lo había descrito a él, se encogió de hombros, intentando no revivir algo que había archivado con dificultad en sus recuerdos.

—Pues ahora que lo dices, tienes razón. Pero déjame matizar antes de que te lo creas. Mi matiz es que me gustan todos los hombres con esas características, excepto tú.

—¿Y eso por qué?

—Porque tú eres un buen amigo, sólo eso. ¿Algo más que preguntar?

Durante unos segundos, ambos se miraron a los ojos, y finalmente, Rodrigo, acercándose a ella, le entregó al bebé.

—¡Eh!, no te pongas tan seria. Sólo bromeaba contigo. —Y dándole un beso en la mejilla, murmuró revolviéndole su pelo corto—: Te espero en el salón. Tienes que soplar las velas de tu tarta.

Aturdido, maldijo en silencio, pero sin querer pensar más en ello, regresó al salón y se sentó junto a Sonia. Ésa era su nueva conquista y en ella se tenía que centrar.

Cuando Ana se quedó sola con Dani en brazos, lo besó y, tras dejarlo en la cuna, susurró:

—Nunca hagas sufrir a una mujer, o serás un capullo.

19

En octubre la vida laboral de Ana y Nekane retomó fuerza. Tenían contratadas varias campañas para Navidad y, sin demora, se pusieron manos a la obra, aunque primero decidieron hacer una selección para encontrar la niñera perfecta para Dani. Tras dos días entrevistando a varias jóvenes llegaron a una conclusión: Encarna, la vecina, era la más sensata de todas. Tras proponérselo a la gallega, ésta, encantada, aceptó, y todos los días a partir de las nueve de la mañana Encarna se encargaba del pequeño.

—El lunes envié el mail a todos los parques de bomberos de España, indicándoles los datos para el casting del viernes para el calendario —dijo Nekane—. Y de momento, ya he recibido setenta y dos confirmaciones. ¿Has contratado ya a las modelos?

—Sí.

—Por cierto, ¿sabes que del parque de Calvin se van a presentar al casting cuatro bomberos?

—¿No me digas?

—¡Aja! Mi Calvin, que por cierto tiene enchufe —soltó, y ambas rieron—, Julio, Jesús y Rodrigo.

Encantada, Ana asintió con un gesto divertido.

—¡Guaaau!, el casting va a ser de antología. Y desde ya te digo que esos cuatro tienen un enchufazo ¡total!

Neka se quitó las gafas que llevaba y, haciendo reír a su amiga a carcajadas, murmuró:

—¡Aisss!, qué duro es en ocasiones este trabajo. ¡Cuánto esfuerzo!

—Ni que lo digas, Neka..., ni que lo digas.

Aquella noche, sobre las nueve, Ana picoteaba algo con Popov,

Esmeralda y su bebé en una terracita en la calle Arenal cuando se quedó mirando a una joven que junto a un grupo escandaloso bebía litronas de cerveza. ¿De qué le sonaba aquella chica? Su aspecto era como el del resto del grupo, pero cuando la oyó hablar la reconoció. Aquélla era Carolina, la hermana de Rodrigo.

Incrédula, la observó. ¿Dónde se había escondido la joven que ella había conocido? Incapaz de quitarle los ojos de encima, sonrió. Si su madre la viera sentada en el suelo con aquella cazadora roja de cuero con clavos y bebiendo a morro le daría un ataque. Pero la sonrisa se le heló cuando vio que la chica, ni corta ni perezosa, comenzó a liar un porro que después se fumó tranquilamente. Durante unos segundos pensó si debía llamarle la atención o no. Finalmente, decidió lo segundo. No se metería donde no la llamaban.

—¡Madre mía!, cómo está la juventud —murmuró Esmeralda, mirando al grupo.

—Si uno de ésos fuera mi hijo —replicó Popov—, te juro que le daba dos collejones bien dados. Pero ¿cómo pueden beber así?

Sin querer comentar que la rubita de pelo cardado era la hermana de Rodrigo, Ana dejó de mirar y dijo:

—Oye..., ni que vosotros nunca hubierais sido jóvenes.

—Sí, Plum Cake, lo hemos sido —aclaró Popov—. Pero te puedo asegurar que a pesar de haber tenido veinte o veinticinco años, como tienen ésos, la cordura ya reinaba en mi cabeza. Y sí, he fumado porros como todo Cristo a esa edad, pero una cosa es eso y otra hacer lo que están haciendo ellos.

Cinco minutos después, aquel grupo que atraía las miradas de todos los transeúntes levantó el campamento y se marchó. Carolina, ajena a todo, se agarró a un chico y, volviendo a sorprender a Ana, se tiró a sus brazos y lo besó salvajemente. «¡*Joer* con la niña!», pensó, pero al ver que se alejaban se olvidó de ellos.

Durante un par de horas, Ana, con su bebé y sus amigos, disfrutó de la estupenda noche madrileña, hasta que a las once decidió regresar con Daniel a casa. Tras despedirse de los otros caminaba feliz empujando el cochecito de su bebé cuando al cruzar la Puerta del

Sol se fijó en una joven que estaba sentada de mala manera junto a la entrada del metro. Por la cazadora supo de inmediato que era Carolina. ¿Dónde estaban sus amigos? Miró el reloj. Las doce menos veinte de la noche. Era demasiado tarde para dejarla sola en aquel lugar y, acercándose hasta ella, se agachó y le dijo:

—Carol, soy Ana. ¿Estás bien?

La joven, al oír su voz, la miró. Su aspecto era deplorable. Debía de haber llorado, pues tenía el rímel corrido y churretes por la cara.

—Pero, cielo, ¿qué te ha pasado?

La ayudó a levantarse del suelo y supo por sus torpes movimientos que estaba borracha. Como pudo, sujetó el carrito de su hijo con una mano y, con la otra, cargó con la joven. Su casa no estaba lejos para ir andando, pero Carolina apenas si podía caminar. Al ver la parada de taxis no lo dudó y se encaminó hacia allí. Tras sentar a Carolina en el taxi, sacó a su bebé de la sillita, la plegó y el taxista la guardó en el maletero. Una vez en el interior, Ana miró al hombre y dijo sin dejarlo hablar:

—Voy a la plaza de Santa Ana. Y antes de que proteste, sé que la carrera es demasiado corta como para hacerle que se mueva, pero tranquilo, le pagaré veinte euros si nos lleva.

El taxista asintió. Veinte euros por llevarla tan cerca no los iba a desperdiciar. Cinco minutos después, el taxi paró, y Ana, tras desplegar el cochecito de Dani y meterlo dentro, pagó al taxista, cogió a Carolina por la cintura y se encaminó hacia su casa.

Cuando entraron, Ana sentó a la joven en el sofá mientras acostaba en la cuna a Dani. Al regresar al salón, Carolina, más blanca que el papel, la miró, y rápidamente y sin hablar la entendió. La llevó al baño, donde aquélla echó hasta la primera papilla. Media hora después, y al ver en el estado en que se encontraba la joven, no vaciló y la metió incluso vestida bajo la ducha. El agua fría hizo que reaccionara y gritara, mientras los churretes del maquillaje abandonaban aquel bonito rostro y aparecía la Carolina que ella conocía. Ana aguantó estoicamente aquel incómodo momento, hasta que la muchacha se relajó. Sobre las dos de la madrugada la tumbó en la cama de la habitación de invitados y la arropó, y justo en ese instante Carolina la cogió de la mano.

—Ana..., gracias.

—¿Qué ha ocurrido, cielo?

La joven, con los ojos hinchados de tanto llorar, la miró y murmuró:

—He dejado a Rafa.

—¿Y quién es Rafa?

—El chico con el que llevaba saliendo ocho meses —dijo gimiendo. Y sentándose en la cama, añadió—: Me gusta, me gusta mucho, pero yo no quiero una persona como él en mi vida. No quiero que nadie me mangonee, y él hoy me ha dicho que si no íbamos todo el grupo a mi casa me dejaba, y entonces yo lo he dejado a él, y se ha enfadado mucho y ha comenzado a gritarme y a decirme que era..., era... Ha dicho cosas horribles delante de todos y...

No pudo decir más. La joven comenzó a llorar, y Ana la abrazó. Cuando consiguió tranquilizarla, le tocó con cariño la cara.

—Por lo que me cuentas ese chico no te merece, y aunque ahora lo veas todo negro y pienses que lo has hecho mal, créeme, lo has hecho muy bien. El chico que se enamore de ti nunca hará algo tan horrible para humillarte porque serás tan especial para él que sólo podrá quererte e intentar que seas feliz.

—Lo sé..., y por eso lo he dejado. No quiero a mi lado a un hombre como el marido de mi madre. Yo..., yo no quiero que nadie me trate así.

Por lo que Carolina había dicho, Ana se convenció de que nadie sabía sobre su madre más de lo que ella había creído.

—Muchas veces, cielo, en la vida, más vale estar solo que mal acompañado. Pero hay personas que no saben estar solas.

—Mamá es una de ellas —aseguró la joven—. Su relación con Ernesto la está destruyendo, pero no puedo hacer nada. Ella no quiere que haga nada. Niega lo que veo y cuando hablo con ella se enfada conmigo, y...

—¡Chiss!, tranquilízate, cielo —susurró Ana, abrazándola.

La pena de la muchacha la ahogaba y no quiso ahondar más en el tema.

—¿Quieres que llame a tu madre para decirle que estás aquí?

—Mamá, Ernesto y Álex están en la casa de Cercedilla. No hay nadie en casa.

—De acuerdo. Entonces, descansa. Pero escucha, voy a llamar a Rodrigo para que sepa que estás aquí, ¿de acuerdo?

La joven asintió, y Ana, sin saber si Rodrigo estaba en casa o en el parque de bomberos, dormido o despierto, cogió el móvil y tecleó: «Cuando puedas, llámame».

Un minuto después, sonó el teléfono.

—Ana, soy Rodrigo. ¿Qué pasa?

Oyó risas y música de fondo.

—Mira, siento molestarte, pero...

—¿Qué ocurre? —insistió, preocupado.

—Tranquilo, no ocurre nada grave.

—¿Estáis bien Dani y tú? —preguntó, separándose de la mujer que estaba junto a él.

—Sí, sí... Escucha, tu hermana está aquí y...

—¿Que mi hermana está ahí?

—Sí, pero, tranquilo, que no pasa nada.

—Ana, ¿qué pasa? —insistió.

—Estaba con unos amigos, se ha emborrachado y yo la he encontrado.

Levantándose del sillón del pub donde estaba sentado con la guapa Brenda y unos amigos, se despidió de ellos y, mientras caminaba hacia el coche, dijo antes de colgar:

—En media hora estoy en tu casa.

Tardó veinte minutos. A las dos y media, Rodrigo entraba por la puerta, y Ana lo esperaba muerta de sueño. Fue hasta el cuarto de invitados, donde Carolina dormía plácidamente. Tras comprobar que su hermana estaba bien, la besó en la cabeza y salió. Al pasar por la habitación de Ana, entró para ver a Dani y sonrió al encontrarlo dormido junto al osito vestido de bombero que él le había comprado. Mirarlo y sentir la paz que irradiaba era algo muy relajante, pero convencido de que no podía seguir en aquella habitación salió. Cuando llegó al salón, Ana estaba sentada, a oscuras, frente al televisor, y sonrió al darse cuenta de que estaba viendo el concierto de Luis Miguel, puesto que él entre risas le había regalado el CD el día de su cumpleaños. Sentándose junto a ella, suspiró y apoyó la cabeza en el sofá.

—Gracias por haberla traído aquí.

Ana se percató del agobio que traslucía su mirada.

—De nada, y relájate, que te veo venir.

Tocándose el pelo y frunciendo el ceño, el bombero la miró.

—Pero, vamos a ver, ¿esta niña está tonta? ¿Cómo se le ocurre hacer lo que ha hecho? ¿Acaso no sabe que eso sólo le puede traer problemas? ¡Joder!, mi familia me va a volver loco.

—¿Lo ves? Te veía venir. —Y subiéndose al respaldo del sofá, le puso las manos en el cuello y murmuró—: Anda, déjame que te dé un masaje. Te relajará.

—No, Ana. Ahora no.

—Sí, Rodrigo. Ahora sí —insistió con seguridad.

Abotargado por todo, se quitó el polo blanco que llevaba y lo tiró a un lado con descuido. Ana, al encontrarse de pronto con aquella poderosa espalda morena y la visión del tatuaje, suspiró.

—¿Por qué todo es tan difícil tratándose de mi familia?

—Tranquilo, Rodrigo... Es joven y en su entorno las cosas no son fáciles. Ella me ha contado...

—¿Qué te ha contado? —preguntó, volviéndose para mirarla.

Estuvo tentada de contarle todo lo que sabía, pero prefirió callar. Soltar bombas informativas en un momento así sólo tensaría más las cosas.

—Me ha contado que ha roto con el chico con que salía.

—¿Que salía con un chico?

—Sí.

—¿Con qué capullo salía la loca de mi hermana?

A Ana le divirtió el instinto de protección que dejaban ver aquellas palabras.

—De eso no voy a hablar más. Ella mañana te contará lo que crea conveniente. Ahora cállate, cierra los ojos, relájate y déjame darte el masaje.

Sin querer pensar en nada más que no fuera darle el masaje, Ana comenzó a tocarle el cuello con mimo mientras sonaba la varonil voz de Luis Miguel cantando *No sé tú.**

«¡Joder, joder, joderrrrrr! Tendría que haber quitado al Luismi», pensó Ana al quedarse callados los dos.

Rodrigo hizo caso a lo que le pedía, pero el silencio de la noche y la quietud le hicieron captar sin querer la letra de la canción. Tenerla a su lado y sentir sus suaves manos sobre él era algo que le reconfortaba más de lo que ninguno de los dos se podía llegar a imaginar. Durante diez minutos, Ana masajeó con delicadeza los hombros y el cuello de Rodrigo, mientras sonaban los boleros dulzones y románticos de Luis Miguel. Pero cada vez que pasaba sus manos por encima del tatuaje que terminaba en el cuello, algo en el interior de la joven se deshacía. Deseaba a aquel hombre con todo su ser, pero la prudencia le gritaba contención, y cuando ya no pudo más, le dio un golpecito en la espalda.

—Pispás, ¡se acabó la moneda y con ello la friega!

Relajado por el masaje, excitado por la cercanía de su cuerpo y arrebatado por las letras de las canciones que estaban escuchando, entornó los ojos y, cuando ella se sentó a su lado, murmuró:

—Ahora el masaje te lo voy a dar yo a ti.

—No, Rodrigo, no hace falta —contestó, asustada. Ya había sido suficiente la tortura de tocarlo como para que ahora él la tocara a ella.

Pero dispuesto a hacer lo que se había propuesto, sin dejarle ha-

* *No sé tú*, Manzamusic S.A., Tillandsia Music O/B/o Manzamusic, escrita por Armando Manzanero Canché e interpretada por Luis Miguel. *(N. de la e.)*

blar, la cogió por la cintura y la sentó entre sus piernas mientras le susurraba cerca de su oído:

—Sí, Ana, sí hace falta.

Aquellas palabras cerca de su oído y el sonido de su risa la alertaron. Aun así, no se movió, y él puso sus manos sobre ella. Sentir el tacto de Rodrigo en su cuello y sus hombros la hizo cerrar los ojos y suspirar. La sonora espiración provocó una sonrisa en Rodrigo, mientras de nuevo Luis Miguel cantaba *Te extraño.**

«Esto es surrealista..., y no puede estar pasándome», pensó Ana, asustada al escuchar la canción y sentir cada vez más cerca la respiración de él.

Por su parte, Rodrigo disfrutaba de aquella pequeña intimidad entre los dos en tanto sonaba aquella melodiosa canción. Ana era suave, dulce y delicada, mucho más suave y apetitosa que las mujeres con las que se acostaba las noches en que se lo proponía. Y cuando la tentación le nubló la razón, acercó su nariz al cuello de Ana y, poniéndole la carne de gallina, susurró:

—Sigues oliendo a melocotón.

Ana no pudo responder. No pudo hablar. De pronto los labios calientes y carnosos de Rodrigo se posaron en su cuello y sólo fue capaz de disfrutar de aquella perturbadora sensación mientras sentía que la piel le ardía y millones de mariposas revoloteaban descontroladas por todo su cuerpo. Segundos después, aquellos labios abrasadores se pasearon con mimo por su nuca y cuello hasta llegar al hombro derecho. Aturdida como estaba, únicamente pudo sonreír. Las manos de Rodrigo bajaron con lentitud y a la par por sus brazos, para luego subir, y entonces, ella, incapaz de permanecer inmóvil, miró hacia la derecha, y sus ojos se encontraron durante un largo e intenso momento.

—Dijimos que... —murmuró Ana.

—Dijimos muchas cosas —replicó él, hechizado por lo que esa joven sin proponérselo le hacía sentir.

* *Te extraño*, Universal Music Publishing Mgb S.A. De C, escrita por Armando Manzanero Canché e interpretada por Luis Miguel. *(N. de la e.)*

Ana intentó luchar contra aquella tempestad, pero el huracán Rodrigo era asolador, y su propio cuerpo se rebeló. Lo quería. Lo necesitaba. La boca de él la hizo suya, le exigió besos voraces y hambrientos, y ella se los dio. Una voz en el interior de ambos les gritaba que pararan, que no debían continuar, pero sus mentes quedaron anuladas a pesar de aquellas voces y sus cuerpos cargados de deseo se apropiaron de la situación.

Sin prisa pero sin pausa, Rodrigo le quitó la camiseta de tirantes verde que ella llevaba, dejando libres sus pechos para poder disfrutar de ellos. Abrazándola, la tumbó sobre el sofá y, dispuesto a proseguir con el acto de posesión, se tumbó sobre ella y apretó las caderas. En ese momento, Ana gimió. Lo odiaba por lo que le estaba haciendo, pero su deseo por él era tan fuerte que nada, absolutamente nada, podía hacer para pararlo.

—Rodrigo no pod...

—¡Chiss! —susurró él, delirante, contra los labios femeninos mientras le hacía el amor con la boca.

Rodrigo ardía de deseo y, agarrándola por la cintura, volvió a apretar su erección contra ella mientras Ana se arqueaba en busca de placer. Durante unos minutos, ambos lucharon por llevar las riendas. Se tentaban el uno al otro. Querían más. Ana lo atrajo hacia ella y, con avidez, lo besó en el cuello, y al final, le mordió con suavidad en el hombro al sentir cómo él le chupaba uno de sus pechos. La ansiedad, la impaciencia y la agitación que sentían el uno por el otro estaban convirtiendo aquello en un contacto casi salvaje. Pero de pronto, por el intercomunicador, se oyó el llanto de Dani, y ambos, como movidos por un resorte, regresaron a la realidad.

Al hacerse evidente la situación en que se encontraban, Rodrigo maldijo, y tras ver la desconcertada mirada de ella y sentir su propia respiración entrecortada, se quitó de encima. Ana, por su parte, atormentada por la necesidad del momento, cogió la camiseta verde, que estaba tirada en el suelo, se la puso y, sin decir nada, se marchó para ver a su hijo. Cuando llegó a la habitación, Dani volvía a dormir plácidamente. Con las piernas temblonas por lo que había estado a punto de pasar, se sentó en la cama y se apoyó en la cuna. ¿Qué había estado a un tris de hacer? ¿Cómo podía haber tirado todo su autocontrol por la borda? Con la mano se dio aire. Necesitaba aire o explotaría. Y cuando se sintió más tranquila, regresó al salón, donde seguía sonando la música de Luis Miguel. Rodrigo la esperaba de pie y ceñudo en medio de la estancia, de nuevo con el polo blanco puesto. La miró, pero sin acercarse a ella.

—Lo siento... —murmuró—. No sé qué me ha pasado.

Ana lo vio desconcertado y decidió tomar las riendas de la situación.

—Tranquilo —cuchicheó en broma—. Le echaremos la culpa a mis hormonas y a Luis Miguel.

Pese a estar trastocado, sonrió; aún se sentía deseoso de retomar lo que no habían acabado.

—No..., esta vez he sido yo. —Y sin dejarle decir nada, se acercó a ella y le dio un casto beso en la mejilla—. Me voy a casa. Regresaré sobre las once para recoger a Carolina, ¿de acuerdo?

Ana asintió, y él, haciendo acopio de sensatez, se marchó. A la mañana siguiente, puntual, acudió a buscar a su hermana, y ninguno habló de lo que había sucedido la noche anterior.

Tres días después de lo ocurrido con Rodrigo, Ana se fue a Londres. Tenía que marcharse de viaje por trabajo y no podía ocuparse como ella quería de su hijo. Por ello, con el corazón roto, decidió separarse de él y llevárselo a sus padres. Dani se quedaría con ellos quince días, y no tenía la más mínima duda de que el pequeño estaría de maravilla.

—Frank, por el amor de Dios, sujétale la cabecita —se quejó Teresa al ver a su marido con el pequeñín.

—Vale..., vale, mujer, no te pongas así.

—Mamá, no te agobies —le advirtió Ana riendo.

—Hija, por Dios..., estamos tan desentrenados que estoy hasta asustada.

Frank sonrió a su mujer y, sentándose junto a ella en el salón de la casa, con el bebé en brazos, le dijo:

—Tranquila, tesoro. Si conseguimos criar a Ana y Lucy, seguro que a Dani lo podremos cuidar quince días.

Teresa asintió, emocionada, y miró al pequeñín con ternura.

—Pero ¡qué guapo es nuestro niño!

—Sí que lo es —afirmó Ana, encantada.

—Y ha sacado los preciosos ojos azules de su padre, ¡qué maravilla! Espero que saque también su altura. Porque con esos ojos y esa altura mi niño va a ser un gran rompecorazones.

—Lo será..., lo será —aseguró riendo Frank.

Contenta por la felicidad que Teresa veía en su marido, preguntó:

—Ana Elizabeth, ¿cuándo volverá Rodrigo a visitarnos?

—No lo sé, mamá. Está muy liado con su trabajo.

—Tengo que decirte que estoy encantada con que él apareciera en tu vida. Con lo poco que lo conozco me he dado cuenta de que ese muchacho os quiere a Dani y a ti, y os cuida, y eso, mi vida, es muy importante para mí. —En ese momento, se emocionó al pensar en cómo Rodrigo le había dado su merecido al impresentable de Warren Follen—. ¡Ah!, y que sepas que mi amiga Molly se quedó impresionada por lo atractivo que es cuando lo vio en la boda. Rodrigo es mucho más guapo que su yerno George Sinclair. —Frank sonrió, y Teresa continuó—: Sinceramente, cariño, creo que vais a tener unos niños preciosos. Sólo hay que ver a Dani para saber que todos los que vengan después, si vienen, serán maravillosos.

Ana suspiró. Desde que había llegado, sus padres —en especial, su madre— no paraban de referirse a Rodrigo una y otra vez, y eso la tenía agotada.

Después de lo ocurrido días antes en su casa, aquella noche, el estado de confusión de Ana era enorme, y no sabía qué pensar. ¿Por qué la había besado así? Pero como durante aquellos días no se había puesto en contacto con ella para nada, dedujo que aquello había sido un calentón más de él. La había tratado como a cualquiera de sus novietas, y si no hubiera sido por Dani, le habría hecho el amor, para al día siguiente olvidarse de ella. Así, convencida de que tenía que acabar con aquella gran mentira y con aquel lío de una vez por todas, se sentó recta y se aclaró la garganta.

—Ahora que estamos los tres aquí tranquilitos, tengo algo que deciros. —Sus padres la miraron, y ella prosiguió—: Sé que lo que os voy a decir no os va a gustar nada, y con seguridad os enfadaréis conmigo, pero lo hecho, hecho está, y ante eso nada se puede hacer. Además, el resultado de todo es Dani, y por él lo volvería a hacer mil veces.

—¡Ay, hija, me estás asustando! Cualquiera que te oiga va a creer que has comprado a Dani en el mercado negro.

El comentario de su madre la hizo sonreír.

—No, mamá. Eso te aseguro que no.

Y de pronto, Teresa, la gran reina del drama, se sacó el pañuelo de hilo que llevaba en el bolsillo y, llevándoselo a la boca, gimoteó:

—¡Ay Dios...! ¡Ay, Dios mío, que me lo estoy imaginando!

Frank, viendo a su mujer, intuyó lo que iba a pasar.

—Teresa, no comencemos con los dramas.

Pero la mujer, arrugando la barbilla, preguntó con un hilo de voz:

—No me lo digas. Has roto con Rodrigo, ¿verdad?

Confirmar aquella versión suavizaría lo que les tenía que decir, pero sería una nueva mentira, y no quería eso. Ellos conocían en persona a Rodrigo y se sentía en la necesidad de decir la verdad. Por ello, tomando aire, negó con la cabeza.

—No, mamá. Eso no es.

—Ana Elizabeth, por el amor de Dios, ¿qué pasa entonces?

A esas alturas estaba ya plenamente convencida de que lo mejor era sincerarse al ciento por ciento.

—Cuando supe que estaba embarazada pensé en abortar y...

—¡Aisss, mi niño! —gritó Teresa, tocando la manita de su nieto.

Ana, incapaz ya de callar lo que tenía que decir, prosiguió:

—Mamá, ¿qué iba a hacer yo con un niño? Mi trabajo requiere tiempo y..., y... no pude pensar en otra cosa. Pero cuando vine aquí en Navidades y tú comenzaste a llorar porque no tenías nietos, yo..., yo... no sé qué me pasó que cambié de idea y os dije..., os dije que estaba embarazada. Luego, me preguntasteis quién era el padre, y yo..., yo... estaba tan confundida que..., que... —Al ver la cara de sus padres, finalmente admitió—: Rodrigo no es el padre de Dani.

Como era de prever, Teresa puso los ojos en blanco y cayó derrengada en el sofá.

—¡Por el amor de Dios! Esta mujer siempre igual —se quejó Frank, que, sin tiempo que perder, dejó a Dani en el cochecito mientras Ana abría el cajón de las sales.

Una vez que pasaron aquel frasquito por debajo de la nariz de Teresa, y ésta abrió los ojos, Ana murmuró:

—Mamá, perdóname.

Teresa se sentó en el sofá bajo la atenta mirada de su marido y su hija, con los ojos llenos de lágrimas.

—Pero..., pero cómo puede ser. Rodrigo es una persona tan encantadora y te cuida tanto... Sólo hay que ver cómo te mira para ver que ese muchacho te adora. Y quiere a Dani y...

—Una cosa es adorar, y otra muy distinta es querer, mamá.

—Pero, hija —insistió Teresa—, Rodrigo es un hombre que...

—Mamá, Rodrigo es un amigo al que metí en un embolado cuando os mentí a vosotros. Él fue el primer sorprendido en todo esto y..., y... cuando me quedé embarazada él sólo me ayudó representando el papel que yo le había pedido. Y por favor, no os enfadéis con él. Él sólo intentó que mi embarazo fuera mejor y...

—Pero hija, Dani se parece tanto a él. ¡Incluso tiene sus ojos azules! —insistió Teresa.

Con una triste sonrisa y ante la atenta mirada de su padre, Ana asintió, y retirándose su oscuro pelo de la cara, murmuró:

—Mamá, el padre de Dani también tenía los ojos azules.

—Pero entonces ¿quién es el padre de Dani? —preguntó Teresa con la barbilla temblona.

Sin duda, estaba convencida de que no quería seguir mintiendo, pero le costaba muchísimo revelar los entresijos de su vida íntima, así que suspiró y contestó:

—Un suizo que conocí y...

—¡¿Un suizo?!

—Sí, mamá, un suizo llamado Orson. Pero la relación se acabó, perdimos el contacto y...

—Y no sabe que Dani existe, ¿verdad? —terminó la frase Frank.

—Exacto, papá —asintió, algo avergonzada.

En ese preciso instante, el pequeño comenzó a llorar, y Teresa, olvidándose de todo, se levantó para coger a su nieto. Aquel pequeño era lo único que importaba en ese momento.

—Le toca el biberón —dijo Ana tras mirar el reloj.

—Yo se lo daré —se ofreció Teresa y, besando la cabecita del pequeño, se dirigió hacia la puerta—. Iré a la cocina a por él.

Cuando la puerta se cerró, Ana miró a su padre. Frank, que hasta entonces había permanecido callado, al ver la confusión en el rostro de su hija, murmuró:

—Siento que te vieras obligada a mentirnos de nuevo.

—Papá, si alguien siente algo soy yo. Pero temí la reacción de mamá, y por eso os mentí y me lo inventé todo. Me siento mal. Fatal. Pero en ese momento no fui capaz de deciros la verdad, y yo..., yo... ¡Oh Dios! ¿Por qué tuve que mentir? ¿Por qué tuve que enredar a Rodrigo en todo esto?

—A veces, en la vida, todo tiene su porqué —musitó Frank.

—Sí, papá —asintió, dispuesta a no llorar—, pero no quiero pensar en el pasado ni en los porqués de las cosas. Sólo quiero continuar con mi vida, y ahora que sabéis toda la verdad quizá lo pueda hacer.

Después de un silencio incómodo, el hombre se levantó, fue hasta el mueble bar y, tras servirse un brandy, miró a su hija.

—¿Sientes algo por Rodrigo?

Nerviosa por aquella pregunta, se retiró el pelo de la cara y, tocándose la oreja, contestó:

—No. Él y yo tuvimos algo, pero nunca fue nada serio.

Frank sonrió al observar aquel gesto delatador que Rodrigo le había revelado de su hija.

—Pero ¿hubo algo entre vosotros?

—¡Ay, papá!, pues sí. Hubo algo entre nosotros, pero no funcionó. En cambio, como amigo, reconozco que ha sido colosal. El mejor.

—Ese muchacho se merece todo mi respeto por cómo te ha cuidado y protegido durante todo este tiempo. —Y clavando sus ojos pardos en ella, añadió—: Pero creo que...

—Papá, él sólo me ayudaba; por lo tanto, no te enfades con él. Enfádate conmigo si quieres, pero con él no.

—Tranquila, no me voy a enfadar con él. Al revés, tengo mucho que agradecerle a ese muchacho.

Ana sonrió.

—En cuanto a lo vuestro —insistió su padre—, ¿no hay marcha atrás?

—¡Papáaaaaaaaaaa! —protestó ella.

—Vamos a ver, hija, si te digo esto es porque al igual que las mujeres tenéis un sexto sentido para muchas cosas, los hombres tenemos un lenguaje corporal que da a entender otras muchas cosas, y te aseguro que ese hombre es...

—Papá, ¡no!

Frank quiso maldecir por lo cabezona que era su hija, pero se contuvo.

—Vale..., vale, hija..., pero que sepas que Rodrigo es un hombre de la cabeza a los pies. Por lo poco que pude ver cuando estuvo aquí, o por cómo te cuidó en el hospital y fuera de él, demostró que es un hombre con principios, y aunque no sea el padre biológico de Dani...

—Pero, papá —lo cortó—, ¿desde cuándo eres tan marujona? Pero si parece que es mamá la que me está hablando...

—Es que ese muchacho me parece un buen partido para ti —afirmó, y dejó escapar una sonrisa al ver la reacción de su hija.

—Entre él y yo no hay nada ni lo habrá —añadió, angustiada—.

A él le gusta otro tipo de mujer más voluptuosa, de largas piernas y cabellos largos, y yo soy otra cosa —dijo, señalándose su pelo corto—. Créeme, no entro dentro de sus expectativas.

En ese instante, entró Teresa con el pequeño en sus brazos, y Frank, antes de levantarse y dar por concluida de momento aquella conversación, miró a su hija y apostilló:

—Ana..., en esta vida, las expectativas pueden variar cuando se trata de amor.

Ana regresó a Madrid dos días después. Al entrar en la habitación y ver la cunita de Dani, se puso a llorar como una tonta mientras Nekane la consolaba. Aquel pequeño calvete, en sólo tres meses, le había descolocado la vida y ya no podía vivir sin él. Esa noche llamó Rodrigo, pero Ana, al ver su nombre, apagó el móvil. No quería hablar con él ni con nadie. A las once, mientras se preparaba un chupito de Cola Cao con la nariz roja como un pimiento de tanto añorar a su niño, sonó el portero automático. Sin preguntar, abrió. Imaginó que a Nekane, una vez más, se le habrían olvidado las llaves. Pero su sorpresa fue mayúscula al ver entrar a Rodrigo. Durante unos segundos, ambos se miraron, hasta que él fue incapaz de seguir callado.

—¿Dónde te habías metido?

—Estaba en Londres.

Rodrigo asintió, y al mirar hacia la zona del sofá y no ver el canasto del niño, se percató a la vez de los ojos llorosos y la nariz roja como un tomate de Ana.

—¿Dónde está Dani?

Aquella pregunta fue el detonante para que Ana se apoyara en la encimera y comenzara de nuevo a llorar. Rodrigo, asustado al verla en aquel estado, se acercó a ella.

—¿Le pasa algo al niño?

Ella negó con la cabeza y se sonó la nariz.

—Está en Londres con mis padres. Mañana me voy de viaje a Alemania y no podía llevármelo con..., conmigo.

Fue decir aquello y la cara se le descuajeringó y comenzó de nuevo a llorar. Echaba de menos a su niño y estar sin él durante quince días iba a ser una auténtica tortura. Rodrigo, abrazándola, la llevó hasta el sofá y, tras sentarla, vio el CD de la película *Noviembre dulce* sobre la mesita. Lo cogió y se lo enseñó.

—Ni de coña vas a ver esto otra vez. Pero ¿cómo eres tan masoquista?

Ella sonrió, y él, secándole las lágrimas que corrían por su cara, le retiró el pelo de la cara y con cariño susurró:

—Vamos a ver, supermamá, deja de llorar. Estoy seguro de que Frank y Teresa lo van a cuidar como a un rey. Lo van a mimar, y cuando vayas a por él, estará gordito y feliz.

—Lo sé..., pero yo..., yo lo echo de menossssssssssss.

Cogiendo un kleenex de la caja que solía haber sobre la mesita de enfrente del televisor, Rodrigo sonrió.

—Sé que ellos lo van a cuidar mejor que yo —dijo ella—, pero... Es tan chiquitito que me ha dado pánico llevármelo a Alemania. Neka viene conmigo y dejárselo tantos días a Encarna me da miedo, y...

—Podrías habérmelo dejado a mí. Yo lo habría cuidado en tu ausencia.

—Sí, hombre, quince días a tu cargo. ¿Y cuándo trabajarías?

—Ana..., todo eso es solucionable. Por lo tanto, cuenta conmigo la próxima vez, ¿de acuerdo? Al fin y al cabo, me considero parte de la vida de Dani.

Aquel comentario la hizo volver a llorar como una posesa, y cuando Rodrigo la calmó, ella se sonó la nariz y, mirándolo, le confesó:

—Ya les he dicho a mis padres que no eres el padre de Dani. Por lo tanto, ya no tienes que seguir fingiendo.

—Ana...

—Vale... —dijo, poniéndole la mano en la boca—. Sé que me dijiste que no corría prisa. Que adoras a Dani. Pero debía ser sincera con ellos y no dejar que se siguieran ilusionando con lo nuestro. Así que, a partir de hoy, ya puedes sentirte liberado de ser padre de mi calvete y mi novio. Y tranquilo, se lo han tomado muy bien. Tanto mamá como papá te tienen un gran aprecio por lo mucho que me has ayudado en este tiempo.

Conmocionado por verse de pronto relegado de algo que en un principio no le había gustado, se sintió extraño. ¿Qué narices le ocurría? ¿Por qué últimamente comparaba a todas las mujeres con Ana? ¿Por qué miraba a todos los niños y sonreía al pensar en Dani?

—Sé que ahora me puedo dar un baño de una hora en vez de una ducha rápida —prosiguió Ana—, que puedo salir y emborracharme sin pensar en preparar biberones de madrugada, pero..., pero es que no puedoooooo... —reconoció gimiendo—. Añoro a ese pequeño cagón y su olor a melocotón.

Rodrigo dibujó una sonrisa ante su último comentario.

—Ana, tenemos que hablar de lo que pasó el otro día.

Lo miró asustada y con los ojos llorosos.

—No paso nadaaaaaaaaaaaaa. Sólo fue un calentón y...

—No, no fue eso —cortó él.

En ese momento, la puerta de la calle se abrió y aparecieron Nekane y Calvin con una bolsa. Se alegraron de encontrar a Rodrigo allí, y la navarra, al ver a su amiga de nuevo con los ojos llorosos, le enseñó una bolsa para hacerla reír.

—Si dejas de llorar cinco minutos, te doy lo que he traído.

Calvin se acercó a saludar a Rodrigo.

—¿No tenías una cita esta noche?

—La he anulado —respondió, ceñudo. Necesitaba ver a Ana, y encontrarla en aquel estado era lo último que quería. Ella era tan risueña y vital que verla de ese modo le había destrozado el corazón.

Su amigo Calvin estaba sorprendido, pero prefirió callar y no preguntó más. Sin embargo, acababa de confirmar lo que llevaba meses pensando: Rodrigo sentía algo por Ana.

Ajena a las miradas de todos, la llorosa madre sonrió al ver la bolsa de Starbucks.

—¡Genial! —exclamó Nekane—. Sólo por esa sonrisa tan bonita que me has echado, te acabas de ganar un frapuchino de chocolate blanco.

Ana, cogiendo lo que su amiga le entregaba, le dio un trago.

—Gracias, Neka. —Y de pronto, la barbilla le comenzó a temblar y murmuró—: Te quierooooooooo.

Al verla llorar de nuevo, su amiga sonrió y, sentándola en el sofá, dijo mirando a los desconcertados chicos:

—Meted el helado en el congelador, que creo que esta noche va a ser larga.

A la mañana siguiente, muy temprano, las dos mujeres se marcharon a Alemania. Tenían un trabajo pendiente.

Rodrigo, al duodécimo día sin saber nada de Ana, se encontraba descolocado. Calvin hablaba con Nekane todos los días, pero Ana no parecía querer hablar con él. De pronto, escuchar su voz se había convertido en una necesidad, y eso lo estaba comenzando a amargar. Salir con otras mujeres se convirtió en algo aburrido y sin sentido, y deseaba que ella regresara para ver su carita morena y sus ojillos risueños. Quería reír con sus locuras y mimarla cuando llorara. Y si a eso le sumaba la añoranza que sentía por el niño, era para volverse loco.

Aquella tarde, en el gimnasio, Rodrigo corría en la cinta estática cuando Calvin se acercó a él. No quiso preguntarle. Sabía que acababa de hablar con Nekane, pero se resistía a indagar. Calvin, sin embargo, que llevaba observándolo varios días, se sentó frente a él.

—Acabo de hablar con mi princesa.

—¿Todo bien? —preguntó Rodrigo.

—Sí.

Durante diez minutos los dos estuvieron callados. Rodrigo corría, y Calvin ejercitaba con las pesas, hasta que sonó el móvil de Rodrigo y éste contestó. Una vez que colgó, Calvin le preguntó:

—¿Sales esta noche?

—Sí.

—¿Con quién has quedado?

—Con Katrina.

Se quedó sorprendido por aquel nombre que nunca había oído.

—¿Quién es Katrina?

Molesto por tener que dar tantas explicaciones, Rodrigo retomó su marcha sobre la cinta.

—Una azafata que me presentó Javi la otra noche

—¿Está buena?

—Sí —asintió Rodrigo con el ceño fruncido.

De nuevo se produjo un silencio entre los dos. Sólo se oía el sonido mecánico de la cinta y las respiraciones de ambos. Cinco minutos después, Calvin, cansado de que el otro no hablara, se acercó a él y paró la máquina.

—¿Cuándo vas a asumir que Ana te gusta y a hacer algo?

—No digas tonterías.

—No digo tonterías, Rodrigo. ¿Acaso crees que estoy ciego y no me doy cuenta de las cosas? Te mueres por hablar con ella, te mueres por verla, y estás ahí corriendo como un imbécil dejando escapar a la única mujer que verdaderamente te importa algo, mientras sales con otras a divertirte y no lo consigues. Asume que ella y Dani son importantes para ti. Asúmelo de una jodida vez, y serás feliz.

Lo miró, atónito, y poniendo de nuevo la máquina en funcionamiento, comenzó a correr. Pero su amigo, no dispuesto a dejar aquella conversación pendiente, paró otra vez la cinta.

—Vamos a ver, amigo, yo...

—¿Quieres callarte de una vez y dejar que corra? —gruñó Rodrigo, ofuscado.

Calvin, viéndolo en aquel estado, dio al botón de la máquina, y cuando ésta comenzó a funcionar, dijo:

—¡*Okay*, amigo...!, pero yo si fuera tú haría algo. Porque está visto que ella no lo piensa hacer. —Al ver que el otro ni lo miraba, se sentó junto a las pesas y murmuró—: Al final, mi princesa va a tener razón y va a resultar que ella por fin se ha desalmendrado de ti.

Al escuchar aquella curiosa palabra, algo aleteó en el pecho de Rodrigo y paró la máquina de golpe.

—¿Qué has dicho?

—Lo que has oído, amigo. —Y tumbándose para continuar con las pesas, añadió—: Y ahora, si no te importa, el que no quiere hablar soy yo.

Atontado como pocas veces en su vida, Rodrigo se bajó de la cinta y, plantándose frente a Calvin, le quitó las pesas de las manos.

—¿Ella ha estado enamorada de mí?

—Sí.

—¿De verdad?

—Que sí, pesado.

—Ella me dijo hace meses que yo le gustaba y...

—¿Lo ves?, te lo dijo. Pero no hay más sordo que el que no quiere oír ni más ciego que el que no quiere ver.

Boquiabierto y anonadado, Rodrigo se sentó en el suelo. ¿Cómo no se había dado cuenta? Calvin, sorprendido por la forma en que Rodrigo lo miraba, dijo, dándole con los nudillos de la mano en la cabeza:

—Toc, toc..., ¿hay alguien ahí?

—Me acabas de dejar sin palabras. Yo pensaba que ella sólo se había encaprichado de mí y...

—Pero vamos a ver, Rodrigo, ¿acaso no te diste cuenta de cómo esa linda muchacha te miraba o cómo sonreía cuando tú llegabas? —Él no contestó, y Calvin prosiguió—: Vale..., yo tampoco me di cuenta, pero mi princesa me lo confirmó un día en que se bebió una cervecita de más. Incluso me dijo que Ana, hace tiempo, en uno de sus arranques de sinceridad, te confesó que le gustabas, pero tú directamente le dijiste que entre vosotros nunca existiría nada porque ella no cumplía lo que tú buscabas en una mujer. Y eso es firmar tu sentencia de muerte.

—¡Joder...!

—Sí, ¡joder! —repitió Calvin—. Pero eso, querido amigo, lo dijiste tú, y tú, y tú, y solamente tú.

Rodrigo sonrió al oír aquello y se tocó la cabeza.

—Eso que has dicho es parte de una canción de Pablo Alborán que a Dani y a ella les encanta.

—¡Uisss!, ¿cancioncitas romanticonas? Macho..., estás pillado. —Rodrigo rió, y Calvin siguió diciéndole—: Serás un *top ten* en lo que se refiere a ligarte a tías, pero en cuanto a conocerlas y sus sentimientos eres un auténtico desastre.

—Tienes razón.

—Y antes de que comiences a compadecerte por ser un absoluto gilipollas, te diré que llevo intuyendo lo que te pasaba desde hace meses. Pero estos días ya es exagerado, macho. Menudo cabreo te gastas porque no te llama, ¿a que no me equivoco? —Rodrigo no contestó—. Mira, en cuatro días, ellas vuelven a Madrid. ¡El sábado! Si esa chica de verdad te gusta reconquístala porque merece la pena. Pero si no quieres nada serio con ella, olvídala. Ana se merece un tío que la quiera a su lado.

Confuso por lo que Calvin le decía, lo miró.

—¿Por qué no me lo dijiste antes?

—Como diría mi princesa, punto uno, porque no soy indiscreto ni cotilla, y punto dos, porque nunca pensé que algún día llegarías a almendrarte.

Ambos rieron ante aquella palabra, y Rodrigo, chocando la mano con la de su amigo, comentó:

—¿Sabes que acabamos de tener una terapia de azúcar?

El sábado a las seis y veinte de la tarde el avión procedente de Alemania llegó a la T-4 de Barajas. Ana y Nekane, cansadas, desembarcaron del avión junto a otros compañeros. Las sesiones de fotos en la Selva Negra con las modelos no habían sido fáciles, pero regresaban con un trabajo impresionante y que sabían que al cliente le iba a gustar.

Cuando las puertas de salida de los pasajeros se abrieron, Nekane gritó y se separó del grupo. Allí estaba su Calvin con un precioso ramo de flores silvestres. Quince días habían sido muchos días sin verse, y la navarra, al verlo allí tan guapo y sonriente, no lo dudó y se lanzó a sus brazos.

—¡Vayaaaaaaaaaaa, regresas fogosona! —se mofó Calvin al sentir sus ardorosos besos.

Ana, tras despedirse de un par de compañeros que habían viajado con ellas, miró a los tortolitos y sonrió. La dicha de Nekane la hacía feliz, aunque sintió una pequeña punzada de tristeza al ver que a ella no la esperaba nadie. Una vez que los tortolitos dejaron de besuquearse y prodigarse mimos, Calvin saludó a Ana, y los tres comenzaron a andar.

—¿Qué tal todo?

—Perfecto —respondió sonriendo Nekane—. Las modelos unas plastas, los alemanes serios y profesionales, y nosotras agotadas. Pero, aparte de eso, ¡genial!

Ana asintió, sonriente. Deseaba llegar a casa, ducharse, llamar por teléfono a su niño, dormir y que llegara el día siguiente para coger un vuelo e ir al lado de Dani.

Calvin pagó el ticket del aparcamiento y dijo, agarrando a su chica de la cintura para besarla:

—Ana, el coche está ahí mismo. A la derecha.

Al intuir que deseaban un segundo a solas, Ana asintió y caminó hacia donde su amigo le había dicho. Iba sumida en sus pensamientos cuando al torcer a la derecha se quedó sin habla: apoyado en el capó del coche de Calvin estaba un sonriente Rodrigo con Dani en sus brazos. La emoción la embargó al ver a su pequeño allí y, tras dar un chillido como el que Nekane había dado con anterioridad, soltó el *trolley* que llevaba para correr hacia él. Como una tromba llegó hasta Rodrigo y, sin quitarle el pequeño de los brazos, lo abrazó mientras unos grandes lagrimones le corrían por la cara. Cuando dejó de temblar, miró al pequeño, que la miraba a su vez con el chupete en la boca y susurró en tanto Rodrigo se lo entregaba:

—¡Hola, mi niño!, pero ¡qué guapo estás, mi amor, y cómo has crecido!

Nekane y Calvin, que habían observado la escena a escasos metros, se miraron emocionados. Rodrigo, que había permanecido callado todo ese tiempo, deseó abrazarla, pero se contuvo. Entendía que las atenciones en aquel instante eran todas para Dani, y decidió esperar su momento.

—Pero..., pero ¿qué hace Dani aquí? ¿Por qué lo tienes tú? ¿Ha pasado algo? ¿Les ha pasado algo a mis padres? ¿A Nana?

Rodrigo, al escuchar todas aquellas preguntas y ver su preocupación, sonrió y, dándole un beso en la mejilla, la tranquilizó:

—Ana, todo está bien. Simplemente, Dani quería venir a recibirte y...

—Pero ¿desde cuándo está en Madrid?

—Desde ayer.

—¿Desde ayer? Pero... si yo pensaba mañana ir a recogerlo a Londres y...

Poniéndole un dedo en la boca, Rodrigo la acalló.

—Hablé con tus padres, les pedí que me lo trajeran, y ellos lo dejaron ayer en mi casa.

—¿En tu casa? ¿Por qué?

Rodrigo quería decirle todo lo que sentía, pero sabía que la iba a asustar; por ello, tras mirar a Calvin, que llegaba junto a Nekane en ese momento, dijo:

—Porque yo se lo pedí. Echaba mucho de menos a Dani e imaginé lo feliz que te haría encontrarte hoy con él. El resto ya te lo puedes imaginar.

Confusa por tener a su hijo entre sus brazos y, sobre todo, porque sus padres hubieran accedido a aquella petición, preguntó, asombrada:

—¿Mis padres te dejaron el niño a ti y se marcharon?

—A tu madre le costó marcharse —respondió Rodrigo, haciéndola sonreír—. No sé si me perdonará alguna vez haberle quitado a su bebé unos días antes, pero tu padre la convenció de que conmigo estaría bien. Y te puedo asegurar que hemos estado de lujo en mi casa. Ha dormido de un tirón, lo he bañado con el gel que tu madre me dijo, se ha tomado sin rechistar todos sus biberones y, para que sonriera, le canté su canción.

Ana lo miró, boquiabierta. ¿Había dicho que le había cantado su canción? ¿La de Pablo Alborán?

Calvin, divertido por el parte que su amigo estaba dando, se metió en la conversación.

—No olvides el paseíto que le dimos ayer por el parque. El tío se lo pasó fenomenal, y nosotros ligamos con las mamás una barbaridad.

—Serán caraduras... —comentó Nekane, riendo.

—Utilizando a mi niño con malos fines —intervino Ana, carcajeándose.

Encantada, emocionada e ilusionada por tener a su pequeño entre sus brazos, Ana comenzó a achucharlo mientras el niño sonreía. Nekane, que ya no podía aguantar ni un segundo más, le quitó al niño de los brazos para empezar a besuquearlo. Ana, al verse liberada de su hijo, se volvió hacia Rodrigo y lo abrazó.

—Gracias, Rodrigo... Nunca dejarás de sorprenderme.

«¡Dios, cómo te he echado de menos!», pensó él al aspirar su dulce olor.

—Eso espero... seguir sorprendiéndote.

Ana no quiso pensar en nada más. Verlo tan imponente como siempre le cortaba la respiración, pero obviándolo, sonrió. Aquella sorpresa había sido la más bonita que le habían dado en su vida y estaba feliz con su pequeño en brazos. Cinco minutos después, los cuatro y el bebé subieron en el coche de Calvin y se dirigieron hacia la casa de las chicas.

20

Habían pasado dos días desde el encuentro en el aeropuerto cuando Rodrigo llamó a casa de Ana una mañana para dar la noticia de que Julio y Rocío habían sido padres. Emocionada, le hizo cientos de preguntas que él contestó como pudo, y quedó en pasar a buscarla por la tarde para ir con ella y el pequeño Dani al hospital.

Por la tarde, cuando llegaron provistos de globos y flores al hospital, el recién estrenado padre se emocionó. Eso hizo reír a Rodrigo que, abrazándolo, se lo llevó a la cafetería a tomar algo. Había algo bonito que celebrar. Una vez que se quedaron solas, Rocío y Ana, con sus respectivos hijos, se miraron, encantadas.

—¡Qué maravilla! ¡Son preciosos! —exclamó Rocío.

—Sí, somos afortunadas. Tenemos unos niños sanos y muy guapos.

—¿Te puedes creer que Julio no para de llorar? —dijo riendo Rocío—. Se supone que la llorona debo ser yo y no él, por mi revolución de hormonas. Pero nada... Es mirarme a mí o a la pequeña, y el bomberazo se vuelve un magdaleno.

—Te creo. Tendrías que ver a Rodrigo con Dani... Es que al tío se le cae la baba con él, y si ves a Calvin, ¡ya ni te cuento!

—Y bueno..., al final, entre vosotros ¿hay algo o no?

—¿Entre quiénes? —preguntó Ana, a pesar de haber entendido la pregunta.

—¡Ay, Ana...!, entre Rodrigo y tú.

—No..., no. Entre nosotros sólo hay una buena amistad. Sólo eso.

—Pues qué pena, chica. Hacéis tan buena pareja y Rodrigo está tan ilusionado con Dani que da penita pensar que entre vosotros no haya amor.

—Eres una romanticona —se mofó Ana.

Ambas rieron, y Ana, con rapidez, miró a su hijo en busca de fuerza. La necesitaba cuando se trataba de Rodrigo. La visita duró hasta que llegaron otros familiares de Rocío, y Ana y Rodrigo decidieron marcharse. Durante horas, caminaron por las calles de Madrid con el pequeño sentado en su cochecito. Cualquiera que los mirase pensaría que eran una parejita bien avenida. Todo el rato reían, y la complicidad entre ellos era evidente. Sobre las nueve, llegaron a la casa de Ana, y ésta bañó al pequeño mientras Rodrigo preparaba una tortilla de patatas con cebolla. Una vez que terminó, le dio el biberón y, tras darle mil millones de besos, lo metió en la cuna, donde el pequeño se durmió.

—¿Por qué no comes más tortilla?

—Tengo que bajar dos kilos todavía y...

—Pero si estás fantástica —opinó Rodrigo, riendo.

Ana asintió y se acercó a él.

—Tú que me ves con buenos ojos. Pero, venga, ponme un último cachito que mañana comienzo de nuevo a ir al gimnasio, y seguro que Arturo me lo va a hacer pagar.

Al oír las palabras «gimnasio» y «Arturo», a Rodrigo se le revolvió el estómago, pero sin querer jorobar el bonito día que llevaban juntos, le sirvió otro trozo de tortilla y se recostó en el sofá para observar cómo Ana se lo comía. De pronto, el móvil de ella sonó, y al ver de quién se trataba, guiñó un ojo a Rodrigo y, con una voz melosa que a él no le gustó, dijo:

—¡Hola, Mario! ¿Qué tal?

«¿Mario? ¿Quién es Mario?», pensó Rodrigo, pero siguió sentado, sin moverse un ápice de su posición.

—¡¿En serio?! —saltó Ana del sofá—. ¿Cuándo dices que vienes? —Y al escuchar la respuesta, concretó—: Vaya..., ese día Neka me ha dicho que tiene un compromiso, pero no te preocupes, encontraré un canguro para Dani y saldremos a cenar. Lo prometido es deuda.

Durante quince minutos, oyó a Ana reír y hablar con el tal Mario mientras ella se movía de un lado a otro del salón. Parecía encantada con aquella llamada, justo lo contrario de cómo se sentía Rodrigo. Cuando finalmente se despidió y colgó, se sentó de nuevo en el sofá y, con gesto divertido, aclaró:

—Era Mario. —Él levantó las cejas—. Un amigo fotógrafo con el que he coincidido estos días en Alemania y con el que me llevo muy bien.

Rodrigo, aunque deseaba interrogarla en relación con ese tema, no quiso parecer desesperado, así que dijo:

—He oído que vas a cenar con él.

—Sí.

—Si quieres, yo me quedo con Dani —añadió, ocultando su furia.

Ana lo miró.

—¿En serio? —preguntó, feliz—. ¿Lo harías?

—Por supuesto.

Encantada por aquella propuesta, se lanzó sobre él y lo abrazó.

—¡Genial! ¡Genial! Te lo agradezco un montón. Si Dani está contigo, me quedo más tranquila que si se lo dejo a otra persona.

Como tenerla entre sus brazos le causaba confusión, se deshizo de su abrazo.

—Ese Mario, ¿es alguien especial? —le preguntó una vez que se sentaron en el sofá.

—Puede.

—¡¿Puede?!

Ana asintió y, tras coger un plátano de la mesa, subió los pies al sofá. Se sentó como un indio y comenzó a pelar la fruta mientras decía:

—Mario es un fotógrafo del National Geographic. Nos conocemos desde hace cuatro años y siempre que coincidimos en algún lugar nos divertimos un montón. Nos vimos en Alemania y, ¡oh, Dios!, cada día está más bueno. —Dejó la piel sobre la mesa y le dio un mordisco al plátano—. Es alto, moreno, tiene un tatuaje en el costado y, ¡uf!, ¡me pone cantidad!

Incómodo por lo que estaba escuchando pero hechizado por cómo ella se comía el plátano, apenas si podía respirar.

—Y vosotros..., ese Mario y tú, ¿habéis tenido algo? —preguntó sin que pudiera evitarlo.

Con el plátano en la boca, Ana asintió.

—¡Hummm, sí! Y sólo puedo decir ¡colosal!

Aquellos ruiditos que hacía y verla con aquella fruta en la boca le tensaron la entrepierna. Ana era sexy, directa y encantadora. ¿Cómo no se había dado cuenta de eso antes?

—Ya te lo presentaré la noche que salga con él. Por cierto, es el jueves; ¿podrás?

Rodrigo asintió mientras ella se paseaba el plátano por la boca. Daba la sensación de que lo estaba provocando, pero Ana no era así, o al menos nunca lo había sido. Finalmente, y al sentir que sus respiraciones se volvían más profundas, se levantó.

—Voy al baño.

Ella asintió y continuó comiendo el plátano. Una vez en el baño, Rodrigo se echó agua en el pelo. Debía enfriar su cabeza y su entrepierna, o se abalanzaría sobre ella y le haría apasionadamente el amor. Cuando salió del baño, se encontró a Ana quitando la mesa y, sintiéndose incapaz de continuar un segundo más junto a ella sin besarla, dijo:

—Me voy. Mañana entro temprano.

—Muy bien —asintió ella, guardando las cosas en el lavavajillas.

Él se acercó para despedirse, y la joven, dándose la vuelta, se puso de puntillas y le dio un beso en la punta de la nariz.

—Gracias por la tortilla. ¡Estaba de escándalo!

Asintió atontado y, tras sonreír, cogió las llaves de su coche de la encimera y salió. Aquello no era bueno para la salud.

El jueves, tal y como había dicho, Rodrigo se presentó en casa de Ana a las siete para hacer de canguro. Estaba incómodo con la situación, pero, intentando aparentar normalidad, sonrió cuando ella le dio al niño porque se iba arreglar. Una hora después, mientras él veía la televisión y el pequeño dormía entre sus brazos, Ana salió de su habitación.

—Sé sincero. ¿Qué tal estoy para mi cita?

Al mirarla a Rodrigo le temblaron las piernas y se le secó la boca. Ana estaba preciosa. Sexy y tentadora. Aquel ajustado vestido negro que dejaba al descubierto sus preciosos hombros y aquellos zapatos de tacón le quedaban muy bien. Demasiado bien. Boquiabierto, permaneció sentado.

—Estas preciosa —murmuró.

Ella sonrió, y mirándose en un espejito que había en el comedor, preguntó, más nerviosa de lo normal:

—¿Qué hago con el pelo? ¿Me dejo el flequillo en la cara, a lo mujer fatal, o me pongo una horquilla?

Atónito, observó cómo ella se recogía el pelo y se lo soltaba, y finalmente sólo pudo balbucear como un imbécil:

—Da igual cómo lo lleves. Estás muy guapa.

—¡Graciasssssssssssssss!

En ese momento, sonó el portero automático de la casa, y Ana rápidamente contestó.

—Es Mario —anunció entrando en el comedor.

Dos minutos después, un tipo tan alto como Rodrigo y, para su gusto, demasiado atractivo, entró en el salón. Ana sonrió al verlo y le dio dos besos en la mejilla.

—Mario, te presento a Rodrigo, un buen amigo. Él hará de canguro de Dani.

Se saludaron con cordialidad, y Ana, quitándole el bebé de los brazos a Rodrigo, dijo:

—Y esta cosita tan bonita es mi hijo Dani. ¿A que es precioso?

Mario observó al pequeño y sonrió, y tocándole la regordeta mejilla, contestó para desagrado de Rodrigo:

—Es tan bonito como su mamá.

La manera como se miraron a Rodrigo le repateó. ¿Qué hacía

aquel gilipollas tocando la mejilla de Dani y sonriendo a Ana de esa forma? E incapaz de permanecer impasible, dijo:

—Ana..., ven un momento a la habitación. Tengo que preguntarte algo antes de que te vayas.

La joven miró a Mario y, tras pedirle un segundo mediante señas, lo siguió. Una vez que llegaron a la habitación, Rodrigo cerró la puerta.

—¿Te has vuelto loca?

—¿Por qué?

—Ese gilipollas lleva escrito en la cara ¡qué guapo soy!

—Es que es muy guapo —sonrió, encantada.

—Ana..., ese tipo no me gusta nada. Absolutamente nada.

—Normal. A ti te gustan las tipas. Lo raro sería que te gustara él —aclaró, molesta. ¿Quién era él para decirle todo aquello?

—Pero ¿no te das cuenta de qué clase de hombre es y de lo único que quiere?

Al entender lo que decía, Ana cambió el peso de su cuerpo de un pie a otro y, con rotundidad, respondió:

—Simplemente es la misma clase de hombre que tú. Y en cuanto a lo que él quiere, me parece muy bien. ¿Y sabes por qué? Porque es justo lo que quiero yo.

Y sin ganas de decir ni escuchar nada más, Ana abrió la puerta y salió de la habitación. Rodrigo la siguió. Una vez en el comedor, sin mirarlo a los ojos, le entregó al pequeño, a quien besó en el moflete. Entonces, asió el bolso y una pashmina, y mirando a Rodrigo con una seriedad que no conocía en ella, dijo antes de salir por la puerta:

—Ante cualquier cosa sobre Dani, ¡llámame!

Cuando la puerta se cerró, la furia de Rodrigo era atronadora, y tras dejar al bebé dormido en su cunita, maldijo desesperado. Pero mirándose en el espejo donde minutos antes se había mirado ella, siseó:

—Te jodes, por capullo.

A partir de ese día, la vida de Rodrigo se volvió un infierno. Durante una semana, soportó la presencia de Mario en su entorno y apenas si pudo protestar. Fuera a la hora que fuese a la casa de ella, allí estaba aquel imbécil. Y lo peor no era aquello. Lo peor eran las sonrisas que Ana le dedicaba y ver cómo el tipo jugaba con Dani. ¡No lo soportaba! ¿Por qué tenía que tocar al niño? Y, sobre todo, ¿por qué tenía que estar en casa de Ana constantemente? Por ello, el día en que llegó a casa de la joven y Encarna le dijo que Ana estaba en el aeropuerto despidiendo a su amigo, suspiró aliviado. Y tras coger a Dani y sentarse en el sofá para besuquearlo, tuvo claro que aquello se tenía que solucionar.

Encarna, que había sido testigo mudo durante aquellos días de cómo Rodrigo miraba al fotógrafo, sentándose a su lado le ofreció rosquillas. Rápidamente, él atacó el plato.

—Están buenísimas, Encarna. Me encantan.

—¿Crees que son las mejores rosquillas que has comido nunca?

Sorprendido por aquella pregunta, Rodrigo respondió:

—Creo que sí.

La gallega se levantó moviendo las manos y cuchicheó mientras se alejaba:

—Creo..., creo..., creo... Ese creer tuyo no me vale.

Aturdido y sin entender nada de lo que la mujer decía, y menos, de lo que le pasaba, dejó a Dani en la sillita y se acercó a ella.

—¿Qué te ocurre, Encarna?

Tras secarse las manos con un pañito, la vecina de Ana lo miró.

—¿Sabes que estás perdiendo el tiempo?

—¡¿Cómo?!

—Sí, estás perdiendo el tiempo en esta casa. Sé que Ana te gusta. Lo sé por cómo la miras y por lo mal que lo has pasado estos días en que Mario ha estado aquí. Soy vieja pero no tonta. Pero, créeme, tú ya no tienes nada que hacer. Por lo tanto, como tú dices, creo que deberías dar un beso a Dani y marcharte para que Aniña sea feliz. Porque, muchacho, como a todo lo que te encante le hagas el mismo aprecio, ¡mal vamos! —masculló ella.

Sorprendido por aquella contestación, Rodrigo miró a la mujer y preguntó:

—¿Por qué dices eso?

—Por nada..., por nada. —Pero incapaz de callar, añadió, enfadada—: ¿Cómo puedes ser tan tonto? ¿Acaso no ves que como no espabiles llegará otro más listiño que tú y te quedarás sin este pequeño y su madre? —Y dándole un pescozón, la mujer apostilló—: Tonto..., lo has tenido todo para conquistarla, pero tu torpeza te está dejando sin nada.

Estupefacto por aquellas palabras, sólo pudo farfullar:

—Voy a hablar con ella y...

—Pues espabila, *carallo*, espabila. Porque esto es como las rosquillas, si sigues probando y catando, nunca sabrás si realmente alguna te gusta de verdad. Porque, hijo, aunque soy mocita y no he probado hombre, sé que para que algo te guste tienes que poner empeño en degustarlo, observarlo, cuidarlo, conocerlo, disfrutarlo, y mil cosas más. Y eso, justo eso, es lo que tú no haces. Y el día en que pienses «aquella rosquilla que probé me gustó», puede que otro ya se la haya comido y te quedes con cara de tonto rematado.

—¿Me estás comparando una relación con una rosquilla? —se mofó, divertido.

La gallega, retirándose un rizo de la sien, miró a aquel hombretón que tanto le gustaba para su Aniña y siseó:

—Sí. Y a buen entendedor, pocas palabras bastan.

Y ya no pudieron hablar más. La puerta se abrió, y Ana, con una de sus espectaculares sonrisas, apareció con uno de sus tantos amigos. Y como era de esperar, la tortura de Rodrigo continuó.

21

El casting para elegir a los bomberos que retratarían para el calendario de Intimissimi levantó gran expectación. Bomberos llegados de toda España se reunieron en el hotel NH de la Ciudad de la Imagen, y Nekane junto a Ana, en un salón habilitado para ello, les pedían lo que necesitaban para ver sensualidad en ellos. Los hicieron posar ante la cámara vestidos con sus uniformes y desnudos de cintura para arriba.

—*Madredelamorhermoso*, ¿tú ves lo que veo yo? —cuchicheó Nekane.

—Sí..., lo veo, lo veo. En momentos como éstos entiendo por qué adoro mi trabajo.

—Y yo —contestó riendo Nekane con un bote de aceite en las manos.

Los bomberos se lo pusieron realmente fácil. Todos eran simpáticos y, en cierto modo, parecía que se conocían de toda la vida. Acostumbrados a otro tipo de trabajo, aquel día fue para ellos una jornada divertida y hasta original. En un momento dado, Ana vio que Rodrigo llegaba, junto con Calvin, Julio y Jesús. Tras lo ocurrido la noche en que ella salió con Mario y él hizo de canguro, no habían vuelto a hablar del tema, y lo cierto era que se lo agradecía. Cuanto menos lo recordaran mejor.

A la hora de la comida ya habían fotografiado y habían tomado datos a más de cien de aquellos impresionantes bomberos, y les quedaban unos cuantos antes de finalizar.

—¡Increíble! —exclamó sonriendo Nekane—. Pero, Ana, ¿tú has visto el material de primera que tenemos aquí?

—Sí, y nosotras sin saberlo.

Ambas reían cuando Calvin, con su sonrisa de siempre, se acercó a ellas.

—¡Hola, guapas! ¿Cómo va eso?

Las dos se miraron, y Nekane respondió:

—Sólo te puedo decir ¡agotadorrrrrr!

Su pícaro gesto y comprobar cómo la miraban muchos de sus compañeros hicieron que Calvin la levantara de la silla, la cogiera por la cintura y, tras acercarla a él de forma posesiva, la besara. Cuando se separó de ella, Nekane lo miró fijamente.

—Calvin, ¿por qué has hecho eso?

—Es mi manera de dejar claro a todos los lobos feroces que os miran con deseo que *tú* eres *mi* princesa.

La mirada de Nekane hizo presuponer que no iba a decir nada bueno, pero sorprendentemente soltó:

—¡Aisss, tontito!, pero si para mí tú eres el mejor...

Atontado, Calvin le mordisqueó el cuello mientras le susurraba:

—Te como princesa, ¡te como!

Ana puso los ojos en blanco. El almendramiento de aquéllos había llegado a su máximo y, riéndose, les dijo para que se alejaran:

—Anda, id... a rebozaros en vuestra marmita de lujuria lejos de mí, por favorrrrrrrrrrrr.

Cuando se alejaron, esbozando una sonrisa, se metió una cucharada de arroz en la boca. Entonces, alguien reclamó su atención.

—Ana, ¿verdad? —Ella asintió—. Mi nombre es David. ¿Puedo sentarme?

—Sí..., sí, por favor —contestó una vez se tragó el arroz.

El hombre que se había sentado a su lado era impresionante. Debía de tener unos treinta y cinco años. Era alto, atractivo y, por su forma de sonreír, parecía simpático.

—Tú dirás —dijo Ana.

—Sólo quería que supieras que te estamos muy agradecidos por esta iniciativa. Ese tanto por ciento que la marca de ropa va a donar a los bomberos durante un año creo que a todos nos va a ir muy bien para comprar cosas que necesitamos para nuestro trabajo.

—Gracias. —Y mirándolo, le preguntó—: ¿Has pasado ya por el casting?

Él sonrió, y acercándose a ella, hizo un gesto negativo.

—No.

—Pero vas a pasar, ¿verdad?

En ese momento, llegaron Rodrigo y Julio, y se sentaron junto a ellos. Tras saludarse con un movimiento de cabeza, David se volvió a acercar a Ana.

—No.

Divirtiéndose y sin querer ver el gesto de seriedad de Rodrigo, volvió a mirar al bombero.

—¿Y por qué no? —preguntó.

—Porque este tío es muy feo y te rompería la cámara —se mofó Julio, ganándose una sonrisa del hombre.

—Ana —añadió David—, yo sólo he venido para acompañar a unos amigos y ver de qué va todo esto.

La joven sonrió, y sin importarle que los otros dos estuvieran atentos a su conversación, siguió preguntando.

—¿De dónde eres?

—Soy del parque cuatro de Madrid. Tetuán.

—Muy bien, David del parque número cuatro de Tetuán, que sepas que te quiero fotografiar. Quiero tenerte delante de mi objetivo.

Rodrigo resopló, pero antes de que pudiera decir nada, David se levantó y, sacándose una tarjeta del bolsillo, la dejó sobre la mesa. Mirando a la joven, dijo antes de alejarse:

—Sólo lo haré si antes me llamas y accedes a cenar conmigo esta noche.

Cuando se quedaron los tres solos, Ana cogió la tarjeta y la miró. Rodrigo, molesto por el descaro de David, le quitó la tarjeta de las manos.

—Ni se te ocurra llamarle —la advirtió para su disgusto.

—¿Ya estamos otra vez? —protestó, mirándolo seriamente—. ¿Por qué no le voy a llamar? ¿Éste tampoco te gusta?

Julio los miró, sorprendido. ¿Qué les ocurría? Pero continuó sentado en el mismo sitio, dispuesto a enterarse para luego contárselo a su mujer. Rodrigo, sin amilanarse, se echó hacia adelante en la mesa y se acercó a ella.

—Simplemente porque te lo estoy diciendo yo.

Aquella chulería a Ana la desbordó, y lo miró con enfado.

—Dame la tarjeta —le exigió.

—No.

Julio, incómodo ante aquel duelo de titanes, optó por levantarse e irse. No entendía el juego que se llevaban, pero decidió alejarse para que lo aclarasen ellos solos.

—Rodrigo..., te estás pasando.

—Ese tío...

—Lalalalalala. ¡No quiero escucharte! —soltó Ana para desespero de él.

—¡Joder, Ana, escúchame! Sólo te estoy protegiendo.

—¿Y quién te ha pedido protección?

—Me nombraste tu celestino particular, ¿lo has olvidado? Y por ello me niego a que cenes con él.

—¿Qué pasa?, ¿es también un picaflor como tú y Mario?

—Peor —siseó, molesto—. Y por eso, no te conviene.

Al ver que Rodrigo se guardaba la tarjeta en el bolsillo de la camisa, gruñó, enfadada:

—¿Tú eres tonto o qué? ¿Acaso te he pedido opinión?

—No y no. Pero soy tu amigo y no quiero que...

—Dame de una vez por todas la jodida tarjeta si no quieres que te la quite yo misma de las manos y montemos un numerito digno de recordar.

—Ni lo sueñes. —Y con una sonrisa burlona, murmuró, abriendo los brazos—: Aunque si quieres, vamos, ven a por ella. Me dejo tocar si tan necesitada de sexo estás.

—Pero ¿tú eres tonto?

—Quizá —respondió, consciente de la estupidez que estaba haciendo.

Nerviosa, movió el pie bajo la mesa y, mirándolo con una sonrisa diabólica, le dio una patada en toda la espinilla.

—¡Ay! ¡Serás bruta! —protestó, dolorido.

—Como no me des la tarjeta, no te volveré a hablar en mi vida.

—Vamos a ver, Ana, si quieres salir a cenar, yo te invitaré.

—Venga ya, hombre, no me jorobes. No es lo mismo —protestó.

—¿Y por qué no es lo mismo?

—Rodrigo, por favor..., ¿de qué vas? ¿Acaso me vas a decir que una cena con David es lo mismo que cenar contigo en Burger King?

—Que yo sepa el Whopper con queso, patatas y Coca-Cola te gusta. ¡Ah!, y de postre, por supuesto, un Sandy de chocolate. ¡Eso no puede faltar! —se burló.

Ana fue incapaz de no reírse. Suspiró y se aproximó a él.

—Claro que me gusta, ¡me encanta! Pero mi cena con David tendrá un postre que contigo no voy a tener. —Y al ver cómo resoplaba, añadió—: Mira, Rodrigo, un tío sexy me acaba de invitar a cenar y quiero aceptar esa cena. No sé qué te pasa últimamente, pero creo que te estás tomando muy a pecho nuestra amistad.

Ofuscado, no contestó.

—Vamos a ver —continuó ella—, quiero retomar mi vida. Mi hijo está sano, bien cuidado y es un niño feliz. ¿Acaso yo no me merezco un poco de diversión?

—Con él no.

—Pero ¡buenooooooooooo!

Y ni corto ni perezoso, dijo, dejándola pasmada:

—Si quieres divertirte de la manera que imagino que dices...

—Sexo —cortó ella—. Se llama sexo.

Desquiciado por cómo ella planteaba claramente las cosas, finalmente soltó:

—Si quieres sexo, yo te lo puedo dar. Ésta claro que tú y yo, cuando nos lo proponemos, lo pasamos bien.

Se quedó anonadada ante tal ofrecimiento, y parpadeando, intentó ofenderlo:

—Tú lo has dicho, cuando *nos* lo proponemos. Pero es que contigo no quiero proponerme nada. Absolutamente nada.

Incapaz de retener un segundo más la furia que sentía por lo que ella decía, decidió ser claro de una vez por todas.

—Tengo que hablar contigo —musitó muy cerca de ella—. Necesito decirte que...

—Lalalalalalalala. ¡No quiero escucharteeeeeee! —volvió a cantar.

—... no puedo dejar de pensar en ti porque creo que estoy enamorado, y ver que sales con otros y no me tienes en cuenta me está matando.

Ana dejó de cantar e inmediatamente le tapó la boca con su mano. Después, levantándose con lentitud de su silla, dijo con un hilo de voz:

—Haré como que no he oído lo que has dicho. No me jorobes, Rodrigo. Eso no puede ser. Ahora no... Me ha costado demasiado olvidarme de ti como para que ahora me vengas tú con ésas. Por lo tanto, quitaré mi mano lentamente de tu boca, me iré y continuaré con mi trabajo, y aquí paz y después gloria, ¿entendido?

Rodrigo no dijo nada. La contempló mientras se alejaba, y al ver que se volvía para mirarlo, pensó: «Pero lo has oído, Ana; yo sé que me has oído».

Conmocionada y sin dar pie con bola, Ana siguió con su trabajo. Pero la cabeza le daba mil vueltas. ¿Rodrigo, enamorado de ella? Fueron pasando distintos bomberos ante la cámara, hasta que su amiga, al verla tan dispersa, le preguntó:

—¿Se puede saber qué te pasa?

—Nada.

—¡Oh, sí!, claro que te pasa. Dorotéame ahora mismo. ¿Qué ocurre?

Ana soltó la cámara y, después de pedirle un segundo al bombero que esperaba para ser fotografiado, se acercó a su amiga. Según comprobó, Rodrigo hablaba con otros lejos de ellas.

—¡Ay, Neka!, lo que no me pasa a mí no le pasa a nadie.

—Depende..., a mí me pasan cosas muy raras también —dijo riendo su amiga, pero viendo su cara de desconcierto, cambió de actitud—. Vamos, comienza por el principio.

Ana tomó aire.

—Un machoman de éstos me ha dado su tarjeta para que lo llame. Me quiere invitar a cenar, y el tío está buenísimo.

—¿No me digas? ¿Y quién es?

Ana miró a su alrededor para buscarlo, pero primero se topó con Rodrigo, que la observaba. Rápidamente, dejó de mirarlo y encontró a David, que hablaba con otros hombres.

—Es aquél, el de los vaqueros y la camisa caqui.

—¡Joder, pedazo tordazo! —exclamó Nekane, sonriendo—. ¡Perfecto!

—No. ¡Perfecto no!

—¿Por qué? ¿Qué pasa? El tío está que cruje, a ti te mola. ¿Dónde está el problema? Y si lo dices por Dani..., tranquila, que aquí está su tía Neka para cuidarlo.

—Rodrigo me ha quitado la tarjeta para que no lo llame.

—¿Y por qué te quita ese aguafiestas la tarjeta?

—Según él, David, no me conviene, y el muy imbécil, porque no tiene otro nombre, me ha dicho con todo el morro del mundo que no cene con él.

Nekane, sin entender nada, vio que Rodrigo las miraba y, con el ceño fruncido, preguntó:

—Pero vamos a ver... ¿Y a él qué le importa con quién cenas tú?

—Neka..., me ha dicho que no puede dejar de pensar en mí y que cree que se está enamorando, y que no soporta que salga con otros y no lo mire a él.

—Que te ha dicho ¿qué?

Al ver a Ana asentir miró a Rodrigo, y éste sonrió. Quiso gritarle un palabrotón, pero finalmente dijo:

—*Lamadrequeloparióoooooooo*. Pero ¿cómo se puede ser tan..., tan...? —Y mirando a su amiga, le preguntó—: ¿Y tú qué le has dicho?

—Le he dicho que no le quería escuchar..., que..., que... ¡Joder, me ha puesto cardíaca! ¿Cómo se le ocurre decirme eso ahora? No, no me puede estar pasando esto. Ahora no.

—Es para darle con toda la mano abierta donde más le duele. Pero qué egoístas son los tíos. Ni comen ni dejan comer —afirmó Neka, que decidió tomar las riendas de la situación—. Vamos a ver, ¿tú quieres cenar con el otro tordo?

Miró a su amiga, desconcertada.

—¡No lo séeeeeeee!

—Vale..., que no cunda el pánico. Tengo un plan. Yo le pido el teléfono al tal David ese, le digo que soy tu ayudante y que has perdido la tarjeta, y...

—¡Ay, Neka...!, no sé.

—Que sí, mujer, que sí... ¿Qué te parece?

—Una locura.

—Será una locura divina para ti. ¿Tú quieres pasarlo bien?

—Sí. Lo necesito.

—Pues entonces, no se hable más.

Ana buscó con la mirada a Rodrigo, que seguía observándola, y de pronto, se sintió malvada y malota.

—Adelante con el plan —dijo, volviéndose hacia su amiga.

Después de aquella conversación, continuaron con el trabajo. Rodrigo, contemplándola desde su posición, se sentía satisfecho. La conocía muy bien y sabía que estaba nerviosa, y era por él. Cuando le tocó a él fotografiarse, Ana no dio pie con bola, y eso le hizo sonreír ampliamente. Pero su sonrisa se borró de golpe cuando, tras él, David se puso delante del objetivo, y Ana, retomando su destreza, lo fotografió. ¿Qué quería decir aquello? Diez minutos más tarde lo supo cuando recibió un mensaje en el móvil que decía: «Cambio Whopper por bistec».

La cena con David fue maravillosa. Aquel hombre era encantador y se comportó durante toda la noche como un caballero. A Ana el móvil le sonó una docena de veces. Era Rodrigo. Como había decidido no cogerlo, al final lo puso en silencio. No le iba a estropear su cita. Tras la cena fueron a tomar algo a un pub de Argüelles, y entonces fue cuando David se lanzó y la besó. Sentir aquellos labios tibios y sensuales sobre los de ella a Ana le gustó. Aceptó su boca una y otra vez, pero cuando él le propuso ir a un hotel, algo la bloqueó y dijo que no. Apenas si podía dejar de pensar en Rodrigo y en lo que aquella tarde le había dicho, y lo que menos le apetecía era rebozarse con otro en un hotel.

Sobre las tres y cuarto de la madrugada, David paró el coche cerca del portal, y tras darle un rápido beso en los labios, Ana se bajó. Al ver el coche alejándose caminó en dirección a la puerta, pero el corazón le saltó del pecho cuando vio que Rodrigo se acercaba por la derecha. A diferencia de otras veces, su gesto no era sonriente. Más bien era de enfado, y así se lo hizo saber cuando llegó hasta ella.

—¿Cómo has podido salir con él? ¿Estás loca?

Molesta por su tono de voz y especialmente por aquella intromisión en su vida privada, lo miró con cara de pocos amigos.

—¿Desde cuándo tengo que darte yo a ti explicaciones de lo que hago o dejo de hacer?

—Te he llamado mil veces, ¿no lo has visto?

—¡Ay, Dios!, ¡qué cansino! Claro que lo he visto, pero estaba ocupada.

No obstante, como siempre que él estaba cerca, un calor gustoso y excitante tomó el estómago de Ana. Verlo allí tan guapo y sexy, y sentir sus celos por ella la estaban excitando a cada segundo más. Pero no estaba dispuesta a dar un paso atrás.

—¿Qué narices haces tú aquí a estas horas?

—Esperándote para saber si te lo habías pasado bien con tu bistec.

—Sí —contestó, sonriendo y levantando la barbilla—, lo he pasado muy bien. David es un hombre muy agradable y...

—Dirás un capullo.

—Pues no..., precisamente no emplearía ese calificativo para definirlo. Y ahora, si no te importa, estoy cansada y quiero irme a dormir.

No pensaba escuchar nada más, así que metió la llave en la cerradura de portal.

—Créeme, Ana —murmuró él tras ella—, es un capullo. ¿Te ha dicho que está casado?

Aquella revelación hizo que se le cayeran las llaves al suelo. ¿Casado? Ella no salía con hombres casados. Rápidamente, Rodrigo se agachó y las cogió. Sin duda alguna, aquella información había pillado a Ana por sorpresa. Sólo había que verle la cara para confirmar que no sabía nada. Y antes de que ella pudiera decir algo, le cogió la barbilla y, levantándosela para verle los ojos, susurró:

—Intenté prevenirte.

—¿Casado?

—¡Ajá!, y con tres hijos.

Enfadada por no haberse dado cuenta de ello, o al menos haberlo intuido, se apoyó en el portal y cerró los ojos.

—Soy idiota..., rematadamente idiota. ¿Por qué no habré caído cuando me ha dicho lo del hotel?

—¿Ese gilipollas te quería llevar a un hotel! —gruñó, descompuesto. Sólo imaginar a Ana entre sus brazos lo enfermaba.

—Debí imaginármelo... —murmuró Ana, sin escucharlo—. ¡Cómo he podido ser tan tonta!

Imaginar a Ana junto a David traspasando la puerta de una habitación a Rodrigo le quemó la sangre, pero como no quería agobiarla más, le entregó las llaves.

—No te martirices ahora con eso.

—¿Por qué no me lo dijiste?

—Ana..., lo intenté, pero...

—No —cortó ella—, precisamente creo recordar que me dijiste otras cosas. —Y al ver su mirada azulada sobre ella, levantó un dedo e indicó—: En cuanto a eso que tú y yo sabemos, olvídalo. No estoy dispuesta a que...

Pero no pudo decir más. Rodrigo la agarró por la cintura y atrayéndola hasta él la besó con posesión. La apretó contra él haciéndole saber su deseo y su estupenda erección. Aquel simple beso provocó que Ana sintiera lo que los besos de David no habían conseguido. Deseo. Un deseo irrefrenable de estar con él y disfrutar del momento con auténtica pasión. Incapaz de repeler aquel ataque directo del tsunami Rodrigo, Ana soltó el bolso y, agarrándose a su cuello, se dejó levantar hasta quedar apoyada en el portal. A las tres y media de la madrugada poca gente pasaba por allí, pero un ruido hizo que Ana abriera un ojo. El camión de la basura doblaba la esquina y, en breves segundos, estaría frente a ellos. Con las pulsaciones a mil y el deseo totalmente descontrolado mientras Rodrigo disfrutaba mordisqueándole el lóbulo de la oreja, murmuró sin convicción:

—Suéltame... —Al ver que él no le hacía caso, se separó un poco y mirándolo a los ojos susurró mientras aquellos hoyuelos que la volvían loca se le marcaban al sonreír—: No debemos continuar con esto. ¡Suéltame!

—No.

—¡¿No?!

—Te deseo tanto como tú me deseas a mí.

—Mientes.

—No, cielo, no miento. Sabes que es cierto lo que digo, pero no quieres reconocerlo, porque necesitas castigarme por todo el daño que yo te he hecho a ti. —Ana no habló, y él musitó cerca de su boca—: No sé qué ha pasado ni cuándo ha ocurrido, pero no puedo dejar de pensar en ti y...

—Escucha, Rodrigo, yo no soy la típica mujer que a ti te gusta; por lo tanto, olvídame, ¿vale?

—Tú eres perfecta así como eres. El imbécil aquí he sido yo al no darme cuenta antes de lo bonita, preciosa, encantadora y maravillosa que eres.

Halagada por las cosas que Rodrigo decía y que siempre había querido oír, pero asustada por la determinación que veía en los ojos de él, se echó hacia atrás y dijo:

—Lo siento, pero es tarde. Yo...

—Ana, lo que siento por ti me ha hecho comprender que lo bonito en esta vida es tener a alguien a tu lado que te quiera y que sepa tus gustos, y no a una mujer distinta cada noche que ni te conoce ni te entiende.

—Las personas no cambian, Rodrigo...

—Te equivocas. En ocasiones, las personas cambian por amor.

Aquella frase llamó su atención. Tenía el mismo sentido que otra parecida que le había dicho su padre cuando había ido a Londres a dejarles a Dani. Pero no estaba dispuesta a dar su brazo a torcer.

—No, no me equivoco, y no pienso...

—Yo te convenceré. Sé que has sentido algo por mí, y...

—¿Quién te ha dicho semejante tontería? Como mucho, me gustaste; nada más. ¡Serás creído...!

Rodrigo no rebatió la acusación; sólo dijo, utilizando el lenguaje de ella:

—Estoy dispuesto a que te almendres por mí de nuevo, tanto como yo lo estoy por ti.

Cada vez más anonadada por las cosas que él le decía y sintiendo que las fuerzas comenzaban a flaquearle, murmuró, hechizada por aquellos preciosos ojos azules:

—Ni lo sueñes. No me van las segundas oportunidades y...

—Sería nuestra primera oportunidad. —Y al ver que ella no negaba lo que había dicho, le aclaró—: Tú y yo nunca nos hemos dado una oportunidad. Nunca hemos quedado como una pareja. Nuestros anteriores encuentros fueron sólo sexuales. Después, tú y yo sólo fuimos amigos porque así tú lo propusiste y yo acepté. Pero ahora déjame que te invite a cenar y que pueda...

—No es buena idea, créeme, y no lo líes más.

Aquella contestación le pareció tan divertida como tentadora la turbación que veía en su mirada.

—Ana, quiero tener una cita contigo. Sólo te pido eso.

—Ni lo pienses.

Por cómo lo miraba intuyó que algo del pasado quedaba vivo en su interior. Pero aquella pequeña cabezona se iba a resistir, y eso le excitaba a cada segundo más y más. Por ello, decidió cambiar de táctica, y susurró cerca de su boca:

—Abre la puerta si no quieres que te desnude aquí mismo.

Asustada por la determinación que vio en sus ojos, y estando el camión de la basura cada vez más cerca, con manos temblorosas metió la llave en el portal, y dos segundos después, estaban en el interior. Sin dejar que hablara, Rodrigo la volvió a besar y apretó el botón del ascensor. Cuando llegaron a la planta y salieron del ascensor, él le quitó las llaves de las manos y abrió la puerta.

Sin mirar nada, Rodrigo se dirigió hacia la habitación de Ana y, al no ver la cuna de Dani allí, sonrió y la tumbó en la cama.

—Rodrigo, esto es una locura.

—No, cielo, no lo es.

Extasiada por el momento y por todo lo que de pronto volvía a sentir por él, se dejó hacer. Primero, la desnudó, quitándole el fino vestido de algodón naranja, y una vez que la tuvo donde ella quería, se despojó de los pantalones y se tumbó sobre ella. Su exigente boca fue directa a sus pechos y, sacando la lengua, le rodeó los pezones. Aquello hizo que Ana gimiera y el vello del todo el cuerpo se le erizara. Sentir cómo él le mordisqueaba los pezones y tiraba de ellos con mimo la estaba poniendo cardíaca y, finalmente, gimió.

—Sí..., Ana..., sí.

El sonido electrizante de su voz le hacía perder la razón. Tenía todos los sentidos a flor de piel, y a cada caricia de él, algo en su interior explotaba de satisfacción.

Rodrigo, incapaz de detener lo que había comenzado, se quitó la camisa y la tiró a un lado. Ansiaba disfrutar de Ana, y al sentir que enredaba los dedos en su pelo para atraerlo hacia ella, un escalofrío lo recorrió de la cabeza a los pies. Su olor a melocotón lo volvía loco. Comprendiendo que ella exigía que la besara, no lo dudó. Introdujo la lengua entre aquellos dulces labios y con posesión tomó su boca. Y deseoso de penetrarla, le separó las piernas con las rodillas.

—Escucha..., yo... —murmuró ella— desde que he tenido a Dani no...

Al entender lo que ella quería decir, asintió, sintiéndose feliz al saber que ninguno de los tipos que habían salido con ella había llegado a donde él estaba dispuesto a llegar. Y tras darle un ardoroso beso en los labios, susurró mientras con el dedo de la mano derecha le rozaba el clítoris:

—Tranquila, cariño..., tendré cuidado. ¿Quieres que siga?

Ella hizo un gesto afirmativo, y él, levantándose, se quitó con maestría y rapidez los calzoncillos. Estar de rodillas en la cama con ella delante de él, desnuda y totalmente entregada, hizo que la sangre de su miembro bombeara con auténtica excitación. Sacó de su cartera un preservativo y, tras rasgar la envoltura con los dientes, se lo puso. Tumbándose sobre ella le hizo abrir las piernas, y colocando el pene en la entrada de su deseo, despacito, lo fue introduciendo.

—Si te duele, dímelo, y paro.

Ana asintió, pero, contrariamente a lo que se había imaginado, no le dolió, y fue ella la que, inquieta y deseosa de él, empujó más. Deseaba sentirlo dentro para que la poseyera. Una vez que Rodrigo estuvo totalmente dentro de ella, suspiró, y al sentir que ella movía las caderas, murmuró:

—Tranquila, cielo...

Pero la tranquilidad de Ana había desaparecido y no quería ternura, sólo quería lujuria y desenfreno, y sin parar de mover las caderas, musitó:

—Muévete; no me haces daño y quiero que sigas.

A partir de ese instante, la noche se volvió loca y tórrida para los dos. Hicieron el amor sobre la cama tres veces, y Ana quiso explotar de felicidad. De pronto, Rodrigo, el hombre con el que se había obsesionado en el pasado, estaba allí dispuesto a hacer todo lo que ella quisiera. Con un ardor desenfrenado, olvidó sus temores y se entregó a él mientras la pasión contenida de ambos se desataba e inundaba la habitación de locura y descontrol.

A las siete y diez de la mañana, Rodrigo miró su reloj. Debía marcharse. Entraba a trabajar a las ocho y media. Tras tomarse un café, la besó y dijo, dejando el reloj sobre la encimera de la cocina:

—Voy a ducharme.

Ana asintió y lo siguió con la mirada. Vestido sólo con unos bóxers blancos, Rodrigo era la imagen de lo que toda mujer desea disfrutar al menos una vez en su vida, y sonrió. Pero, tras esa sonrisa, la amargura de nuevo la hizo blasfemar. ¿Qué estaba haciendo? ¿Por qué le había permitido de nuevo entrar como un tsunami en su vida y, en especial, en su corazón? Después de pensar que no tenía remedio, fue a su habitación y lo esperó. Él, sin hacer ruido, salió del baño y se vistió.

—Tengo que marcharme.

—Sí, o llegarás tarde —asintió ella.

—Me habría encantado ver a Dani.

—Ya lo verás en otro momento. Ahora debe de estar dormido.

Sin apenas rozarse, se dirigieron hacia la puerta de la casa. Con cuidado, la abrieron. No querían despertar a Nekane. Una vez que el ascensor llegó a la planta, Ana, con una ponzoñosa sonrisa, sin pensar en lo que debía o no hacer, lo besó. Rodrigo, encantado al ver aquella iniciativa por parte de ella, propuso:

—Mañana te llamo y hablamos, ¿te parece?

—No hay nada de que hablar. —Y metiéndose con él en el ascensor, murmuró con una sonrisita que él no supo descifrar—: Te acompaño hasta el portal.

Molesto por su negativa y dispuesto a conseguir lo que se proponía, se metió en el ascensor. Cuando ella apretó el botón para bajar, él dijo:

—En cuanto a David, creo que...

—Tranquilo —lo interrumpió, arrugando el ceño—, le diré tres cositas cuando lo llame.

—No tienes que hablar con él. No lo llames. Ya lo haré yo —protestó, descontento.

Sorprendida por aquella orden, Ana lo miró.

—Escucha, guapito, sé muy bien lo que tengo que hacer. No hace falta que ahora me vengas tú a decir lo que le tengo que decir o no a un tío.

De repente, Rodrigo tocó un botón y el ascensor se paró. Confundida por esa acción, lo miró y preguntó:

—¿Qué estás haciendo?

—Parar el ascensor para hablar contigo.

—No me jorobes, Rodrigo —protestó, incrédula—. Tengo vecinos que estarán a punto de salir para ir a trabajar.

Sin querer escucharla, la atrajo hacia él y, subiéndole la fina camiseta que le llegaba por los muslos, posó las manos sobre sus nalgas, la cogió entre sus brazos y, tras apoyarla contra el cristal del ascensor, respondió:

—Te deseo tanto que...

—Rodrigo, que estamos en el ascensor —le recordó.

Divirtiéndose al percibir la incomodidad en su rostro, la besó.

—¿Nunca lo has hecho en un ascensor?

—Pues no. Tengo una casa y una estupenda cama para ello.

—No me seas antigua —sonrió él, recordando el día en que ella le dijo lo mismo en el coche.

Y sin más, se desabrochó el pantalón, sacó su miembro y le retiró la braguita. Entonces, con seguridad, le ordenó suavemente:

—Agárrate a mis hombros y mírame.

Arrebatada por el momento, obedeció mientras él le acariciaba las nalgas con una mano y con la otra dirigía el pene al centro húmedo de su deseo. Cuando ella sintió aquel glande duro y poderoso introduciéndose, gimió, y él, acercando la boca a la de ella, murmuró:

—No llames a David.

—¡Oh, sí...! —susurró, clavándole los dedos en los hombros.

Introduciéndose en ella unos centímetros, Rodrigo añadió:

—Ni a David..., ni a Mario..., ni... a nadie que no sea yo.

Ana, apoyada en el cristal del ascensor, cerró los ojos mientras gemía. Pero sin darse por vencida, respondió:

—Llamaré a quien quiera.

Besándola en los labios con auténtica posesión introdujo su pene un poco más.

—No lo harás. Mañana quedarás conmigo y...

Pero Ana no quería darse por vencida.

—No.

Embrutecido por la terquedad de ella y excitado, se meció un poco, buscando más hueco en su interior.

—Ana..., no lo hagas.

—Llamaré a quien quiera, como haces tú —susurró mientras sentía cómo él entraba un poco más—. Somos libres para...

—Te deseo —cortó él, quien muerto de placer, de un empujón, la ensartó por completo mientras la apretaba contra su cuerpo y la besaba.

Rodrigo comenzó a mover las caderas con celeridad en tanto entraba y salía de ella y el ascensor se movía con cada sacudida. Enloquecido al sentir cómo el interior de Ana palpitaba acogiendo su miembro, gimió mientras ella se apoyaba en el cristal y en sus hombros para recibirlo mejor. Inflamada por el momento, tras varias embestidas que le parecieron electrizantes, le sobrevino un arrebatador orgasmo a la vez que a escasos centímetros de su boca él murmuraba:

—Quiero ser sólo yo el que cuide de ti y de tu cuerpo.

—Sé... cuidarme... solita.

—¡Ana..., joder!

Tras sentir que él salía con urgencia de ella para no derramar la simiente en su interior, Ana lo besó y, entre espasmos enardecidos, el ascensor se dejó de mover. En silencio, él la bajó al suelo, y ambos recompusieron sus ropas. Sin querer mirarlo, Ana dio al botón para que el ascensor continuara su camino. Una vez que llegó a la planta baja y se paró, Rodrigo abrió la puerta y, enfadado por la terquedad de ella, salió.

Al llegar a la puerta de la calle, ambos se miraron. Finalmente, Rodrigo se dio la vuelta, dispuesto a marcharse; pero Ana, agarrándolo de la camisa, lo atrajo hacia ella.

—Ha estado muy bien —le dijo en voz baja—. Ya te llamaré si te vuelvo a necesitar.

Se quedó boquiabierto, y cuando fue a decir algo, ella cerró la puerta en sus narices. Entonces, sonrió con maldad y, saludando con la mano, se metió en el ascensor mientras él, con cara de mala leche, la observaba.

Una vez que llegó a su planta y entró en su casa, Nekane, que salía de su habitación con el pequeño Dani en brazos, la miró con una sonrisa en los labios.

—¿Todo bien, Mata Hari?

Ana asintió y cogió a su hijo en brazos.

—Mejor que bien. Superior.

Nekane, al verla tan feliz, aplaudió. De pronto, sin embargo, vio un reloj sobre la encimera de la cocina y lo reconoció.

—No puede ser cierto lo que estoy pensando.

Mirando el reloj, Ana dibujó una sonrisa que a Nekane la descolocó.

—Piensa mal y acertarás.

22

Las cosas no fueron tan sencillas como Rodrigo había creído en un principio. Ana no se lo puso fácil, y a pesar de que a partir de aquella noche, llegaron otras llenas de pasión, morbo y sexo del bueno, ella no daba su brazo a torcer. Pero tampoco lo echaba de su lado definitivamente. Nekane y Calvin, sin decir nada, observaban la situación y cuchicheaban entre ellos. Calvin propuso hacer algo para ayudar a su amigo, pero la navarra se negó. Si Ana quería proceder así y lo había olvidado, estaba en todo su derecho. Ya era hora de que fuera ella quien lo pasara bien. De pronto, las tornas se habían vuelto, y era Rodrigo el que sufría y Ana la que se divertía. Encarna observaba en silencio sin entender nada. ¿Qué le pasaba a la juventud?

Una tarde, cuando Ana salía de la ducha, sonó el teléfono. Tras comprobar que no se trataba de Rodrigo, lo cogió y sonrió al oír la voz de su hermana.

—¡Patoooooooooooooooooo!, ¿cómo estás, cielo?

—Bien.

—¿Y mi gordo?

Con cariño, Ana miró hacia la cunita donde Dani dormía.

—Tu gordo está precioso y dormidito.

—¡Aisss, mi niño, qué ganitas de verlo que tengo! Y a ti más. Ni te cuento la necesidad que tengo de verte. ¿Cuándo vas a venir? Necesito que vengas cuanto antes.

De inmediato, Ana supo que algo iba mal. Su hermana, de por sí, era bastante despegada, y aunque se querían mucho, Lucy sólo la necesitaba cuando le ocurría algo. Por ello, sin dudarlo, le preguntó mientras se sentaba en la cama:

—Desembucha. ¿Qué ocurre?

Instantes después, su hermana, entre hipos, lloros e histerismos cada vez más parecidos a los de su madre, le contó que no soportaba que su marido tonteara con todas las mujeres que se cruzaban en su camino. Mientras la escuchaba, Ana se llevó las manos a la cabeza. Aquello sería un nuevo disgusto para su madre.

—Vamos a ver, Nana, ¿acaso no viste cómo era él antes de la boda?

—Sí.

—¿Entonces?

—Pero pensé que cambiaría y se daría cuenta de que yo valgo más que cualquiera de las mujeres a las que mira. ¡Aisss, Pato..., tendrías que ver cómo mira a Sybila Thomson! Es tal el descaro con el que la mira que hasta mis amigas comienzan a murmurar y..., y creo que están liados. Y eso yo no lo voy a consentir. No, no, no. Yo soy una mujer que puede conseguir al hombre que quiera. Soy guapa, estilosa y..., y...

Durante varios minutos, Ana escuchó todas y cada una de las virtudes de su hermana, y cuando no pudo más, la cortó:

—¡Basta ya, Nana, por favor! ¡Por Dios, qué superficial eres!

—¿Yo, superficial?

—Sí.

—Pero ¿cómo me puedes decir eso en un momento así? —gimoteó.

—Sencillamente porque me enferma oírte decir que eres preciosa, divina y todas las tonterías que dices. ¿No te das cuenta de que estás jorobando tu vida? ¿No te das cuenta de que diciendo esas tonterías tu problema pierde credibilidad? ¡Joder, Nana!, ¿por qué te casaste? ¿Acaso no es mejor tener todos los romances que quieras sin necesidad de organizar un bodorrio y luego a los pocos meses comprender que ni le querías ni te quería y, sobre todo, darle un nuevo disgusto a mamá? Con razón te llama Lady Escándalo. ¿Cómo quieres que no te llame eso?

Su hermana se derrumbó de nuevo y comenzó a llorar. Finalmente, cuando Ana consiguió calmarla, oyó que decía:

—Me quiero divorciar.

—¡¿Cómo?!

—Lo tengo claro. ¡Quiero el divorcio! Y me da igual lo que pienses tú, mamá, papá y el resto del mundo. ¡Quiero el divorcio!

—La madre que te parió, Nana, el disgusto que le vas a dar a mamá.

—Lo sé, pero ¿qué quieres que haga?

—Lo que quiero que hagas es que pienses más las cosas antes de hacerlas y dejarte de impulsos y sensaciones, porque así luego te pasa lo que te pasa.

—¿Vendrás a la casa de los papis y me ayudarás a decírselo?

—No, esto se lo vas a decir tu solita. Ya me he cansado de apoyarte en tus locuras.

—¡Patooooooooo!

—Ni Pato ni leches. —Después de decirlo, se dio cuenta de que había sonado como si lo hubiese dicho Nekane—. Y en cuanto a mamá, procura que esté sentada cuando se lo comuniques para que no se caiga redonda al suelo.

Diez minutos más tarde y con la cabeza como un bombo, Ana se despidió de su hermana y colgó convencida de que Lucy nunca cambiaría.

Se vistió y, sumida en sus pensamientos, cogió a su bebé y salió con él al salón. Durante la cena, le contó a Nekane la llamada de su hermana, y la navarra sólo pudo reír ante lo que oía. Cuando por fin aquella noche Ana durmió al pequeño, salió de nuevo al salón. Estaba más callada de lo normal, y Nekane sabía por qué. La conocía muy bien, y a pesar de la aparente frialdad que quería demostrar, algo no la dejaba sonreír. Así que se sentó junto a ella en el sofá.

—¿Doroteamos?

—Tú dirás.

—No, bonita. ¡Dirás tú! Vamos a ver, ¿a qué estás jugando?

—¿A qué te refieres?

Nekane se sorprendió por la cara de pasmo de Ana y cogió el bote de crema de manos que ésta tenía.

—A tu primo el de Cuenca, ¡joder! ¡A qué me voy a referir! Pues a Rodrigo.

—Venga ya, Nekane, no comiences tú también ahora con lo mismo, que bastante tengo ya con pensar en los problemas de mi hermana.

—*Ana Elizabeth* —se mofó Nekane—, que a mí no me la das. Que aunque quieras ser Cruella de Vil con el bombero, yo te conozco y sé que bajo esa fachada de frialdad que demuestras tener, late un corazoncito tierno y tontorrón que se muere por abrirle los bracitos y arrechucharse contra él. Por lo tanto..., quítate la máscara para andar por casa y dime qué ocurre antes de que tenga que amordazarte y tirarte por encima un cubo de hormigas rojas.

La escena que había imaginado Nekane resultaba, sin duda, divertida, y Ana la miró carialegre. Por otra parte, sabía que aquella conversación iba a llegar un día u otro.

—Simplemente, he decidido disfrutar de la vida y dejarme de almendramientos tontos con un hombre que nunca me dará nada más a excepción de buen sexo. ¿Qué hay de malo?

—¿No estás almendrada por Rodrigo?

—No digas tonterías, por favor, Neka —mintió con convicción—. Sabes perfectamente que, hoy por hoy, lo único que siento por él es lujuria y desenfreno. Es tremendo en la cama, y punto.

—Sí, vale..., y ahora me vendrás con lo de la marmita de lujuria y la madre que lo parió —se mofó la navarra.

—Neka...

—Ni Neka ni leches —gruñó—. Soy una chicarrona del Norte y sabes que a mí me gusta llamar a las cosas por su nombre. Y creo que tu santa madre, porque al final la van a canonizar en Roma, no ha podido tener dos hijas más diferentes. Tu hermana le da oportunidades a *to* quisqui y se casa con *to* Dios, y tú eres todo lo opuesto. Pero vamos a ver, ¿qué te han hecho en el pasado que no me has contado, para que tengas el corazón tan blindado?

—Por favor..., ahora no.

La navarra, al ver que esa táctica no era la apropiada para aquel momento, se calló. Necesitaba saber si Ana sentía algo por Rodrigo y aclarar sus ideas. Durante diez minutos, estuvieron en silencio, viendo la televisión.

—¿Vas a ver algo en la tele? —preguntó al final Nekane.

—No, hoy no echan nada interesante.

Nekane asintió y, levantándose, rebuscó entre los CD de películas y sacó una.

—¿Te importa si pongo una película?

—No, claro que no.

Pero a los cinco minutos Ana maldijo al ver que se trataba de la película *Noviembre dulce*. Pensó en levantarse y no verla. Aquella película le provocaba muchos recuerdos y lo peor era que la ablandaba en demasía. Pero en cuanto empezó fue incapaz de dejar de verla y se arrepanchigó en el sofá. Media hora después, las dos amigas, sabedoras de lo que ocurriría, comenzaron a lagrimear, y cuando ya salían los créditos, una hora y media más tarde, las dos lloraban a moco tendido sobre el sofá. En ese momento, Nekane se levantó y se fue a la cocina. Al regresar le enseñó una tarrina de helado.

—¿Terapia de azúcar?

Ana asintió y cogió la cuchara que su amiga le ofrecía para sacar de la tarrina una porción de helado que se metió en la boca.

—¿Por qué Rodrigo ahora me persigue día y noche? ¿Por qué quiere martirizarme otra vez? ¿Por qué me dice que le hago falta y que está almendrado por mí? —Nekane fue a contestar, pero ella prosiguió—: He luchado contra viento y marea para no deprimirme: primero, porque estaba embarazada y mi bebé lo podía sentir, y ahora, que estoy mejor, que parece que comienzo a ver luz al final del túnel, no sé qué mosca le ha picado para que me diga las cosas más bonitas y maravillosas que nunca pensé escuchar de su boca. Pero ¡noooooo! —sollozó—. Eso no puede ser. Él me dijo que yo no era su tipo de mujer. Y lo que no quiero es darle una oportunidad, almendrarme locamente por él y hacer que Dani lo quiera, para que luego se cruce una tetona con menos neuronas que un macarrón en nuestro camino y nos deje a Dani y a mí con cara de bobos. No, me niego. Por muchas cosas bonitas que me diga, me niego a tropezar otra vez con la misma piedra. Tengo pánico a hacer daño a Dani y...

—Lo sabía. Te gusta. Te pone —dijo riendo Nekane.

—Neka, claro que Rodrigo me gusta. Pero ¿tú has visto cómo está? Sin embargo, otra cosa es sentir lo que hace tiempo sentía por él —mintió; esa vez no iba a desnudar sus sentimientos—. Me encantan mis encuentros con él, pero me agobia que me hable de amor y todas esas cosas que yo sé que él no siente. Pero sí..., lo admito: Rodrigo me sigue pareciendo un tordo impresionante.

Viendo que la táctica de su amiga había funcionado, hizo una pausa y, al final, concluyó:

—Eres lo peor de lo peor, ¿lo sabías?

Tras meterse una cucharada de helado en la boca, la navarra sonrió. ¿Así que su amiga había dejado de estar enamorada de Rodrigo?

—Sí, reconozco que soy una perraca del Norte que conoce tus puntos débiles tan bien como tú conoces los míos. Y en relación con Rodrigo, ¿qué te voy a decir que tú ya no sepas? Tienes razón, en parte. Es un picaflor, pero en ti ha encontrado a su dulce florecilla asilvestrada o, como dice él, su melocotón loco. ¿Quién dice que lo vuestro no podría funcionar?

—Lo digo yo, y con eso me basta.

—Vale, pero creo que sin proponérselo se ha enamorado de ti como un idiota, con la diferencia de que él parece Don Juan DeMarco diciéndote cientos de cosas bonitas, y tú, la Bruja Lola poniéndole velas negras. Pero Ana, ¿has visto cómo cuida de Dani y cómo el niño le sonríe? A mí es que me deja sin palabras cuando lo coge y comienza a hablar con él. De verdad que nunca podría haber imaginado a Rodrigo en ese plan. Pero si incluso me ha comentado Calvin que en el parque de bomberos, cada vez que tienen tiempo, se pasa el día con Julio hablando de pañales, biberones y tetinas. ¿Te lo puedes creer?

—¿En serio? —preguntó, boquiabierta.

—Y tan en serio. Por lo visto, el otro día Julio y Rodrigo, con sus portátiles, estaban como idiotas enseñándose fotos el uno al otro de

Rocío y Dani. Si uno decía mi niña dije «¡ajo!», el otro decía mi niño hace los *Cinco lobitos*. Vamos, ¡patético!

Aquello a Ana le hizo gracia. Ella era la primera que veía cómo su hijo de casi cuatro meses sonreía a Rodrigo y éste la volvía loco. Pero eso era lo que le daba miedo, que algún día aquellas sonrisas acabaran y que quien sufriera fuera el pequeño.

Rodrigo intentó quedar de nuevo con Ana, pero le fue imposible. Hacía malabarismos con su horario en el parque de bomberos para librar y estar con ella, pero ni así conseguía verla. Cuando no estaba de viaje, tenía una sesión o no le apetecía ver a nadie. De pronto, Ana comenzó a salir con amigos que Rodrigo no conocía, y a él se lo llevaban los demonios. Pero nada podía hacer, salvo ver cómo se alejaba cada día más de su vida.

Una tarde, al llegar de Toledo de hacer una sesión de fotos para el catálogo de Amichi, las jóvenes se sorprendieron al encontrarse al padre de Ana sentado en el sofá con el pequeño Dani en los brazos y Encarna al lado.

—Papá, ¿qué haces aquí? ¿Ocurre algo? —preguntó, asustada, al verlo.

Al escuchar la voz de su hija, Frank volvió la cabeza y sonrió. Levantándose con el pequeño en los brazos, saludó a las muchachas, y luego, escrutando a su hija, respondió:

—No ocurre nada, tesoro. Sólo he venido para verte a ti y a mi nieto.

Se quedó atónita. Cuando fue a decir algo, Nekane agarró a Encarna del brazo.

—Nosotras nos vamos. Acabo de recordar que necesitamos azúcar y leche.

Encarna asintió al entender que se tenían que quitar de en medio. El pequeño Dani, al oír la voz de su madre, sonrió y, echándole los bracitos, se hizo notar. Ana, enternecida, lo cogió y, tras besuquearlo con amor, miró a su padre.

—Vamos a ver, papá, no me digas que no pasa nada porque no me lo creo. ¿Qué haces aquí?

Frank se sentó y le indicó a su hija que tomara asiento.

—Tengo que hablar contigo muy seriamente.

—¡Uis, papá! Me estás asustando.

—Ana, ¿tienes algo que contarme? —le preguntó, clavando su mirada en ella.

La joven no atinaba a saber por dónde iba la cosa, así que se encogió de hombros.

—Papá..., yo creo que no. Pero...

—Piensa, Ana..., piensa en algo que tú sepas y no nos hayas contado a mamá o a mí.

—La verdad, papá, no caigo.

—Piensa, hija, piensa.

Ana puso los ojos en blanco cuando, de pronto, se imaginó de qué podía tratarse.

—Vale, papá, lo confieso. Sé lo de Nana. Ella me llamó para decirme que se quería divorciar, y yo le dije que era una locura, pero...

—¡¿Que tu hermana se quiere divorciar?! —gritó Frank.

En ese instante, Ana supo que había metido la pata, y su padre, descolocado por lo que acababa de descubrir, se mesó el pelo.

—Por el amor de Dios, ¿qué le ocurre a tu hermana con los hombres? Pero esa muchacha ¡¿nunca va a parar?! No quiero ni pensar lo que sucederá cuando tu madre se entere. —Y mirándola, murmuró—: Espero que la loca de tu hermana sea juiciosa y no se le pase por la cabeza decirle nada a tu madre hasta que yo llegue.

Conmovida por la preocupación que vio en los ojos de su padre, fue a hablar cuando éste continuó:

—Cuando nacisteis, primero tú y luego tu hermana, recuerdo que mi padre me dijo: «Franky, hijo, prepárate porque con tres mujeres en tu vida, y en tu casa, nunca descansarás». ¡Y qué razón tenía...! Entre las tres me vais a volver loco. Tú madre con sus dramatismos, tu hermana con sus escándalos y tú con tu cabezonería de no darle una oportunidad a un buen muchacho como es Rodrigo.

Ahora la sorprendida era ella. ¿Qué sabía su padre de Rodrigo? Furiosa e incapaz de callar, soltó a Dani, que se había quedado dormido, y se plantó ante su padre.

—Papá, ¿qué tienes tú que decir de Rodrigo?

—He hablado con él y...

—¿Que has hablado con él?

—Sí.

—Pero ¡papáaaaaaaa!

—Escucha, Ana, desde que me telefoneó para pedirme que le trajera a Dani a España para darte la sorpresa a tu regreso de Alemania, lo he llamado en varias ocasiones. El muchacho es prudente y nunca me comenta nada de sus sentimientos, pero por su forma de hablar de ti y de Dani, yo sé que...

—Pero, bueno, ¿tú qué tienes que hablar con Rodrigo? Aquí tu hija soy yo, no él.

—Lo sé, tesoro, lo sé. Pero...

—¡Dios!, esto se está convirtiendo en una pesadilla —murmuró Ana, tapándose la cara con las manos—. Todos me presionáis y...

—Quizá se deba a que todos queremos que seas feliz, y yo más que nadie. Eres mi niña y necesito que un hombre de los pies a la cabeza como es Rodrigo te cuide, te trate como a una reina y te proteja. Estaré chapado a la antigua, pero sé diferenciar un hombre de verdad de un dandi problemático como los que le gustan a tu hermana.

—Papá...

—Pero no quiero agobiarte; sólo quiero que sepas que deberías abrir tu corazón y darle una oportunidad a un hombre que te quiere por ti misma y que, sin contarme nada, me ha transmitido que está loco por ti y por mi nieto.

Ana quería huir. Escuchar aquello era bonito, pero difícil de asumir. Cuando intentó levantarse, su padre la agarró del brazo.

—Ana, no huyas. Tenemos que hablar.

Tras la visita de su padre y su larga conversación con él, algo en el corazón de Ana revoloteaba sin que pudiera evitarlo. Saber que lo que Rodrigo sentía por ella era auténtico la mareaba. Era lo que siempre había querido, pero en esos momentos un extraño miedo la paralizaba y no la dejaba disfrutar.

En esos días, Rodrigo llamó para saber de ella y el niño, pero Ana no le mencionó la visita de su padre y menos aún quedó con él. Nunca le había gustado que la gente se inmiscuyera en su vida, y en esa época, todos los que la rodeaban lo estaban haciendo.

Un día Rocío la llamó al móvil para invitarla a una cena que daba en su casa con bebé incluido. Encantada, aceptó.

El impacto que sintió Rodrigo al encontrarse con ella fue brutal. Ana estaba más guapa que nunca y verla con Dani en sus brazos le provocaba un amor, una ternura y una ansiedad hasta entonces desconocidos. Pero al saludarla, sintió su frialdad, y eso le devoró las entrañas. ¿Qué ocurría? ¿Por qué era incapaz de enamorarla otra vez?

La cena fue perfecta y los comensales lo pasaron de maravilla. Rodrigo, sin agobiarla, disfrutó de Ana y se rió mucho al ver cómo los había engañado a todos al decir que no sabía jugar al póquer. Cuando más confiados estaban les dio una paliza que los dejó temblando. Así era su melocotón loco. Genial y sorprendente.

Sobre la una de la madrugada, las mujeres fueron a la cocina para preparar algunas bebidas.

—¡Qué alegría que hayáis venido! —dijo Rocío mientras guardaba la carne que había sobrado en papel Albal—. Estaba deseando organizar algo así. Desde que nació la pitufa vivo incomunicada del mundo exterior, sumergida en pañales y tetinas, y necesitaba un poco de jaleo.

—Pues aquí nos tienes —repuso riendo Nekane—, yo dispuesta a pasarlo muy bien y Ana dispuesta a desplumarnos a todos con el póquer.

Rocío guardó lo que tenía en las manos en la nevera, se sacó un pañuelo del bolsillo de los vaqueros y, mirándolas, murmuró con los ojos encharcados en lágrimas:

—No sé qué me pasa..., pero ahora lloro más que cuando estaba embarazada y yo..., yo...

Ana sonrió. Al verla tan agobiada con la pequeña, recordó cómo se había sentido ella al nacer Dani, y la abrazó.

—Llora todo lo que te venga en gana. Y tranquila, se pasará. Te lo digo por experiencia. Las hormonas se tranquilizarán y tú volverás a ser la que siempre fuiste.

En ese momento, se abrió la puerta de la cocina y apareció Rodrigo con Dani en brazos. A Ana se le encogió el corazón al querer disimular lo que él le hacía sentir. Rodrigo estaba impresionante con aquel jersey blanco de ochos y los vaqueros.

—El campeón se ha hecho cacotas. ¿Te importa si le cambio yo el pañal? —se ofreció él.

—¡Noooooo!, por supuesto que no —respondió Ana con seguridad—. Todo tuyo.

—Ve a la habitación de mi niña —dijo Rocío—. Allí está el cambiador y estaréis más cómodos.

—La bolsa con los pañales—informó Nekane— la he dejado en la entrada. Es la...

—Azul con el oso fotógrafo —cortó Rodrigo. Y mirando al niño que le agarraba de la carita sin prestar atención a nadie más, murmuró—: Vamos a cambiarte, campeón, o nos intoxicarás a todos.

Sin decir más, el hombre se marchó de la cocina, dejando a Ana descolocada. No quería pensar en él ni en lo que había ocurrido días antes en su cama, pero era inevitable.

—No lo entiendoooooo —confesó Rocío, gimiendo.

—¿El qué? —preguntó Ana.

Nekane sí que comprendió a qué se refería Rocío y se acercó a la llorosa mamá.

—¿Guardo la salsa en el frigorífico también? —intervino, intentando cambiar de tema.

Pero Rocío, haciendo caso omiso a la pregunta, miró a Ana.

—No entiendo por qué Rodrigo y tú no estáis juntos. Julio me ha dicho que...

—¡Uisss, uisss, uisss! —cuchicheó Nekane al ver el gesto de su amiga, y cogiendo a Rocío del brazo, atrajo su mirada—. Por tu bien y por el de todos, deja ese tema antes de que salgas escaldada.

—Pero...

—No, Rocío —siseó Ana, molesta—. No hay peros que valgan. ¡Basta ya! ¿Por qué todos tenéis que opinar sobre mi no relación?

—¿Quizá porque vemos que estás haciendo el canelo? —preguntó Nekane.

La furia de Ana creció y creció, y cuando Rocío fue a hablar, indignada bufó:

—¡Estoy harta de todas vuestras malditas opiniones! ¿Queréis hacer el favor de dejarme en paz para que yo continúe con mi vida?

Enfadada, Ana salió de la cocina para ir directamente a la habitación donde sabía que Rodrigo estaría cambiando a su hijo. Al llegar tuvo que apoyarse en el quicio de la puerta cuando descubrió al chico con dos calcetines metidos en la mano haciéndole monerías a Dani, y éste, divertido, riendo a carcajada limpia.

Durante unos instantes disfrutó contemplando aquel íntimo momento entre los dos. Rodrigo miraba embelesado al pequeño y éste, con sus manitas, le agarraba la cara y sonreía. Todo era perfecto. Estupendo. Pero su furia era colosal.

—Se acabó, Rodrigo. A partir de este instante toda esta absurda tontería ¡se acabó!

Él se quedó sorprendido al verla tan airada.

—Pero ¿qué bicho te ha picado ahora?

Empujándolo para echarle a un lado, guardó los pañales y el talco en la bolsa del bebé.

—No sé cómo decir que entre tú y yo no va a haber nada. ¡Joder, pero si hasta mi padre ha venido desde Londres para decirme que me deje querer por ti!

—¿Tu padre?

—Sí.

—¿Frank te ha dicho eso?

—Sí. No sé qué narices haces hablando con él a mis espaldas.

—¿Que yo hablo a tus espaldas? —repitió, atónito.

—Sí.

—No, de eso nada. Todo lo que tengo que...

—¿Sabes? —cortó ella—, la jugada no te ha salido bien. Por lo tanto, asúmelo. Puedo vivir sin ti. No tengo tetazas que paren el tráfico ni soy un modelote de esos que te gustan niquelados, pero tengo algo que ellas no tienen y se llama sentido común y cabeza para pensar que tú no nos convienes ni a mi hijo ni a mí, porque tarde o temprano te aburriríamos y nos dejarías para seguir viviendo tu vida de picaflor.

—Pero ¿de qué estás hablando? —Estaba realmente sorprendido y no conseguía entender nada.

—Lo sabes muy bien. Todo el mundo habla de nosotros a mis espaldas. Y ya lo último era que tú y mi padre lo hicierais también. Y no..., no quiero que lo hagas, porque eso me parece rastrero y denigrante, y...

Poniéndole la mano en la boca, Rodrigo la hizo callar y siseó, molesto:

—Yo no llamo a tu padre. Es él quien me llama y te aseguro que solamente intento ser agradable con él porque me parece una buena persona. Vamos a ver, Ana, ¿qué te pasa? ¿Acaso haberte dicho que estoy loco por ti, que te quiero y que quiero a Dani es el desencadenante para que te estés comportando así? ¿Acaso eres incapaz de darte cuenta de que las personas por amor somos capaces de cambiar? ¿Por qué crees que eso puede pasar en las películas y a ti no? Acepto que he sido, como tú dices, un picaflor, porque nunca ninguna mujer me ha llenado la vida como lo haces tú. —Ella no contestó, y él prosiguió—: Ahora sé que en el pasado te hice sufrir, pero yo no lo sabía. Nunca imaginé que tú estuvieras enamorada de mí. Y quiero que sepas que lo que más me amarga la vida es saber que me quieres, que piensas en mí, pero que tu jodido miedo y tu cabezonería se niegan a darme una maldita oportunidad. No entiendo qué te pasa. Lloras como una loca viendo películas de amores frustrados por miles de cosas, y ahora, cuando yo te ofrezco mi amor, cuando quiero hacerte feliz, te estás comportando como la persona más fría e insensible del mundo. —Al ver cómo ella lo miraba, continuó—: No sé qué es lo que tengo que hacer para que confíes en mí y me des de una maldita vez una jodida oportunidad para poder demostrarte que es verdad todo lo que siento por ti. No sé, Ana, comportándote como te comportas, haces que tenga la sensación de que necesitas que sea una mala persona contigo, que pase de ti y te maltrate para que me quieras.

—Eres un idiota —siseó Ana y, asiendo en sus brazos a su hijo y la bolsa, se marchó.

En ese momento, Rodrigo supo que había metido la pata.

23

Una semana después, la sesión de fotos para el calendario de Intimissimi comenzó un viernes a las cinco de la mañana en un hangar inutilizado del aeropuerto de Madrid. Las modelos y los bomberos disfrutaban de la experiencia mientras Ana, Nekane y un grupo de estilistas se preocupaban porque todo estuviera a punto.

Con frustración, Ana observó cómo Rodrigo y varios de los bomberos hacían flexiones desnudos de cintura para arriba para marcar sus músculos. Desde el día de la cena en casa de Rocío no había vuelto a hablar con él, aunque él sí que lo había intentado. Pero todo había sido inútil. Ana se había negado. Estaba enfadada y no pensaba dar su brazo a torcer.

—Creo que hoy por primera vez en mi vida no me estoy comportando como una profesional —se quejó Nekane al ver cómo una de aquellas estilistas daba color y aceite al cuerpo moreno de su Calvin—. Te juro que estoy por ir hasta allí y arrancarle a ella los ojos y a él borrarle esa tonta sonrisita de la boca.

Ana asintió. Entendía lo que Nekane le decía. Ya se había fijado en cómo las estilistas se esmeraban por darle aceite a Rodrigo, con mimo, en el cuerpo. Pero como no quería manifestar lo que sentía, soltó:

—Neka, deja de decir tonterías. Estamos trabajando.

La navarra sonrió y se sentó a su lado.

—Vale, lo confieso, estoy terriblemente celosa. ¿Por qué me pareció buena idea que Calvin participara en este trabajo?

—Porque sabes que va a dar la talla para lo que necesitamos y, en el fondo, te gusta tenerlo cerca de ti —murmuró, mirando de reojo a Rodrigo.

A las seis, la luz era perfecta para el efecto que Ana quería conseguir en algunas de las fotos, y comenzó la sesión. Tras darle al *play* y empezar a sonar la música de Aerosmith, Ana los sorprendió a todos cuando les dijo que en las fotos quería captar la sensualidad y el morbo de sus miradas. Ellos debían ser varoniles y bárbaros, y ellas salvajes y sexis. Quería apoderarse de la esencia del momento y en aquella sesión lo iba a conseguir. Minutos después, las modelos rápidamente se metieron en su papel, algo para lo que estaban más preparadas que ellos, a quienes les costó un poco más concentrarse. No era fácil para esos hombres tener a unas preciosas mujeres a su alrededor en paños menores, insinuándose con fieras miradas y posturas provocadoras. En ciertos momentos, Ana y todo el equipo paraban el trabajo mientras reían a carcajadas. Los comentarios de los bomberos y lo que les ocurría a muchos tras rozarse con las modelos era para desternillarse. Pero el resultado cuando pararon para comer era sorprendente. Todos observaron en el ordenador de Ana las fotos y se quedaron boquiabiertos al ver lo que ella había captado.

Una vez que reanudaron la sesión se pusieron en marcha, y esa vez le tocó el turno a Rodrigo y sus compañeros. Tras poner un diván de terciopelo oscuro e indicar a las modelos lo que quería que hicieran, Ana habló con Calvin, Julio y Jesús para colocarlos en sus posiciones, y después se volvió hacia Rodrigo, que la observaba.

—Tú túmbate sobre el diván. La modelo dejará caer el cuerpo sobre el tuyo, y entonces debéis conectar. Quiero que me deis miradas de sensualidad. Vamos, túmbate.

Él asintió. Llevaba todo el día observándola, a pesar de que en ningún momento se había aproximado a ella; estaba disfrutando como un loco de su cercanía, aunque no le hablase. Sin decir nada, Rodrigo, sólo vestido con la parte de abajo del equipo de bombero y el torso al aire al igual que sus compañeros, hizo lo que ella quería. Cuando la modelo se puso sobre él, Ana repitió:

—Ahora miraos. Ingrid, debes dejar caer las caderas sobre él y torcer un poco la cintura para que el conjunto de lencería se vea. Y tú, Rodrigo, pon la mano derecha sobre su cintura y la otra enrédala en su pelo.

Sin rechistar, él hizo caso a todo lo que ella decía mientras las estilistas y maquilladoras le aplicaban unos polvos brillantes en ciertas partes del abdomen y los bíceps para que resaltaran más. En ese momento, Nekane se acercó a ellos.

—Un momento. Ingrid, ve a cambiarte la media derecha; tiene una carrera.

La modelo se levantó y salió corriendo en busca de una media nueva. Y en ese instante, Rodrigo, sin poder contener la necesidad que sentía de tenerla cerca, aun a riesgo de que lo abofeteara delante de todos, la agarró de la cintura y la tumbó sobre él.

—Entonces, yo pongo mi mano derecha así, ¿verdad? —le preguntó ante todos los que los miraban.

Ana deseó matarlo. ¿Cómo le hacía aquello? Pero al ver que docenas de ojos los observaban a escasos centímetros, se comportó como una buena profesional.

—Exacto. Ella dejará caer sus caderas así y rotará la cintura hacia mí mientras tú le pones esta mano en la cintura con los dedos abiertos y enredas la otra en su pelo. —Y clavando sus ojos en él, murmuró—: Una vez que hayáis cogido la postura quiero que la mires con deseo y ella te mire a ti. Después, ella posará sus labios en tu boca y necesito que tú tenses los bíceps para marcarlos. La cámara y yo debemos captar el morbo del momento.

Aquel frote erótico con el que Ana lo estaba martirizando hizo crecer su entrepierna en décimas de segundo, pero encantado por tenerla tan cerca tras los horrorosos días que llevaba añorándola, le cuchicheó junto al oído, enredándole la mano en el pelo:

—Quieres que la mire así.

—Sí —asintió la joven con las pulsaciones a mil, mientras sentía su erección entre las piernas, en medio del hangar del aeropuerto de Barajas.

—Creo que eso será imposible —murmuró él.

—¿Por qué? —preguntó ella con un hilo de voz.

—Porque sólo te deseo a ti.

Aturdida por lo que sentía, de reojo, observó si alguien podía estar escuchándolos. Pero la música y el que todos estuvieran a lo suyo le dieron la seguridad de que nadie había oído la conversación.

—Me desesperas con tus tonterías, Rodrigo —siseó.

—Y tú me enloqueces, cielo. —Y sin perder un segundo, añadió—: Tenemos que hablar.

—No.

—Ana...

Con la garganta seca, la joven iba a responder cuando llegó la modelo corriendo y gritó:

—¡Ya estoy!

Durante unos instantes más, Rodrigo y Ana se miraron, y entonces él aflojó la tensión de sus brazos y la soltó. Ana, aturdida, se levantó como pudo y cogió la cámara que Nekane, con una sonrisita, le entregaba. Separándose unos metros fue hasta su mesita para beber agua. Acalorada, al volverse observó cómo las estilistas trabajaban sobre los cuerpos de los que posaban.

—¿Qué te pasa? —le preguntó a su amiga—. ¿Por qué me miras así?

—Por nadaaaaaaaaaa —respondió la navarra—. Sólo te diré que te he hecho un par de fotos buenísimas. Creo que serán las mejores del calendario.

Soltando la botellita de agua, Ana dio al menú de su cámara y, al ver las fotos que Nekane les había hecho tumbados sobre el diván mientras se miraban, gruñó. La mezcla de química, sensualidad y deseo que veía en aquellas imágenes era lo que ella buscaba para la foto.

—Son buenas, ¿eh?

—Neka..., a veces te mataría. —Y volviéndose hacia los que la esperaban tumbados sobre el diván, se acercó a ellos y comenzó a hacer fotos.

Aquella noche, cuando Ana y Nekane llegaron a casa y comprobaron el resultado de su duro día de trabajo, sonrieron abiertamente. El calendario sería un éxito. Pero cuando Ana se metió en la cama suspiró al sentir que su vida personal era un fracaso.

24

Dos días después, tras una agotadora jornada de trabajo con Raúl y otros fotógrafos para la firma Bucarestiang, cuando Ana llegó a casa lo único que le apetecía era darse una ducha, ponerse el pijama y disfrutar de su bebé. Dani estaba precioso.

—¡Ay, que me lo como..., que me comoooooooooooo a *biquiños* a este Mambrú! —gritó Encarna, mirando al pequeño.

Feliz, Ana vio a su hijo reír ante los chillidos que su vecina le daba, y aplaudiendo para llamar su atención, dijo:

—¡Qué bueno es mi niño y qué guapooooooooooooooo!

—¿Qué tal el día, bonita? ¿Mucho trabajo?

—¡Uf!, Encarna, a tope. He tenido que fotografiar a doscientas treinta y siete chicas para elegir las mejores caras angelicales para un trabajo de una marca de cosméticos.

—Bendito trabajo el tuyo —se mofó la mujer—. Por cierto, ya he visto las fotos que les hicisteis a los bomberos y quería pedirte algo. Y si puede ser, me dices que sí, y si es que no, me dices que no, ¿entendido?

—Claro, dime —asintió Ana, sorprendida.

La mujer, tocándose el pelo, miró a los lados y se acercó a ella.

—Esto que quede entre tú y yo, ¿vale?

—Que sí, Encarna —le confirmó animadamente.

—El caso es que el otro día pensé que me gustaría tener una foto de Calvin y Rodrigo para ponerlas en unos marquitos muy monos que he visto en la tienda del chino Juancho, junto a vuestras fotos y la de Dani. Sois todos tan buenos conmigo que quiero teneros presentes.

—¿Me lo estás diciendo en serio?

—Pues claro. ¿Acaso me ves cara de guasa? —Y al ver su gesto, preguntó—: ¡Ay, ¿tú crees que a ellos les molestará?!

—Noooooooooo —respondió rápidamente—. Para nada. Seguro que ellos estarán encantados. No te preocupes, que las tendrás.

—¡Ay, *carallo*, qué ilusión!

Nekane se paró al pasar junto a ellas y verlas cuchicheando.

—Vamos, vamos..., ve a arreglarte, que esta noche los chupitos no van a ser de Cola Cao —dijo la navarra.

—¿De verdad que no te importa quedarte de nuevo con Dani? —le preguntó Ana a Encarna por decimoctava vez.

—Que no, mi niña, que no. Que yo con este Mambrucete estaría toda la vida.

—Encarna, ¡no quiero abusar de ti! —exclamó Ana, compungida.

—Que no abusas. Que yo lo hago encantada de la vida. Para mí es estupendo no tener morriñita de él. Mi niño es tan tan monooooooooooo.

—¡Genial! —aplaudió Nekane, que miró a su amiga—. Y tú, alegra esa cara, que esta noche nos lo vamos a pasar de escándalo.

—¿Cenarás con Rodrigo? —preguntó Encarna, que se extrañó al ver cómo la miraban las dos—. ¿Qué pasa? ¿He dicho algo malo?

—No pasa nada, Encarna. Pero no, no cenaré con Rodrigo.

Encarna, conocedora de los sentimientos que Ana siempre había tenido por el bombero, y aún eran más claros los que él sentía por ella, la miró con perplejidad.

—Y si no es con él, ¿con quién *carallo* tienes una cita?

Ana fue a contestarle, pero Nekane se le adelantó.

—Con un pedazo de modelo iraní llamado Amir, que como diría Macarena, la frutera, «quita *to er sentío*». Por cierto, *Amir* en persa significa «¡príncipe!»... Imagínate cómo es el tordo, Encarna, ¡*pa* comérselo!

Ana, al pensar en Amir, murmuró:

—¡Ay, Neka!, ahora me estoy arrepintiendo. Casi prefiero quedarme con Dani.

—Y una leche. Ahora mismo te vas a poner el vestido blanco con el que estás tan guapa, te vas a calzar los letizios de diez centímetros morados y vamos a salir de casa dispuestas a pasarlo de lujo. Dame a Dani y, vamos, ¡arréglate!

—Manda c... lo que hay que oír —protestó Encarna—. Si a la muchacha no le apetece, ¿por qué tiene que ir?

—Porque lo digo yo, y punto. Me he encargado de hacer la reserva en el restaurante de Esmeralda y estoy dispuesta a que se lo pase estupendamente. Por lo tanto..., ¡a arreglarse!

—Pero qué mandona es la *jodía* navarra —cuchicheó Encarna. Y apremiándolas, murmuró—: Anda, dame al muchacho y haced lo que tengáis que hacer.

Cuando la mujer las dejó a solas, Ana miró a su amiga y musitó:

—Pero, Neka...

—Que no..., que hoy sales con nosotros porque lo digo yo, y punto.

Una hora después, Ana salió de su habitación con paso firme y al llegar al salón se encontró con que Calvin ya había llegado. El hombre, al verla, soltó un silbido.

—Pero ¿de dónde ha salido este bellezón?

—¡Diosssss, Ana! —gritó su amiga al verla—. ¡Vas a triunfar!

—¡Ay, mi niña, pero qué rebonita que estás! —aplaudió Encarna.

Ana sonrió. Siempre había triunfado con aquel vestido corto blanco ibicenco; le gustaba mucho. Resaltaba su piel morena y su cabello oscuro.

—¿Te gusta cómo queda? —le preguntó a su amiga, señalando los zapatos lila a juego con el bolso.

—Queda ideal.

—Tú también estás muy guapa con ese nuevo vestido que llevas —afirmó Ana—. ¿Es el de la colección de Fred Perry?

Nekane, dándose una vuelta, asintió. Le encantaba aquella colección Fred Perry pensada para la desaparecida Amy Winehouse.

—Mi princesa está guapa hasta con una lechuga en la cabeza —apuntó Calvin.

Encarna sonrió, y Nekane, tras tirarle un beso con la mano, se acercó a su amiga.

—Llevo tanto tiempo viéndote con vaqueros, petos y pijamas que verte vestida así, ¡tan guapa!, me emociona. ¡Joder, chica!, cuando te pones en plan buenorra me dejas sin palabras.

—Sin palabras me ha dejado a mí —dijo Calvin, aún sorprendido.

Diez minutos después, tras besuquear con mimo a Dani, los tres amigos se marcharon. Ana tenía una cita.

Cuando llegaron al restaurante, un lugar minimalista donde arte y cultura se unían a la gastronomía, su amiga Esmeralda, dueña y chef del establecimiento, salió a recibirlos. Diez minutos después, mientras tomaban un cóctel llegó Amir, un guapísimo, morenísimo y estupendísimo modelo que hizo que Ana sonriera como una tonta. ¡Estaba buenísimo!

Mientras tomaban algo, charlaban animadamente, hasta que un joven se acercó a ellos para avisarles de que la mesa ya estaba preparada. Pero al llegar a ella se sorprendieron.

—¿Una mesa para ocho? —preguntó Nekane—. Pero si somos cuatro.

—No, somos ocho —replicó, de pronto, Rodrigo, acercándose a ellos junto a Julio, Rocío y una joven rubia.

—¡Hola, chicassssssssssss! —saludó Rocío, encantada—. ¡Qué ilusión me hizo saber que nos veríamos esta noche!

Amir saludó a los recién llegados, encantado. Cuanta más gente fueran ¡mejor! Ana, sorprendida por ver a Rodrigo allí del brazo de aquella mujer, quiso salir corriendo, pero tras sentir la mano de su amiga sujetándola, suspiró. Sin cambiar su expresión, Rodrigo los saludó y les presentó a su acompañante. Se llamaba Katrina. Después, chocó la mano con Calvin, y éste le guiñó el ojo. Reparando en el gesto, Nekane se acercó a su chico.

—Desde luego, Calvin —cuchicheó—, ¿por qué le has dicho dónde estábamos?

La miró atónito.

—Te juro, princesa, que yo no se lo he dicho.

—Sí, claro, y voy yo y me lo creo —protestó Nekane, sentándose mientras Calvin sonreía.

La cena comenzó como se presuponía. Divertida y amena. Las cuatro parejas reían y hablaban de cualquier cosa, y los platos, preparados especialmente por Esmeralda, fueron exquisitos y abundantes. Durante la cena, Ana y Rodrigo no cruzaron ni una sola palabra entre ellos que no estuviera relacionada con lo que el grupo comentaba, pero a ninguno se le escapaba el más mínimo movimiento del otro.

Sobre las doce de la noche, llegó Popov y, tras hablar con su mujer, quedaron con Esmeralda en verse en el local de moda, Clapsia. Cuando llegaron allí las chicas fueron en tromba al baño y, mientras Katrina hacía sus cosas, las otras tres se miraron y cuchichearon.

—¿De dónde ha salido ésta? —preguntó Nekane.

—Ni idea, chicas —murmuró Rocío—. La primera sorprendida he sido yo al verla. Pero la chica parece simpática.

—El huracán *Katrina* —siseó Ana, molesta.

Rocío, al ver que Nekane le indicaba que no contestara, dijo:

—Lo único que sé es que es una azafata. ¿Habéis visto qué cuerpazo tiene?

—Ya te digo..., la tía está muy buena —susurró Nekane—. Y que conste que a mí me van los tíos. Pero, oye, al césar lo que es del césar.

—Para bueno el Amir ese —cuchicheó Rocío—. Pero ¿de dónde ha salido semejante bombón?

—Es un amigo de un amigo —respondió Nekane riendo—. Digamos que es un bomboncito para que Ana se alegre la noche.

Por su parte, Ana no quiso responder; se limitó a mirarse en el espejo mientras aquéllas cuchicheaban sobre el modelo iraní. Cinco minutos después, las cuatro mujeres regresaron hasta donde estaban sus parejas. Ana, al pasar junto a Rodrigo, ni lo miró, pero él, adelantando un pie, le puso la zancadilla, y un segundo después la tenía entre sus brazos.

—Algún día me vas a tener que decir qué colonia es la que usas para que siempre huelas a melocotón.

—¿Tú eres tonto, o te lo haces? —gruñó mientras observaba la cara de Katrina.

—Recuerda, soy idiota. Eso fue lo que me dijiste la última vez, entre otras cuantas perlas lingüísticas más de la tuyas —declaró él sin soltarla y sin importarle quién los observara.

—Quita tus zarpas de mí si no quieres que yo te haga algo peor.

—¿Algo peor de lo que me estás haciendo? —gruñó, consumido por los celos—. ¿Acaso crees que para mí es fácil ver cómo ese tío babea por ti cuando te he dicho que estoy loco por ti y te he pedido una oportunidad?

—Eso no es nada para lo que yo tuve que soportar. ¡Nada!

—Ana..., yo no sabía que tú lo estabas pasando mal por mí. Si tú me hubieras dicho que...

—¡Suéltame! —cortó, molesta.

Sin muchas ganas, la soltó. Deseaba sacarla de allí y llevársela a cualquier lugar donde estuvieran a solas para poder charlar. Pero ella no se lo iba a poner fácil. Una vez que se vio liberada de sus brazos, lo miró, desafiante, y le preguntó:

—¿Se puede saber qué haces aquí?

—Divertirme, como tú. —Y sin querer obviarlo, preguntó—: ¿Y tú qué haces con ese gilipollas?

—¿Te digo yo lo que me parece tu acompañante? ¡No, ¿verdad?! Pues haz el favor de callarte y dejar de meterte en mi vida, o al final conseguirás que me enfade y te diga lo que me parecen a mí tus conquistas.

Sin más, se dio la vuelta y caminó hasta Amir, que hablaba con Julio. Nekane, que había sido testigo de todo, miró a Rodrigo, pero cuando éste levantó una ceja a modo de pregunta, no habló, sólo se pasó la mano por el cuello, y Rodrigo resopló de forma irónica al ver el gesto de incredulidad de su amigo Calvin.

Sobre las dos de la madrugada, las chicas llevaban alguna copa de más, en especial Ana, que, encantada de poder beber algo más fuerte que un zumo de piña, decidió darse un pequeño homenaje. Se lo merecía y, sobre todo, lo necesitaba para no pensar continuamente que Rodrigo, el objeto de sus más oscuros deseos, estaba allí. Según pasaba la noche, Amir se mostró a cada instante más atento y cercano a ella, y eso a Rodrigo le molestaba enormemente. Y cuando vio que la besaba, a punto estuvo de patearle el cuello, pero una mirada de advertencia de Calvin lo obligó a controlar sus instintos y no se movió de su sitio.

Ver cómo ese individuo la besaba le hizo entender lo que ella había aguantado meses atrás, y le dolió. Katrina, la joven azafata, trataba de atraer su atención, pero Rodrigo no le hacía caso; intentando darle celos, comenzó a hablar con un tipo de la barra, pero el bombero ni se enteró. Sobre las tres de la mañana, por los altavoces animaron a los presentes a cantar en el karaoke. Y las chicas, excitadas por la noche y la bebida —a excepción de la azafata, que no quiso sumarse al grupo—, subieron enloquecidas a cantar la canción del momento de Michel Teló, *Ai Se Eu Te Pego.**

La gente que llenaba el local rápidamente se unió a aquel cántico, y todos comenzaron a bailar con las manos y el cuerpo entre risas y aplausos. Rodrigo, desde su posición, miraba a Ana y no sabía si reír o enfadarse. Llevaba una buena borrachera, y aunque estaba graciosa y preciosa bailando desinhibida sobre el escenario, no le gustó verla así, y menos aún cómo su acompañante Amir la observaba.

Cuando la canción se acabó, entre aplausos del público, bajaron del escenario. Ana, muerta de sed, fue directamente hacia Amir, y con un subidón tremendo habida cuenta lo feliz que estaba, lo agarró y le dio un tórrido beso, lo que al modelo le hizo augurar la perfecta noche que tenía por delante y a Rodrigo lo mató.

Rodrigo, sin moverse de su sitio, la miró con gesto de reproche, y ésta, ni corta ni perezosa, al ver su mirada, caminó hacia él con

* *Ai Se Eu Te Pego*, OBO APRA/AMCOS, escrita por Sharon Acioly, Antônio Dyggs, Aline da Fonseca, Amanda Teixeira y Karine Assis Vinagre, e interpretada por Michel Teló. *(N. de la e.)*

chulería y, acercándose, hizo como que se tropezaba, de modo que todo lo que había en el vaso de tubo cayó encima de él.

—¡*Andaaaaaaaaaaaa*..., qué torpe soy! —se mofó Ana al ver que le había empapado la camisa y parte de los pantalones.

Pero él no se movió. Se limitó a cogerla del brazo y, acercándola a él, murmuró:

—Deja de beber, o mañana la cabeza te estallará.

—¿Tú *creessss*? —se burló ella.

—Por supuesto. Lo que estás tomando no son chupitos de Cola Cao.

—Vamos a ver, Rodri, ¿por qué no *pasassss* de mí y te centras en el huracán *Katrina*?

—¡¿Huracán *Katrina*?! —exclamó él, riendo.

Al comprobar que no conseguía enfadarlo, se dio la vuelta y, mirando a Amir, que no entendía qué ocurría entre aquellos dos, dijo alto y claro:

—Guapísimo, pídeme otro de *éstossss*, que éste sin querer se lo he tirado enterito a este picaflor.

Entonces, cogió la cerveza que Rodrigo tenía a su lado, se la bebió y, dando saltos, comenzó a bailar al son de las voces de unas chicas que en el karaoke cantaban *La chica yeyé*.*

Rocío, que había visto lo ocurrido, se hizo con varias servilletas de la barra y se las llevó con urgencia a Rodrigo. Estaba empapado, y aquella loca ni se había preocupado.

—Pero ¿qué le pasa a Ana? —se interesó Esmeralda al verla tan fuera de sí.

—No lo sé, cariño, pero creo que el alcohol hoy le está sentando mal; no..., lo siguiente —murmuró Popov.

—¡Madre mía, qué *tajá* lleva la colega! Pero ¿qué ha bebido? —preguntó Nekane al verla en aquel estado.

* *La chica yeyé*, Warner/Chappell Music Spain S.A., escrita por Antonio Guijarro Campoy y Augusto Algueró Dasca, e interpretada por Concha Velasco. *(N. de la e.)*

—Yo creo que de todo —respondió Calvin, riendo al percatarse del ceño fruncido de Rodrigo.

A Nekane no le gustó ver así a su amiga. Aquello era el resultado del cacao que tenía en su cabeza con respecto a Rodrigo. Por eso, le dijo a Popov:

—Vamos a sacarla de aquí antes de que haga algo de lo que se pueda arrepentir.

Esmeralda, mirando a Amir, aquel potente modelo iraní, cuchicheó:

—Yo creo que se le va a pasar todo cuando se vaya con el pedazo de tío con el que ha llegado. ¡Madre mía, qué sexy! Ése le va a quitar la borrachera a..., a... —Pero al ver que Popov la observaba, cambió de opinión—: Creo que sí... Saquémosla para que le dé el fresco.

Sin embargo, de pronto, unos molestos golpes en el micrófono del karaoke hicieron que todos mirasen hacia el escenario, y se quedaron de pasta de boniato al ver a Ana allí, sonriendo.

—¡Joderrrrr...! —exclamó Popov.

—Yo la matoooooooo... —cuchicheó Nekane, acudiendo en su busca.

Pero antes de que pudiera llegar hasta ella, Ana comenzó a hablar:

—¡Holaaaaaaaaaa! Me llamo Ana, y esta canción se la voy a dedicar a un hombre que está buenísimo. —Amir sonrió, orgulloso, pero la sonrisa se le heló cuando oyó que ella decía—: Es un bombero sexy y buenorro que cumple a la perfección las más oscuras y pervertidas fantasías de toda mujer. Sí, sí, Rodrigo, no te escondas, ¡va por ti! —Y señalando con el dedo, continuó con su discurso—: Para vuestra información, *chicasssssss*, Rodrigo es el tipo de la camisa negra empapada en bebida de pelo oscuro y ojazos azulíiisimos que está apoyado en la barra. ¿A que está cañón? —Sonó un clamor general de las féminas del local, y Ana prosiguió—: Pero cuidado..., cuidado..., ese tío todo lo que tiene de macizo lo tiene de idiota, y os aseguro que con seguridad os romperá el corazón.

—¡Ohhhhhhhhh...! —se oyó en todo el local.

—¡Plum Cake, baja de ahí ahora mismo! —gritó Popov, intentando que parara. Pero era imposible. Ana se movía por el escenario mientras hablaba y hablaba.

—A ver..., *ossss* cuento —continuó Ana—: como la canción la voy a cantar en inglés, quiero que sepáis que en ella le voy a *decirrr* a ese fantástico cuerpo con más morbo que un regimiento de marines juntos llamado Rodrigo que es un mierda y un egoísta por haberme hecho *sentirrrr* como la mujer menos deseable del mundo, *remundo mundialllll*.

Las mujeres que había en el local comenzaron a abuchearle y algunos hombres lo increparon, pero Rodrigo no se movió. Aguantó el chaparrón como un campeón.

—¡Por Dios, que le quiten el micrófono! —gritó Nekane, pero nadie le hizo caso.

—¡Aisss, pobre...! —murmuró Rocío al ver cómo abucheaban a Rodrigo.

—Él *esssss* —siguió Ana— el típico polvo que después de echarlo si te he visto no me acuerdo. Él es el típico bomberazo sexy que apaga tus *fuegosss* maravillosamente bien, y..., y... ése, amigas, ¡es Rodrigo! —La gente, mirándolo, le hostigó, pero él ni se movió—. Y hoy..., hoy quiero reprocharle lo *muuuucho* que me hizo sufrir estando yo embarazada. Sí..., sí, ¡embarazada y *gorrrda* como un tonel! Y ahora ese *iditoaaaaaaaa me* quiere *convencerrrrr* para que vuelva a confiar en él. ¿Vosotras lo haríais? —Las féminas del local gritaron «¡Noooooooooooooo!», y Ana, moviendo la cabeza, finalizó—: Exacto, *chicasssssss*, eso le he dicho yo. Por lo tanto, bomberazo, esta canción va para ti, ¡so mierda!

El local entero silbaba y los gritos en contra de él cada vez eran más persistentes. Sus amigos se miraron conscientes de que o sacaban de allí a Rodrigo, o el linchamiento sería general, pero él, tras escuchar y calmar a Calvin y Julio, se negó. De allí no se movía si no salía delante de él la que hablaba con ese desparpajo ante el micrófono.

—Ana..., baja de ahí ahora mismo —le pidió Nekane, agarrándola del pie.

Borracha, rió y, mirando a su amiga, murmuró tras tirarle un beso con la mano:

—Pero si voy a *cantarrrrrrrr...*

Las aletas de la nariz de Rodrigo se abrían y cerraban por segundos mientras se sentía observado por cientos de ojos en el local. En su vida había sufrido una humillación así, y deseó subir al escenario, cogerla por el cuello y matarla. ¿Por qué hacía aquello? Amir, que acababa de confirmar lo que llevaba toda la noche sospechando, se acercó a él y le preguntó:

—¿Es verdad lo que dice?

Tras dar un trago a su cerveza, Rodrigo lo miró y respondió después de mirar a un tío que lo insultaba:

—Sí ella lo dice, así será.

—¿Embarazada? —preguntó Amir, descolocado.

—¡Ajá!, embarazadísima —asintió Rodrigo, no dispuesto a desvelar nada más.

Katrina, muy enfadada, directamente se marchó, pero Rodrigo no se movió. No le importaba que se fuera ni que algunos hombres del local lo maldijeran. Sólo le interesaba hablar con la morenita que estando como una cuba animaba el local aquella noche.

—Aquí se va a liar parda —murmuró Calvin.

—Sí..., creo que sí —asintió Julio, divertido.

Amir, que no deseaba inmiscuirse en problemas que no le interesaban, dio un último trago a su bebida y se marchó tras Katrina. No quería líos.

—Cuqui, Ana se ha vuelto loca —murmuró Rocío. Pero al ver a su marido muerto de risa, le preguntó—: Y tú ¿por qué te ríes ahora?

—Esto es lo más gracioso que he visto en mi vida. ¿Te has fijado en la cara de pardillo que tiene Rodrigo? —Sin embargo, al observar que su amigo se quitaba de encima a un tipo con ganas de líos, cambió su gesto y añadió—: Cariño..., estate al tanto, que creo que vamos a tener que salir por patas de aquí.

De pronto, sonaron las primeras notas de la canción soul *Me and*

*Mr. Jones** en la versión de Amy Winehouse, y Ana comenzó a cantar con una voz y una chulería que los dejó a todos desarmados.

Envalentonada por la bebida y por el momento, Ana se movía por el escenario como una auténtica diva del soul, incluso bebida. Mientras cantaba la canción, Rodrigo, cada vez más enfadado por lo que decía, no podía apartar los ojos de ella. No escuchaba lo que aquellos tíos le gritaban. Sólo tenía ojos y oídos para Ana. Aunque cada vez que ésta lo insultaba mediante la canción llamándolo *mierda*, y lo señalaba, y todo el local lo repetía mirándolo, sentía ganas de degollarla por la humillación, sus pies no se movían. Sólo podía estar allí, empapado de bebida, aguantando el chaparrón y escuchando cómo lo zahería aquella pequeña morena de mirada descarada.

Cuando acabó la canción, el local, entusiasmado por cómo había cantado, prorrumpió en aplausos, mientras Ana, cómicamente, saludaba, encantada de la vida, sin darse cuenta de la hostilidad que había alimentado en ciertos individuos. Nekane y Popov, horrorizados por lo que acababa de hacer, la cogieron por el brazo y, en medio de los aplausos, consiguieron bajarla del escenario antes de que siguiera despotricando de aquella manera contra Rodrigo.

Una vez que la tuvieron en su poder, Popov la miró y le dijo:

—¡Joder, Plum Cake!, cantas maravillosamente bien, pero ¿te has vuelto loca?

—Popov, ¡cierra el pico, y salgamos todos de aquí! —dijo Nekane. Y viendo que su amiga sonreía a todos los que la aplaudían a su paso, siseó—: *Lamadrequetepario*, Ana, ¿cómo has podido hacer eso?

—¿El qué? —Y añadió, mirando al amigo que la sujetaba del brazo derecho—: A Popov le ha gustadooooooooo.

Cuando llegaron hasta donde estaba Rodrigo, medio local los observaba, y él, muy serio, le preguntó:

—¿Ya estás contenta?

* *Me and Mr. Jones*, Emi Music Publishing Ltd., escrita e interpretada por Amy Winehouse. *(N. de la e.)*

—Te acabo de *dedicarrrr* una canción. Recuerdo que un día me lo pediste. ¿Te ha gustado? —balbuceó, divertida.

—Mi paciencia contigo ha llegado a su límite —siseó, enfadado.

—¡Ohhhh..., qué miedoooooooooooo! —se mofó Ana, que se acercó a él y murmuró, descolocándolo de nuevo—: Eres un capullo, aunque reconozco que un capullo muy sexyyyyyy, con el que me lo paso *muuuuu* bien en la cama. Pero vamos, tampoco es para que te creas un reyyyyy del universo sabanil.

Estaba tan desconcertado y furioso por lo que ella decía que Rodrigo no vio acercarse a un gigante con malas pulgas. Y sin previo aviso, el hombre le soltó un derechazo en todo el ojo que no pudo parar y que lo hizo caer hacia atrás. Calvin, al ver aquello, se metió rápidamente por el medio y, segundos después, Julio y Popov. Rocío, viendo que su marido daba y recibía golpes, gritó y comenzó a dar bolsazos a todo el que se acercaba. Esmeralda sin pensarlo hizo lo mismo, mientras Ana, divirtiéndose y sin entender lo que había provocado, reía a grandes carcajadas, hasta que la empujaron, perdió el equilibrio y cayó al suelo. Rodrigo, enfurecido, comenzó a dar puñetazos a diestro y siniestro, y Nekane, asustada, se lanzó contra el tipo que golpeaba a su Calvin y no paró de darle mordiscos hasta que logró quitárselo de encima. Instantes después, y ante tal alboroto, actuaron los porteros del local y comenzaron a separar a los que se peleaban. Nekane, al ver que Calvin estaba bien, optó por levantar a su exultante amiga del suelo y sacarla del local.

—¡Eres la digna heredera de los Corleone! —gritó, furiosa, la navarra una vez en la calle—. Pero ¿tú has visto la que has liado?

—Esto es una desgracia. ¡Se me ha roto el tacón! —respondió Ana con el zapato en la mano.

—Lo que se te ha roto es el cerebro —protestó Nekane, angustiada.

Dos minutos después, los porteros del local sacaban a unos magullados Rodrigo, Calvin, Popov y Julio, y a unas excitadas Esmeralda y Rocío. Ana, al ver la pinta que traían, continuó riendo a carcajadas, ajena a todo, mientras se dirigían a un bar cercano para beber algo y reponer fuerzas. Media hora más tarde, al regresar al aparcamiento del pub, todos se quedaron sin palabras, excepto Ana, que comenzó de nuevo a reír a carcajadas al ver el bonito coche de Rodrigo destrozado.

25

Cuando Ana despertó a la mañana siguiente todo le daba vueltas. Fue a levantarse de la cama para ver a su hijo, pero el estómago le dio tal vuelco que en su lugar lo primero que vio fue el retrete.

—Vaya..., si se ha despertado la señorita Winehouse Corleone —se mofó Nekane, apoyada en la puerta del baño con un café en las manos.

Mirándola con los ojos vidriosos por cómo se encontraba, se sentó en el suelo.

—Neka..., no estoy para bromas. ¿Dónde está Dani?

—Con Encarna. Comidito y cambiadito, ha salido con ella a dar un paseíto.

—¿Qué hora es?

—Las cuatro y media de la tarde.

—¡¿Cómo?!

—Lo que oyes.

La navarra, con expresión burlona, dio un trago al café que tenía en las manos y se sentó con la intención de hablar cuando su amiga se le adelantó:

—No me lo digas... No me digas qué hice ayer.

—¡Oh, sí!, claro que te lo voy a decir. —Y entregándole el café para que bebiera, añadió—: Además de beberte lo no escrito y cantar como mi amada Winehouse, conseguiste que Amir se pirara con el huracán *Katrina* y que le partieran la cara a Rodrigo, Calvin, Popov y Julio, y ya, cuando no esperábamos nada más, los tipos del local debieron de salir y le destrozaron el coche a Rodrigo. Se lo han dejado para el desguace. ¿Te parece poco?

—¿Cómo?

—Lo que oyes. Menuda tajada te pillaste ayer.

—No me lo puedo creerrrrrrrrr.

—Pues sí, hija mía, sí. Créelo. Y por cierto, tienes más peligro con un micrófono en las manos cuando estás borracha que el mismísimo Stevie Wonder pilotando un F-16. —Y riéndose, murmuró—: Corleone..., lo que te perdiste y la que liaste con tus palabritas. ¡Fue la leche!

—Pero ¿qué paso? —preguntó, a cada instante más alucinada y sin entender nada.

—De todo.

—Yo..., yo sólo recuerdo que... ¡Dios mío!, ¿están todos bien?

—Sí, no te preocupes —asintió Nekane—. Los moratones des...

—¡¿Moratones?! —gritó Ana.

—Sí, hija, sí..., moratones, dolor de costillas, mandíbulas doloridas y, en el caso de Rodrigo, se puede incluir un ojo a la funerala y un labio partido. Pobrecillo, no nos percatamos de la mala bestia que se le acercaba y le arreó con todas sus ganas.

—¡Aisss, Dios! —gimió, tapándose la cara.

—Pero vamos a ver, ¿cómo se te ocurre decir lo que dijiste en el escenario? Pero tú...

—Neka..., no sé lo que dije ni lo que pasó. Es como si me hubieran reseteado el cerebro, y sólo recuerdo llegar al local y..., y... Pero ¿qué dije?

Cuando su amiga le reprodujo palabra por palabra las burradas que había dicho y cómo el gentío había reaccionado contra Rodrigo, Ana no estaba blanca..., era traslúcida y se quería morir. Nekane, consciente del susto que veía en sus ojos, añadió:

—Pero, tranquila, todos estamos vivos. Aunque a Rodrigo, si no lo llegan a sacar de allí los seguratas del local, no sé qué le habría pasado.

—¡Aisss, Diosssssssssss!

—Exacto. ¡Aisss, Diossssssssss! —repitió Nekane.

—Tengo que llamarlos a todos y pedirles disculpas —dijo gimiendo, horrorizada—. Y a Rodrigo el primero.

—No, eso no, cielo. A Rodrigo es mejor que no lo llames. Llama a todos, pero precisamente a Rodrigo no.

—¿Por qué?

Nekane, dejando de sonreír, suspiró.

—Mira, Ana, es mejor que dejes pasar un poco el tiempo. Deja que respire y se olvide de lo que ha ocurrido. Es lo mejor, créeme.

—¿Por qué a él no? —exigió de nuevo.

—¿Sin paños fríos?

—Sí..., clara y concisa —pidió Ana.

—Muy bien. Allá voy —se animó la navarra—. Anoche, mientras tú te reías como una posesa de Rodrigo y seguías echando por esa boquita tuya cientos de perlas y reproches, él se fue calentando, y cuando llegamos a casa me dijo que te dijera que esto se había acabado, que se daba por vencido y que, por favor, no lo llamaras porque él no te iba a llamar a ti, y...

—Pero necesito pedirle disculpas.

—Repito —insistió la navarra—: él no quiere hablar contigo.

—Me da igual lo que él quiera. Lo voy a llamar.

—No debería darte igual, maldita cabezona. Deberías entender el cabreo que tiene y dejar que se airee un poco porque, como lo llames, la vas a volver a liar.

—Pero, Neka, ¿cómo no lo voy a llamar para disculparme? ¿Estamos locos, o qué?

—Ana, escúchame, por favor —dijo Nekane, intentando convencerla—: anoche vi algo en sus ojos y en su manera de mirarte que me hizo entender que estaba muy enfadado y que necesitaba desconectar un poquito de todo.

Pero Ana, desobedeciendo lo que su amiga le decía, se levantó del suelo, fue hasta su habitación y marcó el número de teléfono de Rodrigo. Dos segundos después, su cuerpo se contrajo cuando le oyó decir:

—Avisé de que no quería hablar contigo.

—Lo sé. Neka me lo ha dicho, pero... Rodrigo, lo siento. ¿Estás bien? De verdad que...

—¡No, Ana, no lo sientas y escúchame tú a mí de una maldita vez porque estoy saturado! —gritó, encolerizado—. Se acabó todo lo concerniente a ti y a mí. Y lo sentiré toda mi vida por Dani porque le quiero, pero esto ¡se acabó! En el tiempo que nos conocemos, me has humillado, mentido, envenenado, abierto la cabeza, utilizado como a un imbécil, y ya lo último es que me muelan a golpes y me destrocen el coche. ¿Y todo por qué? Por no haberme enamorado de ti en el mismo instante en el que tú supuestamente te fijaste en mí. ¡Joder, Ana! Acepta que no todos vamos a tu ritmo. Acepta que a veces las personas se merecen segundas oportunidades, incluso terceras o sextas, y cuando aceptes eso, quizá te puedas mirar al espejo y pienses que te equivocaste conmigo y seguramente con mucha gente más.

—Pero, Rodrigo, escucha. Yo...

La comunicación se cortó, y Ana, descolocada, cerró los ojos. A partir de aquel día él desapareció de su vida.

26

Los meses pasaron y llegó la Navidad. Aquel año todo era mágico y especial por Dani, y aunque se mostraba como una mujer fuerte ante los demás, Ana lloraba en silencio la ausencia de Rodrigo. Estar con Calvin y Nekane, Rocío y Julio o Popov y Esmeralda le partía el corazón. Ver la complicidad en aquellas parejas, en sus miradas o en sus sonrisas, le hizo darse cuenta de lo sola que estaba y, sobre todo, de lo mucho que añoraba la presencia y las atenciones de Rodrigo. Él era un especialista en hacerla sentir bien y en facilitarle la vida, y ahora, por su tonto orgullo, no lo volvería a ver.

Como había hecho el año anterior, Nekane se marchó a Navarra para pasar las fiestas con su familia, aunque esa vez fue acompañada por un encantado Calvin. Ana, junto con el pequeño Dani, decidió viajar a Londres. Pero el día que estaba en el aeropuerto sentada con su pequeño en la sala de embarque, el corazón se le encogió cuando de pronto oyó gritar:

—¡Anaaaaaaaaaaaaaaaa!

Al volverse para mirar, el corazón le saltó cuando se encontró de frente con Álex, Carolina y Úrsula. Rápidamente se levantó para recibir los cariñosos abrazos de los chicos, quienes al verla se tiraron a sus brazos. Úrsula, a diferencia de otras veces, le dio dos besos, y al mirar al pequeño, murmuró:

—¡Qué niño más bonito tienes! ¡Es guapísimo!

—Muchas gracias.

—¿Adónde vas? —preguntó Carolina, observándola con curiosidad. No sabía qué había ocurrido entre su hermano y ella, pero lo que tenía claro era que ya no se veían.

—Voy a Londres a pasar las Navidades con mi familia.

—¿Tu familia vive en Londres? —preguntó Úrsula, sorprendida.

—Sí.

—Me..., me dejas coger a Da..., Dani —pidió Álex.

—Por supuesto que sí, cariño —dijo Ana sonriendo.

—Álex, siéntate —le ordenó Úrsula—. Sentadito lo cogerás mejor.

Cuando Ana soltó al bebé en los brazos de Álex, el pequeño sonrió, y éste dijo:

—Ti..., tiene los ojos... como Rodrigo y mamá. Azulitos..., azulitos.

—Mamá, voy a comprar unas revistas —murmuró Carolina al oír el comentario, dispuesta a quitarse de en medio.

Úrsula, al ver la incomodidad de la joven ante lo que había dicho su hijo, afirmó:

—Es verdad, tiene unos ojos azules preciosos.

Ana no pudo contestar. En cuanto oía el nombre de Rodrigo se bloqueaba y era incapaz de decir nada. Pero sacando fuerzas de donde no sabía ni que existían, se tragó el nudo de emociones y preguntó:

—Y vosotros, ¿adónde vais?

—¡A Disneyland París! —gritó, emocionado, Álex.

—Pero ¿qué me dices? —aplaudió, encantada—. ¿En serio?

—Sí. Mamá, Carol, Rodrigo y yo... va..., vamos a celebrar allí las Navidades.

Al oír de nuevo el nombre de Rodrigo, se encogió. ¿Estaría allí? Sin poder evitarlo miró a su alrededor, y fue cuando Úrsula, acercándose a ella, le aclaró:

—No lo busques, no está aquí. Él se reunirá con nosotros allí.

Intentando reponerse de la impresión, respiró, aliviada. Lo último que habría querido habría sido encontrarse allí con él y toda su familia. Úrsula, al notar que la joven estaba algo confundida, la agarró del brazo y, separándola un metro de Álex y el bebé, preguntó:

—¿Te encuentras bien?

—Sí, sí, por supuesto que sí —asintió, e intentó desviar el tema—. ¿Y Ernesto?

—Seguí tu consejo y... me he separado de él.

Aquel bombazo informativo la hizo volver en sí.

—Pero eso es fantástico, señora... Me alegra tanto saberlo que...

—Por favor, Ana, llámame Úrsula. —Y cogiéndola de las manos, murmuró, emocionada—: Nunca viviré lo suficiente para agradecerte todo lo que has hecho por mis hijos y por mí sin decírselo a nadie. —Al tener toda la atención de la joven, Úrsula susurró—: Carolina me ha contado varias cosas y ante eso sólo te puedo decir gracias. Me siento como una auténtica bruja por haberte tratado como te traté. Pero gracias a ti y a tus acertadas palabras abrí los ojos y...

—Tranquila, Úrsula. No tienes que decir nada más. Lo importante es que tú supiste tomar la decisión y que tus hijos están bien. Eso es lo importante.

—Estoy asistiendo a una terapia para solucionar todos mis problemas, que no son pocos, pero estoy segura de que lo voy a conseguir. Mi vida, por fin, vuelve a ser mía y he vuelto a tomar las riendas como tú me dijiste. Me siento fatal al darme cuenta de todo el daño que les hice a mis hijos y avergonzada por todas las burradas que te dije a ti...

—Escucha, Úrsula, dar el paso que has dado es muy importante para todos, especialmente para tus hijos. Ellos sufrían mucho y esta inyección de adrenalina positiva seguro que les habrá ido de perlas. Ellos han vuelto a recuperar a su madre y ahora sólo les tienes que demostrar que estás con ellos al ciento por ciento, y ellos te devolverán el mil por mil. Y en cuanto a mí, no te preocupes. Está todo olvidado.

—Ana, Rodrigo me preocupa. Desde hace varios meses, siempre está enfadado, y aunque está feliz porque mi situación personal ha cambiado, siento que a él le pasa algo, pero no me deja acceder a su corazón. ¿Tú sabes qué le ocurre?

¿Qué podía responder ante aquella pregunta? Sólo podía decirle que ella, Ana, era la culpable. Sin embargo, con la mejor de sus sonrisas, murmuró:

—No lo sé, Úrsula. Hace tiempo que no hablo con él. Pero no te preocupes, ya verás como pronto estará bien.

—¡Ya estoy aquí! —dijo Carolina, acercándose a ellas.

En ese momento, la puerta de embarque del vuelo de Ana se abrió y, dispuesta a escapar de atormentadas preguntas, anunció:

—Tengo que embarcar.

Tras recoger a Dani de los brazos de Álex, y el muchacho despedirse con cariñosos besos, besó a Carolina y a Úrsula, y con su pequeño en brazos y sin mirar atrás, embarcó.

Teresa era la abuela más feliz del mundo. Poder pasear guiando el cochecito de su nieto por las calles de aquella fantástica ciudad era algo que a ella la emocionaba. Durante los días en que Ana estuvo en Londres, ésta descansó y alguna noche salió con su hermana y sus amigos a divertirse. Algo que a duras penas consiguió.

Todos aparentaban ser felices, pero a pesar de aquella supuesta normalidad, Frank y Teresa, sin decir nada, observaban a su hija, y la tristeza que destilaba su mirada los preocupaba. Ana procuraba estar alegre, pero sus ojos hablaban por sí solos. Lucy intentó conversar con ella, pero Ana se negó. La avergonzaba contar lo ocurrido y recordar lo mal que se había portado con Rodrigo. Por ello, decidió que trataría de olvidarse de todo mientras estuviera en Londres. Pero era imposible. Cada vez que Dani hacía una nueva monería, se acordaba de él y se emocionaba al pensar lo que Rodrigo disfrutaría viéndolo.

La noche de Reyes, mientras Ana, sentada ante la chimenea, observaba en la oscuridad del salón la infinidad de regalitos que había para su hijo, su padre entró sin hacer ruido.

—¡Hola, pequeña! —Y sentándose junto a ella, murmuró—: ¿Tú no sabes que si no te duermes tus mágicos regalos nunca llegarán?

Ana sonrió, pero tenía los ojos llenos de lágrimas. No podía hablar. Acababa de recibir en su móvil una foto de Nekane junto a los amigos de Madrid celebrando aquella noche, y entre ellos había distinguido a Rodrigo. Y sin poder evitarlo, recordó lo que había ocurrido durante esa misma celebración el año anterior. Su mundo se le había venido abajo en aquellos meses y ahora que nada tenía remedio se había dado cuenta de lo idiota que había sido. No querer aceptar el cariño y el amor que Rodrigo le había ofrecido había sido su mayor error y cargaría con aquella pena el resto de su vida.

Frank se levantó; no quería preguntarle directamente qué le ocurría, pero intuía el motivo.

—¿Te apetece beber algo?

—No.

—¿Quieres que hablemos?

—No, papá.

El hombre fue hasta el mueble bar, se sirvió un whisky corto y se sentó de nuevo junto a su pequeña. Quiso hablar con ella, aclararle muchas cosas, pero sabía que aquél no era el momento. Estuvieron durante más de media hora en silencio mientras escuchaban el crepitar del hogar. Y cuando Frank se levantó para irse a dormir y se despidió con un beso, Ana le dijo, mirándolo:

—Gracias, papá.

—¿Por qué, hija?

—Por respetar mi silencio.

Conmovido, Frank sonrió, y a pesar de que quería preguntarle muchas cosas, simplemente cabeceó y se marchó.

A la mañana siguiente, el salón silencioso de la noche anterior era ruidoso y feliz. El pequeño Dani recibía sus regalos rodeado de sus abuelos, su tía y su madre. Emocionada, Ana abría los paquetes y aplaudía al ver los juguetes.

—Ana Elizabeth, ¿a qué hora le toca el jarabito?

—Dentro de horas, mamá —contestó sonriendo Ana, con su hijo en brazos.

Dani llevaba un par de días con moquetes y décimas de fiebre, pero el médico les había indicado que era un simple resfriado.

—¡Aisss!, no me gusta nada ver a mi niño así.

—Mamá —se quejó Lucy—, pero ¿no ves que el gordo está estupendo? Además, no es el primer niño en el mundo que se pone malo.

—Lo sé, hija, pero yo me preocupo.

—¿Una moto eléctrica? —preguntó Ana animadamente al abrir un enorme paquete.

—Locuras de tu madre —se mofó Frank.

—¡Aisss, hija!, la vi y no me pude resistir —asintió Teresa, encantada—. Sé que es muy pequeñito todavía, pero mi niño se merece esta moto y todo lo que yo vea. Que sepas que papá y yo hemos estado viendo unos castillos hinchables por Internet maravillosísimos. He pensado comprar uno para ponerlo en la casa de fin de semana. El verano que viene nuestro Dani cumple un añito y tendrá su propio castillo.

—¡Hummm!, ¿hinchable? ¿Qué estaríais mirando vosotros? —se mofó Nana al escucharla.

—Eso..., eso... —asintió Ana, divertida.

Frank comenzó a reír, pero Teresa, más conservadora, puso cara de horror.

—Sois unas sinvergüenzas, ¿lo sabíais? ¿Cómo se os ocurre pensar semejante tontería? —Y señalando a Lucy, que reía a mandíbula batiente, indicó—: Y que sepas que sigo enojada contigo. Me he enterado de que te vieron cenando la otra noche con el actor Ricardo Bestroniani.

—Mamá, ¡sólo es un amigo! Y yo soy una mujer en trámites de divorcio.

Teresa torció el gesto y se sacó un pañuelo del bolsillo, y cuando todos pensaron que se pondría a llorar, incluso que la daría un desmayo, muerta de risa, dijo, dejándolos a todos alucinados:

—Bestroniani es un bombón. ¡Quién lo pillara!

—¡Teresa!

—¡Mamá! —gritaron al unísono Ana y Lucy mientras Frank, patitieso, la observaba.

—Hijas mías —explicó la mujer, riendo—, el otro día, tras mucho pensar en vosotras y en vuestras vidas, decidí que había llegado el momento de modernizarme o morir. Y opté por lo primero. ¡Modernizarme! Por lo tanto, Lucy, disfruta del momento con Bestroniani o con el que sea, y déjate de bodas. Tu padre y yo te lo agradeceremos.

Aquello provocó una carcajada general y más cuando Frank la besó. Teresa, encantada con esa demostración por parte de su marido, lo miró fijamente.

—Por cierto, Frank, ¿se puede saber adónde llevaste a Dani ayer por la tarde?

Al ver cómo las tres mujeres de su vida lo miraban esperando una respuesta, el hombre carraspeó y contestó:

—Le llevé a ver los caballos.

Ana sonrió, y dirigiéndose a su bebé de grandes ojazos azules, le preguntó:

—¿Conociste a *Caramelo de Chocolate*?

El pequeño, que era el deleite de su madre, sonrió, y ésta lo achuchó, encantada. Segundos después, Ana abrió un nuevo paquete y al ver un jersey diminuto de Dolce & Gabbana a juego con unos pantalones vaqueros y una gorra con *strass*, miró a su hermana y exclamó:

—¡Dios mío, Nana, esto es puro glamour!

Su hermana, con el pequeño entre sus brazos, le puso la gorra y, riendo, añadió:

—Mi gordo está guapísimo y su tita se va a encargar de que nunca le falte un ropero a rebosar de glamour. Este niño va a ser un icono en moda infantil.

Aquellas risas y aquel alboroto eran una terapia maravillosa para Ana.

27

El 10 de enero, cuando regresaban de extinguir un incendio en una vivienda de Madrid y mientras Rodrigo hablaba con un compañero, a Calvin le llegó un mensaje al móvil, y al verlo, éste sonrió.

Durante toda la tarde, Calvin estuvo pensando en si debía enseñarle aquel mensaje a Rodrigo o no, y finalmente, tras hablarlo con Julio, decidieron hacerlo. Se acercaron a él cuando salía del gimnasio y lo llamaron.

—Hace un par de horas ha llegado Ana de Londres —le dijo Calvin.

Rodrigo, sin cambiar el gesto, endureció la voz e inquirió:

—¿A qué viene esto ahora?

—Mira la foto que me acaba de enviar mi princesa de Dani —insistió Calvin, enseñándole el móvil—. No me digas que no está para comérselo.

El otro cogió el móvil que su amigo le tendía y observó la foto. En ella se veía a un Dani gordito y encantador sonriéndole a la cámara. Rodrigo, inexpresivo, le devolvió el teléfono a Calvin.

—Dani está muy grande.

—He quedado con mi princesa esta noche para cenar en su casa, ¿te apuntas? —sugirió a pesar de saber que su chica se enfadaría.

Según Nekane, su amiga no quería saber nada de Rodrigo, pero él no tenía tan claro que éste no quisiera saber nada de ella.

—Rocío, mi pequeña y yo también nos acercaremos —insistió Julio—. Venga, ¡anímate y ven! Será genial estar todos juntos.

Al ver sus intenciones, Rodrigo arrugó el ceño.

—¿Qué coño hacéis? —preguntó con cara de pocos amigos—. ¿Ahora vais de celestinos?

—Antes de que te enfades, escúchame —respondió Calvin—. Todos sabemos lo que ocurrió, pero creemos que...

—Me importa una mierda lo que vosotros sepáis y creáis —gruñó Rodrigo.

—¿Por qué eres tan cabezón? ¿Acaso no te das cuenta de...?

—Julio —cortó Rodrigo—, ¿por qué no te metes en tus problemas y te olvidas de los míos?

—Vamos a ver, Rodrigo, es...

—Calvin, cierra el pico —voceó—. No contéis conmigo para nada. Además, esta noche tengo una cita a la que no quiero faltar.

—Venga, macho —insistió Julio—, no creo que esa cita sea tan importante como...

—Hoy por hoy lo es —lo interrumpió, enfadado.

—Rodrigo —dijo Calvin, sin perder los nervios—, creo que deberías reconsiderar las cosas y pensar eso de «año nuevo, oportunidad nueva».

Con una amarga sonrisa, Rodrigo los miró, y antes de darse la vuelta para alejarse, siseó con furia:

—Dejémoslo mejor en «año nuevo, vida nueva».

Los dos bomberos, al verlo alejarse, se miraron, y Calvin, preocupado, comentó:

—Rodrigo no está bien, ¡joder! Y no sé qué hacer.

Julio vio que Rodrigo daba un portazo a la taquilla.

—No, no lo está, pero si llega a decir que sí a la invitación, el que habría estado fatal esta noche habrías sido tú en cuanto tu princesa y la propia Ana lo hubieran visto aparecer.

Aquella noche, cuando Rodrigo salió de trabajar, llovía a mares. Tras subirse al coche puso la radio y, mientras conducía, se sorprendió al darse cuenta de que tarareaba una balada romántica de esas que a Ana tanto le gustaban. ¿Qué hacía él escuchando aquello? Rápidamente le dio al CD y la música de Aerosmith comenzó a sonar. Durante los veinte minutos que duró el viaje, intentó no pensar en la fotografía que el capullo de Calvin le había enseñado, pero le era imposible. Los ojos de Dani parecían seguirlo.

Cuando aparcó el coche, abrió el móvil y miró la foto que tenía como fondo de pantalla, de Ana y el pequeño sonriendo. Aún recordaba el instante en que la había hecho. Los tres, divirtiéndose, reían en el sofá. Y tras observarla durante unos segundos, frustrado, volvió a cerrar el móvil. Ella, durante aquel tiempo, había intentado contactar con él en varias ocasiones, pero él nunca había respondido. Estaba tan herido y enfadado con ella por lo que le había hecho que le era imposible dar su brazo a torcer. Cuando logró tranquilizarse un poco, salió y cerró el coche mientras subía los escalones de la casa de su madre. Al entrar sonrió al encontrarse a su hermano Álex cantando ante el televisor.

—Menos mal que has venido, hijo —dijo Úrsula al verlo entrar—. Por el amor de Dios, quita algún cable del karaoke para que tu hermano deje de cantar. Me tiene la cabeza loca.

De buen humor, intentó convencer a Álex para que parara, pero como el chico se negó en redondo fue hasta la cocina, donde su madre preparaba algo de cena, y se disculpó:

—Lo siento, mamá. Ahora quiere ser cantante y dice que tiene que practicar.

Úrsula puso los ojos en blanco, pero al ver la cara de su hijo mayor, sonrió. Rodrigo se sentó en el taburete de la cocina, y ella sacó una Coca-Cola del frigorífico, la abrió y se la entregó. Rodrigo la cogió y dio un trago mientras su madre lo observaba.

—¿Qué te pasa? ¿Por qué me miras así?

—Estás muy delgado, hijo, ¿comes bien?

Él suspiró con expresión jocosa ante la apreciación que su madre acababa de hacer.

—¿Te has dado cuenta, mamá, de que cada vez que me ves me dices lo mismo? —Y al verla reír, añadió—: Y para tu información, peso exactamente lo mismo desde hace tres años; por lo tanto, tranquila, que como bien.

En ese momento, entró Carolina en la cocina y, al ver a su hermano allí, comentó con mofa:

—Vaya..., pero si ha llegado el niñito de mamá. —Rodrigo soltó una carcajada, y su hermana añadió—: Que sepas que mamá ha organizado esta cenita familiar para prepararte tu asado preferido.

—¿La envidia te corroe, Carol?

Entonces, la joven se lanzó contra su hermano y comenzaron a pelear mientras Úrsula los observaba y sonreía. Ver a sus hijos felices y unidos a su lado era una auténtica bendición. Cinco minutos después, la chica se marchó al comedor a berrear junto a Álex.

—¡Por el amor de Dios, me van a volver loca! —se lamentó la madre. No obstante, añadió, emocionada—: Pero me encanta. Adoro verlos tan felices en su casa y me siento tan culpable por todo lo ocurrido que yo...

—Mamá —repuso, abrazándola—, dijimos que partíamos de cero. El pasado, pasado está, y queremos volver a ser felices. Álex, Carol y yo lo somos si tú lo eres; por lo tanto, aplícate el cuento y sonríe. —Conmovida por las cosas que Rodrigo le decía, asintió—. Venga, mamá, tu médico te ha dicho que tienes que ser positiva y no pensar en cosas que te puedan hacer daño.

—Lo sé, hijo, lo sé. Pero pienso en todos estos años perdidos y en todo el daño que os hice que...

Cogiéndola en brazos para que callara, hizo lo único que hacía que su madre cambiara de tema: giró con ella en el sitio.

—Para..., para..., sinvergüenza —gritó ella—, que me mareo.

La soltó alegremente, y viéndola sonreír, se sentó de nuevo en el taburete. Entonces, ella dijo algo que lo desconcertó.

—Esa muchacha, Ana, tenía razón cuando me dijo que era más mala y oscura que Úrsula, la bruja de *La Sirenita.* —Estaba tan sorprendido que no supo qué decir, y su madre añadió—: En su momento, no la entendí, pero el otro día vi con tu hermano la película de la pobre Sirenita y, al conocer a la pérfida bruja, comprendí lo que esa jovencita me quería decir.

Aquel comentario lo hizo sonreír y recordó ciertas cosas con amargura.

—Ana, y sus ocurrentes comentarios. Sólo ella sería capaz de decir algo así.

De pronto, Úrsula lo supo. ¿Cómo había sido tan tonta? Y cogiéndole las manos, preguntó, sabedora de la respuesta:

—Hijo, ¿estás bien?

—Sí.

Eso no era verdad y, dispuesta a ejercer de madre con su maravilloso hijo, tocándole el óvalo de la cara, agregó:

—Sé que algo te pasa, pero que no me lo quieres contar. Y aunque intuyo cosas, tampoco quiero hablarlas contigo ni preguntarte nada, porque con el genio que te gastas últimamente cualquiera te dice algo.

Sobrecogido por lo que ella declaraba, la agarró por los hombros y le dijo, aún confundido por haber escuchado el nombre de Ana.

—A ver, mamá, prometo no enfadarme. ¿Qué quieres preguntarme?

Después de mirarlo durante unos segundos con aquellos ojos azules tan parecidos a los de él, Úrsula suspiró.

—He hablado con tu hermana y me ha confesado que aunque entre Ana y tú aparentemente nunca hubo nada, ella siempre imaginó que entre vosotros había más de lo que decíais, y yo acabo de ver en tu cara un gesto cuando has mencionado su nombre que me ha hecho pensar... —Al ver que él soltaba la Coca-Cola sobre la mesa y cambiaba la expresión, le recordó señalándolo con el dedo—: Rodrigo, has dicho que no te enfadarías. Por lo tanto, no me jorobes y responde a lo que te estoy preguntando.

—Vamos a ver, mamá...

—¡Uisss!, ese «Vamos a ver, mamá», no me gusta —lo cortó—. Soy tu madre, jovencito, y quiero la verdad. Así que no se te ocurra mentirme, o te juro que te desheredo.

Al oír aquello tuvo que sonreír. Ante él volvía a tener a la madre que siempre había adorado.

—Mamá —respondió, pues era incapaz de no contestarle—, entre Ana y yo no existió nada. Sólo fuimos amigos.

Pero al ver cómo su hijo arrugaba el entrecejo se acercó a él y susurró:

—Rodrigo..., me estás mintiendo.

—Pero ¿cómo puedes decir eso?

—Porque te conozco —sonrió ella—. Y cuando mientes arrugas el entrecejo de una manera especial. Quizá no me entiendas, pero hay gestos en ti que te delatan, y ahora mismo sé que entre tú y esa muchacha ha habido todo lo contrario a lo que me cuentas, y yo, tonta de mí, no lo advertí. Y mira lo que te digo, de aquí no te levantas hasta que no me digas la verdad.

—Mamá..., no me jorobes —se quejó él.

—Te lo dije, mami; te dije que yo intuía algo entre Ana y él, pero nunca pude confirmarlo —apuntó en ese momento Carolina, apoyada en la puerta.

—No digas tonterías, Carol —protestó Rodrigo.

—¡Ah, no!, no digo tonterías. Las mujeres tenemos un sexto sentido y siempre creí ver algo en vuestra relación, aunque los dos lo ocultarais. Ahora entiendo muchas cosas —admitió la chica, ganándose una demoledora mirada de su hermano.

—Ana... es mi..., mi amiga —dijo Álex, entrando en la cocina seguido de *Guau*—. Y... yo quiero que sea la novia de Rodri para que traiga a Dani.

Estupefacto por los comentarios de su familia en la cocina, se fue a levantar cuando su madre, agarrándolo de la mano, lo miró con fijeza.

—Siéntate y cuéntanos qué ocurre con Ana y con ese precioso niño de ojos azules.

28

Para Ana fue poner un pie en España y el trabajo absorberla totalmente. Tenía que cumplir con los plazos de varios contratos ya firmados y, en ocasiones, esas sesiones le suponían tener que coger el coche para ir y volver de Valencia o Sevilla en el mismo día y dormir por la noche con su hijo en Madrid. Con el paso de los días, todo se volvió agotador. No descansaba lo suficiente y apenas si tenía tiempo para reunir fuerzas. A Dani le estaban saliendo los dientes y, a veces, pasaba con él la noche en vela. Y aunque Nekane la ayudaba, ella era su madre y quería ocuparse al ciento por ciento de él.

En esos días, intentó solucionar un problema que no la dejaba vivir. Y armándose de valor, llamó por teléfono a Rodrigo porque necesitaba hablar con él, pero él no se lo cogió. Le envió cientos de mails pidiéndole disculpas, pero él no respondió a ninguno, y finalmente, claudicó. Estaba claro que Rodrigo había pasado página, y le gustara o no lo debía respetar.

Una tarde que estaba inmersa en una sesión de fotos para la firma de móviles Marax, entró Encarna con el pequeño Dani en los brazos. Ana sonrió al verla aparecer, pero el gesto de la mujer la inquietó.

—¿Qué ocurre?

—¡Ay!, quizá sea una tontería, pero le he puesto el termómetro ese que tienes para la oreja y tiene unas decimillas de fiebre. Además, hoy le oigo unos ruidiños en el pecho que no tenía ayer y no me gustan nada.

—¿Qué le pasa a mi cuquillo? —preguntó Nekane, acercándose.

Alarmada, Ana dejó lo que estaba haciendo y cogió a su hijo. Le acercó los labios a la frente y lo notó más calentito de lo normal.

—¿Qué te pasa, gusarapo? —preguntó Ana con cariño, y el niño sonrió. Pero al ver que las modelos la miraban le entregó el niño a Encarna y dijo—: Tengo para un par de horas aquí todavía. Dale Apiretal, que está en la cocina. La cantidad está puesta en bolígrafo rojo en la caja.

—De acuerdo, lo haré.

Cuando Encarna salió del estudio con el bebé en brazos, Nekane miró a su amiga y la vio con el ceño fruncido.

—Vamos, mamita —murmuró—, no te preocupes, seguro que será un catarrillo sin importancia.

—Lo sé, Neka, pero es que últimamente cuando no es una cosa es otra, y estoy que ya no puedo ni con mi alma.

—Normal. Eres una cabezona y no duermes lo suficiente —se quejó—. Llevo días diciéndote que tienes que descansar. Pero no..., la señorita ¡puedo con todo! y se niega a escucharme. Y tus ojeras, quieras saberlo o no, ya comienzan a ser preocupantes. Pero ¡si te estás quedando como el espíritu de la golosina!

—Mira... —se mofó—, por una vez eso no me importa. Adelgazo sin privarme de nada.

—¿Quieres que esta noche me lleve al pequeño llorón a dormir a casa de Calvin y así descansas?

—Pues no, *princesita*.

—Pero te vendría genial. ¡Piénsalo! —insistió—. Una noche entera durmiendo a pata suela. Mañana es sábado, no trabajamos y...

—Que nooooooooooooo.

—¡Dios!, y que luego digan que los navarros somos cabezones.

Ana sonrió y le dio un manotazo en el trasero.

—Como dice el refrán: «Cuando seas madre, comerás huevos». Anda, regresemos al trabajo. Cuanto antes terminemos antes podré volver con el pequeño llorón.

Nekane asintió, y sin decir nada más, se puso manos a la obra. Al igual que Ana, entendía que tenían que terminar aquella sesión con excelentes resultados o el trabajo se retrasaría. Pero la sesión duró más tiempo del que ella esperaba, y cuando ambas volvieron con Encarna, la mujer estaba sentada en el sofá.

—Dani está dormidito y las décimas con el potingue ese que le di le han bajado rapidito, pero Ana, deberías llevarlo al médico.

—Vale... —asintió, agotada—, mañana lo haré.

—Lo hará, Encarna. ¿No ves que ella es la señorita ¡todo lo puedo!? —se mofó Nekane, entrando en su habitación.

A las diez, ésta se marchó a pasar la noche con Calvin, y Ana se quedó sola. Sin muchas ganas, se preparó un sándwich de pavo, que se comió cuando Dani se lo permitió. Por fin, consiguió que el pequeño se durmiera y se tiró en el sofá con la intención de ver una película, pero estaba tan cansada que segundos después se durmió.

No supo cuánto tiempo estuvo durmiendo hasta que, de pronto, el llanto de Dani la despertó. En ese momento, se abrió la puerta de la calle y entró Encarna, con rulos y la batita de guatiné.

—Pero Aniña, ¿no oyes a Dani *chorar*?

Ana saltó por encima del sillón como si le hubieran metido un petardo en el culo y corrió hacia su habitación. Al entrar vio a Dani totalmente congestionado del tiempo que debía de llevar llorando. Con el corazón encogido, rápidamente lo tomó en brazos para calmarlo, pero al posar los labios en su frente casi gritó al notar la alta temperatura del niño. Sin pararse a pensar en Encarna, que la seguía, corrió hacia la mesita del comedor y, cogiendo el termómetro, se lo puso en la oreja hasta que el instrumento pitó.

—¡Treinta y nueve y medio! —gritó, asustada.

—¡Ay, mi niño! —voceó, angustiada, Encarna.

Sin dar pie con bola, pues los nervios la tenían totalmente bloqueada, consultó el reloj. Las cuatro y doce minutos de la madrugada. Luego, miró a la vecina y, corriendo hacia la puerta, dijo:

—Lo llevo a urgencias.

Encarna la sujetó cuando pasó por su lado.

—Sí, cariño, las dos nos vamos a urgencias. Pero primero vístete y al niño abrígalo, ¿o pensáis salir en pijama los dos?

—¡Ay, Encarna! —exclamó, atemorizada—. Que tiene más de treinta y nueve de fiebre.

La mujer, a pesar de lo pequeña que era, logró sentar a la joven en el sillón y cogió el botecito de Apiretal.

—Dale el apaño este para que el pobre se relaje un poco. Luego, te vistes tú y, antes de que termines, ya estaré yo aquí vestida. Te acompañaré al hospital.

Sin rechistar, Ana hizo todo lo que su vecina le había dicho mientras Dani, a pesar de su tremenda fiebre, la miraba e incluso sonreía. Y Encarna, antes de que ella terminara de vestirse, ya estaba allí con su abrigo de punto y un pañuelo en la cabeza, disimulando sus rulos.

Una vez que Ana llegó hasta su coche, le dio el niño a Encarna, pero era tal el tembleque de manos que tenía que la mujer, sin decir nada, paró un taxi.

—Si queremos llegar al hospital, mejor vamos en taxi. En tu estado, no llegamos ninguno de los tres.

El taxi, a esas horas, no encontró tráfico, y veinte minutos después, las dos, con el bebé, entraban en urgencias de La Milagrosa. Asustada, Ana vio cómo una doctora joven desnudaba a Dani mientras éste lloraba y, tras auscultarlo y mandar hacerle unas placas del pecho, dijo:

—Tal y como está ahora mismo el niño, lo voy a dejar ingresado.

—¿Ingresado? —murmuró Ana con un hilo de voz—. Pero ¿qué le pasa?

La doctora, al ver que aquella chica se podía derrumbar de un momento a otro, hizo que se sentara, y tras mirar a la mujer con rulos que la acompañaba, añadió:

—Tiene una bronquiolitis demasiado severa para lo pequeño que es.

—Con razón *choraba* y *choraba* mi Mambrucete —asintió Encarna.

—Pero ¿eso qué es? —Y sin dejar que la médica contestara, la nerviosa madre continuó—: Lo llevé al pediatra y me dijo que era un simple constipado.

—No dudo de que comenzara así, pero el constipado se ha complicado un poquito —añadió la doctora, que la vio conmocionada—. La bronquiolitis es una infección que afecta a los bronquíolos, que son los pequeños conductos que hay al final de los bronquios, en contacto con los pulmones. Dani tiene esos pequeños conductos inflamados y es lo que dificulta su respiración. Por eso respira tan rápido y por eso se le oyen esos pitidos o silbidos al respirar. Ahora lo que tenemos que vigilar es que esa bronquiolitis cure bien y que Dani no sea proclive a tener asma en un futuro.

A Ana todo lo que aquella doctora le decía le sonaba a chino. En la vida se había preocupado por las enfermedades, pero con los ojos abiertos como platos escuchó todo lo que ésta le decía.

—Por lo tanto, mami —añadió con una sonrisa—, tu pequeñín tiene que estar unos días ingresado en el hospital. Pero, tranquila, aunque esté en una sala especial, podrás pasar a verlo siempre que quieras, ¿de acuerdo?

Ana asintió, y animada por Encarna, se levantó, cogió a su pequeño, que reclamaba sus brazos, y lo abrazó.

Sobre las siete de la mañana Ana convenció a Encarna para que regresara a su casa. La mujer, al principio, se resistió, pero cuando vio llegar a Nekane y a Calvin, y éste se ofreció a llevarla, cedió. A las nueve de la mañana, cuando las jóvenes estaban solas en el pasillo del hospital, Ana miró a su amiga y, con los ojos llenos de lágrimas, le preguntó:

—Neka, ¿crees que cuido bien a Dani?

—Por supuesto que sí. Pero ¿qué tonterías dices?

Desesperada por lo que estaba pasando, se retiró el flequillo de la cara.

—¿Y cómo no me he dado cuenta antes de lo que tenía?

—Porque no eres médico; sólo una mamá primeriza —respondió Nekane, entendiendo el malestar de su amiga.

Moviéndose de un sitio a otro, la joven madre susurró:

—Tendría que haberlo traído ayer por la noche al médico cuando Encarna me dijo lo de los pitidos y...

—Vamos a ver —cortó la navarra—. Dos días antes tu pediatra te había dicho que Dani estaba congestionado pero bien. Por lo tanto, no te martirices, que nada de esto es culpa tuya. Que te conozco y sé por dónde vas. Estas cosas les pasan a muchos niños, y Dani no iba a ser menos. —Y con cariño, susurró, conteniendo sus lágrimas—: Venga, venga, déjate de lloros que a veces eres más blanda que un melón en marzo.

Entonces, Ana sonrió, y Nekane pudo aflojar su resistencia, y las lágrimas corrieron por sus mejillas.

—Ahora, ¿quién es el melón blando?

Durante unos segundos ambas permanecieron calladas, hasta que Ana, deseosa de contarle algo, soltó:

—He llamado varias veces a Rodrigo.

—¿Que lo has llamado? —preguntó Nekane, secándose las lágrimas.

—Sí. Incluso le he enviado mails, pero nada, no quiere saber nada de mí. Incluso me ha borrado como amiga de Facebook. Y sinceramente, no me extraña —suspiró—. He sido con él la persona más rencorosa del mundo.

—Sí..., lo has sido, no te lo voy a negar. —Y sorprendida, susurró—: ¡Aiss, Ana!, ¿cómo me lo has podido ocultar?

—Neka...

—Pero, vamos a ver, ¿por qué no me lo has dicho? Si lo hubiéramos doroteado, Calvin y yo podríamos haber intentado que os vierais. Calvin lo habló conmigo, me propuso haceros una encerrona, pero yo pensaba que...

—Neka, estaba tan avergonzada por lo que hice que... —Y retirándose el flequillo de la cara, continuó después de hacer una pausa—: Mi orgullo me cegó y no me dejó ver la realidad del momento, y creo que no volveré a encontrar a alguien que nos quiera a Dani y a mí como él lo hacía, ni a nadie que me entienda con una simple mirada como Rodrigo. —Encogiéndose de hombros, preguntó—: ¿Cómo he podido ser tan tonta?

—Los seres humanos somos así. Y como dice el refrán, ¡es de sabios rectificar!

—Eso si te dejan —suspiró, apesadumbrada—. Quisiera que

me diera la oportunidad de hablar con él, pero me ha cerrado todas las puertas y...

—No te queda más que apechugar y aceptar —cortó Nekane.

—Lo echo tanto de menos que...

—Vale..., se acabó el martirio chino. Te conozco y ahora serán lamentos, y dentro de diez minutos terminarás *chorando* a moco tendido, como diría Encarna. Por lo tanto, ¡basta ya! —insistió la navarra.

—Neka, lo quiero y lo necesito. Sé que soy una mujer fuerte y que voy a ser capaz de continuar mi carrera y sacar adelante a mi hijo yo sola, pero también sé que necesito que me sonría y me diga que soy una hortera porque me guste la música de Luis Miguel. —Ambas sonrieron—. O que se enfade conmigo porque llore por enésima vez al ver una de nuestras películas. Y ya ni te cuento lo que daría porque me abrazara y me dijera que huelo a melocotón y...

—*Lamadrequeteparió*, ¡menudo almendramiento por todo lo alto que tienes! ¿Cómo no me has doroteado nada? Desde luego, Ana —protestó furiosa—, ¡es para matarte!

Tras suspirar, la joven, convencida de lo que decía, añadió:

—Creo que me enamoré de él el primer día que lo vi. El día que salvó a Encarna. Cuando vi acercarse a ese pedazo de tiarrón vestido de bombero y sonrió con esos hoyuelos que se le marcan en la cara, te juro que sentí algo extraño y especial. Mi problema ha sido que no he sabido aceptar que a él no le pasara lo mismo en ese mismo instante, y ahora, cuando veo las cosas con calma y desde la distancia, me doy cuenta de todo lo que he hecho mal.

—Olvídalo, Ana. Es lo mejor que puedes hacer.

Al escuchar aquella tajante sugerencia, Ana miró a su amiga y preguntó con curiosidad:

—Tú lo has visto últimamente, ¿verdad?

—Sí.

—¿Y cómo lo has visto? ¿Está bien?

Molesta por aquella conversación, Nekane suspiró:

—Sólo lo he visto en dos ocasiones y en ambas me pareció normal. Como siempre. Callado y observador. Aunque Calvin me dice que se gasta un humor de mil demonios últimamente.

—¿Sale con alguien?

—Mira, Ana —contestó Nekane—, ya sabes que Rodrigo no es un monje de clausura y las dos veces que lo he visto estaba muy bien acompañado. ¿Quieres que te siga martirizando, o con lo que te he dicho ya tienes bastante?

Con el corazón destrozado, Ana resopló.

—Tengo bastante.

Habiendo sido avisados por Ana, aquella tarde Frank y Teresa llegaron, junto a Lucy, desde Londres, y sólo se tranquilizaron cuando pudieron pasar a ver a Dani. Teresa no pudo reprimir el llanto al contemplar a su pequeño dormidito, con el suero pinchado en el brazo entablillado y el aparato de la saturación de oxígeno en sangre cogido a su dedito. Ana la sacó afuera y, en su lugar, entró su hermana, mientras su padre se quedaba con la llorosa abuela.

—Teresa, por el amor de Dios —se quejó Frank—, estamos aquí para apoyar a Ana, no para que ella sufra por nosotros también.

—¡Ay, Frank! —asintió ella, secándose las lágrimas—. Lo sé, cariño. Pero al ver a mi niño, tan chiquitito, enchufado a esas máquinas, yo..., yo...

—Teresa —dijo Nekane, agarrándose a Calvin—, Dani es un niño fuerte y esto es sólo un contratiempo. Tranquila, que en dos días ya lo tenemos en casa dando guerra.

Frank, convencido de que su mujer nunca había sido fuerte para aquellas cosas, la abrazó y la besó en la cabeza.

—Escucha, Teresa. Ana nos necesita y debemos ser fuertes por ella.

Quince minutos después, Ana salió de la sala donde Dani estaba. Se la veía cansada y ojerosa, pero nadie la pudo convencer para que se fuera a casa a descansar. Tras ser abrazada y mimada por su padre, Calvin la agarró del brazo y le indicó:

—Vamos a la cafetería a cenar algo. Lo necesitas.

—No tengo hambre.

—Necesitas comer, Ana —insistió Nekane, preocupada.

Con un gesto aniñado que a todos les partió el corazón, ella murmuró:

—Prefiero quedarme con Dani. Nana está dentro con él y...

—Ana —insistió Calvin, agarrándola de la mano—. No has comido nada en todo el día y, si no te cuidas tú, no podrás cuidar a Dani. Por lo tanto, vamos a comer algo.

Teresa asintió y, cogiendo la cara de su hija, murmuró tras besarla:

—Tienen razón, Ana Elizabeth. Necesitas comer algo, tesoro, o enfermarás tú. Por lo tanto, ve con ellos y cena algo. Papá y yo nos quedaremos con el pequeñín.

—Ve tranquila, cariño —la animó Frank tras intercambiar una mirada con Calvin—. Baja a la cafetería y relájate un rato mientras cenas. Nosotros nos quedaremos con Dani.

Al ver que no podía luchar contra todos, finalmente asintió, y Nekane, Calvin y ella bajaron a la primera planta, donde se sentaron en la cafetería dispuestos a cenar algo. Media hora más tarde, Ana vio entrar a Elisa, la mamá del bebé que estaba junto a la cunita de Dani, acompañada por varios familiares. La mujer se acercó hasta ella y murmuró haciéndola sonreír:

—Aquí estoy. He bajado a comer algo para que me dejen tranquila.

—Es que tenéis que comer algo —asintió Nekane con cariño.

—¿Todo bien arriba? —preguntó Ana.

Elisa asintió y se marchó, aunque antes de llegar a la barra, donde estaban sus acompañantes, se volvió y dijo:

—Por cierto, tu padre, qué señor más educado y encantador. Y oye, no me extraña que Dani tenga esos ojazos; son igualitos a los de su padre.

Dicho eso, la joven se dio la vuelta y se fue. En ese momento, el corazón de Ana se paralizó y, mirando a Calvin, que cambió la expresión, preguntó con un hilo de voz:

—¿Rodrigo está aquí?

—¡Joder! —susurró el joven, tocándose la cabeza.

—*Lamadrequeteparió*. ¿Serás traidor? —siseó Nekane, patitiesa.

—Calvin, por favor, responde: ¿Rodrigo está aquí? —insistió Ana.

Al verse acorralado, finalmente asintió, y cuando vio que ella se levantaba de la silla, la agarró de la mano y le ordenó:

—No subas. Él sólo ha venido para ver a Dani.

Anonadada y confundida, Ana se volvió a sentar mientras Nekane siseaba:

—Desde luego, Calvin, ¿quién te ha dicho que lo llamaras?

—Nadie.

—¿Y por qué lo has hecho? —preguntó la navarra al ver los ojos vidriosos de su amiga.

—Princesa, lo siento. Ana, lo siento. Pero si no lo hubiera hecho no habría dormido tranquilo el resto de mi vida. Sé lo que quiere Rodrigo a Dani y no podía dejar de decirle que el niño estaba ingresado en el hospital.

La cabeza de Ana funcionaba a mil por hora. Rodrigo había ido. Estaba con su hijo arriba, y ella quería verlo. Necesitaba verlo. Por ello, ignorando lo que Calvin le había dicho, saltó por encima de su amiga y corrió hacia la escalera, con la suerte de que se pudo colar en el ascensor. Neka y Calvin salieron tras ella, pero no la alcanzaron.

—¡Joder! —protestó Calvin, abriendo su móvil—. Rodrigo me matará. Le he prometido que entretendría a Ana para que él pudiera ver al niño.

—Ten por seguro que, si no te mata él, lo haré yo. ¡Liante! —siseó Nekane. Aunque instantes después, con una sonrisa añadió—: Eres el mejor, cariño. El mejor.

Atónito, Calvin la miró y, complacido, la besó mientras decía:

—A ti no hay quién te entienda, pero reconozco que cada día me gustas más.

Cuando el ascensor se paró en la segunda planta, Ana, con las pulsaciones a mil, salió y corrió por el pasillo. Necesitaba ver a Rodrigo. Su madre y su hermana la miraron, pero sin decirles nada Ana entró con urgencia en la sala donde estaba su hijo. Desde lejos vio a su padre, pero cuando se acercó hasta él se quedó sin palabras al comprobar que sólo estaban él y Dani. Frank, al ver el gesto de su hija, y entender lo que buscaba, fue a decirle algo, pero ella, dándose la vuelta, salió de allí, y pasando de nuevo ante su madre y su hermana, que la miraron horrorizadas, corrió hacia la escalera. Rodrigo no podía estar lejos y tenía que encontrarlo. Bajó los escalones de cinco en cinco y corrió sin aliento por el pasillo hasta llegar a la salida del hospital. Cuando llegó a la calle, acalorada, miró hacia los lados con premura, buscándolo entre la gente. Pero minutos después, al no verlo, maldijo en silencio y desistió.

Agotada por la carrera, apoyó las manos en las rodillas, mientras lágrimas de frustración por no haberlo podido ver le corrían por las mejillas. Entonces, oyó la voz de su padre a su espalda.

—Ana..., cariño...

—Papá, ¿por qué no quiere verme? —explotó sin mirarlo—. Yo..., yo necesito decirle que fui una imbécil, una tonta y que él tenía razón cuando me decía que pasado el tiempo me daría cuenta de lo mal que lo había hecho. Lo he llamado. Le he escrito. Lo he buscado. Pero nada, papá, no quiere saber nada de mí. Y yo necesito decirle que lo quiero y que me perdone. Me muero porque él forme parte de mi vida y de la de Dani, pero me temo que eso ya no podrá ser. Rodrigo definitivamente no quiere saber nada de mí.

Frank, que estaba tras ella y se había conmovido por lo que Ana decía, miró al hombre emocionado que se encontraba a su derecha y le dio un apretón en el hombro. Apartándose de la espalda de su hija, sin decir más, se dio la vuelta y se marchó. Agotada y rabiosa por no haber podido encontrar a Rodrigo, Ana se limpiaba las lágrimas cuando de pronto oyó cerca de su oreja:

—Me enloquece tu olor a melocotón.

Al oír aquella voz, se dio la vuelta y se encontró ante ella al hombre que ansiaba ver. Sin pensarlo ni importarle que los observaran, se lanzó a su cuello y lo abrazó.

—Lo siento..., lo siento. Sé que soy un desastre y desde que me conociste te han pasado cosas que nunca te habrían ocurrido si yo no hubiera estado por en medio, pero perdóname. —Y sin dejarlo hablar, prosiguió—: Fui una imbécil por no querer dar mi brazo a torcer y entiendo que lo que pasó aquella noche con aquellos bestias del pub fue culpa mía. Yo no sabía lo que hacía y nunca pensé que se pudieran liar a golpes contigo. ¡Ay, Diossssssssss!, estaba tan rabiosa por todo que la lié de mala manera y dije cosas horribles sobre ti. Te juro, Rodrigo, que nunca imaginé que esos tipos te harían daño ni a ti ni a los demás, ni que te destrozaran el coche, ni...

—Ana... —cortó él.

Pero ella continuó:

—Y cuando Neka me dijo al día siguiente la que había liado con mis insultos me quise morir. ¡Te habían apaleado por mi culpa! Te llamé pero tú estabas tan enfadado que...

—Olvidemos todo eso.

—Me tienes que perdonar —rogó con los ojos muy abiertos—. Todos me han perdonado, excepto tú, y yo necesito que me perdones.

—Siempre has estado perdonada, cariño —murmuró, enloquecido de amor.

Ana frunció el ceño y, sin separarse de él, le preguntó:

—Entonces ¿por qué...?

Rodrigo, al entender la pregunta sin necesidad de que la acabara, le tapó la boca con las manos y susurró:

—Mi orgullo estaba herido, y aunque intenté odiarte y olvidarme de ti por todo lo que me había sucedido contigo desde el momento en que te conocí, me fue imposible porque estoy loco por ti. —Ana sonrió—. Te has convertido, como dice la canción de tu amado Luis Miguel, en parte de mi alma. Me gusta tu sonrisa, tu olor, tus ojitos cuando tramas algo y tu cara congestionada cuando lloras tras ver una de tus romanticonas películas. Me apasiona verte tocarte la oreja cuando mientes y cómo te sonrojas cuando me acerco a ti. Y yo ya no puedo ser feliz si no te veo hacer cualquiera de esas cosas.

—No olvidas nada...

—No, cuando se trata de ti.

Emocionada, Ana no sabía ni qué contestar. Rodrigo le estaba diciendo las cosas más maravillosas del mundo y, anonadada, murmuró mirando aquellos hoyuelos que le gustaban:

—Creí que me odiabas y no querías saber nada de mí.

—A ti nunca te podría odiar, preciosa. Y siempre he sabido de ti y de Dani. —Y guiñándole el ojo, murmuró—: Tengo mis informadores.

—¿En serio?

—Totalmente en serio. He tenido tres personas que siempre me han mantenido al tanto de todos tus movimientos.

—Una ya me la puedo imaginar —dijo Ana riendo al pensar en Calvin—. Pero ¿las otras dos?

El bombero, encantado por sentirla tan cerca y receptiva, enredó su enorme mano en aquel corto pelo oscuro que tanto le gustaba.

—Una gallega maravillosa que...

—¡¿Encarna?!

—¡Ajá! —exclamó sonriendo él, al recordar el ejemplo de la rosquilla—. Ella me ha llamado esta mañana al móvil, tras haberlo hecho Calvin, para decirme que Dani estaba en el hospital y que dejara de hacer el idiota, y que si realmente te quería que moviera el culo *rapidiño* porque tú me necesitabas.

—*Manda carallo!* —se mofó alegremente al pensar en su vecina.

—Si no he llegado antes es porque estaba en Cádiz con mi madre y mis hermanos. —Al ver que ella sonreía, añadió—: Encarna siempre ha sido mi gran aliada en la sombra. Gracias a ella me enteré de dónde cenabas aquella noche con el modelo iraní. Después, sólo tuve que llamar al restaurante y decirle a Esmeralda que pusiera unos cubiertos más.

Tocándole con mimo la cara al recordar aquella fatídica noche, la joven susurró:

—Lo siento, cielo; siento mucho lo que pasó esa noche.

Escuchar cómo ella utilizaba el apelativo *cielo* para referirse a él era lo que más deseaba en el mundo y le dio un dulce beso.

—Lo sé, no te preocupes. Pero a partir de ahora intentaré que sólo bebas chupitos de Cola Cao y, en especial, trataré de mantenerte lejos de los karaokes. —Al verla sonreír, preguntó—: ¿Te imaginas quién es mi tercer informador? —Ella negó con la cabeza, y él, sorprendiéndola, contestó—: Estuve en Londres una tarde en Navidad con tu padre y Dani.

—¿Mi padre?

—Sí, cariño.

—¿En Londres? —Y al recordar algo, le preguntó—: ¿Estuviste con ellos viendo los caballos?

Rodrigo asintió, feliz.

—Sí. Tu padre y yo tuvimos una charla muy interesante, y después, juntos llevamos a Dani para que conociera a *Caramelo de Chocolate*. Por cierto, ¡le encantó!

Bloqueada por lo que Rodrigo le contaba, pero complacida, fue a contestar cuando él, clavando sus impresionantes ojos azules en ella, dijo:

—Escucha, cariño. Ya sabes que no soy hombre de canciones romanticonas, pero necesito decirte que te quiero y que quiero a Dani. Y hoy cuando he sabido que mi pequeño estaba en el hospital y yo no me encontraba a tu lado me he querido morir. ¿Y sabes por qué? —Ella negó con la cabeza, y él sentenció—: Porque tú eres mi amor y él es mi niño. —Ana, emocionada, no sabía si reír o llorar. Optó por reír mientras él continuaba—: Y mi vida sin vosotros, de pronto, dejó de tener sentido y comenzó a ser irreal. Necesitaba teneros cerca para cuidaros y mimaros, y cada vez que te veía quedar con otro que no era yo me moría de celos, y...

—Según tengo entendido, has estado muy bien acompañado.

Sin apartar sus ojos de ella, le acarició el pelo y los labios. Su dulzura y aquellos ojos verdes le volvían loco. Ella era su mundo y necesitaba hacérselo saber. Por ello, tras besarla posesivamente, murmuró cerca de su boca:

—Ana, necesitaba reinventar mi vida tras tu paso por ella. Pero el día en que tu padre me dijo que estaba convencido de que tú seguías sintiendo algo por mí todo volvió a cambiar. Y aunque por mi orgullo me ha costado dar el paso, ¡aquí estoy! Dispuesto a quererte y a mimarte como te mereces con la esperanza de que me aceptes y me des una oportunidad. —Al ver cómo ella lo miraba, le cogió la cara y añadió—: Cielo, si tú quieres, esta vez vamos a hacer las cosas bien. Y en cuanto Dani salga del hospital, tú y yo vamos a tener nuestra primera cita. Y después la segunda, la tercera y todas las que quieras. Prometo ser un caballero para hacerte sentir como una reina y que en un futuro no muy lejano quieras trasladarte a vivir conmigo, porque si no lo haces —dijo con convicción—, seré yo el que me vaya a vivir contigo y mi niño, le guste o no a la loca de Nekane.

—¿Esto es una proposición? —preguntó Ana, gozosa.

—Sí, una proposición totalmente decente.

—Acepto todas tus proposiciones —afirmó ella, suspirando y acercándose de nuevo a él—, pero la decente estoy dispuesta a volverla totalmente indecente. Ya sabes cómo se revolucionan mis hormonas cuando estoy cerca de ti.

Rodrigo sonrió. Aquello era el principio de algo que deseaba mucho y, feliz por lo que suponía, la volvió a besar. Sentir de nuevo sus tibios labios y todo lo que en ellos encontraba era lo que necesitaba. Estuvieron un rato entre mimos, hasta que el sonido chirriante de una ambulancia que llegaba les hizo darse cuenta de que estaban en medio de la calle, y decidieron regresar junto a su pequeño abrazados.

Una vez que entraron en el hospital con la felicidad en sus rostros, mientras esperaban el ascensor, Rodrigo recordó algo y, mirándola, le preguntó:

—Por cierto, ¿es verdad que le dijiste a mi madre que era oscura y siniestra como la bruja de *La Sirenita*?

Ana contrajo la cara intentando encontrar una respuesta para aquello. Sabía lo importante que era Úrsula para Rodrigo, y lo último que quería era un nuevo malentendido. Ahora no. Pero cuando fue a responder, el feliz bombero, enloquecido por la ternura que aquella pequeña morena le hacía sentir, la levantó entre sus brazos y, posando los labios sobre los de ella, murmuró:

—Melocotón loco, te quiero tanto que nada lo puede estropear.

Epílogo

Londres, meses después

—Ana, si no paras de moverte no puedo abrocharte el último botón —le dijo Rocío riendo.

—¡Neka..., que se cae! —gritó Ana al ver a su hijo soltarse del butacón.

—Vamos, cuchitoooo..., vamos —animó la navarra al pequeño, que comenzaba a dar sus primeros pasos.

El niño, feliz, caminó hacia Nekane, y Ana, emocionada, aplaudió. El pequeño Dani ese día cumplía un añito, y estaba pletórica y emocionada.

—¡Ay, qué bonito que eres, Mambrú! ¡Ven aquí, que te como todo enterito! —gritó Encarna como una posesa al ver al pequeño caminar con indecisión.

Carolina, la hermana de Rodrigo, estaba con la niña de Rocío y miraban por la ventana.

—Acaba de llegar un pedazo de coche impresionante a la puerta.

Ana se asomó y, al ver el Rolls-Royce de su padre, dijo, nerviosa:

—Eso quiere decir que tenemos que espabilar. —Y mirando a su amiga, añadió dándose aire con la mano—: Neka..., creo que me va a dar el telele.

—Y una leche, guapa —protestó la otra, acercándose a ella—. Haz el favor de no ser la reina del drama como tu madre y respirar, que rápidamente te pones azul.

Rocío, Encarna y Carolina se miraron, pero al ver que Ana comenzaba a reír a carcajadas se relajaron. Entonces, Nekane preguntó:

—*Lamadrequeteparió*, Ana, ¿a qué viene esa risa? ¿No habrás bebido algo?

Divertida, Ana fue a contestar cuando la puerta se abrió y ante ella aparecieron dos elegantes y enjoyadas Teresa y Úrsula. Las dos consuegras, desde el minuto uno, se habían caído maravillosamente bien, y Ana disfrutaba con ello. Emocionada por ver la felicidad en el rostro de su hija, Teresa la abrazó.

—Ana Elizabeth, tesoro mío, ¡estás despampanante!

—Gracias, mamá. Tú también estás muy guapa.

Úrsula, satisfecha por la felicidad que veía en el rostro de su hijo y el maravilloso día que tenía por delante, se acercó a la joven y, cogiéndola de las manos, observó:

—Estás preciosa. Cuando Rodrigo te vea, se va a quedar sin palabras.

—Gracias, Úrsula. ¡Eso espero! Por cierto, tu también estás muy guapa —contestó para elogiarla.

Mientras Teresa se dirigía hacia su nieto con la intención de hacerle varias cucadas, Úrsula cogió de la mano a Ana y llamó su atención.

—Rodrigo está impaciente por verte. Yo sólo he venido un segundito para entregarte esto. —Y poniendo en su mano una fina pulsera de cristales blancos, añadió—: Esta pulsera me la regaló la madre de Ángel cuando me casé con su hijo y me hizo prometer que algún día se la entregaría a mi nuera como ella me la entregaba a mí. Ahora tú tienes que prometerme que el día que Dani se case harás lo mismo. Es una tradición familiar.

Emocionada por todo el cariño que aquella rígida mujer le estaba dando a ella y a su hijo, Ana asintió y la abrazó.

—Te lo prometo.

Úrsula sonrió y, aprovechando el momento, le dijo:

—Ana..., ¡qué lección de humildad me has dado! Aún recuerdo cuando me preguntaste si yo creía que la clase la daba el dinero, y yo como una tonta te dije que sí. Qué equivocada he estado, hija..., qué equivocada.

—Úrsula —contestó Ana, sonriendo con cariño—, siempre he pensado que a la gente se la tiene que querer por quien es, no por lo que tiene. —Y entregándole la pulsera, le pidió—: Pónmela. Si es una tradición familiar, no se puede perder el enlace.

La mujer asintió, conmovida, y mientras se la abrochaba murmuró:

—La boda y todo lo que ella conlleva está siendo una sorpresa maravillosa para mí.

—Pues prepárate, Úrsula —se mofó Ana al pensar en los invitados que asistirían al enlace—, que te espera un día lleno de novedades alucinantes.

La puerta de la habitación se volvió a abrir y entró Lucy con un despampanante vestido color champán. Al ver a su hermana, gritó:

—¡Patooooooo! Pero qué bien te sienta el vestido de Gucci. Ya sabía yo que ibas a estar preciosa. Cuando te vea ese bomberazo tan guapo que tienes por futuro marido se le va a caer la mandíbula al suelo.

—Gracias, Nana.

Ana, sonriente, se miró en el espejo y, alisándose la falda de tul de su bonito vestido de novia, suspiró. Allí estaba ella vestida con un caro y espectacular vestido de novia, dispuesta a casarse con el hombre que hacía feliz cada segundo de su vida.

De nuevo, la puerta se abrió y apareció Frank, quien, mirando a Úrsula, le hizo saber:

—El coche te espera para llevarte de vuelta al hotel.

—Sí, querida —la animó Teresa—, debes ir a recoger al flamante novio para llevarlo a la iglesia.

Úrsula sonrió.

—Te aseguro, Teresa, que Rodrigo, aunque yo no llegue, irá a la iglesia.

Entonces, la mujer dio un cariñoso beso en la mejilla a Ana y, tras cogerse del brazo de su hija Carolina, se marchó. Debían ir al hotel en busca de Rodrigo para dirigirse a la catedral de San Pablo. Una vez que se marcharon, Teresa miró a su hija y cuchicheó:

—Qué encanto de mujer, y la niña, Carolina, es una monada.

Nekane, Encarna y Ana se miraron, y callando todo lo que sabían, sonrieron y asintieron. Úrsula estaba cambiando y se merecía una oportunidad. Media hora después, tras hacerse cientos de fotografías en el salón, Frank miró el reloj y dijo:

—Chicas, ¡es la hora de salir!

Teresa, histérica, apremió al resto de las mujeres para que subieran a los coches y juntas se encaminaran hacia la catedral de San Pablo. Después miró a su marido y a su hija, y añadió:

—Vamos..., ¡nos espera una boda!

Cuando llegaron a la catedral, Ana salió del coche del brazo de su padre hecha un manojo de nervios mientras un extraño regocijo le recorría el cuerpo. En la vida se había imaginado tener un bodorrio como aquél, pero allí estaba, caminando cogida a su padre y dispuesta a casarse con el hombre al que quería.

—Eres la novia más bonita que he visto en mi vida, cariño mío, y sé que Rodrigo te va a hacer muy feliz —murmuró su padre al notar sus nervios.

Ana asintió y, como siempre que se ponía nerviosa, no daba pie con bola. Una vez que entraron en la catedral, se quedó sin habla al ver a Rodrigo junto a su madre, la madrina, más guapo que nunca con aquel chaqué oscuro, e hipnotizada por esos hoyuelos que se le marcaban en la mejilla, sonrió. Mientras caminaba por el pasillo del brazo de su padre, su mirada se encontró con cientos de personas en cierto modo desconocidas para ella, y cuando llegó a las primeras filas, su sonrisa se ensanchó. Allí estaba Calvin junto a unas emocionadas Nekane y Encarna, con el pequeño Dani. A su lado y felices como perdices, se encontraban Popov, Esmeralda, Julio, Rocío y su pequeña Rociito. En el banco de delante, junto a su madre, estaban el padre de Rodrigo, Ángel, y unos entusiasmados Álex y Carol. Y a continuación, vio a su hermana Nana con su nuevo y recién estrenado novio. Allí tenía a todas las personas que siempre habían estado a su lado, y eso la emocionó.

Cuando su padre la soltó del brazo y le entregó la mano a Rodrigo, éste la asió con fuerza y, tras darle un casto beso en la mejilla, le susurró:

—Estás más bonita que nunca.

Ana suspiró, y después de ofrecerle una esplendorosa sonrisa, comentó:

—Estoy tan nerviosa que no puedo ni hablar.

Rodrigo sonrió y, guiñándole el ojo, le infundió seguridad.

Cuando acabó la bonita ceremonia, la felicidad rondaba en el ambiente. Los novios estaban radiantes y posaron para cientos de fotos, hasta que por fin los invitados se encaminaron hacia la casa de verano que sus padres tenían en Wembley, la única condición que había puesto Ana. Una vez allí, todos disfrutaron de ricos manjares que Teresa se encargó de supervisar, y Úrsula apenas podía comer al verse rodeada de toda aquella gente tan importante.

Cuando tocó abrir el baile en el enorme y bien decorado jardín trasero de Wembley, los novios se miraron con resignación, pero salieron sonriendo y animados a la pista. Cuando comenzaron a sonar los primeros compases de *Usted*, un precioso bolero que solía cantar Luis Miguel, Ana, asombrada, miró a su marido, y éste con una sonrisa, preguntó:

—¿Te he sorprendido?

—Sí...

Encantado por ver el gesto de ella y sentir que la había hecho feliz con aquel tonto detalle, sonrió, y acercando la boca al oído de su preciosa mujer, murmuró, poniéndola a cien:

—Como dice la canción, me desesperas, me matas y enloqueces, pero daría la vida por besarte una y mil veces.

Sin importarle los cientos de ojos que los observaban, Ana, poniéndose de puntillas, llevó los labios hasta los de su flamante marido, y lo besó. Sentirlo tan entregado a hacerla feliz y percibir su sensualidad la volvían loca. Tras los aplausos que los invitados les dedicaron por aquella muestra de cariño tan pasional, sonrieron, y Rodrigo, después de intercambiar una mirada con su madre, susurró:

—Hoy está siendo uno de los días más felices en la vida de mi madre. ¿Has visto qué sonrisa tiene?

Ana observó a Úrsula y a su madre charlar con la mujer del primer ministro y, dejándose llevar por el momento, dijo:

—Y te aseguro que de la mía también. Menudo bodorrio que nos ha preparado.

Felices al ver a sus madres encantadas con todo aquello, soltaron una carcajada. Tres horas después, tras bailar con casi todos los invitados, Ana buscó a su marido, lo cogió de la mano y tiró de él.

—Ven...

Él la siguió sin entender adónde lo llevaba, y cuando ella lo metió en un pequeño ropero bajo la escalera de la entrada del enorme chalet y cerró desde dentro, preguntó:

—¿Qué hacemos aquí, señora Samaro?

Deseosa y excitada por el momento, Ana se tiró a sus brazos y lo besó como llevaba deseando desde hacía horas y, sorprendiéndolo, murmuró:

—Cumplir una de mis fantasías desde que llegué contigo a la casa.

Boquiabierto, pues oía cómo la gente subía y bajaba por la escalera, la miró y le preguntó:

—Ana..., pretendes que...

—¡Ajá!, lo pretendo —cortó, quitándole el chaqué con premura.

—Pero ¿ahora?

—Sí.

—¿Aquí?

Cada vez más divertida por el gesto de él, cuchicheó haciéndole reír:

—¡Uis, qué antiguoooooo!

Enloquecido por todo lo que aquella mujer le hacía sentir, Rodrigo asintió y, tirando el chaqué al suelo, agarró a su preciosa mujer para acercarla de nuevo a él, y subiendo con premura el abullonado vestido de novia, murmuró, dispuesto a aceptar el reto:

—Melocotón loco, ahora te voy a demostrar lo antiguo que soy.

booket

Impreso en Liberdúplex, S. L.
Ctra. BV 2249, km 7,4 (Polígono Torrentfondo)
08791 Sant Llorenç d'Hortons (Barcelona)